中國語言文字研究輯刊

五　編

許　錟　輝　主編

第 **1** 冊

《五編》總目
編　輯　部　編

白話文運動的危機（上）

李　春　陽　著

花木蘭文化出版社

國家圖書館出版品預行編目資料

白話文運動的危機（上）／李春陽 著 — 初版 — 新北市：花
木蘭文化出版社，2013〔民 102〕
序 30+ 目 2+240 面；21×29.7 公分
（中國語言文字研究輯刊　五編；第 1 冊）
ISBN：978-986-322-522-5（精裝）
1. 白話文運動

802.08　　　　　　　　　　　　　　　　　102017937

ISBN-978-986-322-522-5

中國語言文字研究輯刊
五 編　第一 冊　　　　　　　ISBN：978-986-322-522-5

白話文運動的危機（上）

作　　　者　李春陽
主　　　編　許錟輝
總 編 輯　杜潔祥
出　　　版　花木蘭文化出版社
發 行 所　花木蘭文化出版社
發 行 人　高小娟
聯絡地址　235 新北市中和區中安街七二號十三樓
　　　　　電話：02-2923-1455 ／傳真：02-2923-1452
網　　　址　http://www.huamulan.tw 信箱 sut81518@gmil.com
印　　　刷　普羅文化出版廣告事業
初　　　版　2013 年 9 月
定　　　價　五編 25 冊（精裝）新台幣 58,000 元

《五編》總目

編輯部編

《中國語言文字研究輯刊》五編　書目

語言與文化研究專輯

第 一 冊　李春陽　白話文運動的危機（上）

第 二 冊　李春陽　白話文運動的危機（中）

第 三 冊　李春陽　白話文運動的危機（下）

《說文解字》研究專輯

第 四 冊　陶生魁　《說文古本考》考（第一冊）

第 五 冊　陶生魁　《說文古本考》考（第二冊）

第 六 冊　陶生魁　《說文古本考》考（第三冊）

第 七 冊　陶生魁　《說文古本考》考（第四冊）

第 八 冊　陳　立　說文重文字形研究（第一冊）

第 九 冊　陳　立　說文重文字形研究（第二冊）

第 十 冊　陳　立　說文重文字形研究（第三冊）

第十一冊　陳　立　說文重文字形研究（第四冊）

古代語文研究專輯

第十二冊　姚志豪　小屯南地甲骨句型與斷代研究（上）

第十三冊　姚志豪　小屯南地甲骨句型與斷代研究（下）

第十四冊　古育安　殷墟花東 H3 甲骨刻辭所見人物研究（上）

第十五冊　古育安　殷墟花東 H3 甲骨刻辭所見人物研究（中）

第十六冊　古育安　殷墟花東 H3 甲骨刻辭所見人物研究（下）

第十七冊　陳　立　東周貨幣文字構形研究

第十八冊　陳紹慈　甲、金、籀、篆四體文字的變化研究

第十九冊　吳蘊慧　《敦煌社會經濟文獻真跡釋錄》研究

古代音韻研究專輯

　　第二十冊　　韓　禕　　何萱《韻史》音韻研究（第一冊）

　　第二一冊　　韓　禕　　何萱《韻史》音韻研究（第二冊）

　　第二二冊　　韓　禕　　何萱《韻史》音韻研究（第三冊）

　　第二三冊　　韓　禕　　何萱《韻史》音韻研究（第四冊）

　　第二四冊　　韓　禕　　何萱《韻史》音韻研究（第五冊）

方言研究專輯

　　第二五冊　　徐玲英　　戴震《方言疏證》研究

《中國語言文字研究輯刊》五編
各書作者簡介・提要・目次

第一、二、三冊　白話文運動的危機

作者簡介

　　李春陽，又署春陽，文學博士。任職於中國藝術研究院中國文化研究所，治中國近現代學術思想史與漢語修辭，習字作畫，寫詩，愛好古典音樂。

　　曾發表論文《什麼是白話文運動》，《二十世紀漢語的言文一致問題商兌》，《漢語歐化論》，《古文與科舉》，《簡化漢字不該倉促而行》，《白話文運動中的周作人》等。另有《〈詩經演〉注》與《長途跋涉後的歸眞返璞》《摘花高處賭身輕》《不與時人論短長》等藝術評論。本書係作者的第一部學術專著。

提　要

　　百餘年前，中國的文章多以文言寫就，雖然白話文從唐宋之後作爲書面語的一種不可忽視的補充形式廣泛應用於小說、戲曲、語錄等寫作領域，但沒有取得社會地位。二十世紀初的白話文運動，作爲現代中國的文體革命，致力於書面語的再造，這一運動的發起人是胡適，最高成就體現爲魯迅和周作人的白話寫作，而影響最大者是毛澤東的文體。

　　國語運動和新文學運動事實上以新文字運動爲起點和最終的目標。三位一體的新文化運動，本質上是一種政治運動，現代民族國家的重建，是其最高宗旨。語言運動和文學運動，乃是服務於此宗旨之工具。統一國語和言文一致，作爲國語運動的兩大目標，在新文字之中才能夠完全實現。而歷史表明，新文字從學理上講是反科學的，從政治上講，是分裂民族國家的，從文化上講，是割斷歷史的，也是不可能實現的。漢語和漢字的關係幾千年來水乳交融，被漢字塑造出來的漢語，無法以拼音代替，識字艱難，改成拼音文字容易普及教育

乃是欺人之談。

傳承民族文化的歷史使命，並不低於現代民族國家的建立，爲了所謂的國家利益要犧牲數千年的文化傳統？錯誤的文化政策，源自歷史虛無主義的激進主張，意識形態的偏見。白話文運動受其蠱惑，追求言文一致，向大語方向疾馳，一邊講文藝的民族形式，一邊積極倡導廢除漢字、走拼音化道路。漢字的倉促簡化，文言教育的普遍不足，公民在接受過普通高等教育後不具備閱讀典籍文獻的能力，使我們幾千年的文化傳統第一次面臨失傳的危險。文言的退場，加深了傳統價值的崩解，而白話文的盛行，並不意味著新的知識和價值的成功建立。語言文字上的變革，牽動著社會生活各種矛盾衝突，承載著百多年來中國社會現代化整體運動的方方面面，同上至領袖下至百姓的每一位個人關係極爲密切。

本書以百年來文言、白話之間的消長起伏爲線索，通過對於清末文字改革運動、五四白話文運動、大語運動、民族形式論爭等系列史實的清理，全面檢討書面語革新和文體建立上的成敗得失，對於漢語書面語發展的重大問題，比如言文一致、漢語歐化、新舊白話、新詩舊詩、標新立異等，有專章討論。本書以修辭思維的拓展、寫作倫理的重建爲旨歸，本書認爲白話文運動的危機，暴露了漢語寫作和現代中國在身份認同和文化認同上的巨大困境。

在作者看來，中國文化的異質性，集中體現於漢語和漢字的異質性上。這可能是我們接納世界主義或西式普遍主義的最大難題，也是當今世界文化多元的眞正表現。弘揚民族文化的前提，是深入地掌握和精通自身的語言和文字，只有在此基礎上，才能對於民族文化的精華有所繼承。由於白話文運動的巨大影響，我們至今還在接受不完整的漢語教育，報刊電視等各種媒體的語言水準普遍較低，書面表達能力不足，缺少修辭意識，是這一語言教育的必然結果。假如想改變現狀，有必要從反思白話文運動開始。

目　次

上　冊

序　蔣寅

序　陳丹青

緒　論 …………………………………………………………………………… 1

第一章　什麼是白話文運動──對《中國大百科全書》「白話文運動」詞
　　　　條的症候式閱讀 …………………………………………………… 13

　第一節　白話文運動的背景 …………………………………………… 15

第二節　白話文運動的經過 ……………………………………… 28

第三節　白話文運動的成就 ……………………………………… 45

第四節　白話文運動的影響 ……………………………………… 60

第二章　白話文運動的五位先賢 ………………………………… 65

第一節　白話文運動中的胡適 …………………………………… 69

第二節　白話文運動中的魯迅 …………………………………… 81

第三節　白話文運動中的周作人 ………………………………… 98

第四節　廢名與李長之 …………………………………………… 113

第三章　白話文運動向何處去？ ………………………………… 147

第一節　大眾語運動 ……………………………………………… 149

第二節　「民族形式」論爭 ……………………………………… 172

第三節　白話偏至論 ……………………………………………… 194

第四節　白話的舊與新 …………………………………………… 215

中　冊

第四章　從立異到標新 …………………………………………… 241

第一節　「河南五論」 …………………………………………… 241

第二節　「老三篇」 ……………………………………………… 258

第三節　毛澤東的寫作 …………………………………………… 289

第四節　舊詩與新詩 ……………………………………………… 327

第五章　漢語文脈的斷與續 ……………………………………… 363

第一節　漢字與文言 ……………………………………………… 363

第二節　古文運動與科舉 ………………………………………… 374

第三節　駢文與散文 ……………………………………………… 386

第四節　簡化漢字不該倉促而行 ………………………………… 398

下　冊

第六章　言文一致問題 …………………………………………… 421

第一節　言文一致的由來 ………………………………………… 421

第二節　言文關係簡論 …………………………………………… 431

第三節　方言和方言寫作 ………………………………………… 448

第四節　口語和書面語的關係 …………………………………… 467

第七章　漢語歐化問題 …………………………………………… 489

第一節　歐化問題的緣起 ………………………………………… 491

　　第二節　歐化諸現象分析 ·· 504

　　第三節　對歐化的評價 ·· 516

　　第四節　翻譯文體對現代漢語的影響 ································ 527

第八章　修辭思維與寫作倫理 ·· 549

　　第一節　西方的修辭思維 ··· 549

　　第二節　在修辭立誠和方便法門之間 ······························· 571

　　第三節　著述傳統與寫作倫理 ··· 600

　　第四節　風雅久不作，何日興再起？ ······························· 624

結　語 ··· 647

附錄　本書涉及的百餘年來語言文字及文學大事

簡表 ··· 649

主要參考文獻 ·· 661

致　謝 ··· 675

第四、五、六、七冊　《說文古本考》考

作者簡介

　　陶生魁，1974 年生於甘肅省白銀市。2005 年碩士畢業於西北師範大學，2011 年博士畢業於陝西師範大學。主要從事漢語言文字學與古文獻學研究。

提　要

　　許慎《說文》自二徐以來遞相傳述，唐宋以後別本寖多，面目漸失其眞。至於清代，學者或專以考訂《說文》爲事，以期恢復本眞，成績顯著。乾嘉沈濤，蒐歷代《說文》異文以訂許書而成《說文古本考》一編，頗具特色，然學界褒貶不一，未有定論。2008 年筆者負笈長安，投黨懷興先生門下治文字學，論及《說文》，先生每歎今之傳本不古而坊間校本多疏，遂以此事勉之。後生淺陋，復以沈濤未見之《說文》異文訂其作，所述有三：

　　一、判定沈氏考訂之是非，進而考察許書本來面目。如《說文·舟部》：「艖，船著不行也。」沈濤案語：「《廣韻·一東》《三十三個》引『艖，著沙不行也』，是古本有『沙』字，今奪。《韻會》所引亦有之，是小徐本尚不誤。」筆者謹按：「原本《玉篇》艖字下引《說文》云：『船著沙不行也。』《倭名類聚抄》卷十一引《說文》云：『艖，船著沙不行也。』據二引，《古本考》所訂是。」

　　二、基於考訂結果剖析《古本考》校勘義例，指出運用義例校勘《說文》

之得與失，以爲今後《說文》之校勘提供借鑒。

三、基於沈濤《說文古本考》總結《說文》異文之字用關係，於今後《說文》之校勘當有益助，亦於認識古代典籍異文或有借鑒。

要之，本文之研究或可爲《說文》校訂做一臂之助，亦可爲「說文學」史研究提供個案之資。

目　次

第一冊

第一章　緒　論 ……………………………………………………… 1

　第一節　沈濤生平與學術 ………………………………………… 1

　第二節　《說文古本考》著述背景 ……………………………… 4

　第三節　《說文古本考》的版本與流傳 ………………………… 6

　第四節　《說文古本考》研究簡述 ……………………………… 9

　　一、前人對《古本考》的評價 ………………………………… 9

　　二、周雲青《補說文古本攷纂例》 …………………………… 11

　　三、鍾哲宇《沈濤〈說文古本考〉研究》 …………………… 13

　第五節　今日研究《說文古本考》動機、目的與方法 ………… 14

　第六節　本文從事考訂的主要資料 …………………………… 16

　　一、慧琳《一切經音義》 ……………………………………… 16

　　二、唐寫本《玉篇》殘卷 ……………………………………… 18

　　三、唐寫本《木部》殘卷 ……………………………………… 18

　　四、唐五代韻書 ………………………………………………… 19

　　五、源順《倭民類聚抄》 ……………………………………… 19

第二章　《說文古本考》考 ……………………………………… 21

　《說文古本考》第一卷上 ……………………………………… 21

　《說文古本考》第一卷下 ……………………………………… 47

　《說文古本考》第二卷上 ……………………………………… 79

　《說文古本考》第二卷下 ……………………………………… 113

　《說文古本考》第三卷上 ……………………………………… 137

　《說文古本考》第三卷下 ……………………………………… 167

第二冊

　《說文古本考》第四卷上 ……………………………………… 187

　《說文古本考》第四卷下 ……………………………………… 220

《說文古本考》第五卷上 …………………………………………………………… 257

《說文古本考》第五卷下 …………………………………………………………… 282

《說文古本考》第六卷上 …………………………………………………………… 307

《說文古本考》第六卷下 …………………………………………………………… 351

《說文古本考》第七卷上 …………………………………………………………… 365

《說文古本考》第七卷下 …………………………………………………………… 393

第三冊

《說文古本考》第八卷上 …………………………………………………………… 421

《說文古本考》第八卷下 …………………………………………………………… 451

《說文古本考》第九卷上 …………………………………………………………… 461

《說文古本考》第九卷下 …………………………………………………………… 478

《說文古本考》第十卷上 …………………………………………………………… 499

《說文古本考》第十卷下 …………………………………………………………… 543

《說文古本考》第十一卷上 ………………………………………………………… 569

《說文古本考》第十一卷下 ………………………………………………………… 604

第四冊

《說文古本考》第十二卷上 ………………………………………………………… 621

《說文古本考》第十二卷下 ………………………………………………………… 658

《說文古本考》第十三卷上 ………………………………………………………… 679

《說文古本考》第十三卷下 ………………………………………………………… 713

《說文古本考》第十四卷上 ………………………………………………………… 729

《說文古本考》第十四卷下 ………………………………………………………… 758

第三章　《說文古本考》校勘義例分析 …………………………………………… 777

第一節　篆文連注讀 ………………………………………………………………… 779

一、沈濤對「連篆文爲句」說的接受 ……………………………………………… 779

二、「連篆文爲句」例在《古本考》中的運用 …………………………………… 780

第二節　互　訓 ……………………………………………………………………… 781

一、「互訓」例釋名 ………………………………………………………………… 781

二、「互訓」在《古本考》中的運用 ……………………………………………… 782

第三節　一曰 ………………………………………………………………………… 783

一、「一曰」釋名 …………………………………………………………………… 783

二、「一曰」在《古本考》中的運用 ……………………………………………… 784

第四節　逸字 ·· 788

　一、《說文》逸字研究簡述 ··· 788

　二、《古本考》考訂逸字的方法與條例 ····················· 788

第五節　形聲兼會意與聲符兼義 ·· 794

　一、沈濤對「形聲兼會意」的理解 ····························· 795

　二、「聲符兼義」在《古本考》中的運用 ················· 796

第六節　義得兩通 ·· 797

第七節　後人（淺人）據今本改 ·· 798

第八節　其他語例 ·· 801

　一、一聲之轉 ·· 801

　二、言「某某」不必更言「某某」 ····························· 802

　三、凡器物、艸木諸引作「名」者皆當作「也」 ······· 802

　四、許書訓解中每用「亦」字，大半爲二徐所刪 ······· 803

　五、凡作「曰某」者皆他書∪括節引 ························· 804

　六、許君解字多用緯書說 ·· 804

第四章　《說文古本考》對《說文》異文字際關係的探討 ··· 807

第一節　正字 ·· 808

第二節　俗字與別體字 ·· 811

第三節　通假字 ·· 813

　一、本字與借字誤倒 ·· 815

　二、以異體爲假借 ·· 815

　三、以古今字爲假借 ·· 815

　四、引申假借 ·· 816

第四節　古今字 ·· 821

第五節　通用字 ·· 822

　一、陸宗達、王寧 ·· 823

　二、曹先擢 ··· 823

　三、裘錫圭 ··· 824

第六節　繁簡字 ·· 828

第五章　餘論 ·· 831

第一節　對《說文古本考》的總體評價 ····························· 831

　一、《說文古本考》的成就 ··· 831

二、《說文古本考》的不足 ································· 834
第二節　利用《說文》異文從事校勘應該注意的問題 ·············· 836
一、審明體例 ·· 836
二、會通全篇 ·· 838
三、審慎排比 ·· 839
四、多聞闕疑 ·· 841
參考文獻 ··· 843

第八、九、十、十一冊　說文重文字形研究

作者簡介

作者／陳立

學歷／國立臺灣大學文學博士

現職／國立高雄師範大學國文系副教授

提　要

本書依據段注本《說文》，並參以大小徐本等相關資料，透過已發表之殷周以來的文字，與《說文》重文相較。正文分作十四章，逐字討論、分析重文的字形，藉以明瞭其來源與字形的變化，就其形體的訛誤，找出其原因，並加以訂補。

目　次

第一冊

凡　例

第一章　緒　論 ··· 1
　第一節　研究之目的 ···································· 1
　第二節　研究材料與方法 ································· 4
　第三節　前人研究概況 ··································· 8
第二章　《說文》卷一重文字形分析 ························· 17

一 017	上 018	帝 019	旁 020	下 021	示 022
禮 023	祺 023	齋 024	禋 025	祀 026	祡 027
鬃 027	禱 028	禂 029	社 030	祟 031	三 032
王 032	玉 034	瓊 035	璿 036	球 037	瑁 038
瑱 039	珌 039	璂 040	璊 041	玩 041	琨 042

玭 043 玕 043 霝 044 珏 045 氛 046 堉 047
屮 048 毒 049 芬 050 屾 050 莊 051 郎 052
蒎 053 薇 054 蕙 054 菅 055 葶 055 薔 056
蔦 057 薮 058 蔆 058 芰 059 蘜 060 剗 060
敊 061 菩 062 荊 062 蕾 063 蘄 064 萡 065
茳 066 蒢 066 蕡 067 茵 068 蒸 068 折 069
藻 070 蓬 071 薲 072 薅 072

第三章　《說文》卷二重文字形分析 ………………………………75
采 075 番 076 棌 077 悉 077 牰 078 犛 079
吻 080 嗌 081 咳 081 噍 082 唾 083 喟 084
哲 084 君 085 嘒 086 嘯 087 周 087 唐 088
噴 089 吟 090 吝 091 舌 091 噂 092 呦 093
𠣪 093 𤰈 094 嚴 095 起 097 歸 098 登 099
正 100 是 101 韙 102 迹 102 邁 104 延 105
退 105 述 106 造 107 速 109 徙 110 遷 111
返 113 送 113 遲 114 達 115 道 116 通 117
遂 118 酒 119 近 119 邇 120 遠 121 逖 122
道 122 近 124 往 124 徯 125 復 126 後 127
得 128 御 129 衛 131 齒 131 齬 132 牙 133
𤘈 134 跟 134 蹶 135 躎 135 朙 136 齓 137
冊 137 嗣 138

第四章　《說文》卷三重文字形分析 ………………………………141
嚚 141 囂 142 瘍 143 谷 144 丙 145 商 145
古 146 詩 147 謀 149 謨 150 訊 150 信 151
誥 152 話 153 詠 153 譜 154 讕 155 詩 155
戀 156 詢 157 旬 158 譀 158 誕 159 譸 160
讋 160 詢 161 訟 162 諕 162 譙 163 詘 164
讕 164 譴 165 謑 166 訹 166 善 167 童 168
業 169 對 170 僕 171 廾 173 弄 173 兵 174
𥫣 175 共 176 戴 177 輿 178 與 179 臾 180
農 181 爨 182 革 183 鞹 184 䩟 185 鞠 185
䪏 186 鞭 187 韅 187 靮 188 鞭 189 鬲 190
鬻 192 䰞 192 融 193 鬻 194 羹 195 鬻 196

驚197　　鷟198　　鷟198　　鷟199　　孚200　　為201

巩203　　厷203　　窫204　　燮205　　尹206　　及207

反208　　叔209　　彗210　　叚211　　友212　　事213

支214　　肁215　　肅216　　畫217　　畫218　　隸219

豎220　　臧221　　役222　　殺223　　皮224　　毊226

黌227　　徹227　　赦228　　攸229　　救230　　敗231

敱232　　教233　　學234　　卜235　　赴236　　用237

爽238

第二冊

第五章　《說文》卷四重文字形分析 ································· 241

目241　　眕242　　睹243　　𥄂244　　睦244　　瞋245

看246　　眷246　　省247　　自248　　智249　　百250

奭252　　𥊌253　　闐253　　雉254　　雞255　　雛256

雕257　　雁257　　𠍳258　　翟259　　雇259　　雗260

雈261　　蒦261　　舊262　　奞263　　羌264　　羴265

蘽266　　鳳267　　鷫268　　雛269　　鶪270　　鷺270

鷚271　　鴇272　　鷦273　　鴰273　　鵬274　　鵝274

鵠275　　鸜276　　鴿276　　鷽277　　烏278　　舄279

棄280　　叀281　　惠282　　玄283　　𠬞285　　叡286

叙287　　叡288　　歺289　　殈289　　殂290　　殪291

𣦵292　　殄292　　死293　　髀294　　臚295　　脣296

肊296　　膀297　　肩298　　肊299　　胤299　　腈300

脀301　　肬301　　腆302　　腹303　　臂303　　膫304

腜305　　膍305　　酓306　　肰307　　肎308　　𠛏309

𠛮310　　剐310　　利311　　則312　　剛314　　刻315

副316　　剝316　　制317　　剩318　　刃319　　劍320

賴320　　衡321　　觿322　　觶323　　觸323　　魕324

第六章　《說文》卷五重文字形分析 ································· 327

簬327　　簺328　　簓328　　籃329　　簋330　　簠331

籩332　　籭333　　籬334　　箇334　　箑335　　笠336

管336　　箚337　　箕338　　典339　　畀340　　差342

工343　　巨344　　巫345　　獣346　　甚347　　旨348

召 349　　乃 350　　卤 351　　罂 352　　虧 353　　平 353

喜 354　　鼓 356　　鼖 357　　鼙 357　　豆 358　　豐 359

虐 360　　虞 361　　虎 362　　盧 363　　盧 364　　盎 365

山 366　　盥 366　　盉 367　　蛹 368　　音 368　　丹 369

青 370　　阱 371　　爵 372　　鬱 374　　餘 375　　飪 376

飴 377　　餈 377　　饘 378　　饟 379　　養 379　　餘 380

餔 381　　餐 381　　飽 382　　饗 383　　侖 384　　會 385

倉 386　　仝 387　　餅 388　　躬 389　　侯 390　　高 391

冂 392　　就 393　　亯 394　　臺 395　　覃 396　　厚 397

良 398　　向 400　　嗇 401　　嗇 402　　牆 403　　縠 404

麰 405　　麩 405　　夏 406　　舛 408　　舞 408　　舜 410

鱓 410　　韋 411　　韤 412　　韢 413　　韉 413　　弟 414

乘 415

第七章　《說文》卷六重文字形分析 ……………………………………… 417

梅 417　　李 418　　樗 419　　藥 419　　梓 420　　杶 421

櫄 421　　楮 422　　松 423　　某 424　　樹 424　　本 425

棻 426　　樴 427　　築 427　　植 428　　樗 429　　茉 430

梠 430　　柏 431　　栖 432　　槃 432　　櫺 433　　柄 434

屍 435　　櫓 436　　梁 437　　櫼 438　　橾 439　　休 440

柩 440　　柙 441　　麓 442　　叒 443　　坐 443　　師 444

南 445　　乘 447　　芍 448　　回 448　　囷 449　　困 450

囮 450　　員 451　　纛 452　　賓 453　　貧 454　　邦 455

郂 456　　郍 457　　扈 458　　郢 459　　騩 460

第三冊

第八章　《說文》卷七重文字形分析 ……………………………………… 463

日 463　　時 464　　昌 464　　暴 465　　昔 466　　暱 468

軓 468　　放 469　　籧 470　　旃 470　　游 471　　旅 472

曑 473　　參 474　　曟 476　　霸 476　　期 478　　朙 479

盟 480　　夤 481　　外 482　　夙 483　　多 484　　圅 485

卤 486　　栗 487　　粟 488　　鼒 489　　克 490　　秭 491

稷 491　　穧 493　　秔 494　　杭 494　　采 495　　穋 496

秷 497　　穅 497　　稈 498　　秋 499　　秦 500　　穆 502

黏502　　黍日503　　粒503　　糒504　　籲505　　糟505

氣506　　舀507　　臬508　　技508　　穙509　　脁510

家510　　宅512　　宇513　　賓514　　宇515　　容516

寶517　　宜518　　寢520　　宛521　　寓522　　竂522

宄523　　呂524　　躬525　　寵525　　寙526　　疾527

癥528　　瘴529　　病530　　癱530　　癬531　　冕531

冑532　　冒533　　网534　　翼535　　罘536　　罶537

罬537　　罟538　　置539　　罧539　　羀540　　帥541

帬542　　常543　　幝544　　幒544　　帷545　　帙546

席546　　市547　　帢548　　白549　　皤550

第九章　《說文》卷八重文字形分析 …………………………………553

人553　　保554　　仁555　　企557　　伊557　　倓558

傀559　　份559　　仿560　　備561　　儐562　　侮563

候563　　眞564　　臮565　　比566　　丘567　　臮568

徵569　　望570　　量571　　監572　　衿573　　表574

襲575　　袞575　　褒576　　襱577　　裔577　　襄578

贏579　　襪580　　衰581　　裘581　　居582　　屍583

屋584　　履585　　般586　　服587　　方588　　先589

兒590　　兊591　　視592　　觀593　　款594　　歌595

歠596　　歟597　　次597　　歓598　　歠599　　次600

旡601

第十章　《說文》卷九重文字形分析 …………………………………603

顏603　　頌604　　頂605　　頵605　　頬606　　顜607

顦608　　百608　　靦610　　齺610　　彡611　　髪612

髿613　　鬚614　　蠶614　　髡615　　夗616　　色617

旬618　　匈619　　匎620　　茍621　　鬼622　　彪623

畏624　　羑625　　嶽626　　岫627　　陵628　　崩628

廉629　　殿630　　廟631　　厂632　　底633　　屆633

仄634　　碣635　　确635　　磬636　　長637　　肆639

勿640　　衸640　　豕641　　希642　　彝643　　彙644

豩645　　豚645　　貊646　　豻647　　豖648　　豫649

第十一章　《說文》卷十重文字形分析 ………………………………651

馬 651　　驈 652　　騢 653　　駕 653　　驅 654　　零 655

贏 656　　灝 656　　麠 658　　鷹 658　　麋 659　　麤 660

麗 660　　塵 662　　㲋 663　　狾 663　　玃 664　　獘 665

狂 666　　猵 667　　獥 668　　獫 668　　猶 669　　羆 670

然 670　　熬 671　　穮 672　　爛 673　　焦 673　　裁 674

煙 675　　光 676　　熾 677　　爟 678　　燮 678　　黥 679

囱 679　　炎 680　　赤 681　　經 682　　沭 683　　大 683

吳 684　　尢 685　　蓳 686　　奢 687　　亢 687　　奏 688

竣 689　　㠯 690　　替 690　　凶 691　　悳 692　　愼 693

恕 694　　意 694　　懼 695　　悟 696　　怎 697　　戀 698

態 699　　惰 700　　戁 700　　懲 701　　悁 702　　怨 703

悝 704　　患 704　　恐 705　　惕 706　　怖 707　　懣 707

第四冊

第十二章　《說文》卷十一重文字形分析 ………………………………709

漾 709　　漢 710　　沇 710　　活 711　　瀾 712　　淵 713

沙 714　　榮 714　　灉 715　　津 716　　洈 717　　淦 717

汙 718　　砅 719　　湛 719　　涿 720　　濂 721　　涸 722

汀 723　　瀝 723　　㵤 724　　沫 725　　瀚 726　　泰 727

流 728　　涉 729　　く 730　　巠 731　　邕 732　　州 732

原泉灥 733　　辰血 734　　覛 735　　容 735　　冰 737　　朕 737

冬 738　　雨 739　　霝 740　　霣 741　　電 742　　震 742

霚 743　　霠 744　　霧 745　　零 745　　雲 746　　黔 747

鮪 748　　鱣 749　　鯁 749　　魴 750　　鰻 751　　鰂 752

鱷 752　　澷 753　　糞 754

第十三章　《說文》卷十二重文字形分析 ………………………………757

乙 757　　至 758　　西 759　　戶 760　　閻 761　　闔 762

闢 762　　開 763　　閒 764　　閔 765　　聯 766　　聞 766

聵 768　　職 769　　臣 769　　配 770　　手 771　　捒 772

扶 774　　捦 774　　握 775　　搹 776　　擖 777　　捋 777

撫 778　　揚 779　　拯 780　　拓 781　　摺 782　　播 782

撻 783　　抗 784　　搳 784　　妘 785　　婚 786　　姻 787

妻 787　　姊 788　　姼 789　　奴 789　　媧 791　　嬌 791

婤 792	婁 793	媿 794	姦 795	民 795	乂 796
也 797	或 798	我 799	義 800	珡 801	瑟 802
直 804	無 805	匸 806	医 806	匡 807	匯 808
匚 808	囲 809	甾 810	盧 811	甄 811	甈 812
弜 813	弛 813	彈 814	弼 815	系 816	絲 817

第十四章　《說文》卷十三重文字形分析 …………………………………819
糸 819	繭 820	織 821	紅 821	絕 822	繼 823
續 824	紹 826	緼 826	終 827	繒 828	緹 829
緂 830	紘 831	紟 831	綱 832	綫 833	緁 834
紙 834	每糸 835	麋 836	紲 837	繘 837	纊 838
紿 839	紵 839	總 840	緆 841	彞 841	繛 843
素髟 844	蟥 844	蠁 845	螶 846	蠹 846	強 847
蚳 848	蝸 849	蝴 849	蜩 850	蝓 850	蠭 851
蟼 852	蟴 852	虹 853	蛾 854	叉蟲 855	蟊 856
皐蟲 856	蠭 857	靈 858	蟲 858	蠱 859	蟲 860
蟲 860	蠢 861	蠢 862	虫盡 862	鹽 863	斐蟲 864
風 864	飆 865	它 866	龜 867	黽 868	鼃 869
知于黽 869	鼈 870	鼉 871	卵 871	二 872	恆 873
地 874	壞 875	璞 876	屮 876	垣 877	堵 878
堂 879	望 880	封 881	壐 882	城 883	墉 884
坻 886	垈 886	垠 887	塊 888	圮 888	堊 890
毀 891	壞 892	壚 893	圭 894	堯 895	堇 896
艱 897	野 898	疇 899	晦 900	畜 900	畺 901
黃 902	勳 904	勳 904	動 906	勞 906	勇 907
協 908					

第十五章　《說文》卷十四重文字形分析 …………………………………911
金 911	鐵 912	鋚 913	鎌 914	鐗 914	鈕 915
銳 916	鏝 916	鈞 917	鐘 918	縱 919	鑣 920
処 920	且 922	斬 923	斷 924	矛 925	車 925
輪 926	軹 927	軎 928	輈 928	轙 929	輗 930
自 931	陸 931	陝 933	陸 934	隤 935	防 936
阯 936	陳 937	陴 938	闕 939	饋 939	四 940

五 941　　　馗 942　　　冈 942　　　禹 943　　　离 944　　　甲 945

乾 947　　　成 947　　　己 949　　　辛 949　　　辤 950　　　辭 951

※ 952　　　子 954　　　孟 955　　　孳 956　　　杳 957　　　厷 957

育 958　　　寅 959　　　卯 960　　　辰 961　　　申 962　　　酉 963

醮 964　　　疇 965　　　釀 966　　　酸 966　　　醬 967　　　醢 968

尊 969　　　亥 971

第十六章　結　論 …………………………………………………………… 973
　第一節　本文研究成果 ……………………………………………………… 973
　第二節　《說文》重文的價值 ……………………………………………… 989
參考書目 ……………………………………………………………………… 993

第十二、十三冊　小屯南地甲骨句型與斷代研究

作者簡介

　　姚志豪，台灣台中人，1968 年生，逢甲大學中文系 2007 年博士。曾擔任國民中學、高級職業學校教師、現任逢甲大學中文系兼任助理教授，中國文字學會秘書長。專長中國古文字學、語言學，語言學知識由中山大學林慶勳先生啟蒙，師從東海大學朱歧祥、逢甲大學宋建華二位先生。近年專力於商代金文、甲骨語言結構及字體分類斷代之探討。

提　要

　　小屯南地甲骨（簡稱「屯南」），是 1972 年冬在安陽小屯村南公路旁由人民公社社員所發現的。1973 年春季，中國社會科學院考古研究所安陽工作隊開始科學挖掘，共挖出 5041 片甲骨，其中牛胛卜骨佔 4959 片，龜卜甲 70 片和牛肋條 4 片。

　　「屯南」甲骨的出土具有特殊的時代、科學意義，相較於早年中央研究院歷史語言研究所的十五次挖掘，本批材料使用了更進步的挖掘技術，減少了綴合的困難。同時，每版甲骨都有明確的地層坑位紀錄，奠定了往後科學發掘的基礎，是整體殷墟甲骨挖掘歷史中重要的里程碑。

　　《屯南》圖錄自出版應世以來，學界研究即偏重在「分期、斷代」層面。使得《屯南》本身在材料上的多樣特徵如：多用骨版、刻寫習慣、行款文例、年代相對集中（康丁、武乙、文丁三朝刻辭成為一個整體，並且嚴密相關）等等都被忽略，至為可惜。因此，筆者才有此一構想，希望將《屯南》這批材料純粹以「語

言對比」、「歷時描述」的角度進行探討，眞正落實單批出土甲骨的語言研究。

《屯南》主體「康丁、武乙、文丁」三朝卜辭的出土，不但確立陳夢家提出的「中期卜辭」概念的合理性，同時更讓董作賓先生早年強調的卜辭「分派研究」有了新的輔證。筆者認爲，《屯南》「康丁、武乙、文丁」三朝卜辭在句法、文例型態上前後一貫，有不可分割的發展關聯，這點合於陳夢家的說法。連帶地，被部分學者劃爲武丁晚期、命名爲「歷組」的武乙、文丁卜辭，年代定位自然也應回歸到中晚期。而武乙、文丁卜辭在事類、文例上與武丁期卜辭的諸多相似點，應該被視爲對早期禮制的模仿，我們從分析句型結構、類型的過程，得到這樣的體會，這點合於董作賓先生的分派理論。

本論文針對前修所作過的努力，補苴過去單坑甲骨刻辭語言研究的不足，加深加密，專一研究角度，而成《小屯南地甲骨句法斷代研究》一文，期能在單坑甲骨科學研究上，達到語言材料的純化。這將使得研究成果在斷代、史實研究上更具有準確的效用。

目　次

上　冊

第一章　緒　論 ……………………………………………………………… 1
　第一節　研究動機、材料與方法 ………………………………………… 1
　　一、研究動機與目的 …………………………………………………… 1
　　二、研究材料與方法 …………………………………………………… 9
　　三、研究步驟與局限 …………………………………………………… 12
　第二節　《屯南》甲骨卜辭的事類分析 ………………………………… 15
　　一、《屯南》刻辭的事類統計 ………………………………………… 16
　　二、《屯南》卜辭相關事類的討論 …………………………………… 25
　　三、結語 ………………………………………………………………… 32
　第三節　《屯南》文字的特殊寫法討論 ………………………………… 32
　　一、《屯南》特殊寫法分類說明 ……………………………………… 35
　　二、《屯南》特殊寫法的歸納與分析 ………………………………… 39
　　三、結語 ………………………………………………………………… 41
第二章　《屯南》卜辭句型討論 …………………………………………… 43
　第一節　《屯南》祭祀卜辭句型討論 …………………………………… 43
　　一、以祭祀動詞爲軸心的句型討論 …………………………………… 43
　　　二、結語 ……………………………………………………………… 69

第二節　《屯南》田獵卜辭句型討論 …………………………………………70
　　一、田獵卜辭的基本句型與變化 …………………………………………70
　　二、結語 ……………………………………………………………………74
第三節　《屯南》其他事類卜辭句型討論 ……………………………………75
　　一、其他事類卜辭的基本句型與變化 ……………………………………75
　　二、結語 ……………………………………………………………………96
第四節　以歷時觀點描述《屯南》卜辭 ………………………………………97
　　一、以「王賓」形式的演變描述《屯南》祭祀卜辭 ……………………97
　　二、以「王田」形式的演變描述《屯南》田獵卜辭 …………………102
　　三、結語 …………………………………………………………………107
第五節　《屯南》卜辭內部的句型演變 ……………………………………107
　　一、前辭形式的演變 ……………………………………………………108
　　二、命辭、驗辭形式的演變 ……………………………………………115
　　三、結語 …………………………………………………………………128
第六節　論小屯西地甲骨的句型及文例 ……………………………………129
　　一、小屯西地卜骨刻辭的句型文例討論 ………………………………130
　　二、結語 …………………………………………………………………138
第七節　結　語 ………………………………………………………………140
第三章　《屯南》卜辭斷代討論 ……………………………………………141
第一節　重論「歷組」卜辭 …………………………………………………141
　　一、前賢說法及爭議的關鍵 ……………………………………………141
　　二、從語言角度看「歷」卜辭 …………………………………………143
　　三、結語 …………………………………………………………………148
第二節　論《屯南》L 型行款卜辭及其斷代 ………………………………148
　　一、L 型行款卜辭的定義 ………………………………………………148
　　二、L 型行款卜辭的表現 ………………………………………………150
　　三、其他甲骨資料中的類似 L 型行款的卜辭 …………………………155
　　四、結語 …………………………………………………………………156
第三節　祭祀卜辭的動詞層級：「又、礻、歲、伐」 ……………………159
　　一、成立論題的理由 ……………………………………………………159
　　二、「又」字的實質意義 ………………………………………………161
　　三、「礻歲」與「礻伐」 ………………………………………………165

　　四、結語 ……………………………………………………… 170

　第四節　「非正統」祭祀卜辭對照《屯南》句型文例分析 ……… 171

　　一、兩方對照研究的必要性 ………………………………… 171

　　二、句型與文例結構對比 …………………………………… 174

　　三、結語 ……………………………………………………… 198

　第五節　董作賓先生「分派」理論與《屯南》甲骨斷代 ……… 201

　　一、董氏分期研究的歷史 …………………………………… 201

　　二、陳夢家「三期說」與《屯南》甲骨斷代 ……………… 202

　　三、新舊派與兩系說 ………………………………………… 206

　　四、結語 ……………………………………………………… 210

下　冊

第四章　重要文例與詞彙討論 ……………………………………… 213

　第一節　「酚」 ………………………………………………… 213

　　一、「酚」字句的使用型態與句讀 ………………………… 213

　　二、「酚」字的語法特徵 …………………………………… 216

　第二節　「在云」、「壱云」、「若干云」 …………………… 217

　　一、「在云」的使用狀況 …………………………………… 217

　　二、「壱云」、「若干云」的使用狀況 …………………… 219

　　三、結語 ……………………………………………………… 223

　第三節　「于之若」 …………………………………………… 224

　第四節　「若舀」 ……………………………………………… 226

　第五節　「叀○祝」 …………………………………………… 229

　　一、「叀○祝」的使用狀況 ………………………………… 229

　　二、「叀○祝」的分期關聯 ………………………………… 231

　第六節　「夕」與「莫（暮）」 ……………………………… 232

　　一、「夕」的使用狀況 ……………………………………… 232

　　二、「暮（莫、暮）」的使用狀況 ………………………… 234

　　三、結語 ……………………………………………………… 235

　第七節　「入自夕畐」 ………………………………………… 236

　　一、「入自夕畐」的使用狀況 ……………………………… 236

　　二、「入自夕畐」的來源探究 ……………………………… 237

　第八節　「囯（禍）」 ………………………………………… 239

一、「亡（又）囚」類問卜語的型態與背景 ················· 239
二、「亡（又）囚」類問卜語的歷時地位 ················· 241
第九節　結　語 ·························· 243
第五章　結　論 ·························· 245
引用論著 ······························ 251
附錄一：甲金文書名簡稱表 ···················· 257
附錄二：《屯南》甲骨刻辭釋文與校案 ················ 261
附錄三：本論文相關圖版 ····················· 431

第十四、十五、十六冊　殷墟花東H3甲骨刻辭所見人物研究

作者簡介

　　古育安，臺灣臺北市人。輔仁大學中國文學研究所碩士，政治大學中國文學研究所博士班，臺灣警察專科學校講師。研究領域為甲骨學、出土文獻與古文字學、先秦史。

提　要

　　本文研究內容為花東卜辭所見人物，以生人為主，包含個別人物與集合名稱之人物，以卜辭的釋讀為基礎，整理相關內容以探討人物的活動與人物間的互動關係，研究領域屬於甲骨學與殷商史。全文分為八章。

　　第一章內容有三：第一，介紹花東卜辭的研究概況，第二，對人物研究的方法及非王卜辭人物的研究史作初步整理與評述，第三，對目前所見花東卜辭時代的相關論述作整理與評述。第二章討論武丁、婦好、子三人，對關鍵字、詞以及卜辭的斷句與理解提出看法，並討論三人之互動關係。第三章討論花東卜辭所見「子某」與「某子」相關內容。第四、五章兩章討論其他與「子」有關的人物，包括個別人物與集合名稱之人物，不包括平民以下的人物。第四章討論受到子「呼」、「令」、「使」的人物、和子有「貢納關係」的人物與其他職官及邑人之類人物。另外，花東卜辭中有特殊的「某友」、「某友某」人名格式，或以為「友」即「僚屬」之義，專立一節討論。第五章討論「貞卜人物」、「記事刻辭」所見人物。第六章討論花東卜辭所見「奴隸」與「人牲」，卜辭的斷句與理解為討論重點。除了上述人物之外，有些不臣屬於「子」者，還有一些無法確定身分與地位者，或無法確定是否為人物者，一併於第七章討論。第八章為總結。以子與武丁、婦好的關係及子與花東卜辭所見其他人物的關係為主軸，彙整前六章提到的重要

人物、事類，總結本文對「花東卜辭之人物關係」、「子家族內、外部結構」、「子與子家族在商王朝中的角色」、「花東卜辭的時代」四個問題的看法。

目　次

上　冊

凡　例

引書簡稱對照表

第一章　緒　論 ·· 1

　第一節　花東卜辭研究概況 ······························· 1

　第二節　本文的研究動機與研究方法 ··················· 26

　第三節　本文的章節架構 ································· 44

　第四節　花東卜辭的時代問題 ··························· 49

第二章　花東卜辭中的商王武丁、婦好與子 ················· 69

　第一節　花東卜辭中的王與丁 ··························· 69

　第二節　花東卜辭中的婦好 ····························· 116

　第三節　花東卜辭中的子 ······························· 153

第三章　花東卜辭所見諸子考 ····························· 171

　第一節　受到子關心的「子某」 ······················· 171

　　一、子興、子馘 ····································· 171

　　二、子尻（尻）（附：子罘、子𢀛） ················· 182

　　三、子利（附：子利女） ····························· 192

　第二節　與子有臣屬關係的「子某」 ··················· 196

　　一、子妻（妻） ····································· 196

　　二、子配 ··· 199

　　三、𠂤𠂤（子營） ··································· 202

　　四、子𢇛（𢇛）、子媚、子𫷷（𫷷） ················· 203

　第三節　其他有「子稱」者與存疑待考者 ··············· 207

　　一、其他有子稱者 ··································· 208

　　　不子曲、𤋮子、弔子（弔）、大子、小子、三子、多子、吕𣎴（移）

　　二、存疑待考者 ····································· 219

　　　子彭、子曾、子𠤳

中　冊

第四章　花東子家族臣屬考（一） ······················· 227

第一節　受到子「呼」、「令」、「使」的人物 ⋯⋯⋯⋯⋯⋯⋯⋯ 227

一、個別人物 ⋯⋯⋯⋯⋯⋯⋯⋯⋯⋯⋯⋯⋯⋯⋯⋯⋯⋯⋯ 227

望（望）、大、發（射發）、剢、剛、庚、射告、南、卬（邵、召）、觥、臺

二、集合人名 ⋯⋯⋯⋯⋯⋯⋯⋯⋯⋯⋯⋯⋯⋯⋯⋯⋯⋯⋯ 265

職官　多臣、多賈、多卸正、辟、多尹（附：臐尹）

邑人　人、皿、剌人、入人

第二節　其他臣屬於子的人物 ⋯⋯⋯⋯⋯⋯⋯⋯⋯⋯⋯⋯ 296

一、貢納關係 ⋯⋯⋯⋯⋯⋯⋯⋯⋯⋯⋯⋯⋯⋯⋯⋯⋯⋯ 296

屰、伯或（或）、孴乃〔附：羌（俘虜）〕、新、佣、疾（附：彝、丙）、歷、吳、晌（附：舟曨）

二、其他人物 ⋯⋯⋯⋯⋯⋯⋯⋯⋯⋯⋯⋯⋯⋯⋯⋯⋯⋯ 323

職官　子臣、多工、万家（附：家）、多万、𢏽

邑人　我人（附：我）、𢔟（附：𢔟）、圭人、叙人

第三節　人名格式「某友某」與「某友」 ⋯⋯⋯⋯⋯⋯ 350

一、甲骨文「某友某」、「某友」諸說 ⋯⋯⋯⋯⋯⋯⋯⋯ 350

二、相關卜辭整理與討論 ⋯⋯⋯⋯⋯⋯⋯⋯⋯⋯⋯⋯⋯ 355

三、花東卜辭中的「友」 ⋯⋯⋯⋯⋯⋯⋯⋯⋯⋯⋯⋯⋯ 363

第五章　花東子家族臣屬考（二） ⋯⋯⋯⋯⋯⋯⋯⋯⋯⋯ 373

第一節　花東卜辭所見記事刻辭人物考 ⋯⋯⋯⋯⋯⋯ 373

一、甲橋刻辭 ⋯⋯⋯⋯⋯⋯⋯⋯⋯⋯⋯⋯⋯⋯⋯⋯⋯⋯ 373

正面　賈（附：𦵮）、卯、鼎、胅、万家

反面　屵、周、並、𢓊、史、倉、封、壴（賈壴）、亞、上

二、其他部位 ⋯⋯⋯⋯⋯⋯⋯⋯⋯⋯⋯⋯⋯⋯⋯⋯⋯⋯ 413

甲尾反面　疋

第二節　花東卜辭所見貞卜人物考 ⋯⋯⋯⋯⋯⋯⋯⋯ 414

一、同版關係 ⋯⋯⋯⋯⋯⋯⋯⋯⋯⋯⋯⋯⋯⋯⋯⋯⋯⋯ 414

一組　爵凡、𠬝、女、征、肉、迥、商

二組　子眔、友

三組　奠（亞奠、侯奠，附：小臣）、終、舩

二、個別出現 ⋯⋯⋯⋯⋯⋯⋯⋯⋯⋯⋯⋯⋯⋯⋯⋯⋯⋯ 426

兂、行、受、夫、𢎦

下 冊

第六章　花東卜辭所見俘虜、奴隸與人牲考.....433

　第一節　花東卜辭所見俘虜、奴隸考.....433

　　一、俘虜與奴隸.....433

　　　執、何、疫、臣、圂臣

　　二、女性奴隸.....448

　　　妾、磬妾

　第二節　花東卜辭所見人牲考.....453

　　一、異族人牲.....453

　　　羌、莧、屯、妝

　　二、具有某種身分者.....467

　　　反、臣、妾、雩（雩）

　第三節　存疑待考者.....476

　　一、無法確定身分者.....476

　　　𡧛、敊、琡羌、𤕭、朿、反

　　二、字義或詞性有爭議者.....494

　　　𡩡、鞁（附：㣻）、印

第七章　其他人物.....505

　第一節　不臣屬於子的人物.....505

　　一、丁族.....505

　　二、丁臣.....514

　第二節　身分與地位待考的人物.....516

　　一、地位較高者.....516

　　　屮（屮）、韋、𤔲、叔（附：尋）、多丰臣

　　二、受到子關心者.....528

　　　𡥈、歸、引、右史、中周（附：妠中周妾）、豐、季母（附：季）

　　三、其他人物.....545

　　　𨤲、火（附：𤈩）、多左、卜母壬、𡘹

　第三節　無法確定是否為人物者.....555

　　一、𩰬.....555

　　二、𪉲.....557

　　三、𣓀丌.....559

第八章 總 結 ……………………………………………………… 561

參考書目 …………………………………………………………… 569

附錄 試論花東卜辭中的「弜巳」及相關卜辭釋讀 …………… 599

第十七冊 東周貨幣文字構形研究

作者簡介

作者／陳立

學歷／國立臺灣大學文學博士

現職／國立高雄師範大學國文系副教授

提 要

本書旨在討論春秋戰國時期鑄寫於貨幣上的文字構形，利用已知的文字與之分析、比對，找出它的構形特色。

全書分為六章，首章介紹前賢在東周貨幣的研究情形，並透過相關的資料，將部分尚未隸定的文字或是未知鑄行國別的貨幣加以考證；第二至第五章依序討論貨幣文字在增繁、省減、異化與合文的現象，找出其構形的特色；末章依據第二至五章的討論，將觀察、分析後所得的結果加以說明；文末附上現今所見的東周貨幣資料，參考學者們的研究，加以區別鑄行的國別。

目 次

凡 例

第一章 緒 論 ……………………………………………………… 1

 第一節 研究動機與目的 ………………………………………… 1

 第二節 研究材料與方法 ………………………………………… 2

 第三節 前人研究概況 …………………………………………… 3

 第四節 未定國別貨幣考證 ……………………………………… 12

第二章 形體結構增繁分析 ……………………………………… 23

 第一節 前言 ……………………………………………………… 23

 第二節 增添飾筆 ………………………………………………… 24

 第三節 重複偏旁或部件 ………………………………………… 40

 第四節 增添無義偏旁 …………………………………………… 42

 第五節 增添標義偏旁 …………………………………………… 43

 第六節 增添標音偏旁 …………………………………………… 46

第七節　小結 ·· 48

第三章　形體結構省減分析 ··· 51

第一節　前言 ·· 51

第二節　單筆省減 ··· 52

第三節　共筆省減 ··· 54

第四節　借筆省減 ··· 56

第五節　邊線借用 ··· 58

第六節　部件省減 ··· 61

第七節　同形省減 ··· 74

第八節　剪裁省減 ··· 76

第九節　義符省減 ··· 84

第十節　聲符省減 ··· 91

第十一節　小結 ·· 100

第四章　形體結構異化分析 ··· 103

第一節　前言 ·· 103

第二節　偏旁位置不固定的異化 ·· 104

第三節　形體不固定的異化 ·· 113

第四節　筆畫形體不固定的異化 ·· 128

第五節　非形音義近同之偏旁互代的異化 ····························· 143

第六節　形近偏旁互代的異化 ··· 146

第七節　義近偏旁互代的異化 ··· 147

第八節　小結 ·· 149

第五章　形體結構合文分析 ··· 153

第一節　前言 ·· 153

第二節　不省筆合文 ··· 154

第三節　共用筆畫省筆合文 ·· 183

第四節　共用偏旁省筆合文 ·· 185

第五節　借用部件省筆合文 ·· 186

第六節　刪減偏旁省筆合文 ·· 188

第七節　小結 ·· 196

第六章　結　論 ··· 199

第一節　貨幣文字的特色 ·· 199

第二節　文字反映的國別特色 …………………………………… 203
第三節　貨幣文字的價值 …………………………………………… 204
參考書目 ………………………………………………………………… 207
附錄：東周貨幣材料表 ……………………………………………… 221

第十八冊　甲、金、籀、篆四體文字的變化研究

作者簡介

作者陳紹慈，東海大學中文研究所博士，現任靜宜大學中文系專任助理教授。專書著有《徐灝說文解字注箋研究》（博士論文，花木蘭出版社，2006）及《文學啓示錄》等，其中《甲金籀篆四體文字的變化研究》爲碩士論文。此外，還有單篇論文多篇，如：〈「古書研究」之「書」的定義及範圍初探——以出土簡帛爲主要觀察對象〉、〈「畫」字「畫」文化新探——以先秦文物印證文字形構〉、〈文化文字學的定義與範疇〉。

提　要

古代漢字形體的變化是文字學探討的主要課題之一。從民國以來，有多位學者（如：唐蘭、許錟輝及李學勤等）在此方面提出看法，本論文之第二章即述評諸家之說。又本文以甲骨文、金文、籀文與小篆這四種字體爲研究範圍，故於第三章介紹其字體特徵。

「變化」包括演變與演化兩大類。「演變」意謂同一個字的字形改換，屬於「形變」。第四章所提到的演變現象包含：循化、訛變、繁化、簡化與造作。「演化」則是指文字的孳乳、分化現象，亦即經由字形的改變產生新字，屬於「質變」。第五章論述的演化現象包括：歧分與轉注，皆是因應精確記錄語言的要求而產生。歧分以改變筆畫或採用異體字等方式形成另一個新字；轉注源於語言孳生（字義使用範圍擴大產生引申義）及文字假借，再用增加或改變意符的方式轉化出新字。第六章進一步探討第四、五章所述各種現象形成的原因，大致可分爲實用、美化與配合字說等三大類。

綜合前面幾章的內容及附錄各項下的字數，得到以下的結論：1.古文字的變化分演變與演化；2.形變是主要趨勢；3.古文字的循化是保存文化的主力；4.訛變造成文字符號化；5.歧分及轉注可減少學習的負擔等。此外，從造成字形變化的原因（實用、美化）可看到先民在漢字演進過程中展現的智慧。

目　次

第一章　緒　論 ……………………………………………………………… 1

　　第一節　題意的說明 ……………………………………………………… 1

　　第二節　研究的動機 ……………………………………………………… 3

　　第三節　研究的範圍 ……………………………………………………… 4

第二章　當代學者對於古文字變化的研究 ………………………………… 9

　　第一節　唐蘭先生的看法述評 ………………………………………… 9

　　第二節　梁東漢先生的看法述評 ……………………………………… 13

　　第三節　許錟輝先生的看法述評 ……………………………………… 18

　　第四節　李學勤等先生的看法述評 …………………………………… 20

　　第五節　其他學者的看法述評 ………………………………………… 24

第三章　甲、金、籀、篆的流傳與特徵 …………………………………… 29

　　第一節　甲骨文、金文的流傳與特徵 ………………………………… 29

　　第二節　籀文、小篆的流傳與特徵 …………………………………… 35

第四章　甲、金、籀、篆的演變現象 ……………………………………… 43

　　第一節　循化 …………………………………………………………… 43

　　第二節　訛變 …………………………………………………………… 46

　　第三節　繁化 …………………………………………………………… 53

　　第四節　簡化 …………………………………………………………… 56

　　第五節　造作 …………………………………………………………… 59

第五章　甲、金、籀、篆的演化現象 ……………………………………… 63

　　第一節　歧分 …………………………………………………………… 63

　　第二節　轉注 …………………………………………………………… 65

第六章　甲、金、籀、篆變化的原因 ……………………………………… 71

　　第一節　實用 …………………………………………………………… 71

　　第二節　美化 …………………………………………………………… 74

　　第三節　配合字說 ……………………………………………………… 75

第七章　結　論 ……………………………………………………………… 77

　　第一節　古文字變化的原理與階段 …………………………………… 77

　　第二節　古文字的形變與質變 ………………………………………… 80

　　第三節　古文字的變化與漢字特性的關係 …………………………… 81

附　錄

附表一　循化 ………………………………………………………………… 83

附表二　訛變 ·· 101

附表三　繁化 ·· 119

附表四　簡化 ·· 125

附表五　造作 ·· 128

附表六　歧分 ·· 130

附表七　轉注 ·· 131

附表八　沿襲 ·· 133

參考書目 ·· 135

第十九冊　《敦煌社會經濟文獻眞跡釋錄》研究

作者簡介

　　吳蘊慧，女，1977 年 6 月生，江蘇南通人。2003 年畢業於蘇州大學漢語言文字學專業，獲文學碩士學位；2006 年獲文學博士學位。師從王繼如先生研習訓詁學，在韓國、香港以及大陸省級以上刊物發表相關學術論文近二十篇。曾主要參與江蘇省社科基金《敦煌文獻通讀字研究》；參與《辭海》（第六版）、《大辭海》、《辭源》（第三版）等大型語文工具書的編纂及修訂工作。現就職於蘇州市職業大學（蘇州學院（籌））。2006 年被評爲江蘇省「青藍工程」優秀骨幹教師培養對象；2012 年被評爲「青藍工程」中青年學術帶頭人培養對象。

提　要

　　本書從校勘入手，在核實敦煌文書原卷的基礎上，指出《釋錄》在校勘方面主要存在以下問題：（1）由於錄文不愼混同形近之字，或由於誤識俗字而誤釋（2）遺漏一些敦煌文書原卷實有且沒有任何刪節號的文字（3）對原卷進行不必要的校改（4）由於抄錄者水平頗爲懸殊，俗字、誤字大量存在，再加上《釋錄》所依據的縮微膠卷和《敦煌寶藏》的圖版不夠清晰，有些錄文尚需仔細斟酌。此外，在句讀的判斷等方面亦存在可商之處。

　　在校勘的基礎上，本書較爲系統地研究了《釋錄》中的通讀現象，指出其存在的三種誤區：（1）不諳文義，誤說通讀（2）本該通讀，誤而不用（3）本義自通，不必通讀。由此總結出敦煌文獻中通讀的一些特殊現象：如敦煌文獻中具有通讀關係的本字和通假字，其聲韻甚至會對廣切韻系統有所突破，反映了唐五代西北方音的某些特點；手抄卷中的異文（尤其是同篇異卷的異文）、旁注是對某些通假字用法的很好證明。

　　此外，本書還較爲全面地找出了《釋錄》中的新詞和新義。新詞是指《釋錄》所輯敦煌文書中的詞語用例早於《漢語大詞典》（下簡稱《大詞典》）中該詞語首例的時代，以及《大詞典》失收而傳世文獻中有例可援的詞語。新義是指《釋錄》所輯敦煌文書中的詞語義項早於《大詞典》中該詞語義項的首例時代，或不同於《大詞典》中該詞語的諸種義項。

目　次

凡　例

第一章　引　言 ……………………………………………………………… 1

第二章　《釋錄》校勘記 …………………………………………………… 7

　第一節　誤　錄 ………………………………………………………… 7

　第二節　闕　錄 ………………………………………………………… 28

　第三節　徑　改 ………………………………………………………… 30

　第四節　商　榷 ………………………………………………………… 34

第三章　《釋錄》通讀研究 ………………………………………………… 63

　第一節　不諳文義，誤說通讀 ………………………………………… 63

　第二節　本該通讀，誤而不用 ………………………………………… 67

　第三節　本義自通，不必通讀 ………………………………………… 110

　第四節　小結 …………………………………………………………… 114

第四章　《釋錄》新詞、新義研究 ………………………………………… 131

　第一節　《釋錄》中的新詞 …………………………………………… 131

　第二節　《釋錄》中的新義 …………………………………………… 189

第五章　待質錄 ……………………………………………………………… 245

字形表 ………………………………………………………………………… 252

結　語 ………………………………………………………………………… 255

參考文獻 ……………………………………………………………………… 257

後　記 ………………………………………………………………………… 263

第二十、二一、二二、二三、二四冊　何萱《韻史》音韻研究

作者簡介

　　韓禕，女，1980 年生於河北唐山。分別於 2003 年、2006 年在陝西師範大學獲學士學位和碩士學位，2011 年在首都師範大學獲博士學位。現在北京市八

一中學工作。曾參與國家新聞出版總署重大課題《十三經辭典‧左傳辭典》的編寫和《漢語音韻學文獻大系》目錄部分的整理，發表《從詩文用韻考察趙州、幽州的韻部變化》、《〈說文解字〉「酉」部字與中國古代酒文化》、《唐代河北道趙州地區詩人用韻考》、《〈說文解字注〉「雙聲」「疊韻」條例簡析》等學術論文多篇。

提　要

　　《韻史》是 1936 年由商務印書館刊行的一部集形、音、義為一體的字典性質的作品，作者為清代江蘇泰興人何萱。

　　《韻史》的著書旨趣是為了保存古音古義，以「使學者真識字而無難」。在體例上，何萱自述是「仿段懋堂先生十七部之說而擴之」，《韻史》也是按照十七部編排的。收字除《說文》外，另有《廣韻》和《玉篇》，以《說文》中收字為正編，《廣韻》和《玉篇》中收字為副編。何萱對每個收字都有詳細說解，包括出處、釋義、注音和按語。在十七部之前，都列有一個形聲表、四聲表和四呼表，提示讀者每一部的內容包括哪些音、哪些字。在內容上，何氏主要是考古音古義。他改良反切，並為每一個字注音，雖然注的是他心目中的古音，但他所使用的語言是共同語標準音，同時又不自覺地融入了自己的方音。鑒於《韻史》音系的複雜性，我們從古音和何萱的自注反切兩個角度展開討論。全文分上、下兩篇，上篇五章的主要內容如下：

　　第一章為緒論，主要介紹本文的研究動機、意義、方法、何萱的生平事跡和《韻史》的內容體例。

　　第二章為《韻史》古音研究，主要介紹何萱的古音觀、他在古音（包括聲、韻、調）方面的研究成果以及對何萱其人的定位。

　　第三章為《韻史》自注反切研究，通過分析反切上、下字，分別考察了《韻史》反切所體現出的聲、韻、調系統。其中聲母為 21 個，全濁音已清化，塞音、塞擦音清化後主要與送氣清音合流，體現出通泰方言特點；非敷奉合流，微母獨立。泥娘合流，疑母獨立；知莊章合流為[]組聲母，個別字與精組混注；精見曉組沒有化；影云以母合流為零聲母。《韻史》韻部為 20 個，含陰聲韻 6 部，陽聲韻和入聲韻各 7 部，韻母 57 個。特點是沒有支思部、車遮部和家麻部；中古同攝一二等韻在《韻史》中大部分合流；四等韻多與三等合流；開口二等喉牙音字多與一二等合流；有開、齊、合、撮四呼；陽聲韻尾和入聲韻尾保持三分格局，部分異尾相注只是何萱在標注上古讀音，不足以反映語音演變。一些他韻注、他攝注同樣也是古音的反映。聲調方面，為陰平、陽平、上聲、陰

去、陽去、陰入、陽入四聲七調系統，與早期通泰方言一致。

第四章爲音系性質的討論。綜合來說，《韻史》是清代泰興人何萱所著的以正古音、釋古義以爲目的古漢語字典。從其反切注音來看，其音系爲古今雜糅的系統。主觀願望上，《韻史》聲母、韻母和聲調系統都是何萱心目中的上古音；客觀結果上，《韻史》的聲母系統和聲調系統是清代的泰興方音，韻母系統是上古音系統。

第五章爲結語，主要是總結全文並指出不足之處。

附論爲對何萱第一部「形聲表」的補充。

下篇「《韻史》全字表」是論文寫作的支和查驗材料，列表規則詳見「《韻史》全字表」凡例。

目　次

序　一　鄭張尚芳

序　二　馮蒸

上　篇

第一冊

第一章　緒　論 ·· 3

　第一節　本文研究的動機和意義 ················ 3

　第二節　前人研究概況 ···························· 3

　第三節　何萱生平和《韻史》體例 ·············· 10

　　一、何萱主要生平事跡 ························ 10

　　二、《韻史》的內容體例 ······················ 11

　第四節　本文研究角度和研究方法 ·············· 12

　　一、研究角度 ································ 12

　　二、研究方法 ································ 13

　　　（一）反切系聯法 ·························· 13

　　　（二）反切比較法 ·························· 13

　　　（三）統計法 ···························· 13

　　　（四）內部分析法 ·························· 14

　　　（五）文獻參證法 ·························· 14

　　　（六）審音法 ···························· 14

　　　（七）數據庫檢索法 ······················ 14

第二章　《韻史》古音研究 ························ 17

第一節　何萱古音學思想的形成背景⋯⋯⋯⋯⋯⋯⋯⋯17

　一、清代古音學史研究概況⋯⋯⋯⋯⋯⋯⋯⋯⋯⋯17

　二、清代後期古音學研究特徵⋯⋯⋯⋯⋯⋯⋯⋯⋯19

第二節　何萱的古音學思想⋯⋯⋯⋯⋯⋯⋯⋯⋯⋯⋯20

　一、何萱對古聲母的研究⋯⋯⋯⋯⋯⋯⋯⋯⋯⋯⋯20

　二、何萱對古韻部的研究⋯⋯⋯⋯⋯⋯⋯⋯⋯⋯⋯26

　三、何萱對古聲調的研究⋯⋯⋯⋯⋯⋯⋯⋯⋯⋯⋯41

第三節　何萱在古音學方面的研究成果和對何萱其人的定位⋯43

　一、何萱在古音研究方面取得的成果⋯⋯⋯⋯⋯⋯43

　二、何萱爲審音派古音學家⋯⋯⋯⋯⋯⋯⋯⋯⋯⋯44

　　（一）審音的概念⋯⋯⋯⋯⋯⋯⋯⋯⋯⋯⋯⋯⋯44

　　（二）審音派與考古派的劃分標準⋯⋯⋯⋯⋯⋯44

　　（三）審音派古音學家⋯⋯⋯⋯⋯⋯⋯⋯⋯⋯⋯45

第三章　《韻史》自注反切研究⋯⋯⋯⋯⋯⋯⋯⋯⋯⋯49

第一節　《韻史》自注反切概況⋯⋯⋯⋯⋯⋯⋯⋯⋯49

　一、切上字的特點⋯⋯⋯⋯⋯⋯⋯⋯⋯⋯⋯⋯⋯⋯53

　二、切下字的特點⋯⋯⋯⋯⋯⋯⋯⋯⋯⋯⋯⋯⋯⋯59

　三、切上字、切下字與被切字的關係⋯⋯⋯⋯⋯⋯64

第二節　《韻史》自注反切所反映的語音系統⋯⋯⋯⋯66

　一、聲母系統⋯⋯⋯⋯⋯⋯⋯⋯⋯⋯⋯⋯⋯⋯⋯⋯66

　　（一）反切上字表⋯⋯⋯⋯⋯⋯⋯⋯⋯⋯⋯⋯⋯66

　　（二）中古後期四十二聲母在《韻史》中的演變⋯74

　　1、幫系⋯⋯⋯⋯⋯⋯⋯⋯⋯⋯⋯⋯⋯⋯⋯⋯⋯74

　　　（1）幫組⋯⋯⋯⋯⋯⋯⋯⋯⋯⋯⋯⋯⋯⋯⋯74

　　　（2）非組⋯⋯⋯⋯⋯⋯⋯⋯⋯⋯⋯⋯⋯⋯⋯79

　　　（3）幫組與非組聲母的混注⋯⋯⋯⋯⋯⋯⋯80

　　2、見系⋯⋯⋯⋯⋯⋯⋯⋯⋯⋯⋯⋯⋯⋯⋯⋯⋯85

　　　（1）見組⋯⋯⋯⋯⋯⋯⋯⋯⋯⋯⋯⋯⋯⋯⋯85

　　　（2）曉組、影組⋯⋯⋯⋯⋯⋯⋯⋯⋯⋯⋯⋯89

　　　（3）見組與曉組、影組聲母的混注⋯⋯⋯⋯92

　　　（4）見系聲母與幫、端、知系聲母的混注⋯99

　　3、端系⋯⋯⋯⋯⋯⋯⋯⋯⋯⋯⋯⋯⋯⋯⋯⋯⋯109

（1）端組 ·· 109

（2）泥組 ·· 111

（3）精組 ·· 112

（4）端泥精三組聲母的混注 ································ 116

4、知系 ·· 118

（1）知組 ·· 118

（2）莊組 ·· 119

（3）章組 ·· 120

（4）日組 ·· 121

（5）知莊章三組聲母的混注 ································ 123

（6）知莊章三組與精組聲母的混注 ················ 140

（7）知莊章三組與端組聲母的混注 ················ 148

（三）《韻史》自注反切的聲母表 ···························· 153

二、韻母系統 ·· 154

（一）反切下字表 ·· 154

（二）中古十六攝在《韻史》中的變化 ·················· 179

1、舒聲韻部 ·· 180

（1）同尾陽聲韻 ·· 181

1）江部 ·· 181

2）岡部 ·· 187

3）耕部 ·· 199

4）臤部 ·· 210

5）干部 ·· 221

6）金部 ·· 246

第二冊

7）甘部 ·· 247

（2）異尾陽聲韻 ·· 259

1）-m 尾韻與-n 尾韻相注 ······························· 259

2）-m 尾韻與-ŋ 尾韻相注 ······························· 261

3）-n 尾韻與-ŋ 尾韻相注 ································· 264

（3）陰聲韻 ·· 268

1）幾部 ·· 268

2）該部 …………………………………………… 291

3）鳩部 …………………………………………… 300

4）姑部 …………………………………………… 306

5）高部 …………………………………………… 313

6）柯部 …………………………………………… 325

7）中古假攝在《韻史》中的變化 ……………… 330

（4）陽聲韻與陰聲韻相注 ……………………………… 340

1）-n 尾陽聲韻與陰聲韻相注 …………………… 340

2）-ŋ 尾陽聲韻與陰聲韻相注 …………………… 345

3）-m 尾陽聲韻與陰聲韻相注 …………………… 350

2、入聲韻部 …………………………………………………… 350

（1）同尾入聲韻 ………………………………………… 351

1）□　部 ………………………………………… 351

2）各部 …………………………………………… 358

3）隔部 …………………………………………… 360

4）吉部 …………………………………………… 370

5）葛部 …………………………………………… 375

6）□部 …………………………………………… 384

7）頰部 …………………………………………… 385

（2）異尾入聲韻 ………………………………………… 392

1）-p 尾韻與-t 尾韻相注 ………………………… 392

2）-p 尾韻與-k 尾韻相注 ………………………… 393

3）-t 尾韻與-k 尾韻相注 ………………………… 394

3、舒聲韻部與入聲韻部相注 ………………………………… 396

（1）陰聲韻與入聲韻相注 ……………………………… 396

（2）陽聲韻與入聲韻相注 ……………………………… 404

（三）《韻史》自注反切的韻母表 …………………………… 406

三、聲調系統 ………………………………………………………… 409

（一）《韻史》聲調系統的考證方法和步驟 …………………… 409

（二）中古四聲在《韻史》中的變化 …………………………… 411

1、中古四聲在《韻史》中的混注 ………………………… 412

（1）上去混注 ………………………………………… 412

（2）平去混注 ……………………………………………… 423

（3）平上混注 ……………………………………………… 425

（4）去入、上入、平入的混注 ………………………… 426

2、中古四聲在《韻史》中的清濁混注 ………………… 427

（1）平聲清濁混注 ……………………………………… 427

（2）上聲清濁混注 ……………………………………… 428

（3）去聲清濁混注 ……………………………………… 429

（4）入聲清濁混注 ……………………………………… 430

（三）《韻史》自注反切的聲調表 ………………………… 431

第四章　《韻史》的性質 ……………………………………… 435

第一節　《韻史》的文獻性質 ……………………………… 435

第二節　《韻史》自注反切音系性質 ……………………… 437

（一）聲母方面 ……………………………………………… 437

1、《韻史》反切聲母系統與早期通泰方言聲母的比較 … 437

2、《韻史》反切聲母系統與《中原音韻》聲母系統的比較 … 440

3、《韻史》反切聲母系統與何萱上古二十一聲母的比較 … 440

（二）韻母方面 ……………………………………………… 441

1、《韻史》反切韻母系統與早期通泰方言韻母的比較 … 441

2、《韻史》反切韻母系統與《中原音韻》韻母系統的比較 … 443

3、《韻史》反切韻母系統與何萱古韻十七部的比較 … 443

（三）聲調方面 ……………………………………………… 445

1、《韻史》反切聲調系統與早期通泰方言聲調的比較 … 445

2、《韻史》反切聲調系統與《中原音韻》聲調系統的比較 … 451

3、《韻史》反切聲調系統與何萱上古聲調系統的比較 … 451

第五章　結　語 ………………………………………………… 455

附　論　何萱《韻史》第一部「形聲表」補缺 ……………… 457

下　篇

第三冊

《韻史》全字表 ………………………………………………… 463

凡例 …………………………………………………………………… 4

第一部正編 …………………………………………………… 467

第一部副編 …………………………………………………… 491

第二部正編 ……………………………………………………… 513

第二部副編 ……………………………………………………… 537

第三部正編 ……………………………………………………… 559

第三部副編 ……………………………………………………… 589

第四部正編 ……………………………………………………… 616

第四部副編 ……………………………………………………… 636

第五部正編 ……………………………………………………… 658

第五部副編 ……………………………………………………… 697

第六部正編 ……………………………………………………… 725

第六部副編 ……………………………………………………… 731

第四冊

第七部正編 ……………………………………………………… 737

第七部副編 ……………………………………………………… 759

第八部正編 ……………………………………………………… 782

第八部副編 ……………………………………………………… 793

第九部正編 ……………………………………………………… 811

第九部副編 ……………………………………………………… 826

第十部正編 ……………………………………………………… 850

第十部副編 ……………………………………………………… 875

第十一部正編 …………………………………………………… 901

第十一部副編 …………………………………………………… 914

第十二部正編 …………………………………………………… 927

第十二部副編 …………………………………………………… 950

第十三部正編 …………………………………………………… 973

第十三部副編 …………………………………………………… 996

第五冊

第十四部正編 …………………………………………………… 1013

第十四部副編 …………………………………………………… 1052

第十五部正編 …………………………………………………… 1084

第十五部副編 …………………………………………………… 1150

第十六部正編 …………………………………………………… 1202

第十六部副編 …………………………………………………… 1228

第十七部正編 ……………………………………………………1245

第十七部副編 ……………………………………………………1264

主要參考文獻 ……………………………………………………1287

後　記 ……………………………………………………………1295

第二五冊　戴震《方言疏證》研究

作者簡介

徐玲英（1972～），女，安徽大學學報編輯部副編審，文學博士，安徽大學出版社特聘編輯。於 2002～2005 年在安徽師範大學文學院攻讀中國古典文獻學專業碩士學位，師從袁傳璋、胡傳志、李先華先生，主要研究方向爲清代文獻研究；2005～2008 年在安徽大學中文系攻讀漢語言文字學專業博士學位，師從楊應芹先生，主要研究方向爲戴學研究。從 2005 年起，已在《安徽大學學報》、《湖南大學學報》、《四川師範大學學報》等刊物上發表本專業學術論文近 20 篇，其中 4 篇論文爲 cssci 來源刊物和國家核心刊物。同時，主持安徽省教育廳項目一項。

提　要

有感於《方言》「訛舛相承，幾不可通」，戴震爲《方言》訂訛辨誤、刪衍補脫，並進一步疏證詞條，利用漢字系統聲近義通的內在規律，讀破通假、系聯同源，更用「語轉」明方言音變，從而溝通了《方言》訓詞與被訓詞，使這部瀕於隱沒的語言學著作重發光彩。本論文從校勘、訓詁、音韻三方面對《方言疏證》進行全面研究。

本書第二章在歸納《方言疏證》的校勘內容和校勘方法基礎上，總結了戴震的校勘特色。即博綜群籍傳注，本之小學六書，以理論斷；以求是爲根本旨歸，大膽改正訛文；發凡起例，首次從致訛角度總結誤例。本章重點是結合傳世文獻、後人《方言》研究成果以及現代方言，對戴震校改內容逐個考察，進行窮盡式研究，從量上確定《方言疏證》的校勘價值。第三章研究了《方言疏證》的訓詁內容和訓詁方法，並對《方言疏證》中因聲求義法、異文、引用書目和語法觀念進行了專題研究。第四章對《方言疏證》的音韻研究，主要是通過對戴震系聯的方言音變詞、通假詞、同源詞以及聯綿詞的音轉材料進行語音分析，進而總結出聲轉、韻轉規律，並進一步揭示音轉時聲、韻相制約的關係。

基於以上研究，本書最後一章總結了《方言疏證》對揚雄《方言》的貢獻、《方言疏證》在方言學史中的地位及其方法論價值。同時從校勘和訓詁兩方面

討論了《方言疏證》的不足。

目　次

第一章　緒　論 ⋯⋯⋯⋯⋯⋯⋯⋯⋯⋯⋯⋯⋯⋯⋯⋯⋯ 1

　第一節　戴震生平 ⋯⋯⋯⋯⋯⋯⋯⋯⋯⋯⋯⋯⋯⋯⋯ 1

　第二節　《方言疏證》的寫作及其版本 ⋯⋯⋯⋯⋯ 5

　第三節　《方言疏證》的研究現狀及選題意義 ⋯⋯ 13

第二章　《方言疏證》校勘研究 ⋯⋯⋯⋯⋯⋯⋯⋯⋯ 17

　第一節　《方言疏證》的校勘內容和術語 ⋯⋯⋯⋯ 17

　　一、對《方言》本文的校勘 ⋯⋯⋯⋯⋯⋯⋯⋯⋯ 18

　　二、對《方言》郭注的校勘 ⋯⋯⋯⋯⋯⋯⋯⋯⋯ 25

　　三、對引書的校勘 ⋯⋯⋯⋯⋯⋯⋯⋯⋯⋯⋯⋯⋯ 28

　　四、對《方言》別本校勘 ⋯⋯⋯⋯⋯⋯⋯⋯⋯⋯ 31

　　五、《方言疏證》所用校勘術語 ⋯⋯⋯⋯⋯⋯⋯ 33

　第二節　《方言疏證》的校勘方法 ⋯⋯⋯⋯⋯⋯⋯ 34

　　一、對校法 ⋯⋯⋯⋯⋯⋯⋯⋯⋯⋯⋯⋯⋯⋯⋯⋯ 35

　　二、他校法 ⋯⋯⋯⋯⋯⋯⋯⋯⋯⋯⋯⋯⋯⋯⋯⋯ 35

　　三、本校法 ⋯⋯⋯⋯⋯⋯⋯⋯⋯⋯⋯⋯⋯⋯⋯⋯ 39

　　四、理校法 ⋯⋯⋯⋯⋯⋯⋯⋯⋯⋯⋯⋯⋯⋯⋯⋯ 40

　第三節　從《方言疏證》看戴震的校勘特點 ⋯⋯ 45

　　一、參驗群籍　以理論定 ⋯⋯⋯⋯⋯⋯⋯⋯⋯⋯ 45

　　二、實事求是　勇定是非 ⋯⋯⋯⋯⋯⋯⋯⋯⋯⋯ 48

　　三、規範文字　俗字從正 ⋯⋯⋯⋯⋯⋯⋯⋯⋯⋯ 52

　　四、分析歸納　總結誤例 ⋯⋯⋯⋯⋯⋯⋯⋯⋯⋯ 53

　第四節　《方言疏證》校改內容評述 ⋯⋯⋯⋯⋯⋯ 55

　　一、正例 ⋯⋯⋯⋯⋯⋯⋯⋯⋯⋯⋯⋯⋯⋯⋯⋯⋯ 56

　　二、誤例 ⋯⋯⋯⋯⋯⋯⋯⋯⋯⋯⋯⋯⋯⋯⋯⋯⋯ 87

　　三、爭議例 ⋯⋯⋯⋯⋯⋯⋯⋯⋯⋯⋯⋯⋯⋯⋯⋯ 94

第三章　《方言疏證》訓詁研究 ⋯⋯⋯⋯⋯⋯⋯⋯⋯ 101

　第一節　《方言疏證》的訓詁內容 ⋯⋯⋯⋯⋯⋯⋯ 101

　　一、疏通詞義 ⋯⋯⋯⋯⋯⋯⋯⋯⋯⋯⋯⋯⋯⋯⋯ 102

　　二、注明音讀 ⋯⋯⋯⋯⋯⋯⋯⋯⋯⋯⋯⋯⋯⋯⋯ 107

　　三、解釋名物 ⋯⋯⋯⋯⋯⋯⋯⋯⋯⋯⋯⋯⋯⋯⋯ 109

四、揭示文字學知識 ················110

五、分析文獻引證與《方言》之關係 ··········115

第二節 《方言疏證》的訓詁方法 ···········116

一、形義互求 ·················117

二、匯綜群籍 ·················119

三、引申推義 ·················120

四、因聲求義 ·················122

五、其他方法 ·················122

第三節 《方言疏證》因聲求義法研究 ·········124

一、因聲求義理論的提出 ············124

二、因聲求義的表述形式 ············125

三、因聲求義的功用 ··············131

四、《方言疏證》因聲求義法的價值和缺憾 ·····136

第四節 《方言疏證》異文研究 ···········137

一、繫聯異文的術語 ··············137

二、異文的來源 ················140

三、異文的關係 ················142

四、異文的作用 ················148

第五節 《方言疏證》引書考 ············149

一、引用書目 ·················149

二、徵引古書的體例 ··············153

第六節 《方言疏證》中體現的語法觀念 ·······159

一、詞性觀念 ·················159

二、構詞觀念 ·················163

第四章 《方言疏證》的音轉研究 ···········169

第一節 「音轉」研究的歷史發展 ··········169

第二節 《方言疏證》的音轉研究 ··········177

一、方言音變詞的語音分析 ···········179

二、通假字的語音分析 ·············185

三、聯綿詞的語音分析 ·············196

四、《方言疏證》音轉規律研究 ·········203

第五章 《方言疏證》的價值及不足 ··········217

　　第一節　《方言疏證》的價值 ················· 217

　　　一、對揚雄《方言》的貢獻 ··············· 217

　　　二、在方言學史上的地位 ················· 221

　　　三、方法論價值 ······················· 224

　　第二節　《方言疏證》的不足 ············· 226

　　　一、校勘方面的不足 ··················· 226

　　　二、訓詁方面的不足 ··················· 227

參考文獻 ······························· 231

致　謝 ································ 231

白話文運動的危機（上）

李春陽　著

作者簡介

　　李春陽，又署春陽，文學博士。任職於中國藝術研究院中國文化研究所，治中國近現代學術思想史與漢語修辭，習字作畫，寫詩，愛好古典音樂。

　　曾發表論文《什麼是白話文運動》，《二十世紀漢語的言文一致問題商兌》，《漢語歐化論》，《古文與科舉》，《簡化漢字不該倉促而行》，《白話文運動中的周作人》等。另有《〈詩經演〉注》與《長途跋涉後的歸真返璞》《摘花高處賭身輕》《不與時人論短長》等藝術評論。本書係作者的第一部學術專著。

提　　要

　　百餘年前，中國的文章多以文言寫就，雖然白話文從唐宋之後作為書面語的一種不可忽視的補充形式廣泛應用於小說、戲曲、語錄等寫作領域，但沒有取得社會地位。二十世紀初的白話文運動，作為現代中國的文體革命，致力於書面語的再造，這一運動的發起人是胡適，最高成就體現為魯迅和周作人的白話寫作，而影響最大者是毛澤東的文體。

　　國語運動和新文學運動事實上以新文字運動為起點和最終的目標。三位一體的新文化運動，本質上是一種政治運動，現代民族國家的重建，是其最高宗旨。語言運動和文學運動，乃是服務於此宗旨之工具。統一國語和言文一致，作為國語運動的兩大目標，在新文字之中才能夠完全實現。而歷史表明，新文字從學理上講是反科學的，從政治上講，是分裂民族國家的，從文化上講，是割斷歷史的，也是不可能實現的。漢語和漢字的關係幾千年來水乳交融，被漢字塑造出來的漢語，無法以拼音代替，識字艱難，改成拼音文字容易普及教育乃是欺人之談。

　　傳承民族文化的歷史使命，並不低於現代民族國家的建立，為了所謂的國家利益要犧牲數千年的文化傳統麼？錯誤的文化政策，源自歷史虛無主義的激進主張，意識形態的偏見。白話文運動受其蠱惑，追求言文一致，向大眾語方向疾馳，一邊講文藝的民族形式，一邊積極宣導廢除漢字、走拼音化道路。漢字的倉促簡化，文言教育的普遍不足，公民在接受過普通高等教育後不具備閱讀典籍文獻的能力，使我們幾千年的文化傳統第一次面臨失傳的危險。文言的退場，加深了傳統價值的崩解，而白話文的盛行，並不意味著新的知識和價值的成功建立。語言文字上的變革，牽動著社會生活各種矛盾衝突，承載著百多年來中國社會現代化整體運動的方方面面，同上至領袖下至百姓的每一位個人關係極為密切。

　　本書以百年來文言、白話之間的消長起伏為線索，通過對於清末文字改革運動、五四白話文運動、大眾語運動、民族形式論爭等系列史實的清理，全面檢討書面語革新和文體建立上的成敗得失，對於漢語書面語發展的重大問題，比如言文一致、漢語歐化、新舊白話、新詩舊詩、標新立異等，有專章討論。本書以修辭思維的拓展、寫作倫理的重建為旨歸，本書認為白話文運動的危機，暴露了漢語寫作和現代中國在身份認同和文化認同上的巨大困境。

　　在作者看來，中國文化的異質性，集中體現於漢語和漢字的異質性上。這可能是我們接納世界主義或西式普遍主義的最大難題，也是當今世界文化多元的真正表現。弘揚民族文化的前提，是深入地掌握和精通自身的語言和文字，只有在此基礎上，才能對於民族文化的精華有所繼承。由於白話文運動的巨大影響，我們至今還在接受不完整的漢語教育，報刊電視等各種媒體的語言水準普遍較低，書面表達能力不足，缺少修辭意識，是這一語言教育的必然結果。假如想改變現狀，有必要從反思白話文運動開始。

謹以此書獻給五四運動一百周年

白話文運動的危機

老陽自署

序

蔣　寅

　　本書是對二十世紀白話文運動及其影響的一個全面反思,是對這一重大學術課題的再度深入考察。我們都知道,對白話文運動的評價是與運動相伴而生的一個老問題,一個世紀來論者之多,如過江之鯽。但篇幅如此龐大、視野如此開闊的論著似乎尚未出現過。作者的觀點很清楚:白話文運動初衷是提倡白話文,但結果卻導致文言文被廢棄。作者在今天為文言申冤,不是反對白話,而是要重新確立文言在語文教育中的地位,彌補白話的不足,有益於白話的成長。一句話,白話的發達、成熟、偉大,不必以文言的廢棄為前提。無論從哪個角度看,這應該說是很理性的看法,是涉及民族語言發展方向的重要觀念。

　　這些觀點在作者李春陽二零零九年完成的博士論文中即已表達。論文答辯時,蒙劉夢溪先生錯愛,以同行專家評審相囑,實則我對新文化運動和語言學夙無研究。但接到論文,閱讀之下深獲我心,覺得鬱積多年的骨鯁,都快然一吐,不由得為之振奮。

　　關於白話文運動的興起,近年的研究較以往已有較大突破,愈益注意到晚清社會生活的變革及其影響,這對理解白話文運動的社會基礎無疑是很有幫助的。但白話文運動的理論核心——言文一致的假說,是無論如何繞不過去的石頭,本書作者用了很大的篇幅來討論這一問題。就我所知,言文一致大概從來就是個神話,在語言史上得不到證實,就是拼音文字也絕不等於言文一致。問

題的關鍵還不在這裏，即便有過言文一致的情形，又能怎樣？

海納川《冷禪室詩話》載傅山與其子眉一箚云：「老人家是甚不待動，書是兩三行，眵如膠矣。倒是那裏有唱三倒腔的，和村老漢都坐在板凳上，聽甚麼飛龍鬧欄，消遣時光倒還使得。姚大哥說十九日請看唱，割肉二斤，燒餅煮茄，僅足受用。不知真個請不請。若到跟前無動靜，便過紅土溝，吃兩碗大鍋粥也好。」這是清代初年的家常書箚，一如父子對面，娓娓道來，最近口語，足見當時口語已與今天相去不遠。如果這便是言文一致，又能說明什麼問題呢？白話文運動的目標不是要記錄口語，而是要創造一種用口語寫作的文學。單純口語的記錄，是不足以成為文學的。這原本是個常識，但在那一味思變的年代，人們似乎忘忽了這一點，以為文言改作口語便是進步。三十年代官方刊發一則何應欽的消息，指定題目為《何省長昨日去嶽麓山掃其母之墓》，第二天被報人改作《何省長昨日去嶽麓山掃他媽的墓》！

如果說這不屬於文學的範圍，那麼民初陳景寰《觀塵因室詩話》還有一個有趣的例子。陳氏舉杜甫《詠懷古蹟》「群山萬壑赴荊門，生長明妃尚有村」一聯，說寫成新詩必作：「這一大些山頭和那些山澗溝子一齊都對荊門，路傍邊有一個小村子裏頭有一位美貌的佳人。」白話倒是白話了，但能否被視為文學呢，還要打個問號。當然，今天誰也不會將如此幼稚的白話視為文學語言變革的成功。經過幾十年，現代漢語寫作早已度越童稚年代，具有相對成熟的品格。但是，要確定白話文學的評價標準，判定其得失，恐怕還為時過早。正像現代性是個未完成的過程，在一個時期被視為驚天動地的變革，隨著過程的推移，其權重會逐漸變輕。語言也同樣如此，改革之初，難以預計未來的發展。相比當今「新新人類」的火星語言，清末民初的文白之變，似乎又不算很大的詫異了。然而無論如何，棄置數千年累積的語言藝術和文化傳統的沃土，徒手白戰，想在貧瘠而日常的白話荒原上創闢一種偉大的新文學，肯定不能說是一種明智的想法。

不是沒有人意識到這個問題，《學衡》雜誌的簡章中有「體裁及辦法」一項，出自吳宓手筆。其辭曰：「本雜誌行文，則力求明暢雅潔，既不敢堆積餖飣，古字連篇，甘為學究，尤不敢故尚奇詭，妄矜創造。總期以吾國文字，表西來之思想，既達且雅，以見文學之效用，實繫於作者之才力，苟能運用得宜，則吾國文字，自可適時達意，故無須更張其一定之文法，摧殘其優美之形質也。」

這樣的態度，即便在今天看來，仍然可以說是睿智而不失自信的。文學不同於日常說話，即與學術論文相比，它也是一種更講究修辭的雅言。漢語文學絕不可能以放棄甚至犧牲漢語固有的優美形質為代價而獲得成功。哪怕這種盲目的勇氣可能成為流行的症候，哪怕其幼稚的實驗成果可能風靡一時，但歷經時間的淘汰，終究會在閃耀著漢語優美形質的古典作品面前黯然失色。

　　一百多年前，阮元在《文言說》中寫道：「為文章者，不務協音以成韻，修詞以達遠，使人易誦易記，而惟以單行之語，縱橫恣肆，動輒千言萬字，不知此乃古人所謂直言之言、論難之語，非言之有文者也。」〔註1〕這通常被視為替駢文辯護之辭，不知它實際上是近代社會來臨前夕，一種堅守漢語形質之美的文學態度，也可以說是文學史上保守主義的前驅。余英時認為中國沒有保守主義，因為沒有可以保和守的東西。他似乎未注意到晚近以來一部分文化人的想法。

　　事實上，面對白話文學的興起，也曾有人用另一種思路來設想文學的未來。比如未被劃入學衡派而實為派中人的李審言，就對阮元的《文言說》「尤所心醉」〔註2〕，在「白話詩出，為大革命」的形勢下〔註3〕，思量著要走出一條能發揮漢語形質之美的路，並自信堅守阮元自命的「子派雜家」之學〔註4〕，據以為詩文，未嘗不能有所成就。他對古文辭偶儷傳統的張揚，實在是出於現實中對傳統文學審美特質淪喪的恐懼。其保守主義的立場至今仍是值得我們尊敬和反省的。然而，「此情可待成追憶，只是當時已惘然」。在那個時代，沒有人會將李審言們的想法認真掂量一下，他們微弱聲音最終淹沒在白話文運動的強勢洪流中。如今看來，白話文運動最根本的問題，不在於放棄文言本身，而在於它同時斷絕了其他的可能性。從這個意義上說，反思白話文運動的得失，確實是關涉現代文學、文化轉型與中國未來文學、文化發展方向的重大問題。

　　當然，受語言學知識的局限，尤其是在計算機漢字處理技術發明之前，白話文運動的鼓吹者和實踐者們對漢字和文言的悲觀是可以理解的。但到今天，

〔註1〕阮元《揅經室三集》卷二，中華書局1993年版，下冊第605頁。

〔註2〕李審言《與錢基博》其二，《李審言文集》，江蘇古籍出版社1989年版，下冊第1050頁。

〔註3〕李審言《與陳石遺》其一，《李審言文集》，下冊第1041頁。

〔註4〕阮元《書梁昭明太子文選序後》，《揅經室三集》卷二，下冊第609頁。

還有人出於語言的自卑，而導致董樂山說的「漢語的自我殖民地化」，那就肯定與漢語教育的失誤有關了。從決定一種語言諸多基本特徵的音節數量說，漢語在所有語言中居中等水平，學習難度大致也是中等，並不比學習許多語言更困難。這一點當年文廷式與李提摩太辯論中文的繁簡問題，即已闡述得很明白：

> 西人李提摩太，嘗謂中國文繁，余應之曰：中國文不繁。李提摩太請其說，余告之曰：西人拼音，凡數萬音。而中國所用之音，不過數千。此簡一也。西人字典不下十萬字，其常用之字亦將近萬。而中國所有之字，除別體訛體外，不過一萬；所常用之字不過四千。其簡二也。且數千之音，大半分以四聲，道之語言，則平、上、去三音不甚分別，是音尤簡矣。各國語言凡襯字餘音皆著之筆畫。中國則以數虛字形似之，而一切起音、收音概置不用，此所以簡而足用也。問曰：然則中國學童每至七八年、十年，猶有文理不通者，其故何歟？余曰：此求工求雅之過，非文字之咎也。中國文法，大半沿之周、秦、漢者十七八，沿之唐、宋者十二三。若近千年之名物則不登於文字，近五百年之語言則不書之簡牘。是學者讀古書，通文理，其中已兼兩次翻譯之功，安得不迂緩乎？且閭里之女子，鄉井之細民，但能閱戲文、看小說，不一二年，便可親筆寫家信。若謂非十年不可，豈此等人之聰明轉過於在塾肄業者乎？故但令識字能書之後，即改學化學、算學等藝，度其用文字之功，雖至愚之人，三年，無不能操筆記事者矣。以是言之，不必再造簡便文字也。〔註5〕

若從數千年不斷的歷史和強大的構詞能力來說，則漢語毫無疑問是世界上最偉大的語言之一。不僅擁有數量最豐富的詞彙，而且它強大的構詞能力足以消化任何外來語，這只消看看漢語可以不用音譯法來吸收任何外來語就知道了。很多語言都做不到這一點，最為我們熟悉的例子是日語。

因為有了比較語言學，讓我們知道，漢語是世界上最簡潔的語言。聯合國使用的文件，漢語本是最薄的，若用文言還會薄許多。當年黃季剛先生講課，盛讚文言的簡潔，因胡適提倡白話文，便舉例說：「如胡適的太太死了，他家人

〔註5〕汪叔子編《文廷式集》，中華書局1993年版，下冊第804頁。

電報必雲，『你的太太死了，趕快回來啊！』需要十一個字。文言只需『妻喪速歸』四字，電報費就可省三分之二。」在白話文犧牲掉這種簡潔性後，我看到日本店鋪「年中無休」的牌子，竟不覺有禮失求諸野的感慨，國內通常寫的是「節假日照常營業」。

讀完春陽這部書稿，覺得她許多想法都與我不謀而合。比如她說：「就掌握白話、文言的一般情況而言，前者易而後者難，國家的教育政策當應先易後難而循序漸進，決不可捨難就易而自甘淺陋。」我也認為，一個人要想學好漢語，寫好語體文，首先必須學好古漢語。林琴南說「非讀破萬卷，不能為古文，亦並不能為白話」，確為至理名言。我甚至認為，中學語文課就可以不教白話作品，只讀文言。白話自幼使用，到了中學就不用再學，自己閱讀文學作品即可；而文言則需要花時間來學習，一旦學好，自然提升語文水平。看港、臺電視節目，日常措辭明顯比大陸文雅。臺灣電子通訊產品的廣告會說「無遠弗屆」，警察調查交通事故現場，面對電視鏡頭，會說「事主已往生」。想想我們一般會怎麼說？

讀春陽還在修訂中的書稿，的確給我很多觸動，很多啟發。對一個涉學未深的年輕學者來說，駕馭如此重大的課題，是需要極大的勇氣和膽識的，更需要具備相當的學養、才能。我覺得春陽不僅表達了自己的想法，還表達得很有力。第一章對《中國大百科全書》「白話文運動」詞條的逐句解讀和評點，便頗見功力，澄清不少似是而非的不確論斷。眾所周知，《中國大百科全書》的編纂曾集合了各學術領域的專家，但受當時觀念和學術積纍的局限，論述中還是存在不少問題。經春陽一番分疏，其失實和不嚴密之處一一暴露出來。第二章逐個剖析白話文運動中的五位重要人物，讓我們看到周作人、廢名、李長之他們對文言、白話與新文學關係的認識，其實都是很通達而妥帖的。隨後她又梳理了現代白話文運動涉及的「大眾語」、「民族形式」、「整風」、「文革語言」、「幫八股」、「言文一致」、「歐化」、「翻譯的白話」等一系列概念，並將這些時尚話語背後的文化焦慮和意識形態背景作了詳盡的剖析。貫穿於其中的歷時性眼光，不僅有文化批評的視野，也不乏歷史反思的深度。

當然，我同時也感覺到，作者對白話文運動乃至文學語言變異的合理性，似乎估計不足。文學本質上就是一種語言的遊戲，故而決不肯屈從於日常語言。賈平凹的小說語言就是商洛方言嗎？不是，是商洛方言和《水滸傳》式的明清

白話的混雜體。網絡文學更充斥著改造日常語言習慣的縮略、錯位、雙關等各種語言花招。這本是後現代寫作的一種常態，也是網絡掙脫意識形態束縛後的自然反應，但春陽似乎出於對語言純潔性的理想，而明顯持否定態度。這或許與個人趣味有很大的關係。她說魯迅、周作人而外，幾乎所有白話作家的創作，都不能令她滿意。周作人我從來不喜歡，讀得很少，無法評論。但魯迅我還是熟悉的，並不覺得魯迅的白話怎麼好，非但文白夾雜，還帶有濃厚的日語語法痕跡（這也是當時留日文人的通病），現在看來仍是現代漢語初期較為幼稚的白話。我的判斷也可能比較主觀，難得專家首肯。但文學評價原本與批評者的知識背景有關，許多人稱讚金庸的語言好，文史知識淵博，而在我這個古典文學研究者看來，金庸小說的語言有點粗糙，文史知識也一般，他真正的本領乃在奇幻的想像力、駕馭複雜情節的魄力和刻畫人物的功力。

這些問題都容有討論，但有一點似乎值得作者注意。我在閱讀中不時感覺到，作者才氣橫溢，而且急於表達平時積纍的有關歷史人物和文化問題的許多想法，寫著寫著就跟隨史料議論開去。胡適、魯迅等五位先賢，本來只須討論他們與白話文運動的關係，最終都寫得近似作家論。這是作者需要斟酌的問題，但在我們讀者，固不妨將這部著作當作中國二十世紀的語言文化史來讀。語言原是文化最基本的載體，在語言中發生的一切都密切關係著我們的生活。這一點，對經歷「史無前例」的語言洗禮的我輩來說，再容易理解不過。

轉眴四年過去，春陽的書稿經反覆修訂，行將授梓，春陽遂囑我為新稿寫個序。本來我既無能力評價她的研究，也不足為她的大作增重，既承重囑，衹好聊陳管見以塞責，不想一氣寫了五千字，大概也是有感而發罷。春陽和讀者們覺有不妥，自可一笑置之，不值得指正的。

二〇一一年十一月二十六日於花蓮

讀李春陽白話文運動史話

陳丹青

一國之語言文字，其語文亡者，則其國亡，其語文存者，則其國存。

語言文字者，國界種界之鴻溝，而保國保種之金城湯池也。

以上這番話，是晚清官員鄧實所說，文言句式，不難懂。逾百年後，中國沒有亡，而且正在崛起；漢字迄未廢除，由繁體而簡體，仍在使用。中國的「語文」則發生空前巨變：文言文早經廢棄，現代語文一律是白話文，能讀古文者，固然有，但恐怕沒人再如鄧實輩這般思維而說話了。

這樣的「中國語文」是怎樣一種語文？由這語文而言說的中國，是怎樣一個中國？

語言亡失繼而亡國的古例，並非沒有。鄧實說這話，時在國難逼近之際，朝野救國，議論滔滔，他獨取「語文」一節而發此危言，不知當初獲致怎樣的應和。百年迄今，救國強國的無數實踐多半奏效，或在試圖奏效的路途，其中，始于民初的白話文運動及其後果，則要比其他革命——國體、政治、經濟、科技、文藝——所付出的巨大代價，來得更為深刻、更為久長、更難評估。

李春陽女士《白話文運動的危機》，似在回應鄧實以上這番話。昔鄧實以五十六字出之，本書逾六十萬字——前年、今年，我居然逐字通讀了兩遍，其中布滿許許多多我所不知道的掌故與識見，更有我大欠明白的道理在。我願以這

篇序言感謝李春陽。

白話文運動、文化激進主義、五四啓蒙的政治化、文言傳統的喪失……這些詞語，我平時隨口說、隨手寫，自以爲歷史的是非早已清曉。讀過這篇詳詳細細的賬，這才知道我于白話文運動，及其今日白話文的種種來歷，根本不知道。

零碎的例，太多了。譬如，白話刊物的初起，遠自清末，主事者大抵是洋人傳教士，並非始于民國初年那場白話文運動；一九二〇年，北洋政府教育部即訓令全國初級小學改「國文」爲「國語」，「以期收言文一致之效」，雖說形同空令，究竟是官府的文告，並非一班書生鬧運動；白話文運動的目標是「言文一致」，首倡者，想當然耳，胡適之、陳獨秀，其實有言在先的卻是晚清的黃遵憲；而在魯迅提議年輕人「少讀，或不讀中國書」之前——至少早了近半個世紀吧——吳汝綸就扔出更爲決絕的話，說是除了一冊《古文辭類纂》，中國的古書一概不必讀……

這等事情，我從來不知道。

除了陳述白話文運動的原委，本書持續接引語言學觀點，與白話文運動的史料時相穿插，層層揭示運動的內因、外因、遠因和近因。如古代開科取士與文言文的關係，近世廢除科舉與白話文的關係，孫中山的立國「五權」何以特設「考試權」，周作人爲什麼以「十二分的誠意」提請給大學生排幾課「八股文」，這些，我都不知道——當章太炎爲漢語漢字嚴正辯護，同期，結構主義語言學祖宗索緒爾在巴黎開課，章太炎也完全不知道——至于什麼是漢語的「字本位」，什麼是印歐語系的「音本位」，什麼是漢語書寫的「意」和「象」，什麼是八股文的「破題」與「束股」，什麼是「義理」、「考據」、「詞章」，什麼是唐宋八大家，什麼是公安派、竟陵派、桐城派……我原本不知道，略微知道的，也不甚了然，現在由作者領著一路讀下去，這才望見白話文運動鬧起來，或故意、或無意，處處和語言學發生大錯位。當初，新舊文人對文言文的辯護有理有據有遠見，從胡適陳獨秀魯迅那邊看過去，莫不是強詞奪理的混賬話，如今遠隔是非，始得看清強詞奪理之輩，反倒是五四運動的健將和大佬。

李春陽是要來質疑啓蒙前輩麼？不是；是爲清末舊黨抱屈麼？也不是。通篇讀下來，李春陽的工作，就是方方面面一五一十告訴你：白話文運動的前前

後後，哪些關節究竟發生了什麼事，哪些人物當時說了什麼話，哪些文本針對什麼問題，哪些問題被什麼緣故或支離、或利用、或完全掩蓋了……所有這一切，據實說，我一概不知道。

我樂意公布我的不知道。我亟願確信：當今若干文學教授、語言學家和歷史學者，應該知道；眼下的密密麻麻的文科研究生，也該大約知道的：但以上細故，僅僅關乎知識？白話文運動，只是語言專業的學術課題嗎？

我對本書的深度認同，大約以下幾點：一、材料的看法與用法，超越學術。二、大規模犯難，難度可驚，勇氣尤為可驚。三、對傳統中國語文，耿耿摯愛——沒有這份摯愛，僅著眼于史料與學術，不可能有這部書。

先說第一點。

本書成稿，歷時五年，初稿二○○九年通過博士論文答辯。我初讀，即有感于作者對中國語文的命途與是非，異常敏感，且于歷來研究白話文運動的文本，顯然早經追究；而茲事體大，論者累累，倘非長期浸淫大量史料，反覆辨讀，不可能是這等審慎而富野心：此是書寫論文最可寶貴的狀態。

白話文運動的起止，大致是一九一五年至一九三七年抗戰爆發。按論文通例，此一時期的重要材料均被收入，鮮有遺漏——包括部分啟動的所謂大眾語、世界語、拉丁化新文字等等改革，及這一過程中的著名論爭——幾乎是運動史料的一覽表。但這份一覽表僅占全篇史料十之二三：作者的史識遠過于此。就我二度閱讀的記憶，不斷不斷使我開眼而此前無緣一見的文本，遠比民初白話文運動的已知史料，更具歷時感與說服力。

撮要說來，大幅擴增的材料是：

一、官方文本。包括北洋政府、民國政府和新中國政府的明令、文告、社論、專著、辭典、批判稿、會議文件、政策條款等等。

二、一改相關研究歷來聚焦民國的舊例，一九四九年後涉及語言改革的大事記，包括重要文獻、發布年份、執行機構，從事研究或制定語言政策的人物等，多所記存。

三、議論白話文問題的人物身份，大幅擴充，包括革命家、哲學家、史學家、美學家、翻譯家、官員、詩人、書畫家、文藝評論家，甚至烈士遺屬、中小學生、老百姓。至此，「白話文運動」的主角與焦距，易為「白話文」本身。

四、國家,及國家首腦對語言改革的強度介入、長期掌控,可能首次被納入白話文運動研究,時段跨越七十多年,歷經延安時期、內戰時期、新中國成立後、文革、後文革迄今。其中以毛澤東及中共高層的相關指示與宣傳,爲最重要。

五、白話文運動著名文本之外,百餘年來的大量白話文文本,包括晚清、民國、共和國迄今的各種公文、作文、小說、詩歌、發言、辯論、通信、雜談、俚語、方言、網民語言……總之,以往同類研究僅限于文字學、語言學與文學創作的材料範圍,至此擴充到白話文被及的幾乎所有層面。

至此,李春陽打通學科,串聯古今,將白話文運動被長期支離的歷時性與影響面,完整還給了白話文,白話文運動的語言問題和歷史問題,終告合流;白話文研究的方法、觀念,爲之一變,白話文研究的歷史視野,爲之大開,白話文運動被一舉帶出五四語境——同時,也被全方位置入長期支配這一運動的歷時情境——進入遠爲龐大的領域。在被白話文全面覆蓋滲透的所有領域中,白話文運動漫長遍在的後果(包括無法預估的前景),可能首次——至少,以此前未便點破的要點——被置于權力的景觀。

這是一篇不憚其繁,事事處處以材料組構敘述的論文。所有擴增的材料,爲白話文一案展開全新的證據,其說服力,即在揭示了中國現代政治與白話文運動的關係。這一關係的公然呈示,終于在白話文史料與中國現代史之間,清理出一整條錯綜複雜而清晰可辨的因果鏈。自白話文運動大面積失控到深度質變的全過程,初告揭示:當年這場語言運動設置的種種話頭,日後,幾乎全部坐實爲不折不扣的政治命題——換言之,迴避政治,無以談論白話文運動。

在已知的白話文運動研究中,「政治」,以及政治的歷史作用,照例被審慎帶入,作爲背景,作爲曖昧的補充,和語言問題區隔處理,以安全的距離織入理論性評述;但在本書中,每一份材料呈現爲政治的,同時是語言的自供狀,閱讀全篇的過程,即是語言如何作爲政治、政治如何成爲語言的呈示過程:以遞進的,漸強的方式,李春陽使擴增的材料源源提供了一組又一組政治眞相:這些政治眞相的每一部分,每一個面,體現爲語言——就是語言。

是故李春陽的材料不再只是材料,而是白話文運動政治性格的自行敘述。經審慎調理後,各種文本的政治性或從語言表層凸顯,或使語言的眞問題從政治話語中被剝離,而後,同步植入本書的多聲部結構,甚至,成爲主唱:論文

的章節，由此清晰，並予確立。

譬如，據材料的類別與類比，劃分專章（如「破除文言白話之執」、「漢語歐化問題」、「新舊白話問題」等等）；追蹤材料的要義和疑點，焦距專題（如「白話偏至論與兒童八股」、「現代翻譯問題對白話的影響」、「從張恨水到張愛玲與趙樹理」、「魯迅與毛澤東文體的差別」等等）；利用材料的對立或關聯，顯示異同（論及翻譯問題一節，《天演論》的嚴復文言版與後世的白話譯文，兩相對照；論及「毛文體」一節，毛澤東二十六歲、三十三歲、五十多歲的文言稿件和白話文，前後對照；文革後以文革語言批判文革的材料等等）。如此，白話文與白話文運動，該運動與政治、歷史、語言學等等過于複雜、專業或非專業的種種關係，被所有材料的語言性能，彼此照亮——此前，這種語言性能未被發掘、未予彰顯——並躍出材料，與本書形成交相辨識、彼此辯難的互文關係，所有材料于言事之際，同時便在說理。

論文的材料部分，通常枯燥乏味，以我有限的閱讀，此前鮮少在論文中遭遇如此富有活力的材料：在其他命題的論文中，本書與材料大致處于從屬關係，在李春陽這裏，材料就是語言，作者的見解和材料中的見解，彼此出入，與本書不相區隔。我不願說，這是一種敘述的策略——任何策略不免傾向選擇的偏見——毋寧是紛繁的材料導引李春陽步步窺見白話文運動的驚人的輕率，在在觸探政治和語言、語言和政治的雙重陷阱：經由大量史料的反方向跋涉，李春陽詳細清理了白話文運動的斑斑後事，以一種並非意在理論的論辨方式，詳實估算白話文影響的是非凶吉：理論不可能凌越語言，理論就是語言，是語言政治之一。面對理論的語言和語言的理論，李春陽的警策與細察，近乎張愛玲發掘人性瑣屑的文學敏感：材料，特別是語言改革的官方權威史料，處處給她看出無所不在的似是而非，包括逾半世紀之久被置若罔聞的大錯大謬——如政治和語言、語言和政治的同一性——論文開篇，李春陽即截取國家辭典關于白話文運動的大段明文，從容拆卸，分段究詰。此後，本書與材料的關係難分難解，形同語言和語言的辯論。

然而白話文運動的政治性格，並非本書的要旨，而是期使語言問題歸位，或者說，作者試圖揭示：白話文運動的語言問題為什麼始終無法歸位——其間，語言問題的「正位」，于焉顯示：作為以上材料的遙遠對比，李春陽持續

接引先秦至清末的中國文論，連同歐美語言學觀點，在擴增材料中穿插並置，將白話文占據的現代史與前白話文運動的漫長語言史，縱向銜接，兼以西方語言學理論的橫向比照，展開多維的縱深與對話——準確地說，將之交付語言的對決——白話文運動的政治性格，以及，這場運動本應針對的問題，因此獲致必要的分殊、有效的平衡。

這時，良性的悖論出現了：我不敢判斷年青的作者是否古典語文的飽學之士，而我無學，僅讀懂小半。但是，極度荒謬而親切地，在我不能懂得的古典引文中，我從每一字句（包括不識不解的字詞）獲得漢語的歸屬感：一種不再為我所屬的歸屬感。我不得不由此確認，自己是白話文運動的隔代子民。

所有書稿期待辯難。對于本書，則今後的辯難者恐怕先要面對的是官方材料與國家文本。換言之，僅就李春陽目前所能收攬歸置的新舊史料，這篇文論即難以撼動。即便剔除文中全部觀點——如上述，其中逾半觀點已在材料與材料的關係中自行呈示——我們（至少，就我而言）對白話文運動，對白話文的認知，足以被這些材料有效地照亮、變更，以至顛覆。

我所感到最為窘迫而富有興味的是——這興味，處處來自真相的豁然——我從此不再信任白話文及其種種權威論述。但是，我屬于白話文，就是白話文。我與本應歸屬的中國傳統語文（包括上溯宋代的舊白話）以及這份遺產所能蘊藉的全部文化，早經中斷線索——除了簡體漢字，還有，喧嘩至今的現代白話文——我相信，五四前輩奮然爭得的所謂白話文，根本不記得李春陽攤開的這些舊材料，一如這場大獲全勝的語言革命，成功取消了古典漢語的漫長記憶：到今天，中國語文只剩了白話文。

現在可以理解本書的冒犯與危險：它針對今日人人使用的語言。當李春陽決意走出學術，即越出了安全線——議論這份犯難，也很難。

五四及今，九十二年過去了。從鴉片戰爭算起，文化轉型、國家轉型則過去一百六十多年。其間多少大事，如所周知，在當今的學術語境中，一面，亟待史料見光，重作評估；一面，做不得，太難做，便是做了，也做不深透，做不開。若干曾經犯忌的題目，如北洋史研究、民國研究、抗戰研究，兩黨兩岸關係研究，包括延安整風研究，反右運動研究，文革研究……早在做，正在做，有人做。當援引資料、觸探問題時，學者們所能把握的政治尺度，主動囿于學

界、位于邊緣，求取大致的安全，可就學術的名義自我維護，並獲得維護。時間的長距離已向當今學術研究展開逐漸可爲的空間：要之，這類富含當代價值的歷史研究畢竟是在處理過去的是非，多少享有學術的超然。

唯獨追究白話文運動，無可超然——白話文運動，是歷史舊案，白話文不是：涉及所有人、占據所有文本，白話文的書寫言說，自動處于歷時狀態，既指向問題的起始與根源，也自動處于現在時。

明面上，白話文運動研究無關政治禁區（雖然處處照見權力的淵藪），也不是歷史與思想史（雖則在在觸動思想與歷史）；看內裏，則白話文再怎麼弄，漢語還是漢語，漢字仍是漢字，是惟中國才有的語言和文字，有這語言文字，于是中國叫做「中國」——李春陽的冒犯，是追究漢語便即牽動中國的一切。前引清末鄧實的那段話，或可視爲嚴重的警告：不論今人是否同意、是否明白，無妨放下權力的傲慢——即，白話文一統天下的當然傲慢——冷靜想一想。五四一代的激忿、焦慮，早經遠隔，如今再來想想前清士子的話（那些話，亦曾被視爲舊勢力的傲慢），可就完全不一樣了。

民初的白話文運動，是本書的主線，但不是主旨。白話文運動的研究專著，層層疊疊，今李春陽弄這數十萬言，攤一大堆材料，其實並非與學界辯難、對學者說話：我是讀到後來，後來再細讀，這才看清書稿的這股清正與蠻勁，指向所有人的精神處境，這處境，難有別種指歸，具體說，便是實實在在的語言處境——猶如檢視細胞而非病的診斷，李春陽試圖清點而究詰的問題，涵蓋文化與文明的基本單元，占有每一位言說的個體，直指今天。易言之，但凡歷史研究因遠隔歷史而被天然賦予的安全感，被這份書稿撤除了。

白話文運動之于傳統中國（亦即文言）的威脅，也早經撤除了：它的勝利，被公認是新文化的奠定，其對應，猶如新中國的創建——當年運動的肇事者，胡適、陳獨秀，即便不再是共和國名冊中的前世罪人，也被新修的國史唾棄很久了——繁體字，豎排本，悉數移去港臺及海外，新中國不再有一份書刊承襲完整如昔的漢語形態，國家新聞出版總署明令禁止任何出版物使用繁體字。今天，所有再版的古文著作，嚴格說，不是原典，而是由簡體字排版、白話文譯注的讀物，今之所謂國學教育，則形同外語教育。總之，當年白話文運動的仇敵：萬惡的古文——出于半眞實、半假想——從現代中國的語言譜系中，全面鏟除了，一如抗戰、內戰、土改、文革……悉數成爲歷史名詞。我們有理由認

為，白話文運動竭力撲滅的舊勢力，白話文運動惡毒描述中國語文的噩夢般的過去，統統消失了。

是這樣嗎？是的，除了白話文。近百年來，可能沒有一份革命的覆蓋面、有效性、滲透力——不論是災難抑或福祉——如白話文運動那樣，在中國形成具體而微的歷時性後果，恒久生效，人人有份。爭戰、暴力、運動、鎮壓⋯⋯那些顛覆歷史的現代往事，固然改造社會，改造人，然其侵蝕毀壞（或曰除舊布新）的深巨與久長，均難和語言革命相詰抗：現代白話文，一種被極度人為所改變的語言，字字句句，反過來塑造人，置人的種種可能與不可能，于言辭、書寫和思維之間，遍布國民教育的每一階段、每一層面、每一角落，形同語言的水土與空氣。

這是五四文化激進主義最富活力的一份遺產嗎？它超規模繁殖，無可計量，你開口說話，下筆寫字，你就是影響與被影響的一環，證據是：你習焉不察，同時，別無選擇。

當今古典語文讀本及所謂「國學教育」，對白話文既不構成絲毫威脅，也無能襄助：足以平衡語言生態、行使語言辨識的大統：中國古典語文（包括上溯北宋的白話文），不復存在。現代白話文，自然而然，鑄成每一位使用者的日常獨裁，並被獨裁：沒有監督，不受制約，無須檢測，自行關閉了語言的出入與生機，如白話文運動詛咒攻擊的千年古文，停在超穩定形態，雖生猶死，然而空前肆虐，如問題百出而運轉如儀的國家機器。

在可見而難以預估的未來，現代白話文看不到語言及語言之外的任何出路與挑戰——此書題曰《白話文運動的危機》，事實是，現代白話文的真正危機，是沒有危機。

但在白話文運動時代，語言危機不但顯在，且因其顯在，而被過度醒覺、肆意誇大了。迎對清末民初種種危亡意識，胡適一群新黨獨取語言文字的大關節，相率造反；而魯迅試以「最黑最黑的毒誓」詛咒文言文，又是何其怨懟——現在，百年後，卻有李春陽單獨一個，沒有契機，沒有同志，除了冷卻遣散的歷史文本，不具任何可資借助的時勢，居然在白話文運動九十多年後，放膽抖開運動的舊案，死命咬住，百般糾纏：她與胡適一樣，意在掀動當年文化叛徒群相標舉的命題嗎？

我願貿然斷定：這份孤膽遠遠超乎五四前輩的集體勇敢。猶如觸動歷史的

鐵案，李春陽在做一件不可能之事。

百年前做同一件事，則非但可能，而且聚眾，標舉國家民族的大蠹，其勢洶洶，彙通後續不止的其他革命與其他勢力，果然將兩千年以上的語言大統，合力扳倒了——被這洪流無情玷污的名字，包括白話文運動的所有主事者——白話文運動贏了，傳統漢語的降伏、衰竭而敗亡，是中國語文的新生，抑或歷史終結？相比今日李春陽這篇孤零零的文論，胡適們當年實在有福了：白話文運動曾經悍然招致無數舊黨與之辯難，辯難雙方，乃成全一場角色相當而聲色齊全的大革命——百年後，漢語生態毀損殆盡，白話文勢力，經已強大到不必稱之爲勢力了。

一九四九年迄今的白話文，不是學術問題，而是霸權問題，這霸權，猶勝于五四一代攻擊的中國古文所曾占據者。當白話文運動展開之際、推進之時，如魏晉、唐宋、明清文人之于時文的痛詆或反撥，有沒有呢？自一九一七年至一九四九年，如有語絲派、論語派、學衡派，及梅光迪、胡先驌、周作人、吳宓、廢名、李長之（更不必說章太炎、嚴復）等人，均在胡適派之外，先後給出豐富的見解，魯迅之于古文的姿態，則呼來喚去，情狀奢侈而複雜……一九四九年至八十年代末，白話文進入文化的昏厥期、凝固期，整整四十年，白話文未聞一句拂逆之言；迄至九十年代，知識界略微醒覺，始有若干學者有感于時文的荒敗，歷史的疑點，乃呐呐爲文，有所辨析，是爲白話文運動半個世紀之後，稀散零星的質疑之聲。

就李春陽的材料所提示，九十年代以來，內陸學界先後曾有鄭敏議論文學寫作與母語問題、許明議論語言革命與意識形態關係、郜元寶檢視文學語言的古今之別與精粗之別、陳方競延展張灝關于「承續和斷裂」的論說、陳平原追述嚴復、王國維、章太炎在古語和新學間的貢獻、陳來揭示文白之爭與文化激進主義的淵源……這些議論，或此或彼，點到白話文運動的若干疑點及局部遺患。

此外，老一輩語言學家如呂叔湘、徐通鏘等，則以相對超然的立場，冷靜研析白話文：前者的重要觀點是將現代漢語歸入近代漢語範疇，「近代漢語」，係指唐五代以來書面漢語的連續體；後者，乃對應西方語言的「音本位」，整合國內語言學前輩（包括趙元任、王力、陳望道、張志公、朱德熙、陳承澤）的相關見解，平實申明漢語的「字本位」概念。

較五四前後的言論空間與爭鳴維度，今日的學術言動雖難項背而望，但

上述觀點畢竟是書稿史料中時段切近、猶富理性的部分。可嘆如今學界既是有限的議論空間，也是有效的消音系統，以上議論雖無全般質疑白話文的意思，然亦應者寥寥，刊行之初，略有小議，旋即歸于默然，便在圈內也難發生響動——漫無邊際的白話文，當然，無動于衷：覆蓋一切而喪失生態，現代白話文問題早經越出學術與文學，當代小說、詩歌、理論、學術，只是被白話文全面統轄、深度支配的漢語文本之一小部分。

是故文白之爭的餘緒、文學創作的語言、歷史人物的再評價、激進主義的舊是非……不是本書的焦點。作者的視野與關切，是在現代中國的語文——亦即白話文運動的總後果——所能涵蓋輻射的全息景觀。在這景觀中，李春陽的大面積追究，既針對五四前輩與新中國語言革命，自亦囊括當代學者和她自己在內的所有寫作及其語言——書稿題旨的所謂「危機」，非指五四那場運動，而分明說得是今天，一如九十多年前的語言革命，指向歷代群儒、朝廷群臣和所有讀書人。

話無須說白，也說不下去。總之，一九一五年，有來自美國康奈爾大學中國留學生的一篇短文《文學改良芻議》；二〇〇九年，有中國藝術研究院博士生的一篇長文《白話文運動的危機》；易言之，一個瀕臨崩解的文言文的舊中國，是白話文運動的總背景；一個日益富強的白話文的新中國，是本書的總背景——由時間此端遙看彼端，今李春陽的文化劣勢，無可對應，因而，無可同情。有如強大的敵陣，當年，是文言文成全了白話文運動；現代白話文，則自我滅絕了任何異端，它的敵方，它的病竈，它的致命的根源，是白話文自身。目下，國中學術的權力網絡，準確地說，權力網絡中的所謂中國學術——其編織與肌理，全部是白話文——會如九十六年前新黨舊黨群相虎視《文學改良芻議》那般，正視本書麼？

此所以我願斗膽指明李春陽的這份勇敢：它不是吉訶德式的勇敢，而是萬分真實之事。

> 《周易》與先秦諸子的「修辭」，為後世建立了「文教」。直到五四新文化運動前，這「修辭」與「文教」在當時整體文化語境中仍然存在，也仍然有效——白話、文言不過是語體的差別，二者使用的漢字，幾乎每一個同樣古老。

這段話，引自書稿尾章《修辭思維與寫作倫理》。我不想依從今時的濫調，將這份題旨說成全篇書稿的「關鍵詞」，但李春陽所以有此書，便在這末一章的矜矜告白。其中若干段落，理致平正，語氣則慨然沈痛。以下摘錄的段落不爲說理——以爲不值一駁者，想必勢眾；有誠意的讀者，自當閱讀全文——意在正視李春陽摯愛漢語的耿耿之心，我深度認同本書的理由，不全在文論的理致，而是這份摯愛。

此下且看李春陽對漢字與白話文的關係，如何陳述：

> 即便白話文運動爲了新時代而蓄意造成文化斷裂，白話文所使用的每一字依然是漢字，凝鑄于漢字的所有文化符碼和信息作用，不可能在同一個字裏被支解、被排除。沒有漢字，我們無法說話作文，每一漢字會自動堅守其意指及其界限，換言之，當白話文試圖重組漢字，猶如車道脫軌，被錯置、或被濫用的一系列漢字（歐化，以及外來的語法加劇了這種錯置和濫用）會拒絕執行清晰正確的文句——不幸的是，無數白話文正以災難性的錯誤，書寫大量不堪卒讀的文章，在表達、溝通、教育、傳播中留下無可估量的連鎖後果⋯⋯白話文意圖擺脫文言，或誤以爲與文言了無干系，是一種語言的錯覺，同時，成爲一種充滿錯覺的語言。

現代白話文乃是「充滿錯覺的語言」？好大膽的說話，但我無能反駁。倘若我們多少讀過幾句古文，又指望以白話文寫出清通的文句，並被清通地閱讀，則作者指稱當今市面上「大量不堪卒讀的文章」，便是一句平實的話——細想，則萬分乖謬：

> 今天，我們要拿漢語漢字的一字一句完全當漢語漢字對待，已很難做到。絕大多數人既沒學過語法也不通外文，卻用「印歐語的眼光」或一種莫名其妙的語言觀看待漢語，一邊使用漢語，一邊又不把漢語當作漢語，這種現象每日每時在發生，我們不必出門，打開電視看看聽聽，漢語就是這種狀況⋯⋯

「一邊使用漢語，一邊又不把漢語當作漢語」，哪位當代白話文作者願意坦然承認不尊敬漢語、不懂得修辭麼？

修辭思維絕不僅僅是文句詞章之事，所謂思想的重估、道德的重建，

終究歸結爲語言、歸結爲修辭！《周易》曰：「鼓天下之動者，存乎辭。」諸如文風、格調、觀念，甚至包括全球化、經濟危機，人權狀況，個體權利意識，法治，政治制度等等命題，能否獲致精確而豐富的闡述，在在取決于修辭思維，脫離修辭思維，什麼問題都難免于空論與誤談……近來「普世價值」之類話語，惟修辭之善，可得超越，因「普世」云云，原亦不過修辭而已。

是的：「不過修辭而已」，這是致命的話——到了本章，李春陽取「修辭」發難，對白話文運動，對當代白話文，開始凜然側視：

或許白話文本身就是一個被無限放大的修辭，假設它的宏願是另立文教——其實亦屬妄想——漢語的詞彙還是那些，漢字的絕大部分是傳承字，簡化字不過是繁體字拙劣的替代品……新興白話文批判文言文，急于宣布舊文化崩潰了，爲白話之必然取代文言，預先設置了意識形態神話……白話文運動的嚴重失誤，是使白話寫作與文言和舊白話爲敵，不肯植根于漢語的字詞和語源，久而久之，既喪失修辭思維，也不知有修辭思維。出離漢語規律的白話文，唯委身于政治。

莫說「文教」——「文教」一詞，久已失落，今幾人識得、幾人在乎？——而「委身于政治」的白話文（即「意識形態神話」），經此劫持而催眠、復由催眠而發昏，乃大規模「出離漢語的規則」。這是白話文運動的正果嗎？這就是今日的漢語和寫作：「**既喪失修辭思維，也不知有修辭思維。**」後一句，更爲可悲——以歷史的立場看待語言，曾爲白話文運動所標舉；以語言的立場看待歷史，即本書的要害：爲等待這份語言的立場，九十多年過去了。

「歷史」一詞，或也出于「修辭」吧：在五四以來的語境中，「歷史」其實意指政治。不是麼？自來白話文的倡導者辯護者，撮其要，莫不出于歷史的大立場：所有現代中國的大事件，包括白話文運動，從來被要求「歷史地看待」——西語的說法，即以賽亞·柏林痛詆的所謂「歷史必然性」——讀李春陽排列的「正面材料」，當初白話文悍將的大道理，說來頭頭是道，萬般確當：歷史到了危亡關頭，豈可死抱著萬無一用的古文！連當年舊黨爲古文辯護，也多出以歷史的名義——其間秉承理性者，則于歷史考量之外，一再返顧語言的立場，

如昔時的章太炎、梅光迪及近時的徐通鏘輩。他們親歷歷史的脅迫，歷史再嚴峻，國事再切迫，他們仍然試圖申說：**語言終究是語言，語言從歷史中來，語言就是歷史**——這裏所說的「歷史」，則是「歷史」一詞的本意了。

現在，李春陽試以語言的立場所針對者，既是白話文運動全盤否定的中國語言史，也包括白話文運動裹挾其間的歷史——不論白話文如何、古文又如何，漢語自身的歷史，理應置于其上。

「白話、文言不過是語體的差別，二者使用的漢字，幾乎每一個同樣古老。」換言之，白話文、文言文，都爲做文章，都能做文章。李春陽苦苦提醒、反覆舉證：清末的語言舊黨如林紓章太炎梁啓超，俱爲思想的新黨，是中國第一代傳播域外新學問、新觀念、新文學的革命家；而通行未久的白話文，照樣速速演成語言的八股、文章的套路，喋喋不休，織成意識形態的大羅網，其負面，尤甚于古文所曾被詆毀者。

這便是語言的悖論——也是語言的能量：

> 從一開始，白話文運動就與晚清傳統白話刻意區別，其實出于漢語的自爲性質，舊白話會自動跟進並融入新白話，因爲漢字原本深具調節功能，舊白話之脫胎于文言，即是古例。毛澤東文體由文言而舊白話而新白話的如意轉換，也是一例。舊白話因遠離主流話語形態而獲晚清文士如梁啓超等青睞，也是今日之所以出現非政治化語言環境的內在原因。如果白話文試圖擺脫危機，第一步，就是放棄文白劃分，把白話文納入漢語修辭的正途，以語言的整體立場看待漢語、整合漢語。

「晚清的白話傳統」，上溯北宋，淵源久長，民初一代不是不知道。刻意抹殺文白的對立，已不是語言的立場。一九四九年後的所謂「語言的整體立場」——倘若曾經有過這立場的話——則如前述，無非政治意圖，政治立場。其大門面，或曰大修辭，即是歷史：時當清末民初，誰敢逆歷史而動？以歷史的名義，五四運動及其後續革命所要中國捐棄的大代價，首推中國的語言。

如今要來「放棄文白劃分」，可能嗎？文言沒有了，何來劃分。當初的理由，視語言爲工具，白話文易學易懂，自然用白話文。但語言僅僅是工具麼？

> 哲學、科學、政治、學術、教育、文學，字字句句離不開語言，並

取決于語言，但在哲學史、科學史、政治史、學術思想史、教育史和文學史的研究中，語言的位置是次要的、曖昧的，仿佛這些研究不使用、也可以不考量語言，然而每一領域的學術文本——知識系統、理論闡述、概念的界定等等——自始至終形諸語言和文字，遍布修辭的期待與介入。任何一篇科學的或者政治文論，其對錯高下，難道僅僅事關科學學理或政治是非，難道無關乎語言，無關乎理知被如何表達，如何呈現麼？

這等明白的道理，久已為各學科所摒棄而相忘——近年花樣百出的所謂「國學熱」，迄無道及語言。今日的童子初讀國學原典，但凡識得字詞，朗聲一讀，道理未必懂，已得修辭之善，領受語言的美感：「道可道、非常道」，是理，也是語言；「知之為知之，不知為不知，是為知」。是理，也是語言：不是這樣的語言，何來國學。

修辭之為修辭，必慎待語體，計較文體，孜孜于句式的營造，字詞的錘煉，咬文嚼字，換取風格，最終落實為一種得體的、優美的、有尊嚴的書面語……五四一代寫文章，白話正當創生途中，不論修辭功夫如何，以他們的舊學底線，尚能在文白之間作出選擇和調理。今時絕大多數寫家則惟餘白話一途。以如今的白話文而談論語體和文體，進而追究修辭思維，不禁起荒涼之嘆。

其實何必「語體」、「文體」，尋常交談，何嘗不涉修辭。此刻無端想起明人話本的四句話，是西門慶、潘金蓮被假定初會于宋代的問答：

不敢動問娘子青春。

奴才虛度二十一載。

小人痴長七歲。

大人將天比地。

這是白話還是文言文？是書面語還是口語？是俚語、大眾語還是國語？何必追究。直到我記事的二十世紀五六十年代，滬上裏巷、窮鄉僻壤，還常親耳聽得長輩用了幾乎同樣的詞語和機鋒，一問一答、一去一來，知進退，守分寸，暗示明說，閃爍語言的活潑與狡黠。在市井村野未被現代白話滲透的二十世紀，

甚至「文革」初年，這類日常話語仍未根絕：在南方，在我落戶的山鄉，目不識丁的婦孺一開口，分明是前朝的舊白話：稱青年爲「後生」、稱俊美爲「標致」，稱可憐爲「作孽」……

> 語言文字兼具天然的保守性與活躍性，保守，是因一民族的語言必與這民族的歷史同樣長久，不可率爾更動；活躍，是因語言永遠繁忙，渴望被使用，人人用，時時用，無一事不用，又被不同的人以不同的理由使用。當語言的保守性與活躍度被強行改變、強行抑制，語言進入既被動又任意的狀態：它不再聰明，不再主動尋求語言的機會，修辭變得多餘；它又被輕率地，有時幾乎是無羞恥地濫用，無視語法，或者，夾雜太多外來的語法，不忍卒讀——這正是新白話日益貧薄荒敗的根源。

這段描述，準確而緊要。荒敗貧薄的寫作，不忍卒讀，粗暴乖張的說話，不忍卒聽，而今時的寫家讀者、說者聽者，不覺有異。是的，「不再主動尋求語言的機會」，語言必定失去知覺，「不再聰明」——更糟的是，自作聰明，「輕率地」、「無羞恥地濫用」語言。對應《水滸》那對妖男魔女的初見，今時北大清華若干教授私下與同行打照面，「語體」如何：

> 你哪兒的？我的書讀過沒有？

這甚至難說是一句「問話」，聽來與今時任何門房、保安、信訪辦科員的說話，沒有兩樣。某位學者初來京城，飽受學界日常話語的侮辱性「洗禮」，向我訴苦。但他怎樣表達自己的反感呢：「你不知道啊，都這麼說話，牛著呢，一個個都很牛！」——「牛」，也是「活躍而繁忙」的語言之一例吧，而今忙著活著的，是只剩偉大的白話與白話文：

> 過去百年來，白話文運動成功地使今日絕大部分中國人不識文言，也不會使用文言，識了白話，也未見得寫好白話。文言、白話，曾經並存千年，主從尊卑，自然而然。文言依憑豐富的字形彌補字音的相對貧乏，與此相應，中國人的認知經驗，目治重于耳治。歷史演進，白話趨時，是情理中事，晚清白話文運動是此一趨勢的加速，到了五四文化激進主義，整套意義系統驟然更替，白話文運動的震盪，至今猶在。白話的絕對優勢，已不可逆轉，文言作爲漢語的精

華與有效性，除了古文專業而外，幾蕩然無存。

據李春陽告知，今日極少數專研古文的中青年學者，深藏古籍之內，不讀五四文章，更不讀時文。但這不是語言的生態，而是白話文帝國的微型孤島，是古文尚未死絕的微喘餘息，雖非「無存」，卻已「蕩然」，決不是活的語言場，猶難滋生精美的語言，更未推出高明的寫家。

白話文勝利了。今若干喜好文墨、追慕經典的青年書生，倒也試著寫那麼幾句文白摻雜的詞語，全篇文言的短章，也未絕迹：前些年南京高考狀元的「文言作文」即是盛傳一時、旋即忘卻的個例；而八零後記者的手機短信，也常以連連「頓首」收句，引以為雅，雖「雅」得可憐，渾然不知其錯——自宋及清，及民國，識文言而用白話，乃平常事，用得精彩而怡然，便是上引潘金蓮西門慶的問答；今天，會用且用對文言者，即便心誠意正，也落得一個奇怪的異類，不免做作之態、乖張之嫌。這類形迹可疑的語言「返祖」現象，並不能視作語言的機會，半點無助于語言傳統的起死而回生，惟反證一件事：白話文勝利了。

> 自從革命以其粗暴性格闖入漢語，強求漢語，漢語從此失去斯文，又在失去規範的同時，被剝奪自為的餘地……寫作倫理在一九四九年之後的中國，幾乎不是問題：它消失了。多少以作家自居的人口口聲聲要為社會承擔責任，卻對文字極端不負責任，下筆之輕率、粗暴，趣味之粗鄙、平庸，從文字開始即取消了他所宣稱的價值。難以想像，一個造成文字災難的人，如何造福于社會。顧彬說「中國作家語言水平太低」，這話初聽荒唐，然而任何國家，作家都是指那些善用語言，精通語言的人。倘若一國的作家而語言水平太低，豈非惡夢。

豈是漢語失去斯文，便是「斯文」一詞，也已失落，億萬人口行事說話而閃過「斯文」一念者幾稀。域外文人如德國顧彬的批評，其實要算斯文的，記得此言一出，本土文壇的愕然與驚怒，即大欠斯文，而回應此說的文章，我約略一讀：何談修辭。

> 「凡是成功的修辭，必定能夠適合內容複雜的題旨，內容複雜的情境，極盡語言文字的可能性，使人覺得無可移易，至少寫說者自己

以爲無可移易。」（語出陳望道《修辭學發凡》）此「無可移易」一句，正是修辭學要害，修辭之所以是修辭，一如字詞之所以是字詞。

白話文的大病與通病，即不知一字一詞須得不可移易。

其實當今漢語「不可移易」之辭，並非沒有，而且多得很，惟其「不可移易」，而成大病久病，以至無望治愈的頑症——拿起報紙，打開電視：「各級領導必須重視起來」、「進一步加強落實各項基本工作」等等等等，就都是——如何移易？豈容移易？于是天天講、年年講，倏忽六十年過去，無可移易。清末鄧實憂心忡忡在茲念茲的「中國語文」，如今便是這樣一種語文，誰敢說，這不是「保國保種的金城湯池」？是故李春陽以下數語，也可句句反證今時的語文和中國人：

> 人的思考的密碼，乃是語言，語言，豈能離開字詞。知識系統、價
> 值系統，不但和言語密切相關，而且起于語言，體現爲語言。

是的：「各級領導」的話語，正是當今中國人的首要「知識系統」乃至「思考密碼」？「進一步加強落實」云云，則是政權竭力守護的「價值系統」。這一切，在在「起于語言，體現爲語言」。固然，李春陽的意思，不是這意思：

> 人的創造活動，俱皆歸因于如何使用言語，或者說，莫不以言語求
> 得理知，求得闡釋，最後，語言作爲現象，行使觀察，也被觀察。
> 教育，意味著從無量的書面語獲得無數資源，豐富言說，擴大存在
> 的幅度、維度，以及，人性的深度。

而當今白話文的「創造活動」是在求得權力，求得控制。控制既久，早已塑成當代中國語文的「幅度」與「維度」，更兼受惠于「各級領導」年復一年的「加強落實」，今遍中國的知識結構與思考模式，早經層層圈定，形成國人的另一層「深度」，或曰「淺度」，年深月久，已如文言文和舊白話的幅度與維度，塑造了那個消失的舊中國。

> 白話文運動作爲中國二十世紀最爲龐大的修辭意圖——這意圖本身
> 早已實現爲龐大的事實——既是知識建構，又以此建構新的權力。
> 一九四九年之前的毛文體，確曾致力于新興知識的建構……這一時
> 期，毛話語的訴求之一是民主，與五四價值和共和理想相呼應……
> 一九四九年，新的權力結構終告達成，長于說理而擅于攻心的毛文

體，一變而爲權力話語，政令與批判成爲毛文體的大規模修辭實
驗……權力話語猶如怪獸般脫胎于知識，實施知識的否定。「文革」，
乃是權力踐踏知識的狂歡……

讀解毛時代的毛文體，今已不算太難——雖說仍未解、仍待解——難的是下文
提及的語言現狀：這現狀，很難說是毛文體的「形變」或「泛化」，「加強落
實」之類，論文采，論修辭，論蠱惑力，遠不及毛文體，然其陳腐之狀、泛
濫之姿、流布之廣、統御之效，則爲昔時的毛文體所遠不及。

在今天的語言現實中，要麼是以知識制衡權力，要麼是持續毛文體
的形變與泛化，以權力掌控知識；前者是知識權力，後者是權力知
識，欲求知識與權力的良性互動，端看我們對二者的認知，以及，
能否將權力還給知識，將修辭還給語言。

是的。今時中國的語文——不論何種類型的寫作，不論爲何而寫、爲誰而寫
——多麼需要新的修辭，然而沒有；多麼需要知識的權力，然而不能。知識
應有的權力，眾人得不到，于是無權無勢的人滿口權力語言；語言應有的修
辭，眾人不會，亦且不知，于是文理不通的文章勢成語言的泥漿。古文所曾
富有的修辭，隨古文的消失，消失了。梁啓超輩及五四一代寫手之于文白之
間的餘裕，今人更是休想——「喪失修辭思維，不知有修辭思維」的漢語，
于是「委身于政治」：這是當今漢語難以展望的未來，也是現代白話文進退失
據的語言現實。

白話文運動可能要對我們至今幼稚的理解力——也即可悲的語言狀
態——負有責任。無所感應于西方文本的修辭手腕，其結果，只能
是輕信與盲從，同時，流于淺薄的認知。時下國內主流話語的昧于
修辭，大量體現爲意識形態宣傳而遭遇心理抵制。昧于修辭者而被
認作知識分子，是當今社會的常態，一如貧薄蕪雜的白話文，早已
見怪不怪了。

「輕信與盲從」對應「幼稚的理解力」；「社會的常態」對應「貧薄蕪雜的
白話文」。白話文運動曾經抱有偉大的責任感，如今的白話與白話文，承擔什麼
責任？怎樣承擔？靠什麼承擔？除了權力性格，莫說責任，白話文作爲一種語
言、語體，可曾贏得當然的敬愛、起碼的護惜？

　　九十多年前，白話文運動惡毒攻擊文言文，然昔時的文士便知古文總得革除，語言不免革新，也還摯愛文言文、惜護文言文：那是歷史的遺贈，成熟的語言，但知善用，古文便玉成書寫古文的人。魯迅痛詆古文，算得激越，偶或弄幾段，文辭間難掩享受之狀；胡適儼然新派，老來讀古書、參古經，他已憬悟，並且說出：白話文運動後來成了一場禍——今世，人人都說白話文，誰人摯愛誰人敬、誰人知惜護？倘若愛敬惜護白話文，白話文便不會是今日的白話文。

　　人不愛自己的語言，語言便不肯施惠于使用語言的人。當代的書寫不再聰敏，市面的言說漸失生機，莫說西門慶潘金蓮的潑辣而斯文，如今撞見個會說話的人，已是稀有的福分，稍一辨聽，也不過黃段子或江湖語，惟較「加強落實」之類，略有人間味。據說，古語舊說而有所沿用、仍然奏效者，眼下流在中醫界、佛學界、書畫圈——雖佛界早經行政化，書畫圈更是分餅奪利之地——文界、學界，敢說精通而愛敬白話文者，大約有誰？能有誰？寫著白話文，不愛白話文，早已是文界的常態，讀到本書的觀點，倒會昂然起身，為白話文辯護吧。我讀到書稿材料中那些為白話文嚴正辯護、慨然說項的種種腔調，不禁想：很好，你主張白話文，你愛不愛白話文？你愛白話文，你想必懂得、應該懂得，倒來說說白話文的好，怎樣的好法，文章寫來，又該如何有招有式使用白話文——

> 首尾開闔，繁簡奇正，各極其度，篇法也。抑揚頓挫，長短節奏，各極其致，句法也。點掇關鍵，金石綺彩，各極其造，字法也。篇有百尺之錦，句有千鈞之弩，字有百煉之金。文之與詩，固異象同則。

各極「其度」、「其致」、「其造」，白話文怎麼說？「開闔奇正」、「百尺之錦」，白話文又怎麼說？注而釋之，說得像了，好看好聽、可感可用麼？讀李春陽上引王世貞《藝苑卮言》的段落，我竟起可笑可憐之嘆。我笑這腐儒的眉飛色舞得意洋洋，讀來如聞夢囈：今白話文蟻民誰曉得這一套？誰吃這一套！我猶可憐李春陽四顧時語的大荒涼，搬出這死滅的文言文，聊以為寄，據以辯難，其說夢之感，尤甚于王世貞。

　　古文喪失，不獨漢語的意義鏈斷失，語言的聲色，便即消褪，人和語言

的關係、語言和文章的關係，隨之亡失。這關係不失，于是人對自己創造的語言、語言對創造自己的人，彼此有愛，往來有靈犀。精彩的文白相間、上好的白話文章，自有新的聲色，新的意義鏈，新的可能性，新的好辭章。可是那樣一種新語言，好語言，惟在清末民初那一代，如梁任公的恣肆雄辯，如周氏兄弟的潔淨而沈穩……彼時，白話文運動雖已鬧起來，文白固有的血脈，尚且交融，文白間的往還，猶如姻親——事到如今，選來選去反覆讀，近百年的好文章、好寫家，還是清末民初那些篇、那幾個人。此後半個多世紀，失去愛敬的白話文降得住幾篇好文章？

　　此所以李春陽要來披頭散髮，成六十餘萬字，由白話文運動從頭說起吧。其發難的勇氣，只因摯愛漢語：這大愛，表之于頑強的質詢，寫到本章，忽而轉為近乎母性的，準確的說，對母親般的，那樣一種愛：不容褻瀆，義無反顧，又如失母的孤雛，無可寄。此是稀奇之事，同時，極度嚴肅——怎樣才叫做愛國？你愛這國家的什麼？倘若愛國而不知愛這國家的語言，愛國一說便是大欠誠實的修辭，如泛濫無際的白話文，成一句空談，等同謊言。

　　也巧，近日收到如下一份過時的網絡短訊：

　　　二○一○年六月七日，教育部前發言人王旭明在微博呼籲設立「語
　　　文節」。他說，年年高考，先考語文，可見其重要。建議將每年這一
　　　天定為語文節，每個中國人想想自己會寫文章會說話嗎？尤其當下
　　　五種人該想，該以反思的形式過語文節：一是語文工作者包括教師
　　　記者編輯等，二是各級各類官員，三是各級各類所謂發言人，四是
　　　翻譯，五是為人父母者。我感覺這五類人中會語、會文者少！

卸任官員的「呼籲」，本不必認真，網友讀過，頃刻忘記。而急不擇言，慌不擇路，竟給出這份藥方，也算中國當代語文抽樣之一吧：「語文工作者」，標準四九年後的白話官腔；語文的重要居然因「年年高考，先考語文」，則對照清末鄧實「語文文字關乎國之存亡」，簡直霄壤之別。稍可認真者，是所謂「五類人」語文不行，如此，今遍中國的語文是何等語文？

　　九十二年前，北洋政府明令禁止文言文教學，尚有決斷與自信在，此後，文言文果真到了末路——直到被白話文活活弄死——九十二年後，有政府教育部前官員弄出這不倫不類的「語文節」動議，則白話文之途窮，昭然若揭。

這就是漢語的命運。一紙禁令，千年文言；「語文節」動議，百年白話文。前者迫于國難，雖粗暴，尚有文化轉型的痛感在，後者徒託空言，迹近玩笑，想要嚴肅，無從嚴肅起。以下李春陽的感喟，是屬懇切：

> 白話取代文言，是極其複雜的精神、社會事件，深涵中國近代以來，甚至千年以來的文化矛盾。精英主義與民粹主義的對決，改良和革命的消長，啓蒙與救亡的衝突，保守與激進的起伏，全盤西化和保存國粹的對立──單一角度、單一學科的析評，不足于解讀這一事件的全部複雜性及其影響。

這番話，確是議論白話文是非的大難。何止單一學科無以應對，單一國度的事相，也須持論審慎：白話取代古文，非僅中國的語言官司。全球範圍現代化、工業化、大眾化、商業化，語言興替的需求，語言變異之疾速，各國皆然。拉丁文、古英語之在歐陸與英美，歷史典籍之在中亞、印度、日本，境遇類似。亞洲地區，則各國國粹與西化、保守與激進、民粹主義和精英主義的種種語言劇情，其性質、緣由，程度的輕重、後果的大小，各相類似，各存差異，要來比較，怕要有另一篇大論。

上百年前，文言文被虛擬的絕境尚能從白話文窺見廣大的出路，于是起語言運動，今時，白話文若欲振作，靠什麼破局？向哪裏求生──在紐約，我長期旁看各族裔移民如何與母國的傳統相周旋，久而久之，未曾見任一民族如中國人這般，冥頑抱守民族主義，同時，怡然自安于文化的失據而無根，證之于語言，則種種民族主義的叫囂，無有一句是民族的語言。

原因無他：白話文，已是一種失憶的語言。這失憶，非指所謂國學──冷落典籍，非惟中國，不懂古文，無關宏旨──要害是，當今荒敗不堪的語文課只是識字，不再能稱之爲語文教育：在絕大部分中國人、年輕人及未來一代代「炎黃子孫」那裏，這樣一種失憶的白話文，是沒有未來的語言。

但億萬人惟餘白話文，白話文不會死──三十多年來，國正當崛起，黨、政府、公司企業、各行各業、各色人等，語言需求空前切迫，語言市場無可限量。而經濟銳意前行，社會日夕變異，人心不復既往。明面上，惟體制事事掣肘，步步滯後；向內看，則語文實與體制同病，在超速巨變的時勢與國勢間，梗橫阻滯，呈大脫節而大錯位。更大的錯位是，億萬人已然適應了體制，在這近乎鈣化的漫長過程中──因其漫長，事屬被迫抑或主動，已難分清──中國

人所適應的另一巨大之事，無過于白話文：這一失去記憶的超級語言聯盟，經久釀成億萬國民的集體人格，這集體人格的單面性、平面感、空心化，無可挽回地趨向語言的枯竭，因其枯竭而加劇語言的耗損。每一個中國人參與了這場語言的災變式狂歡：初起，緣自革命年代的白話文，終于，實現爲蕓蕓眾口的白話文。

人受困于語言，並爲語言所反制，若欲掙扎逃出，求助者，仍是語言：反之亦然。毛澤東那代人所曾浸潤的漢語資源，大可調度，大可選擇。今我黨拋棄了毛語言，自亦連帶失去漢語的一大資源，縱有話說，卻沒有語言，遂循環咬嚼另一路陳腔、另一套濫調——此亦或可解作黨語言對毛語言的全盤失憶——這語言的絕境，除了政治的形格勢禁，內裏——有誰想到過嗎——其實是白話文運動的世紀報應。

這不是語言的危機、語言的歧路，而是，實實在在的窮途。這窮途，如何對應前路昭昭、大有餘地的國勢？媒體娛樂語言、商業廣告語言、學界文論語言、世俗人情語言、網絡流行語言……看似喧騰，花樣百出，蓋同出于長期黨化的單一白話文，爲敷衍各各殊異的語言需求，惟支離挪騰，攪拌兌水，兌水而復攪拌，使白話文語體腫大起泡、狀若汪洋而已。這樣的白話文，實在連「語體」也難成立。即便零星異議的語言，無一例外，源自早經用濫而仍在濫用的白話文。

五四一代，曾將古文與文言文罵得一文不值，百般不堪。今李春陽獨自給白話文做此龐大的診視，通篇用的是政治正確的白話文——白話文可有迎對詛咒的氣量？我不很相信本書書稿果然能夠全文發表，便是發表了，今群起捍衛白話文的學術徒眾與權力陣容，可比清末的士子強大太多了。讀李春陽引述世紀以來有關白話文的種種辯詞，在在剛愎而強橫，但我仍願領教，白話文的辯士們還能吐納什麼新的大道理。

沒有用的。當初清人爲古文苦苦辯護，是爲徒勞——百年前，更大的是非，更大的命運，不肯停下來聽取文言的辯護——今天，福兮禍兮：白話文不存在自守自辯的語境，因白話文的植被和疆域，遠遠甚于古文：失去記憶的語言，勢必規則蕩然，無所謂自爲自證，正因此，白話文空前頑健恣肆，休想有別種語體給它挑釁、威脅，或予襄助而制衡。放眼看去，日益潰散而同質的白話文，不具任何語言的層級、派別、質地、表徵——所有人只會說白話文，但白話文不屬于任何人。它甚至不再是語言，而是無關尊嚴和美感

的低級工具，全然交付權力，演繹爲不同權勢的簡陋副本。

本書的要義，即白話文運動是由語言的權力蛻變爲權力語言的歷史。眼下，如果白話文仍然形同政權，不容絲毫質詢，如果李春陽的觀點將被某一方（這某方其實並不存在，除了白話文）指爲一組錯謬，則必定不會來自語言的說服力——即便假以學術還是別的什麼名義——而是，取決於言說它的權勢。這類權勢大抵是臨時的，輪替的，但不必更換、也不可能的更換的工具，是白話文。它保證權勢運行，卻無需保證語言的效能。語言的效能，在白話文那裏早經去勢了。

然而這篇文論難道不存有問題或錯失麼？或許有，但我不在乎。一如我不在乎本篇序言涉嫌無知而偏激：我願高聲說：當年白話文運動的大問題、大過失，何止百千倍——我們，包括「語文節」的動議人，倘若早經不安于當今的語言困境（說是「困境」，仍屬客氣的修辭）——李春陽的功績就在告訴我們：白話文運動究竟是怎樣一場革命，堂堂漢語，何以一至于此。

最後，我對本書的唯一意見，是嫌篇幅過于冗長——包括這份序——此即白話文。古文與文言，不曾，也不必周旋于這等長篇的官司：時代到底不同了。揭示歷史的「全部複雜性」，需要太多篇幅，太多篇幅，需要太多新的語言：漢語的能量、幅度、詞語、文類，確乎因白話文運動而大大拓展了。新的漢語的可能性（這可能性，其實大半來自百年以來的翻譯之功），空前豐富了漢語的言說與寫作——是的，被改造、被豐富的現代漢語，可以被稱之爲「白話文」，但絕不僅僅歸因于五四前後啓動的白話文。白話文的歷史，遠及宋代，白話文的能量，原本就是漢語的能量，漢語的千年檔案，從來保有完滿自適的語言邏輯，只是料不到自己的命。

白話文運動的初衷，是消滅古文，解放漢語；但白話文運動所囑望的語言未來，是不是今天這種白話文——凡同情歷史而敏感語言的人，可能會抱著兩種難以調和的心理：白話文運動是一場語言的災變，抑或救贖？今天，當我們下筆開口，理應對白話文心存警惕，抑或，對當初白話文運動的興起，保留一份有所保留的同情和敬意？

我因此贊同李春陽在完篇之際的二〇〇九年未曾定奪的副標題，即，獻給五四運動一百周年。

二〇〇一年一月二十一日～二〇一二年七月七日　寫在北京、霍州、紐約

目
次

上　冊

序　蔣　寅

序　陳丹青

緒　論 …………………………………………………………… 1

第一章　什麼是白話文運動──對《中國大百科全書》
　　　　「白話文運動」詞條的症候式閱讀 ……………… 13

　第一節　白話文運動的背景 …………………………… 15

　第二節　白話文運動的經過 …………………………… 28

　第三節　白話文運動的成就 …………………………… 45

　第四節　白話文運動的影響 …………………………… 60

第二章　白話文運動的五位先賢 ………………………… 65

　第一節　白話文運動中的胡適 ………………………… 69

　第二節　白話文運動中的魯迅 ………………………… 81

　第三節　白話文運動中的周作人 ……………………… 98

　第四節　廢名與李長之 ………………………………… 113

第三章　白話文運動向何處去？ ………………………… 147

　第一節　大眾語運動 …………………………………… 149

　第二節　「民族形式」論爭 …………………………… 172

　第三節　白話偏至論 …………………………………… 194

　第四節　白話的舊與新 ………………………………… 215

中　冊

第四章　從立異到標新 …………………………………… 241

　第一節　「河南五論」 ………………………………… 241

第二節 「老三篇」 ………………………………… 258
第三節 毛澤東的寫作 ……………………………… 289
第四節 舊詩與新詩 ………………………………… 327
第五章 漢語文脈的斷與續 ……………………… 363
第一節 漢字與文言 ………………………………… 363
第二節 古文運動與科舉 …………………………… 374
第三節 駢文與散文 ………………………………… 386
第四節 簡化漢字不該倉促而行 …………………… 398

下 冊
第六章 言文一致問題 ……………………………… 421
第一節 言文一致的由來 …………………………… 421
第二節 言文關係簡論 ……………………………… 431
第三節 方言和方言寫作 …………………………… 448
第四節 口語和書面語的關係 ……………………… 467
第七章 漢語歐化問題 ……………………………… 489
第一節 歐化問題的緣起 …………………………… 491
第二節 歐化諸現象分析 …………………………… 504
第三節 對歐化的評價 ……………………………… 516
第四節 翻譯文體對現代漢語的影響 ……………… 527
第八章 修辭思維與寫作倫理 …………………… 549
第一節 西方的修辭思維 …………………………… 549
第二節 在修辭立誠和方便法門之間 ……………… 571
第三節 著述傳統與寫作倫理 ……………………… 600
第四節 風雅久不作，何日興再起？ ……………… 624
結 語 ………………………………………………… 647
附錄 本書涉及的百餘年來語言文字及文學大事
簡表 …………………………………………… 649
主要參考文獻 ……………………………………… 661
致 謝 ………………………………………………… 675

緒　論

一

　　呂叔湘先生有一個重要的觀點，把現代漢語歸入近代漢語的範疇，而近代漢語則指唐五代以來書面漢語的連續體。這一看法是在研究了公元九世紀以來大量漢語文獻基礎上得出的，其語言學同行多同意或認可這個結論。它促使我們在思考白話和文言之間的斷裂時採取一種更為審慎的態度，由此，對於白話文運動中一些長期視作當然的結論，產生了懷疑。

　　反思現代漢語的由來、中國現代文學的起源，須重新審視白話文運動。

　　狹義的白話文運動，指五四時期那一場以白話替代文言為目標的文體革新運動，實乃二十世紀中國的激進思潮推動下的語言革命，它帶來的影響及由此形成的國家的語言文字政策，直接造成了幾代中國人的母語現狀。

　　白話文從一開始就不僅是知識建構，也是一種權力建構。所謂文化上的厚今薄古政策，實質上多為短視的功利主義行為和權勢崇拜。

　　現代白話文的寫作，只有近百年的歷史，與三千年的文言文和一千年的舊白話相較，時間還太短，文體粗糙簡陋，好作品少，大師少，許多入選語文課本的白話範文，經不起大家反覆閱讀，也經不起深入分析，人為地經典化，適足傷害教學雙方，假如教師處理不當，足以敗壞學生對母語的興趣。

二

晚清的改良派，由於接觸西方的語言和文字，開始覺得漢字繁難、文言艱深，推進切音字運動之餘，大力提倡白話文，試圖把白話變成維新變法的宣傳工具，辦白話報傳播其主張，影響力有限。黃遵憲一九零二年《致嚴復信》明確提出了文體改良的意見，乏有回應者。章太炎等革命派，政治立場激進，思想和文體上守舊，堅持國粹主義，在文學上以復古爲革新，駁斥所謂採用萬國語（世界語）的論調。晚清的白話文運動無果而終。

辛亥革命取得了表面上的成功，革命的衝動向思想和文化領域擴展，而自唐宋以來書面語的雙重格局爲這一衝動提供了適當的場所，文言與白話的「對立關係」或稱「統治模式」被迅速構造出來並加以顛覆，建構的目的是爲了顛覆，在文本領域掀起的一場史無前例的革命，由少數先知先覺者在小的圈子實行起來，迅速擴至整個社會的範圍。

民族國家的重建和邁向現代化，是近代以來無法迴避的歷史使命。統一國語，言文一致，被認爲是建立現代民族國家的前提。改造中國的巨大衝動，被少數激進者首先落實在改造書面語上。白話文運動和國語運動的合流，表明了事情的複雜性，語言運動旗號下的政治運動，創生出現代中國所特有的語言政治。

思想上的反叛傳統，重新估定一切價值的衝動，在書面語的重建中展開，新思想和新觀念帶來的新氣象，影響一時文風，並不能動搖社會的基本結構和根深蒂固的習俗，牢不可破的傳統和專制權力的寄生物，喬裝打扮之後再次回來。白話文運動以追求多元始，以重建一元終，勢有必至。

三

上世紀三十年代的大眾語運動與其後關於文藝「民族形式」的論爭，是白話文運動在新的歷史條件下的展開。五四的白話，以新文學作品，特別是教科書的編定，已經出人意料地佔據了主流地位。階級意識的覺醒，使大眾成爲新興力量的源泉，向大眾普及在這個時代變爲向大眾學習。中華民國沒有能夠成功地建立起自己的國家意識形態，根本上由於它沒有行使過文化上的領導權。大眾語運動之提倡，雖然沒有能造就出優秀的大眾語文學家和典範的文學作品，卻使大眾意識、新興階級意識得以普及，知識分子與民眾的結合，成爲時

代的重要課題，民眾的語言政治，成為左右中國社會的力量。陝北偏僻一隅的延安，成為四十年代中國思想意識的重鎮，新的語言政治運動的中心。

新民主主義和三民主義的內容大同小異，卻終至於形同水火，不共戴天，正可以見出不是主義之爭，而是權力之爭。

新中國建立之初具有的聯合政府的色彩逐漸褪去，從反右到文革，一場緊接一場的群眾運動，殘存的民間社會被國家主義替代，人民公社不過是秦政的「編戶齊民」，生產隊取代家庭成為最基本的農事單位，使個人喪失了最後的依託，僅僅成為勞動力。綱常倫理的瓦解崩潰，和「老三篇」於大公無私新墨家道德的提倡，使惡與善兩極分化。儒表法裏的統治事實，一朝將儒家思想的外衣剝去，便只剩下法家赤裸裸的權勢真相了。封建遺毒的迅速復辟和四處蔓延，恰是在反封建口號叫得最響亮的「文革」當中。人性中惡的一面失去約束之後爆發出來，摧毀一切美好的事物；而傳統中的精華，卻需要長期的培育。

白話文的高度政治化，正是它內在邏輯發展的必然結果。從五四到文革，語言政治以群眾運動的方式，推進所謂文化革命的進程。大傳統的破壞者，主要是五四新文化運動，以重估一切價值為宗旨，但這一以學術研究為基礎的工作遠未完成，迅速演化為黨爭為核心的語言政治，獨立於政治之外的文化價值和思想系統並未建立起來。

四

白話文運動最大的幻想在於，以為消滅了文言，就可以徹底擺脫過去的不良影響，把外國好的思想、德賽二先生譯為白話，就可以得到文化上的更生了。

依照洪堡特的看法，語言本身就是世界觀，語言介於人與世界之間，人必須通過自己生成的語言並使用語言去認識、把握世界。依靠翻譯，一些人相信自己所採取的是西方的世界觀，這或許是一種錯覺和誤解，語言的不透明性使世界觀幾乎無法進行跨語言的移植，或曰任何一種外來的價值，欲在別的語言中被接納、生根立定，不得不依靠翻譯目的語本身的創生能力。佛理的漢族特色，是漢字還是漢僧賦予的，幾無以辨別。

語言與每位個人密切相關。語言基本上是習得的，在語言問題上人為的變革不是沒有過，依靠政治和權力的力量，也不是沒有成功過，越南、韓國、日本都有程度不同的去漢字化運動，成績不等。國人學我們的四鄰去漢字化，乃

自毀長城，這場半途而廢的變革中，我們已經失去了許多，幾代人正在爲方便實用的短視行爲和功利主義政策付出高昂的代價。幸而拼音化沒有實行，漢字雖然遭受了無情的倉促簡化，還是倖存了下來。

中國書面語的雙重格局——文言白話並存已然千年，爲什麼要打破它？

自古以來從事漢語寫作的人，沒有只會白話而不通文言者。漢語是一個整體，識文斷字與通文言從來是一個意思，每人掌握的程度不同而已。不必通文言也稱會漢語，是現代人的偏頗定義。魯迅和周作人是白話文運動的發起人和宣導者，但他們的文章實在不是白話文運動的產物，念古書考科舉，熟稔典籍擅長文言，古典詩詞修養深厚，他們寫白話與吳敬梓曹雪芹寫白話沒有分別，這些作家身上保有完整的語言生態，行文過程中需要文言資源，會本能地應用，這種情況延至二十世紀四十年代，一九四九年之後，有了徹底的不同。

百年來主張不管怎樣不同，西化的趨勢沒有停止過它的腳步，工業科技、生活用品及風尚，直至最後剩下一個領域無法西化，就是漢語和漢字。有人認爲中國沒有保守主義，因爲沒有可以保和守的內容，我們是有的，是漢語和漢字。本書作者是漢語和漢字意義上的保守主義者。

<h2 style="text-align:center">五</h2>

把漢語當作一個整體來進行思考，把百年來的語言變革運動，放在千年來漢語書面語的雙重機制——文言白話並存的背景上加以考察，並且把後者的關照放在三四千年的漢語發展史上。本書重視百年來在文學、史學、哲學、語言學等各門相關學科的研究成果，更重視未能納入這些學科體系的漢語使用經驗，包括書面語和口語的大量實踐，以文本和非文本的方式存在於複雜多彩的現實生活當中。二十世紀八十年代初中國民間文藝家協會發起並組織實施的《中國民間故事集成》《中國歌謠集成》《中國諺語集成》，共收集民間故事一百八十七萬篇，歌謠三百餘萬首，諺語七百四十八萬條，編印資料本三千餘種，總字數超過四十億。儘管品質參差不齊，未可一概而論，但總體上具有無可懷疑的價值，無論語言抑或文學，遠超過同時期作家文人的創作。

現代中國有兩種白話文，五四白話文運動影響下的新白話和晚清小說傳承的舊白話。《新青年》除了與文言你死我活之外，與鴛鴦蝴蝶派的舊白話亦勢不兩立，後來的大眾語運動指向五四時期的「新白話」，而後「文革」之於「十七

年」也是全盤否定。五四新白話，讓位於五十年代的「新新白話」，及「文革」中大批判式的「新新新白話」，意識形態領域的風雲變幻，使不斷更迭的新語言亦難以適應，白話文運動走到這一步，具有邏輯的必然性。「文革」結束之後，讀者於舊白話的發現，猶如哥倫布之於美洲，臺灣香港作家在大陸的風靡，語言上「被發現」的新鮮感起了作用，在舊白話傳統那裏，許多讀者驚訝於有一個未瞭解的漢語。

必須探索超出白話文運動所範圍的那些語言資源，尤其是被白話文運動輕易否定的文言和舊白話，以及後來被普通話壓抑的方言土語，這些被國家主義語言政治所排斥的，多是當代大部分讀者所陌生的，而實際上它們亦是傳統漢語和漢文的正宗和主體，只有認識到這些資源的深廣，才能突破白話文運動的限制，獲得比較完備的漢語和白話的總體立場，寫作者將自己的文脈潛入鮮活的母語大地，血脈貫通，源遠流長，取精用弘，才有可能創造出與這一語言傳統相稱的作品來。

六

白話文運動的危機，是近代中國文化危機的集中體現。其突出表徵是當代的信仰、道德、知識、生活、感受和思想，與積累三千年以上的深厚傳統脫節。在可衡量的標準下，這個時代的書面表達能力普遍低下，包括文學在內的當代寫作，既未能從文化積累中獲取足夠的資源，又難以觸擊紛繁駁雜的現實生活的深度，我們不知道自己從哪裏來，要到哪裏去以及我們是誰，這是文化認同的危機！我們是一群從未有過的中國人，與六十年前相比，作為一個國家，中國在世界上的安全性和影響力無疑增大了，但文化身份的認同問題，卻比歷史上任何時候都更為嚴峻。

首先需問什麼是中國文化危機？中國文化從何時起陷入了危機當中？鴉片戰爭後清王朝在軍事、政治、外交上的系列失敗，意味著中西文化交鋒中的進退失據，是這一危機的突出表徵。經濟高速增長三十年，國力的提高，是西方市場經濟模式在中國的成就，值得我們在文化上感到滿足麼？六十年來，在中國傳統文化建設上乏有建樹，不知傳統文化究竟為何物，這是當前最大的危機——今天所謂文化多元的觀念，並非我們依靠自身固有的文化而爭得來，乃是西方文化檢討和自我批判的產物，連多元的概念也是西方所贈予。從這一危機

叢生的可疑之地出發，尋找已經丟失和被遮蔽的中國文化，在漢字和漢語中，還能夠辨認出感到陌生的祖居麼？即使在反思自身與我們的文化傳統之間聯繫的時候，似乎也不能完全擺脫西方文化的指引，我們早已成為故鄉的陌生人。

「謙謙君子德，磬折欲何求？驚風飄白日，光景馳西流。盛世不再來，百年忽我遒。生存華屋處，零落歸山丘。先民誰不死，知命復何憂」？

七

白話文運動被這樣幾種強勢思潮影響和左右：民粹主義，全盤西化，權力至上，全能主義的語言政治，國家主義的社會動員，大規模的群眾運動。合力作用的結果，終使白話文變成了意識形態的工具。

本維尼斯特認為，「語言是人類的自然本性，人類並沒有製造語言。」「人在語言中並通過語言自立為主體。」[註1]工具主義的語言觀，乃是對語言的自大和對自身的誤解。視語言為動員民眾的工具，改革社會的利器，權力鬥爭的武庫，以及交流信息的手段，功利主義的態度和實用主義的目標，在這場語言運動中貫徹始終。

白話文假若真的想自立，應當依靠典範的白話文學作品，桃李不言，下自成蹊。未立己而先樹敵，未成立而先破壞，詆毀文言的負面作用是明顯的。今時受過高等教育的人，對文言文普遍沒有閱讀能力，連過去的蒙童都比不上，這在歷史上可說是前所未有，從前識字率低，但文盲和識文斷字之間界限清楚，知之為知之，不知為不知，時下幾乎全民識字，拿段古文給專業而外的碩博之士，未必能點斷得出來。

在文化認同上缺乏歸依，未知安身立命之所在，那曾經數千年綿延不絕的傳統，彷彿與今人不相關。在古代歷史、古典文學、古代漢語等學科那裏，更多的是專業化的知識，即便讀得懂古書，也趨於把它們僅僅作為典籍之研究，與自己的生活、思想、情感和個人成長缺乏聯繫。我們文學研究的傳統還在，文學創作的傳統已失！

白話文的建樹，客觀而論成績有限，魯迅、周作人以及毛澤東的文章，是白話文章的典範。毛澤東是語言政治的天才，在禍深寇急的時代立於潮頭，他

〔註1〕　〔法〕本維尼斯特《普通語言學問題》（選譯本），王東亮等譯，生活・讀書・新知三聯書店 2008 年版，第 357～358 頁。

的全部表述構成一個巨大的修辭發明，依靠筆桿子與槍桿子，在二十世紀各種勢力中問鼎中原，這是語言政治的勝利。在打通中西，彌合古今方面毛澤東無人可及，他隨心所欲出入於馬克思列寧主義和古代中國的墨法儒道之間，以他的話來說即「古爲今用，洋爲中用」。一九四九年之前，致力於以知識建構權力，後來使用權力對異己直接批判，君位之上讀用《韓非子》，晚年的評法批儒，爲秦始皇翻案，實爲中國政治智慧的終結者所能作出的驚世駭俗之舉。墨家大賢，捨身忘我，日夜苦行，以救世爲己任。毛氏出身農家，飽讀詩書，篤實力行，滿門烈士，雖百折而不撓，終克其功，墨子在世，不過如此。君權君位，初非其所期，然德高望重，卻使其孤立於眾元勳之上，而終臣服於絕對權力之下，成爲南面之術之信徒而失察，與秦始皇輝映古今，成爲中國歷史的上下聯，至此而後，歷史下一步會自己開出新篇章嗎？

八

　　打破白話文運動的神話，走出其意識形態話語空間，個人的寫作倫理才能建立。下筆爲文，首先要言之有物，其次要言之有序，立誠達意，公之於眾，期望影響他人，不惜禍及梨棗，刊刻成書，總爲流傳後世。暫不言社會責任，起碼要承擔起語言文字的責任。寫作是個人行爲，且是主動行爲，文章品質，源於作者個人的自律和自我期許。爲稻粱謀，雖不必迴避，卻亦不值得誇耀。庖丁解牛，技近乎道，才是眞境界。這個意義上講，寫作是英雄的事業，沒有出乎其類拔乎其萃的志向和與之相稱的才華不宜從事。文如其人是殘酷的判決，以文傳世等於以己示眾，美醜妍媸顯辨。諺曰：「騎奇馬，弓長張，琴瑟琵琶八大王，王王在上，單戈力戰；僞爲人，龍衣襲，魑魅魍魎四小鬼，鬼鬼趨邊，合手擒拿……」

　　是白話文運動出了問題，不明就裏的人質疑漢語，懷疑甚至否定漢語的表現力，不惜以此誇耀白話文運動的正當性。爲了維護現代開端的成就，寧肯犧牲歷史和未來，這是現代人的偏執。不宜對五四運動、新文化運動、白話文運動的成績誇大過甚，那不過是一種倉促之間的應對之策罷。如若想以此一百年否定過去的三千年，有問題的肯定是這一百年，或說是看待這百年的眼光有了問題，而不會是那數千年。拯救漢語的說法過於自大，與當年改造漢語仍然同樣的思路，表徵了這一危機的深度。

「漢語殖民地化」「漢語自我次殖民化」的說法沒有冤屈白話文運動。「因為它並不是殖民主義勢力強加於我們頭上的，而是國人之中有一部分人崇洋心理所造成的自覺的行為，把它稱之為『自我殖民地化』也許更恰如其分一些。」（董樂山語）近代以來，國人的心態是寧肯認為中國文化、漢語出了問題，也不承認自身存在誤區，這是擔當不起責任者的做法和說法。檢討自己的行為而不是自己的傳統才是應該做的，我們的行為能配得上我們的傳統麼？我們只有漢語和漢字，傳統已被丟得只剩下漢文了，連漢文也差點丟掉，是書面漢語不肯拋棄我們，而不是我們捨不得它。漢語的智慧和漢語的生殖力，遠遠大過我們的想像，在失敗中的自覺即維護漢語，世上唯一的統一多元的漢語。

九

本書提倡修辭批評，致力於揭示白話文運動的意識形態本質，但本文並不是反對白話文。這一運動的初衷是提倡白話文，其結果卻損毀了白話文。重新認識白話文的第一步，須先替文言真正平反。魯迅著《孔乙己》《阿Ｑ正傳》以白話，寫《中國小說史略》《漢文學史綱》用文言，毛澤東寫老三篇用白話，寄蔡元培藍公武信以文言，錢鍾書寫《圍城》用白話，著《管錐編》以文言，張蔭麟著《中國史綱》以白話，為該書獻詞乃駢文，魚與熊掌罷，不好的是將此置於非此即彼勢不兩立的想法與做法。為文言平反，不是反對白話，而是有進益於白話，促白話的成長。白話的發達、成熟、偉大不必以文言的沒落衰朽為前提，幾部典範的白話小說寫出來，不是傾覆莊騷史記，是以此明證能與後者比肩而立。

就掌握白話、文言的一般情況而言，前者易而後者難，國家的教育政策當應先易後難而循序漸進，不可捨難就易而自甘淺陋，養成國民智力上的懶惰習慣和文字上的粗糙品味。應積極鼓勵學有餘力的人，在領悟書面語上知難而進。

科舉制度於文言的傳播，功不可沒，廢除科舉之後，本當以「整理國故」之類的事業，為習文言者提供動力和出路。一九四九年之前，去古未遠，白話文運動的影響尚有限，舊學的積累以及社會習俗，共同養育比較正常的漢語語境，寫作者的語言資源豐富，可以多方借鑒，魯迅、周作人，林語堂、錢鍾書、沈從文、廢名、李長之、李健吾、老舍、曹禺、張恨水、胡蘭成、張愛玲、趙樹理、穆旦、汪曾祺等，各有千秋，既通古文，亦通外文，傳世文字，多姿多

彩，皆有所成就。這一正常的個人體悟語言文字的生態環境，一九四九年之後，因觀念上的「文言歧視」愈演愈烈而大為改觀。今時事寫作的人，普遍沒有受過三百篇楚辭之類薰陶，班馬未窺，何論駢儷，頭腦裏缺失古人隻言片語，下筆時盡享廣播電視報紙之陳詞濫調，以及為應付高考作文閱卷者的刻意逢迎，普通民眾如此，職業作家概莫能外，漢語之厄，未有以今日為盛者也！由於白話文運動的偏頗之見，製造了文言百年的冤案，就三千年的文言輝煌歷史來說，即使當代無一文之增，無損其偉大與浩瀚，但幾代國人卻因此而止於僅僅會白話而沾沾自喜，以燕雀之志為榮。

十

白話文運動的危機，恰是漢語的生機。

在中國古典文學傳統當中，文化的延續，藝術的生發，文體自身的發達和演變，特別是於文字技巧的高度追求，作家個人性情的吟詠，個人精神上成長和自娛，於專制權力的反抗和社會醜象的批判，是深入民族靈魂的文學基調。

新文學載道的意識畸形發展，所謂為工農兵服務，為國家主義的政治服務，為當下的政策服務。新文學運動，從誕生之日起就自覺充當建立現代民族國家的工具，並服務於這份政治。

現代國家的建立，民族的獨立和解放，似乎是近代以來最大的政治。但是在此之上，也還有更大的政治，它包涵兩層含義，其一，四五千年中國文明的延續和文化的傳承。其二，每一位生存的中國人自身的自由和幸福。古人云，道不遠人，人能弘道。先賢有亡國與亡天下之辨，國家主義的政治如若不能成為民族文化復興、個人自由實現的途徑，它就失去了合法性。中國之所以為中國者，語言文字，典章制度，人物事蹟也。國家存亡之秋，迫於當時的危急形勢，少數革命者寧肯犧牲個人生命，不惜主張為種業而放棄文化，廢除漢字文言，他們是真的革命，真的叛逆。然而漢字和漢文卻是國人世代生存的依託，猶如國土與家園，漢字不能改，文言豈能丟，古代文獻是以漢字文言寫就，是漢語、漢字、漢文造就了中國人，並不需要什麼理論上的依據或者別的道理。

二十一世紀的國人，可以勿論二十世紀的思想鬥爭與文化衝突，但有權利接受全面、完整的書面漢語教育，以便理解自己的母語，如此，在寫作和表達之時才能揀擇和取捨，白話文運動不能剝奪——哪怕是部分地剝奪讀者和寫作

者這一權利。

「我們看了魯迅的例子便能明白『五四』的新文化運動，其所憑藉於舊傳統者是多麼的深厚。當時在思想界有影響力的人物，在他們反傳統、反禮教之際首先便有意或無意地回到傳統中非正統或反正統的源頭上去尋找根據。因爲這些正是他們比較最熟悉的東西，至於外來的新思想，由於他們接觸不久，瞭解不深，只有附會於傳統中的某些已有的觀念上，才能發生眞實的意義。所以言平等則附會於墨子兼愛，言自由則附會於莊生逍遙，言民約則附會於黃宗羲的《明夷待訪錄》。」〔註2〕外來的新價值，引入的新觀念，需要接生在舊的枝條上。

白話文運動在創立之初，主張儘管激進，口號懾人，動輒除舊布新，彷彿一切可以推倒重新來過，但所從事的實際工作，往往以嫁接爲多，胡適把「整理國故」當作「新思潮的意義」的一部分，是清醒而有遠見的。但後來所發生的事情，卻把白話文的激進主張落實爲事實，在不知傳統爲何物的狀況下，想西化亦無從化起。母語和外語之間，在學習和掌握上不僅不妨礙，反而能夠彼此促進，沒有語言能力的人，喪失了學習語言最佳時機的人，學會哪種語言都是困難的。

西方的知識分類體系和價值標準，須與中國舊有的系統加以比照才能夠有效地取捨。全球化的形勢，不在於外來力量的咄咄逼人，而是面對國際資本壓力的時候，我們是否失去了文化上的依託，嫁接無緣，乃因本我的根枝被剪除了。拼音化漢字並沒有實行，但早已提前以拼音的眼光看待漢字，以外國人的眼光看待漢語，這是不可理喻的，但確實是事實，且構成了現代漢語的語義前提。

民族的思想語言和制度密不可分，中國的西化體制，實是一種似是而非且莫名其妙事物，白話文已費力將自身連根拔起，欲遠走高飛而不能，深入泥土融入大荒又不甘，或不願，亦或不能。

本書的寫作，從構思之日起，已深深捲入這一未經反思的西化體制之中。作者力爭打破學科的限制，站在整體漢語的立場上，在近二十年來諸多學者研

〔註2〕余英時《五四運動與中國傳統》，《現代危機與思想人物》，生活‧讀書‧新知三聯書店2005年版，第66～67頁。

究成果的基礎上，梳理史實，形成自己的認識和判斷，盡量客觀公正地看待百年來白話文運動的成績，以哪吒剔骨還父析肉還母的精神質疑白話文。如今把這一質疑本身形成白話文，實不知是在建構本書的解構，還是解構本書的建構。本人深知自我學養有限，既沒有堅實的小學基礎與國學功底，又缺乏嚴格的西學訓練。然既與語言文字打交道，白話文的問題實不容迴避，亦無處藏身，它早已與你我生存深度相關，漢語的問題，是每一個中國人的問題。歷史與現實糾纏一處，如果能夠獨立思考，不得不思考此首要問題，假若要寫作，不得不嘗試去面對和解決這一問題。

白話文運動正在經歷著作者自身能感受到的危機，本人把此文獻給一切有同樣危機感受的人。百年來所有參與或被捲入這一運動的文本，皆是本書的材料，行文過程中的語言表述和思維方式的局限，也是本書作者日常省思的對象。現代書面漢語是怎麼來的，它能夠說清楚自己的來歷麼？在當下的口語和古今一致的整體漢語的背景下，白話文能否徹底地認清自己的處境？本書的寫作從構思至成題、答辯，之後又有深入修改，歷時五年，操斧伐柯，能走多遠，不得而知，可以肯定，不是本書的著力處，而是本書的缺陷，向讀者昭示了白話文運動的危機。

第一章　什麼是白話文運動——
對《中國大百科全書》「白話文運動」詞條的症候式閱讀

　　察《中國大百科全書‧語言文字卷》，有關「白話文運動」（Vernacular Movement）的詞條，陳述如下：

　　　　一九一九年五四運動前後從北京推向全國的一場劃時代的文體改革運動。它提倡書面語不用文言，改用白話或語體。白話文運動先在「文學革命」的口號下發動，進而在「思想革命」中發展，是新文化運動的一個重要環節。運動的提倡者主要是胡適、陳獨秀、錢玄同、魯迅等。他們以《新青年》為主要陣地，以北京大學進步師生為主力，同形形色色的文言維護者開展論戰，贏得了白話文的勝利。〔註1〕

這一詞條由胡奇光撰寫。簡短定義後，分別就「白話文運動的歷史背景」、「白話文運動的經過」、「白話文運動的成就」、「白話文運動的影響」四個方面作出論述。該書出版於一九八八年，代表了當時學界的共識。

　　本章節以該詞條的論述標目為線索，展開較為詳細的評注式討論（每節起始的楷體部分為該詞條原文，來源同上，不再出注）。

〔註1〕　《中國大百科全書‧語言文字卷》，中國大百科全書出版社 1988 年版，第 13 頁。

如果承認胡適是首倡者，那麼這場波瀾的初潮之涌實際上發生在美國。與幾位留學生之間關於文字和文學的爭論，由於胡適將它們寫成通信和文章發表於陳獨秀主編的《新青年》雜誌而廣爲人知。胡適《逼上梁山》一文言之甚詳，不必贅述。「五四前後」的說法特別耐人尋味，它實際上在暗示白話文運動與五四運動之間的聯繫，但以史實探究，這一少數人提倡的文體革新與一九一九年五月四日那一日發生的群眾遊行毫不相關。如果一定要把它與某個「大寫日期」聯繫起來共同注釋歷史，應當是一九一一年的辛亥革命。民國的成立，使少數得風氣之先的人覺得應該以一種新的書面語言來寫作了。二十世紀，系列大事相繼發生，起先取消了科舉考試，使八股文沒了出路，接下來宣統皇帝退位，中華民國甫一成立，立刻頒布大總統令，強迫剪辮，禁止纏足，一時間移風易俗氣象一新，雖然政治在實質上實現民主還有很長的路要走，畢竟體制變了，一整套術語也不得不跟著變，推翻帝制給國人帶來的鼓舞是時下的人無法想像的，這個意義上講，五四運動也是辛亥革命的一個效應。帝制下的表達方式乃是公車上書，只有先取得國民資格，才可以上街遊行的方式表達自己的政治訴求。清末的白話文運動，包括多種注音字母方案，皆是上奏朝廷，希冀得到聖上的認同，一紙詔書下來，風行天下。民國之後，這個途徑斷絕了，於是主張便以報刊雜誌直接面向公眾，陳獨秀同意胡適之並與之呼應，本是兩人相契，與君何涉，但由《新青年》公之於眾，而成了驚天動地的大事。公共言論空間的建立，給問題與主義的爭論以可能，有沒有這樣的言論空間，乃是帝制和民國的根本差異。

「劃時代」云云，乃是對於所謂「時代」的一種定義，定義乃是如此去定義的權力。五四已經被最高權力定義爲「劃時代」了，前後略一延伸，何等輕巧。以白話做書面語，並不自今日始，白話小說即使從明代起算，也有五百年以上的歷史。當初胡適與梅光迪、胡先驌等人的分歧主要在白話能不能做詩這個問題上，所以才有《嘗試集》的寫作和出版，白話詩是寫出來了，成爲了名著，但是否就意味著成功了呢？詩人胡適，並不爲人認可。胡適之後，還有更多的嘗試者，白話能寫詩麼，肯定者有之，否定者也不少，一九六五年毛澤東給陳毅信中明確說，「用白話寫詩，幾十年來，迄無成功。」〔註2〕當然，這是

〔註2〕《毛澤東文集》第八卷，人民出版社 1999 年版，第 422 頁。

他個人的意見，但不是他一個人的意見。白話寫詩，假若還不好說成功，白話寫小說麼，五百年前已獲成功，然而那是先人的成就，論者匆忙宣布的「白話文的勝利」到底指的是什麼呢？後來幾乎所有論者，亦皆認爲白話文運動成功了，這成功又指的是什麼呢？

第一節　白話文運動的背景

　　文言文原是古人口語的摘要，早在先秦時代就已經出現。到西漢，封建統治者獨尊儒家學派，記載這些經典的文言文也就成了不可更改的萬古楷模。越到後世，文言文同實際口語的距離越遠。這種情況是不能適應社會和語言的發展的。從唐宋以來，白話文書面語逐漸興了起來。先是採用比較接近口語的「變文」、「語錄」一類文體，傳播佛教教義，後來隨著資本主義因素的萌芽和市民階級的抬頭而出現了用當時口語來書寫的明清章回小說。不過直到清代末年，白話文還只是局限在通俗文學的範圍之內，未能改變文言文獨尊的局面而作爲通用的書面語。

　　歷代不少學者爲了讓更多的人看懂書面文字，都主張書面語同口語相一致。一八六一年，洪仁玕（一八二二～一八六四）根據洪秀全的指示，頒布《戒浮文巧言諭》，提出了改革文體的方針：「不須古典之言」，「總須切實明透，使人一目了然」。又過了二三十年，資產階級改良派爲宣傳變法維新、開發民智而提倡白話文。如，黃遵憲（一八四八～一九○五）引俗話入詩，宣稱「我手寫我口」（《雜感》）；裘廷梁（一八五七～一九四三）認爲「白話爲維新之本」，發出了「崇白話而廢文言」的口號；陳榮袞第一個明確主張報紙應該改用白話；王照更聲明自己制定的官話字母，只拼寫「北人俗話」，不拼寫文言。同時，他們還積極寫作通俗淺顯的文章。梁啓超（一八七三～一九二九）最先向霸占文壇的桐城派古文挑戰，創制了「新文體」，用的雖還是文言，但平易暢達，雜以俚語、韻語及外國語法，已向著白話文邁出了第一步。接著白話書報在各地涌現，日見興盛，其中白話報紙有十多種，白話教科書有五十多種，白話小說有一千

五百多種。可是直到辛亥革命（一九一一）之前，還沒有人自覺地
去實現以白話文代替文言文這個重大的變革。從清代末年到民國初
年，接連出現了幾件可以決定文體改革方向的大事：一是科舉制度
的廢除（一九〇五）；二是辛亥革命推翻了封建皇帝；三是粉碎了袁
世凱的稱帝迷夢（一九一六），《新青年》發出提倡科學和民主、打
倒孔家店的口號。思想的解放帶來文體的解放，覺醒了的廣大人民
群眾，掀起了民主主義的浪潮，為白話文運動打下了群眾基礎。

　　　　文言文原是古人口語的摘要，早在先秦時代就已經出現。

文言與口語在先秦時代的真實狀況，至今無從確定。為何上文首句即斷定「文
言文是古人口語的摘要」呢？是根據魯迅《門外文談》的觀點，然而，魯迅當
初審慎、推測的語氣不見了，更由於一九四九年後魯迅先生不可懷疑的權威性，
此說儼然成為定論。而白話文運動之初的綱領性理論，即採取西方語言學對文
字的定義：文字是聲音的記錄，是語音的符號，而西方文字屬於「表音文字」，
「語音中心主義」占據語言的主導地位，文字是語音的附屬。但是，漢字是「表
意文字」，不存在「表音文字」的類比性。呂叔湘早年曾說：「文字的起源大致
和語言無關，」並且「一部分文言根本不是『語』，自古以來沒有和它相應的口
語。」〔註3〕但長期以來，這一認識未能得到傳播和重視，於是以西方文字定義
硬套漢語和漢字，乃相沿成習，鑄成共識。語言學研究著作《馬氏文通》以印
歐語性質為標準看待漢語，「把印歐語所有而漢語所無的東西強加給漢語」（朱
德熙語）。由此可見，始於「言文一致」的傾向，在百年漢語研究中未得到質疑，
而視之當然，直至近年，有人從理論上提出漢語的「字本位」，〔註4〕認為文言
為口語摘要的判斷，出於西方的語言觀。

　　　　到西漢，封建統治者獨尊儒家學派，記載這些經典的文言文也
　　就成了不可更改的萬古楷模。

語言為全民所共有，無階級性，此乃語言學界的共識。若說西方「語音中心主

〔註3〕　參見呂叔湘《文言和白話》，《國文雜誌》1944 年第三卷第 1 號。

〔註4〕　參見徐通鏘《漢語結構的基本原理──字本位和語言研究》，中國海洋大學出版社
　　　　2005 年版；參見潘文國《字本位與漢語研究》，華東師範大學出版社 2002 年版。

義」是白話文運動主動上當的第一次，那麼，第二次便是語言學的所謂「階級論」。五四時期，文言被指爲封建統治階級的語言，白話是人民的語言，由此二分，意識形態話語於焉形成，「文言」從此被判決爲腐朽的、落後的、統治階級和沒落文人所使用的死語言。否定文言文，與否定由文言文所書寫、記載的儒家經典（當不限於儒家），成爲五四新文化運動的綱領。錢玄同在《新青年》上說：「中國文字，論其字形，則非拼音而爲象形文字之末流，不便於識，不便於寫；論其字義，則意義含糊，文法極不精密；論其在今日學問上之應用，則新理新事新物之名詞，一無所有；論其過去歷史，則千分之九百九十九爲記載孔門學說及道教妖言之記號。此種文字，斷斷不能適用於二十世紀之新時代。」又道，「我再大膽宣言道：欲使中國不亡，欲使中國民族爲二十世紀文明之民族，必以廢孔學，滅道教爲根本之解決，而廢記載孔門學說及道教妖言之漢文，尤爲根本解決之根本解決。」〔註5〕今日讀這些話，偏激之甚，錯謬之深，已無須辨析了。

　　　　越到後世，文言文同實際口語的距離越遠。這種情況是不能適
　　應社會和語言的發展的。

書面和口語的不一致，〔註6〕自古已然，明清尤甚，其原因在於文言文寫作以復古爲時尚，唐宋八大家便是明清作文的楷模。〔註7〕但白話文的滋生與蓬勃，亦正在此一時期。之所以文言與口語的不一致成爲問題，是與西方語言接觸後，兩相比較的結果。語言學的進化論，一度被國人奉爲眞理，而作爲印歐語言之特色的「言文一致」，成爲改造漢語的最終訴求，這一努力至今未見成效。現代

〔註5〕　錢玄同《中國今後之文字問題》，蔡尚思主編《中國現代思想史資料簡編》第一卷，浙江人民出版社 1982 年版，第 416 頁。

〔註6〕　臺靜農認爲，「中國語言與文字分離，並不是單純的時間因素，而文字本身實是最大的因素。」參見臺靜農《龍坡論學集》，遼寧教育出版社 2000 年版。

〔註7〕　朱德熙認爲，「書面語和口語的差別一直相當大。在五四時期白話文運動以前，書面語和口語的區別實際上是古今語的區別。以唐宋時代爲例，當時人口裏說的是白話，筆下寫的是文言，即是以先秦諸子和《左傳》《史記》等廣泛傳誦的名篇爲範本的古文文體。這種情形往上大概可以推到兩漢時期。往下一直延續到 20 世紀初葉。」參見《中國大百科全書·語言文字卷》，中國大百科全書出版社 1988 年版，第 132 頁。

白話文，依然言文不一致。朱德熙認為，五四之後的白話文學作品也不是真正的口語，而是「拿北方官話做底子，有受到明清白話小說相當大的影響，還帶著不同程度的方言成分以及不少新興詞彙和歐化句法的混合的文體」。〔註8〕言文不一致的根本原因在於，漢字是形意文字，而非寫音文字，除非採用拼音取代漢字，否則永遠不可能一致。走拼音化道路，曾經在數十年時間是國家文字改革的方向。越南、朝鮮、韓國、日本，都有不同程度的「去漢字化」運動。

> 從唐宋以來，白話文書面語逐漸興了起來。先是採用比較接近口語的「變文」、「語錄」一類文體，傳播佛教教義，後來隨著資本主義因素的萌芽和市民階級的抬頭而出現了用當時口語來書寫的明清章回小說。

以上「唐宋說」，採納的是胡適在《白話文學史》中的觀點，王力亦有相近看法。《古代漢語》緒論認為，古漢語有兩個書面語系統，「一個是以先秦口語為基礎而形成的上古漢語書面語言以及後來歷代作家做古的作品中的語言，也就是通常所說的文言；一個是唐宋以來以北方話為基礎形成的古白話。」〔註9〕徐時儀的《漢語白話發展史》，是系統探討漢語白話發展史的著作，在文白長期並存的古代漢語書面語系統中，將白話的歷史分為露頭期（先秦和魏晉南北朝）、發展期（隋唐五代宋元）和成熟期（明清）。事實上，漢語第一次與印歐語言的接觸從東漢佛教入傳便已開始，梵文不但影響了漢語對音韻的重視，且佛經的漢譯所形成的「內典」，也成為首個與文言文發生形成差別的獨特文體。王國維認為楚辭、內典、元劇的文章，在美學風格上可鼎足而立。《朱子語類》乃朱熹門人記錄其講學語錄的彙編，為使聽者易於理會，語不求深，多方設喻，如話家常，以明白顯豁為追求。記錄者雖難免加工，仍保存了大量時語。以口語宣講理學，由此成為一種傳統，王陽明《傳習錄》即為一例。朱熹陽明以達意為目的，文言便任其文言，白話亦任其白話，沒有非此即彼，或以彼此的高低相較。至於明清是否出現過所謂「資本主義萌芽」頗費爭議，中國歷史自具軌迹，套用西方歷史模式，有蓄意誤導之嫌，況語言的發展演變，與資本主義何涉？「市民

〔註8〕 參見《中國大百科全書・語言文字卷》，中國大百科全書出版社 1988 年版，第 13 頁。

〔註9〕 王力《古代漢語・緒論》，中華書局 1982 年版。

階級」一語也嫌牽強，城市人口或可統計，是否稱得上階級，尚存疑問。明清章回小說的古代白話與文言一樣，屬書面語系統，認為明清章回小說使用的是一種不同於文言的「白話書面語」則可，若說他們「用當時口語來書寫」則未必。今天的白話文也不是以今天的口語書寫，有誰會像新聞聯播那樣說話的麼，但寫起文章來，卻不自覺與某種腔調保持驚人的一致。書面語和口語的界限不容混淆，白話書面語，也並不等於口語，其差別在於一是用來閱讀，一是用以傾聽，「目治」與「耳治」有別，豈可不論。由於廣播電視網絡視頻等技術手段的出現，我們還須區分「原生口語」和「次生口語」的不同，媒體上的「領導講話」「辯論會場」「談話節目」「主持人語」以口說的形式傳達，但並非真正的口語，有時被譏為「不說人話」其實自有不得已之處。

　　　　不過直到清代末年，白話文還只是局限在通俗文學的範圍之
　　內，未能改變文言文獨尊的局面而作為通用的書面語。

其實，白話文並不局限於通俗文學。上述佛家的「變文」「俗講」、儒家的「語錄」雖則通俗，但不在文學之列。文言亦非一成不變，之所以長期居於「獨尊」地位，乃因文言能夠順應歷代語言的變化而變化。有人指出，韓愈的文章明顯不合先秦語法，明證唐朝的口語到底還是侵入了文言。錢基博評梁啓超政論體有言：「酣放自恣，務為縱橫軼蕩，時時雜以俚語、韻語、排比語及外國語法，皆所不禁，更無論桐城家所禁約之語錄語、魏晉六朝藻麗徘語、詩歌中雋語、及南北史佻巧語焉。」〔註10〕梁體不僅為當時報章雜誌爭相刊發，今時臺港海外中文報刊依然沿用其緒，並無難懂之弊。此可見推斷文言與白話自古以來的對立，是虛構的、誇張的，更未有文言與白話之間不可間容的緊張仇怨。文與白、書與言，曾經長期共存、並行、輔助、長育，雖偶或相犯，但井水河水，兩相活泛。是故白話文運動從顛覆到成功，一躍而據至尊地位，進而廢除文言，也許可視作某一底層叛逆故事在語言變革中的假想劇情。

　　把明代的四大奇書視作通俗文學，本身即為新文學運動的偏見，漢學家浦安迪稱之為「文人小說」乃卓異之見，更準確的看法是民間流傳過程中多次加工的文人小說，在此問題上若還存在爭議的話，那麼《紅樓夢》《儒林外史》《鏡花緣》等偉大白話經典作品廣為人知之後，硬說白話文「局限在通俗

〔註10〕錢基博《現代中國文學史》，中國人民大學出版社2004年版，第343頁。

文學的範圍之內」就太不顧事實了。曹雪芹和吳敬梓無疑是那個時代最優秀的作家，他們以嫻熟的白話書面語寫作之時，從來不知什麼叫做文言獨尊，略早於他們的蒲松齡以文言撰寫《聊齋誌異》，亦絕不會看不起白話。科舉考試不以文言、不寫八股不行，而創作特別是著小說，以白話還是文言悉聽君便。四大奇書問世經已百年，白話章回體小說的偉大傳統，在十六世紀奠定，寂寞了一個世紀再次煥發異彩，經過李卓吾、毛宗崗、金聖歎、張竹坡等人評點鼓吹，《三國演義》《水滸傳》這樣的白話文體，已與莊騷史記並列成為經典。

歷代不少學者為了讓更多的人看懂書面文字，都主張書面語同口語相一致。

所謂「歷代」學者，哪代誰何？最早作此主張者黃遵憲，在《日本國志》中說，「余聞羅馬古時，僅用臘丁語，各國以語言殊異，病其難用。自法國易以法音，英國易以英音，而英法諸國文學始盛。耶穌教之盛，亦在瘵《舊約》《新約》就各國文辭普譯其書，故行之彌廣。蓋語言與文字離，則通文者少；語言與文字合，則通文者多，其勢然也。」〔註11〕此書據推斷最晚於一八九五年公開刊行，此前已廣為人知，作者做過十年外交使節，又以「詩界革命」之倡見重於仕林，此論一出，影響之巨，不難推想。以歐洲近代民族語言從中世紀統一的拉丁語中分離而出的例子，對照漢語的自我更新，對後來的「白話文運動」思路，發生決定性影響。胡適後來即有此類比。裘廷梁著文《論白話為維新之本》把書面語和口語的分離，當作大問題，可謂是對黃氏論述的回應。所謂「一人之身，而手口異國，實為二千年來文字一大厄」〔註12〕。然而，從今時漢語依然不能言文一致的現狀看，書面語與口語的一致，畢竟屬於西方表音文字的議題，漢語作為表意文字，安不上這一題，若要改革，也未見走得通西方這條路，硬要去走，不但言文仍然不一致，亦且傷害了漢語。

一八六一年，洪仁玕根據洪秀全的指示，頒布《戒浮文巧言諭》，提出了改革文體的方針：「不須古典之言」，「總須切實明透，使人一

〔註11〕《黃遵憲全集》下卷，中華書局 2005 年版，第 1420 頁。

〔註12〕裘廷梁《論白話為維新之本》，張楠、王忍之《辛亥革命前十年間時論選集》第一卷，生活・讀書・新知三聯書店 1977 年版，第 38 頁。

目了然」。

太平天國政權內部的一項改革措施，似乎不值得這樣單獨提出來，有一陣子，農民起義的先進性被誇張了。洪仁玕乃洪秀全堂弟，這位《資政新篇》的作者，生活簡樸，歡喜讀書，主持太平天國朝政後，與幼贊王蒙時雍、貳天將李春發聯名頒發了這份文告。將其說成是文體的改革，既誇張也不準確，無非是對於其治下案牘公文的強行要求而已。洪仁玕在《資政新篇》的開頭對於洪秀全的稱謂，讀來頗有意趣：「小弟仁玕跪在我真聖主萬歲萬歲萬萬歲陛下，奏為條陳款列，善輔國政，以新民德，並跪請聖安事：……」要說此一時期真正對漢語革新發生深遠甚至決定性影響者，乃是在華傳教士的積極活動，包括大量的言語輔助活動。西方傳教士提出了至少十餘種方案，以羅馬字母為漢字注音，這一方法深刻啟示了中國學者，於是有一八九二年盧戇章的《一目了然初階（中國切音新字廈門腔）》，此後十數年間，幾乎每年都有國人提出字母注音的新方案。勞乃宣的「簡字全譜」曾驚動朝廷，引起慈禧太后的關注。〔註13〕

> 又過了二三十年，資產階級改良派為宣傳變法維新、開發民智
> 而提倡白話文。

以上陳述粗略，不僅簡化，而且失實。宣傳維新的改良派並不盡皆提倡白話文，梁啟超自創文體，後被稱為「新民體」，屬於文言上的改良派，雜文言白話而用之，其卓越的文采，以帶情感的筆鋒，抒發得淋漓盡致，影響力遠非倡導白話者所可比擬。甚至可以說，沒有梁啟超被當時的保守派視作洪水猛獸的文章和宣傳，就不會有辛亥革命的輕易成功，胡適有此說法可以為證。革命派對語言變革雖然態度保守，對文言卻情有獨鍾，但與其後白話文領袖攻訐文言不同，他們並不排斥白話。被張舜徽稱為「清代揚州學派殿軍」的劉師培，善以白話解讀傳統，曾為《中國白話報》主稿人，章太炎於一九二一年出版《章太炎的白話文》，〔註14〕章太炎、黃節、劉師培在政治立場上力主排滿革命，與五四一

〔註13〕參見袁進《中國文學的近代變革》，廣西師範大學出版社 2006 年版。此書第二章以 27 頁篇幅論述「西方傳教士的努力」，作者認為「歐化白話文在中國已經存在了一個漫長的時段，到五四時期，它至少已經存在了半個世紀。」這些歐化白話文由傳教士郭實臘、馬禮遜等人翻譯、創作而成。

〔註14〕參見吳齊仁《章太炎的白話文》，泰東圖書局 1921 年版。

代否定傳統文化、以文體革命爲政治工具不同，他們致力於「用國粹激動種姓，增進愛國的熱腸」（章太炎語）。木山英雄認爲，「在章的宏圖大略裏，固有的生活樣式或諸種文化（國粹）和學問（國學）的自律，是國家民族獨立的基礎，正因如此，它們不是爲政治目的服務的手段。恐怕這是問題的關鍵。」〔註15〕

> 如黃遵憲引俗話入詩，宣稱「我手寫我口」（《雜感》）；裘廷梁認爲「白話爲維新之本」，發出了「崇白話而廢文言」的口號；陳榮袞第一個明確主張報紙應該改用白話；王照更聲明自己制定的官話字母，只拼寫「北人俗話」，不拼寫文言。同時，他們還積極寫作通俗淺顯的文章。

裘廷梁那篇著名的文章，字兩千餘。許多觀點直接影響了後來的「白話文運動」：「二千年來海內重望，耗精敝神，窮歲月爲之不知止，自今視之，僅僅足自娛，益天下蓋寡，嗚呼，使古之君天下者，崇白話而廢文言，則吾黃人聰明才力，無他途以奪之，必且務爲有用之學，何至暗沒如斯矣。」〔註16〕馬建忠著《馬氏文通》，尤望國人毋再耗時費心於讀寫，多學有用之學。裘廷梁的結論簡而驚人：「愚天下之具，莫文言若；智天下之具，莫白話若。吾中國不欲智天下斯已矣，苟欲智之，而猶以文言樹天下之的，則吾所云八益者，以反比例求之，其敗壞天下才智之民亦已甚矣。吾今爲一言以蔽之曰：文言興而後實學廢，白話興而後實學興；實學不興，是謂無民。」〔註17〕

以上竭力倡導白話的議論，均出之於文言，並未一味「愚」天下人，反而以文言文銳利的邏輯性和說服力，爲日後白話文運動的興起張目。陳榮袞云：「今夫文言之禍亡中國，其一端矣，中國四萬萬人之中，試問能文言者幾何？大約能文言者不過五萬人中得百人耳，以百分一之人，遂舉四萬九千九百分之人置於不議不論，而惟日演其文言以爲美觀，一國中若農、若工、若商、若婦人、若孺子，徒任其廢聰塞明，啞口瞪目，遂養成不痛不癢之世界……」

〔註15〕 木山英雄《「文學復古」與「文學革命」》，孫歌譯，載《學人》第十輯，江蘇文藝出版社1996年版，第242～243頁。

〔註16〕 裘廷梁《論白話爲維新之本》，張楠、王忍之《辛亥革命前十年間時論選集》第一卷上冊，生活・讀書・新知三聯書店1977年版，第39頁。

〔註17〕 同上，第42頁。

〔註 18〕先說文言不能開啓民智，又道會文言者是極少數，民智之未開，非文言之使然，倒是其太多的人不能文言而使然也。王照參與戊戌變法，亡命日本，潛回國後隱居天津，爲普及教育，令齊氓細民「各精其業各擴其職各知其分」，發憤要造出一種統一中國語言文字的官話字母，即「合聲字母」，共六十餘母，採用兩拼之法。王氏字母運動，贏得多人支持，中有桐城派領袖吳汝倫，亦有北洋大臣袁世凱。黎錦熙《國語運動小史》於字母運動言之甚詳，胡適在爲《中國新文學大系》第一集所寫「導言」中亦有涉及。國語運動與白話文運動有重疊交叉，但兩者的著眼點不同，前者的目標是國語統一，後者則是書面語的革新，不可混爲一談。最後一語，尤值得注意。寫通俗淺顯的文章，並不意味著以白話寫文章，文言並不一定深奧，白話難道盡都淺顯通俗？再者，通俗淺顯是優點抑或缺點亦需因人因文因用途場合而論。

梁啓超（一八七三～一九二九）最先向霸占文壇的桐城派古文挑戰，創制了「新文體」，用的雖還是文言，但平易暢達，雜以俚語、韻語及外國語法，已向著白話文邁出了第一步。

梁啓超的書面語既然「用的還是文言」，則以文言而能承載新的思想，傳播廣泛，影響至巨，不正顯示了文言的能量麼？白話文運動發起人胡適也承認這種影響：「我個人受了梁先生無窮的恩惠。現在追想起來，有兩點最分明。第一是他的《新民說》，第二是他的《中國學術思想變遷之大勢》。」「我們在那個時代讀這樣的文字，沒有一個不受他的震蕩感動的。他在那時代主張最激烈，態度最鮮明，感人的力量也最深刻。」「梁先生的文章，明白曉暢之中，帶著濃摯的熱情，使讀的人不能不跟著他走，不能不跟著他想。」〔註 19〕在幾無保留的贊譽中，胡適將梁任公的影響視爲個人的威力，而不是寫作和文采——即文言文——的威力。

白話也好，文言亦罷，並不等於文章。文章的高下，乃看作者爲誰。從實用看，人們多以爲白話比文言文易做，但周作人以爲相反。我們也可設問於胡適：梁氏倘若用白話，可否有此淩厲的文采、廣泛的影響呢？

〔註 18〕陳榮袞《論報章亦改用淺說》，譚彼岸《晚清白話文運動》，湖北人民出版社 1957 年版。

〔註 19〕胡適《四十自述》，嶽麓書社 1998 年版。

嚴復之於魯迅的影響也是一例。《天演論》譯筆的倣古文言，深奧典雅，據說凡漢代以降詞語不選。我們能說當初少年周樹人感動於《天演論》者，僅僅是赫胥黎的進化論思想，而與嚴氏文采之快感毫無關涉麼？不僅在《摩羅詩力說》《文化偏至論》中看到端然的文言，魯迅日後的白話雜文亦深諳此道，以文入白，揮發得淋漓盡致，至今仍是文白書寫的絕佳典範。出於白話文運動的立場，魯迅譏嘲自己早歲的古文寫作，然而，魯迅明白，他的筆力與文采實乃處處受惠於文言的妙要，唯其淵深的文言教養，這才有足夠的餘裕和高度。鄙視並攻擊文言——是五四第一代文人的奢侈，他們奢侈得起，後人以之為眞，遂成遺患。當初魯迅一輩眞誠期待於未來的新語言，而今日白話文的現狀，許是五四同人未可預見的。

出於事功之念，他們樂於承認梁啓超文體於辛亥革命的作用。胡適在日記中說，「梁任公爲吾國革命第一大功臣，其功在革新吾國之思想界。十五年來（一八九八～一九一二），吾國人士所以稍知民族思想主義及世界大事者，皆梁氏之賜，此百喙所不能誣也。去年武漢革命，所以能一舉而全國響應者，民族思想政治思想入人已深，故勢如破竹。使無梁氏之筆，雖有百十孫中山、黃克強，豈能成功如此之速耶！」〔註20〕這段話，胡適點出梁氏之「筆」，已是指「文采」的意思了，而這文采當然歸因於文言的妙用，其力量，竟能勝於「百十孫中山」。

> 接著白話書報在各地湧現，日見興盛，其中白話報紙有十多種，
> 白話教科書有五十多種，白話小說有一千五百多種。

以上「白話書報」是誰創辦的呢？語焉不詳，彷彿資產階級改良派提倡白話的結果，其實不然，絕大多數是外國傳教士。據統計，從一八一五年到十九世紀末，洋人在華創辦中文和外文報刊近二百種，占當時全國報紙總數百分之八十

〔註20〕 參見《胡適日記》，轉引自何九盈《漢語三論》，語文出版社 2007 年版，第 26
頁。高玉認爲梁啓超是失敗的，「根本上不得要領」，因爲「新思想必須有新語
言，梁啓超總是把西方的術語、概念、範疇以中國古代語言體系，以中國的思
維方式，用古代的話語和思維方式來表達，自然是『舊皮囊裝新酒』，不倫不類」。
參見高玉《現代漢語與中國現代文學》，中國社會科學出版社 2003 年版，第 91
頁。

以上。〔註21〕此一史料殊爲重要，即五四白話文運動之前，晚清時期流行歐化的白話，基礎已定，白話文的普及，勢成大局，其歷史功績與主事者，乃外國傳教士。胡適一輩的「革命」相較此前的史迹，不免失色，甚或失實了。

可是直到辛亥革命（一九一一）之前，還沒有人自覺地去實現以白話文代替文言文這個重大的變革。

袁進在《中國文學的近代變革》中發掘披露了大量晚清史料，鮮爲人知——馬禮遜、郭實臘等西方傳教士的翻譯和漢語白話創作，今日讀來，與通行白話一樣，甚至更爲自如。然而這些刊佈其時的白話文章比五四白話文運動早出半個世紀，作者的結論是：「根據以上大量的事實，我們有理由說，與文言文和古白話不同的新白話，也就是後來的現代漢語在十九世紀七十年代已經正在形成，其代表作就是西方傳教士的翻譯和創作的作品，它們的流行遍布全國各地，而且常常在下層社會。它們包括了詩歌、散文、議論文、小說等各種樣式的文學作品。簡言之，現代漢語的文學作品是由西方傳教士的中文譯本最先奠定的，它們要比五四新文化運動宣揚的白話文早了半個世紀。它們在社會上自成一個發展系統，連綿不斷。」「在某種意義上，我們甚至可以說，中國文學的近代變革，首先是由西方傳教士推動的，他們的活動是五四新文學的源頭之一。」〔註22〕劉進才《語言運動與中國現代文學》一書也列有專章「現代語言運動發生的異域資源」，副題爲「西方傳教士與白話文體的先聲」，其對《聖經》翻譯和早期白話文的關係，作了詳盡的探討。

周作人一九二〇年說過這樣的話，「我記得從前有人反對新文學，說這些文章並不能算新，因爲都是從《馬太福音》出來的；當時覺得他的話很是可笑，現在想起來反要佩服他的先覺：《馬太福音》的確是中國最早的歐化的文學的國語，我又預計他與中國新文學的前途有極大極深的關係。」〔註23〕作爲五四文化新黨，這話再明白不過了。

王治心一九四〇年出版《中國基督教史綱》，不僅視《聖經》翻譯爲後來文

〔註21〕參見趙春晨、雷雨田、何大進《基督教與近代嶺南文化》，上海人民出版社 2002年版，第 122 頁。

〔註22〕袁進《中國文學的近代變革》，廣西師範大學出版社 2006 年版，第 88、91 頁。

〔註23〕周作人《聖書與中國文學》，鍾叔河《周作人文類編》第八卷，湖南文藝出版社 1998年版，第 452 頁。

學革命的先鋒,且把太平天國的文告,也視作後來平民文學的先導。〔註24〕

　　語言文字乃全民使用,演變過程中有自然而然的趨勢,社會環境起了變動,會影響到大家的說話和寫作,這是一件天天發生而未中斷的事。近代以來漢語書面語的白話趨勢的確越來越明顯了,有加快的傾向,卻不宜誇大順勢引導者的作用,外國傳教士在翻譯使用中文寫作時選擇白話,除了考慮下層讀者的易懂之外,一個重要的原因是學會文言文太困難了。教育的普及,識字的人數增加,通文言者似應多起來,由於白話文運動的結果,卻使幾代人整體上自外於文言閱讀和寫作的能力,這在過去教育不發達的幾千年裏,從來沒有發生過。

> 　　從清代末年到民國初年,接連出現了幾件可以決定文體改革方向的大事:一是科舉制度的廢除(一九一五);二是辛亥革命推翻了封建皇帝;三是粉碎了袁世凱的稱帝迷夢(一九一六),《新青年》發出提倡科學和民主、打倒孔家店的口號。

廢除科考與文言的沒落,因果關係分明。文言(尤其八股)是天下讀書人進身謀職的要務,一朝絕了此路,攻習文言的最大動力立刻失去了。是故文言文並非為白話文所「打倒」,毋寧是廢科舉而漸趨沒落。曾有人模仿以上胡適評價梁啟超「之筆」於辛亥革命的話,認為假如沒有廢除科舉的釜底抽薪之舉,縱有百十胡適之陳獨秀,也未可導致白話革命的速成。周作人多次將白話取代文言為正宗,與推翻帝制相比擬,但他的意思顯然是對文言的肯定而非否定,因文言喪失至尊地位與廢除文言,純然兩件事,他認為,「五四前後,古文還坐著正統寶位的時候,我們的惡罵力攻都是對的,到了已經遜位列入齊民,如還是不承認他是華語文學的一分子,正如中華民國還說滿洲一族是別國人,承認那以前住在紫禁城裏的是他們的皇上,這未免有點錯誤了。」〔註25〕白話文運動是拉丁化文字運動的先導,或說拉丁化中國文字是白話文運動的必然趨勢,就此而言,廢除文言乃是廢除漢字的第一步,唯有循此思路,才可理解白話文運動之於文言文,何以發生如此極端的態度。上論作者在論述文白演替的語境中,

---

〔註24〕參見王治心《中國基督教史綱》,上海古籍出版社 2004 年版,第 153、254 頁。

〔註25〕周作人《聖書與中國文學》,鍾叔河《周作人文類編》第八卷,湖南文藝出版社 1998年版,第 452 頁。

談論袁世凱的復辟帝制，其隱喻，即是將文言文的復興視作一場持續了八十三天的鬧劇。文言與封建制度之間，被如此暗示所綁定，已經不是認知，而是意識形態作怪了。莫說文言與舊制度不是一回事，即使封建帝制本身也有種種差別，秦始皇之前是一種，其身後又一種，唐宋的帝制，與明清的帝制亦有大不同。袁氏未能在皇帝寶座上長久，因其暴病而死，並非誰粉碎的結果，皇權和專制在中國有很大的潛力，洪憲之後幾十年仍意猶未盡。

明末清初的顧、黃、王諸士，作文俱以文言，以文言傳達民主的訴求和種種新思潮毫無妨礙，《明夷待訪錄》《原君》《日思錄》等，是晚清民主革命思想的重要來源。而章太炎等國粹派鼓吹革命排滿共和，文言一樣在其手中成為利器。孟德斯鳩的三權分立思想，首次為國人所瞭解，乃由嚴復的文言翻譯，《法意》一書今譯為《法的精神》，歐洲的進化論思想，經典雅的文言潤飾之後，如虎添翼，成一時之顯學。

《新青年》雜誌是白話文運動之嚆矢，一九一五年九月十五日由陳獨秀於上海創辦（上海群益書社印行，月刊，六期為一卷，首卷名《青年雜誌》，自二卷一期更名為《新青年》）。〔註26〕

察《新青年》的特色，除了主張激進，便是語言的激進，這一層，直接塑造了白話文運動的品性：一種激烈、誇張而極具意圖性的語言。有人將《新青年》的特徵概括為「實效至上的功利主義」、「措辭激烈、不惜在論述上走極端的習氣」、「絕對主義的思路」以及「以救世主自居的姿態」，認為，「《新青年》同人的努力，至少極大地影響了中國現代文學的誕生方式：它是先有理論的倡導，後有創作的實踐；不是後起的理論給已經存在的作品命名，而是理論先提出規範，作家再按照這些規範去創作；不是幾個繆斯的狂熱信徒的個人創作所造成，而是由一群輕視文學自身價值的思想啟蒙者所造成。我簡直想說，它是

〔註26〕1917年初，陳獨秀出任北京大學文科學長，編輯部自上海遷至北京。1918年，擴大改組，李大釗、魯迅、錢玄同、劉半農、沈尹默、胡適、高一涵、周作人等參與其事，一度實行輪流編輯的辦法。1919年6月，因陳獨秀被捕停刊五個月，同年12月1日出版的七卷1期起，仍改為陳獨秀一人主編。至1920年9月八卷1期起，遷回上海印行，事實上成為中國共產黨在上海舉事的機關刊物。1921年10月出至九卷6期後停刊。復出的《新青年》季刊與不定期刊，已是政治刊物，於1926年7月停刊。

一種理智的預先設計的產物了」〔註27〕。

　　　　　思想的解放帶來文體的解放，覺醒了的廣大人民群眾，掀起了
　　民主主義的浪潮，爲白話文運動打下了群眾基礎。
以上是白話文運動的典型句式和標準腔調，讀到這樣的句子，你會驚歎八股文
生命力之強大，改頭換面之後，它已成功地在白話文中得以實現，長長的句子，
節奏明快、音節頓挫，讀起來讓人舒服，卻大而化之什麼也沒有說。

　　「人民群眾」以何種方式參與早期的「白話文運動」，當然語焉不詳。時隔
九十年，當初「群眾基礎」云云，不過是民粹主義的假想與神話。白話文運動
的早期反對派曾認爲，那場運動始終是少數激進分子對無知學生施行蠱惑，於
己於人，有百害而無一利。二十世紀三十年代興起的大眾語運動，亦曾尖銳地
批評五四白話文運動「脫離群眾」，造成了所謂「新文言」。若把「運動」二字
去掉，白話文字自身倒是天然具有「群眾基礎」的，白話文這種書面語，與文
言比起來，究竟離口語近切許多。說得出，聽得懂的語言，自然能夠從群眾中
來，也容易到群眾中去，但這一「群眾基礎」不是浪潮作用的結果，也與覺醒
與否無涉。馬克思主義的意識形態，得白話之助，如虎添翼，在群眾中迅速傳
播，經過二十八年的艱難曲折，成爲巨大的政治力量。

第二節　白話文運動的經過

　　　　一九一七年一月，胡適在《新青年》發表題爲《文學改良芻議》
的文章，這是白話文運動的公開信號。文中提出：白話文學爲文學
之正宗。這個綱領性的意見，很快就得到陳獨秀的響應。錢玄同也
及時發出打倒「桐城謬種」「選學妖孽」的口號，最先把反對文言文
同反對「獨夫民賊」、反對弄壞白話文章的「文妖」聯繫起來，並在
陳、胡強調「文學革命」的時候，第一個考慮到應用文的改革。一
九一八年一月，《新青年》實現自己的主張，全部改用白話文。五月，
魯迅在《新青年》上發表《狂人日記》，標誌著白話文運動在文藝方
面首先突破，顯示實績。年底，李大釗（一八八九～一九二七）、陳

―――――――――――――――

〔註27〕王曉明《刺叢裏的求索》，上海遠東出版社 1995 年版。

獨秀創辦白話周刊《每周評論》，北京大學學生傅斯年（一八九六～
一九五○）、羅家倫（一八九七～一九六七）等創辦白話月刊《新潮》。
不久，魯迅指出，白話文應該是「四萬萬中國人嘴裏發出來的聲音」
（《雜感錄五十七·現在的屠殺者》），這就把白話文放在現代中國人
口語的基礎上。

白話文運動的各種口號提出以後，遭到一些支持文言文的學者
的猛烈攻擊。如古文家林紓（一八五二～一九二四）攻擊白話文為
「引車賣漿者言」，南京東南大學教師胡先驌（一八九四～一九六
八）認為白話文「隨時變遷」，後人看不懂，等等。當時北京大學
校長蔡元培（一八六八～一九四○）等據理駁斥，引起一場白話文
和文言文的論戰。

一九一九年反帝反封建的五四運動爆發，白話文運動得到突飛
猛進的發展。一年之內，白話報至少出了四百種。一九二○年，北
洋政府教育部命令，小學教科書改用白話。新文學的團體如文學研
究會、創造社等也相繼成立。

一九二一年以後，胡適去「整理國故」了。胡先驌的《學衡》
雜誌、章士釗（一八八二～一九七三）的《甲寅》周刊，為迎合封
建勢力復辟，先後對白話文進行反攻。共產黨與國民黨合作，進行
反帝反封建的鬥爭，在文化上以《向導周報》、上海《民國日報》等
為陣地，共同反對文言文，提倡白話文。在這種形勢下，魯迅先後
發表了《估學衡》（一九二二）《答 KS 君》（一九二五）《再來一次》
（一九二六）等文章，大抵採取「以毒攻毒」的方法，用古書做法
實，證明鼓吹文言的「學衡」派和「甲寅」派實際自己也做不通古
文，錯用典故；白滌洲（一九○○～一九三四）唐鉞（一八九一～
一九八六）也在《雅潔與惡濫》（一九二五）《告恐怖白話的人們》
（一九二五）等文中給以批駁，這才把那批反對派打退了。

一九一七年一月，胡適在《新青年》發表題為《文學改良芻議》
的文章，這是白話文運動的公開信號。

無論白話文運動或新文學運動，《文學改良芻議》一文無疑是綱領性文本，

歷來爲研究者所稱引。〔註28〕此文成於一九一六年十一月，胡適時在美國哥倫比亞大學求學。

文章分述「八事」：「須言之有物，不摹倣古人，須講求文法，不作無病之呻吟，務去濫調套語，不用典，不講對仗，不避俗字俗語。」〔註29〕但首次公開這八個主張，並不在此文。一九一六年十月一日出版的《新青年》二卷二號上刊載胡適致陳獨秀的信，已列出八事（排列順序與後來不同），明確提出「今日欲言文學革命，須從八事入手」，但又說「此八事略具要領而已，其詳細節目，非一書所能盡，當俟諸他日再爲足下詳言之」。此言或許是對後來《文學改良芻議》的預告。既如是，白話文運動的公開信號應定爲一九一六年十月《新青年》發表《寄陳獨秀》和一九一七年一月發表《文學改良芻議》。〔註30〕須要留意的是，胡適《寄陳獨秀》信曾不經意間拈出的爆炸性詞語「文學革命」，在《文學改良芻議》中則易爲「文學改良」。兩個關鍵詞的區別，差異分明，卻被「文學革命」的響應者們故意忽視了。胡適於一九一五年六月另有萬字長文《論句讀及文字符號》，刊在《科學》月刊第二卷第二期上，該雜誌創於一九一五年，是中國最早採用橫排和新式標點的刊物。時光荏苒，白話文與新文學運動之間的聯繫早已成舊聞，但白話文運動與科學話語的共生關係，卻鮮有人探究。汪暉曾撰長文專門論述，「不是白話，而是對白話的科學化和技術化的洗禮，才是現代白話文運動的更爲鮮明的特徵。」〔註31〕

〔註28〕 據作者胡適回憶，用復紙抄了三份，一份給《留美學生季報》，一份寄給陳獨秀，刊載於 1917 年 1 月 1 日《新青年》二卷 5 號上，又載於 1917 年 3 月《留美學生季報》春季第 1 號；後收入 1921 年 12 月亞東圖書館初版《胡適文存》卷一；又收入 1923 年新文化出版社出版的《新文學評論》；又收入 1935 年 10 月良友公司出版的《中國新文學大系‧建設理論集》。文末所注時間（民國六年一月）是收入《文存》時所署的發表時間。

〔註29〕 梁宗岱認爲「八不主義」是從美國人約翰‧而斯更（John Erskine）那裏抄來的。還有說與龐德（Ezra Pound）1913 年發表的《幾個不》觀點相近。周作人認爲，胡適的「八不主義」，是復活了明末公安派「獨抒性靈，不拘格套」「信腕信口，皆成律度」的主張。

〔註30〕 參見胡適《寄陳獨秀》，《胡適文存》第一卷，亞東圖書館 1921 年版；參見胡適《文學改良芻議》，胡適《中國新文學大系‧建設理論集》，良友公司 1935 年版。

〔註31〕 汪暉《現代中國思想的興起》下卷第二部，生活‧讀書‧新知三聯書店 2004 年版，第 1139 頁。

陳獨秀在接下來的《新青年》二卷六號上發表了《文學革命論》，〔註32〕提出了著名的三大主義：「推倒雕琢的阿諛的貴族文學，建設平易的抒情的國民文學；推倒陳腐的鋪張的古典文學，建設新鮮的立誠的寫實文學；推倒迂晦的艱澀的山林文學，建設明瞭的通俗的社會文學。」這段飽含政治性的文字，階級劃分意識初露端倪，意識形態色彩濃厚，以新興的民粹主義立場討伐沒落過時的精英主義，所謂摧枯拉朽，似有雷霆萬鈞之勢，這是白話文在此後百年中經常使用的策略，經「文革」的濫用之後，成為一種虛張聲勢誇誇其談的修辭，而在當時此言此語卻令讀者耳目一新，有很強的衝擊力。

　　　　文中提出：白話文學爲文學之正宗。這個綱領性的意見，很快
　　就得到陳獨秀的響應。

察胡適文章原文，是「然以今世歷史進化的眼光觀之，則白話爲中國文學之正宗，又爲將來文學之利器，可斷言也」。緊接著一句置於括號內的附注：「此『斷言』乃作者自言之，贊成此說者今日未必甚多也。」其語氣審慎，對自己作此斷言的主觀性及可能招致的不合時宜有所省思，這符合胡適慣常的理性態度。但「白話爲文學之正宗」的斷語，胡適則終身未改，這也是白話文運動諸位倡導者的共識，而其他問題歧見紛呈，卻難於一致。依照時下流行的觀念，文言變成白話仍屬於形式革命，內容，則是另一回事。

　　陳獨秀在《答胡適之》中說，「鄙意容納異議，自由討論，固爲學術發達之原則；獨至改良中國文學，當以白話爲文學正宗之說，其是非甚明，必不容反對者有討論之餘地，必以吾輩所主張者爲絕對之是，而不容他人之匡正也。」〔註33〕其主張與語氣之決絕霸道，與胡適適成對比。陳胡個人未來的不同道路，在這語氣中已可以見出。魯迅曾撰文比較兩者，「假如將韜略比作一間倉庫罷，獨秀先生的是外面豎一面大旗，大書道：『內皆武器，來者小心！』但那門卻是開著的，裏面有幾枝槍，幾把刀，一目了然，用不著提防。適之先生的是緊緊的關著門，門上黏一條小紙條道：『內無武器，請勿疑慮。』這自然可以是眞的，但有些人——至少是我這樣的人——有時總不免要側著頭

〔註32〕夏志清稱之爲「內容潑辣，文字異常浮誇」。
〔註33〕陳獨秀《答胡適之》，載胡適《中國新文學大系·建設理論集》，上海文藝出版社
　　　　1981年版，第56頁。

想一想。」〔註34〕

　　　錢玄同也及時發出打倒「桐城謬種」「選學妖孽」的口號，最先
把反對文言文同反對「獨夫民賊」、反對弄壞白話文章的「文妖」聯
繫起來，並在陳、胡強調「文學革命」的時候，第一個考慮到應用
文的改革。

錢玄同（一八八七～一九三九），五歲從師讀經，一九〇六年留學日本，從章太
炎研習國學，攻音韻訓詁與《說文解字》。曾在章氏主辦的白話文刊物《教育今
語雜識》發表文字學文章。時留法學生吳稚輝、李石曾等人在其創辦的《新世
紀》周刊上提倡廢除漢字，採用「萬國語」（即世界語），章太炎撰文批駁，錢
玄同亦力決擁戴乃師主張，說「我國漢字發生最早、組織最優、效用亦最完備，
確足以冠他國而無愧色」，並言「夫文字者，國民之表旗；此而廢棄，是自亡其
國也」〔註35〕。一九一〇年錢玄同歸國，一九一五年任高等師範國文系教授兼
北京大學教授，並在清華、燕京大學兼課，講授中國文字學、音韻學、《說文》
研究、經史說略、周至唐及清代學術思想概要、先秦古書眞僞略說等課程。後
與黎錦熙創辦並主持《國語周刊》（一九二五），任《中國大辭典》總編纂（一
九三二），乃國語運動的中堅。其學術代表作《文字學音篇》（一九一八），是一
部全面論述傳統音韻學的著作。

　　錢玄同是位五四白話文運動的猛將，攻擊古文與漢字，言論之極端，無人
能及。他動員魯迅爲《新青年》寫文章，如魯迅所言，《狂人日記》的誕生出於
他的勸說之功。〔註36〕在《新青年》同人以文言文提倡白話之際，率先發表致
陳獨秀的白話信，敦請大家以白話作文。正是在他的提議下，《新青年》於一九
一八年四卷一號始以白話文出版。他化名「王敬軒」與劉半農在《新青年》四
卷三號上合演了一場文白論戰的「雙簧」吸引眼目，引起反對者的抗議。同樣
是被攻擊的古文，因章太炎劉師培的緣故，「桐城謬種」與「選學妖孽」實際上

〔註34〕魯迅《憶劉半農君》，魯迅《且介亭雜文》，上海三閒書屋 1937 年版，第 80～81
　　　頁。

〔註35〕錢玄同《刊行〈教育今語雜誌〉之緣起》，《教育今語雜誌》第一卷。

〔註36〕在《吶喊·自序》中，魯迅將這位老朋友稱作「金心異」，語出林紓小說《荊生》，
　　　林氏用以影射錢玄同。

是被不同對待了。〔註37〕是故，這場看似文白之爭的運動，背後潛伏並延續晚清文壇桐城派與文選派的門戶是非。

錢玄同之前，陳獨秀的革命對象是「十八妖魔」：明朝前後七子、歸有光、方苞、劉大魁、姚鼐。胡適說，「錢教授是古文大家，居然也對我們有如此同情的反應，實在使我們聲勢一振。」〔註38〕錢玄同曾說，早在民國元年，章太炎先生在浙江省教育會上的演講就提到，「將來語音統一之後，小學教科書，不妨用白話來編。」所以錢玄同又說，「我對於白話文的主張，實在根植於那個時候。」〔註39〕

一九一八年一月，《新青年》實現自己的主張，全部改用白話文。

五月，魯迅在《新青年》上發表《狂人日記》，標誌著白話文運動在文藝方面首先突破，顯示實績。

魯迅的第一篇小說並非《狂人日記》，而是文言體短篇《懷舊》，發表於一九一三年四月二十五日上海出版的《小說月報》第四卷第一號，署名周逴，在魯迅生前出版的個人文集中，從未收錄，一九三八年《魯迅全集》出版時由許廣平編入《集外集拾遺》。魯迅出版翻譯小說更早一些，以文言譯就《域外小說集》初版於一九〇九年，至一九二二年出版《現代小說譯叢》第一集時，已是白話翻譯了。

《狂人日記》導言雖為文言，但被公認是中國第一部白話小說。有人認為，「它的現代性不僅體現在採用了從西方引進的日記體，而且也體現在十三篇日記之間緊密的秩序結構，在互為銜接的情節和解釋的層面上，這種現代性揚棄了在傳統中國小說中占主導地位的簡單的事件串連。其根本性的、不容低估的影響，則是對舊中國及其意識形態基礎——儒學——的新視角。」〔註40〕至一九二一年八月止，魯迅在《新青年》上發表小說、新詩、雜文、譯文等五十餘

〔註37〕陳平原認為，「新文化人批桐城是實，攻選學則虛」。參見陳平原《現代中國的「魏晉風度」與「六朝散文」》，王曉明主編《二十世紀中國文學史論》上卷，東方出版中心 2003 年版，第 364 頁。

〔註38〕唐德剛《胡適口述自傳》，安徽教育出版社 2005 年版，第 164 頁。

〔註39〕熊夢飛《記錄錢玄同先生關於語文問題的談話》，《文化教育》第 27 期。

〔註40〕〔德〕顧彬《二十世紀中國文學史》，范勁等譯，華東師範大學出版社 2008 年版，第 37 頁。

篇，奠定了他在五四新文化運動中實踐白話文創作的先驅地位。毛澤東發表在
《新青年》唯一的文章是以文言寫的《體育之研究》，署名「二十八畫生」，這
個謎語一樣的名字，後來的歲月裏逐漸露出謎底，不僅改變了中國社會，也極
大地改變了白話文的走向。

　　　年底，李大釗、陳獨秀創辦白話周刊《每周評論》，北京大學

　　學生傅斯年、羅家倫等創辦白話月刊《新潮》。

報紙形式的周刊《每周評論》為《新青年》同人所創辦。年輕一代迅即在《新
青年》的影響下漸次成長，時代的風向，已大為不同。在北京大學學生組織
「新潮社」編輯出版的《新潮》月刊創刊號上，羅家倫與傅斯年分別發表《今
日之世界新潮》、《社會革命——俄國式的革命》，顯示出不同於上代人的追
求。白話文運動在向前推進，傅斯年的名文《怎樣做白話文？》、魯迅的小說
《明天》和翻譯的尼采《察拉圖斯忒拉的序言》（譯文），也首次發表在這裏。
該刊創於一九二二年三月，出至三卷二號停刊，胡適說：「我必須再補充一
句，這份《新潮》月刊表現得甚為特殊，編寫皆佳。互比之下，我們教授們
所辦的《新青年》的編排和內容，實在相形見絀。」〔註 41〕自五四事起，文
化激進主義很快進入競賽的狀態：這「相形見絀」一詞，不過是《新潮》一代
比《新青年》的激進姿態，走得更遠罷。《新潮》月刊，英文名 The Renaissance，
中文意即「文藝復興」，兩名不符，其英文含義始終處於中文刊名的遮蔽之中。
陳平原認為，「如果排列歐洲思想運動對中國人的深刻影響，晚清崇拜的是法國
大革命，五四摹仿的是啟蒙運動；至於文藝復興，始終沒有形成熱潮。」〔註 42〕
李長之一九四二年出版《迎中國的文藝復興》一書，認為，「五四並不夠，它
只是啟蒙。那是太清淺，太低級的理智，太移植，太沒有深度，太沒有遠景，
而且和民族的根本精神太漠然了！我們所希望的不是如此，將來的事實也不
會如此。在一個民族的政治上的壓迫解除了以後，難道文化上不能蓬勃、深

〔註41〕唐德剛《胡適口述自傳》，安徽教育出版社 2005 年版，第 186 頁。常乃惪在《中
　　　　國思想小史》中認為，「講到內容上是非常幼稚淺薄的，他們的論斷態度大半毗於
　　　　武斷，反不如《甲寅》時代的處處嚴守論理，內中陳獨秀、錢玄同二人的文字最
　　　　犯武斷的毛病，《新青年》之不能盡滿人意在此」。

〔註42〕陳平原《現代中國的「魏晉風度」與「六朝散文」》，王曉明編《二十世紀中國文
　　　　學史論》上卷，東方出版中心 2003 年版，第 322 頁。

入、自主，和從前的光榮相銜接嗎？」〔註43〕然而，這文藝復興不虛的徵兆和於它熱切的期待，終於沒有變為現實。

　　不久，魯迅指出，白話文應該是「四萬萬中國人嘴裏發出來的聲音」（《雜感錄五十七·現在的屠殺者》），這就把白話文放在現代中國人口語的基礎上。

顧彬稱魯迅的雜感錄為「格言」：「在我看來，『格言』這個詞最貼切地表達了它與跳躍性文體的聯繫，同時兼具了諷刺和尖銳和哲學的深度。」〔註44〕問題是，口語能作為白話文的基礎麼？在白話／文言的二元對立模式中，又引入了語言／文字這一對應關係，而口語和白話文之間的天然聯繫，至少在漢語當中，使人經常忽視兩者之間的差別——口頭語／書面語，但說和寫畢竟是兩件事，且是差別很大的兩件事。寫出來的「對話」和說出來的「文章」，把這種差別弄得更為複雜了。

　　梁實秋的看法是，「晚近的白話文學運動是劃時代的大事，在文學發展上是順理成章的向前一大步邁進，這是無人可以否認的，但是白話文學仍是通過文字才得表現，文學作品無法越過文字的媒介而直接的和語言接觸。現代的白話文實際上是較淺近的文言文，較合邏輯的淺近文言文」〔註45〕。此說洵為冷靜而理性的分析。口語固然是書面語的資源之一，但直接記錄口語的文學，並非即是好的文學。漢語不同於西方語言的顯性在於文字對語言的制約，這也是漢語「字本位」理論的要義。瞿秋白說，「漢字不是表音符號，……漢字存在一天，中國的文字就一天不能和言語一致。」「總而言之，要寫真正的白話文，要能夠建立真正的現代中國文，就一定要廢除漢字，就一定要廢除漢字採用羅馬字母。」〔註46〕今日回看這類推論，五四運動的激進態度僅在文字一項，即如此果敢而激烈，「改良」面對「革命」，已沒有商量的餘地

〔註43〕《李長之文集》第一卷，河北教育出版社2006年版，第5頁。

〔註44〕〔德〕顧彬《二十世紀中國文學史》，范勁等譯，華東師範大學出版社2008年版，第97頁。

〔註45〕梁實秋《語言、文字、文學》，《梁實秋散文》，中國廣播電視出版社1989年版，第257頁。

〔註46〕瞿秋白《鬼門關以外的戰爭》，《瞿秋白文集·文學編》第三卷，人民文學出版社1989年版。

了。不做「現在的屠殺者」，便只能做「過去的屠殺者」，「與其……不如……」的句式，革命的邏輯咄咄逼人，連魯迅先生也被捲入這必然性的洪流中了。

> 白話文運動的各種口號提出以後，遭到一些支持文言文的學者的猛烈攻擊。如古文家林紓（一八五二～一九二四）攻擊白話文爲「引車賣漿者言」，南京東南大學教師胡先驌（一八九四～一九六八）認爲白話文「隨時變遷」，後人看不懂，等等。當時北京大學校長蔡元培（一八六八～一九四〇）等據理駁斥，引起一場白話文和文言文的論戰。

這是一場口號的論爭。其中包括「白話文爲正宗」，胡適的「八不主義」，陳獨秀的「三大主義」，錢玄同廢除漢文式的「徹底解決」等，雖則刺目，但即便學界的反響也有限，不然劉半農和錢玄同何必出演「雙簧」，表演論戰引人注目，林紓的發難體現在《論古文白話之相消長》《致蔡鶴卿太史書》和文言小說《荊生》中。《消長》一文，於唐以降的文脈流變，頗多心得，不乏眞知灼見，但通篇並沒有攻訐白話，寫到自己與白話的關係時云：「憶庚子客杭州林萬里汪叔明創爲白話日報，余爲作白話道情，頗風行一時。」「今官文書及往來函札，何嘗盡用古文，一讀古文，則人人瞠目，此古文一道，已屬消燼滅之秋，何必再用革除之力。」可見林紓哀歎文言之沒落，似在白話提倡之先。其結尾曰：「今使盡以白話道之，吾恐浙江安徽之白話，固不如直隸之佳也。實則此種教法，萬無能成之理，吾輩已老，不能爲正其非，悠悠百年，自有能辨之者。請諸君拭目俟之。」時林紓六十六歲，作爲古文大家，深受吳汝倫推崇，自詡「六百年中，震川（歸有光）外無一人敢當我者」（《林畏廬先生手札》）。林譯小說，多至百八十餘種。《致蔡鶴卿太史書》云：「若盡廢古書，行用土語爲文字，則都下引車賣漿之徒，所操之語，按之皆有文法，不類閩廣人爲無文法之啁啾，據此則凡京津之稗販，均可用爲教授矣。」〔註47〕「總之，非讀破萬卷，不能爲古文，亦並不能爲白話。」相對於口號式的論爭，倘若不帶歷史的宿見而再讀五四反派的這些話，倒是比較言之有物、言之成理。

〔註47〕梁實秋也曾把語言分爲三個階層：粗俗的、標準的、文學的。參見梁實秋《中國語文的三個階層》，《梁實秋散文》，浙江文藝出版社 2000 年版，第 166 頁。

在文白論戰中，白話文的擁護者使的是白話，反對者用的乃文言。今朝雙方論文即便全部公開出版，兩相對照，讀者已不能讀懂文言，縱有公平之意，也未免偏聽偏信——言語作為權力而行使「統治」的公案，莫此為甚。以文言文反駁白話的文人，不論主張為何，在獲取公聽與說服讀者的環節上，初始即處於劣勢。

> 一九一九年反帝反封建的五四運動爆發，白話文運動得到突飛猛進的發展。一年之內，白話報至少出了四百種。一九二〇年，北洋政府教育部命令，小學教科書改用白話。新文學的團體如文學研究會、創造社等也相繼成立。

胡適說，「當我在一九一六年開始策動這項運動時，我想總得有二十五年到三十年的長期鬥爭才會有相當的結果；它成熟得如此之快，倒是我意料之外的。」這符合胡適一貫的審慎態度。他認為，五四運動於白話文運動是一個干擾，「它把一個文化運動轉變成為一項政治運動」，但又看到「對傳播白話來說，倒是功不可沒的」。〔註48〕

事實是，不論這運動偏於「文化」還是「政治」，是偏於人為還是由於語言自身的發展，其效應，是迅即體現在國家與政府的層面。一九二〇年，教育部頒令改「國文」為「國語」，白話文運動與國語運動遂告合流。胡適後來說，「這個命令是幾十年第一件大事。它的影響和結果，我們現在很難預先計算。但我們可以說：這一道命令，把中國教育的革新，至少提早了二十年。〔註49〕」汪暉認為，「五四啟蒙思想在批判中國傳統的過程中，提出了『民主』和『科學』以及有關『自由』的現代命題，完成了它的偉大的歷史使命，但由於缺乏那種分析和重建的方法論基礎，從而未能建立一種向社會傳播的、有意識的加以發展和利用的理論和實踐體系。作為一個例外，五四白話文運動的成功，正是由於白話文的倡導者建立了這樣一種理論和實踐的體系，從而使得社會及政府把白話文的實踐作為一項持續進行的工作制度。」〔註50〕這就不

〔註48〕參見唐德剛《胡適口述自傳》，安徽教育出版社2005年版，第177頁。

〔註49〕胡適《〈國語講習所同學錄〉序》，載《新教育》1921，3（1），轉引自劉進才《語言運動和中國現代文學》，中華書局2007年版，第29頁。

〔註50〕汪暉《中國現代歷史中的五四啟蒙運動》，《汪暉自選集》，廣西師範大學出版社1997年版。

再是一班文人的學術實踐或文化運動了。

文學研究會又是怎樣的性質呢？王曉明以爲，「沈雁冰等人的最終目的，原本就不是建立一個新潮社那樣的文學社團，他們是要建立一個能夠代表和支配整個文學界的中心團體，一個類似後來『作家協會』那樣的『統一戰線』。」「創造社所以要打出他們自己並不十分信仰的爲藝術而藝術的旗幟，就是爲了向文學研究會爭奪理論的主導權。」〔註51〕這番分析，道出五四運動的政治性格與權力本質，而權力所至，必有對立，國語運動中的「國羅方案」與「拉丁方案」亦復如是。總之，五四新文學運動自產生之日，開啓了無所不在的權力場。

　　　　　一九二一年以後，胡適去「整理國故」了。胡先驌的《學衡》
　　雜誌、章士釗的《甲寅》周刊，爲迎合封建勢力復辟，先後對白話
　　文進行反攻。

胡適一九三〇年十二月六日在歷史語言研究所的茶話會上，訴說一生三大志願：提倡新文學，提倡思想改革，提倡整理國故。可以揣度的是，胡適在初期的倡導之後，即爲文學革命的殺伐之氣所困擾。

《學衡》雜誌創刊於一九二二年一月，編輯部設南京東南大學，停刊在一九三三年七月。雜誌發起人爲梅光迪（一八九〇～一九四五），吳宓長期擔任主編。吳宓的《論新文化運動》，鄭振鐸編《中國新文學大系·文學論爭集》不選，因爲他的觀點擊中了新文學運動的要害。始終陷在新舊、文白、中西這樣的二元對立的模式中，如何能走得脫。吳宓說，「苟虛心多讀書籍，深入幽探，則知西洋真正之文化，與吾國之國粹，實多互相發明裨益之處，甚可兼蓄並收，相得益彰。誠能保存國粹而又昌明歐化，融會貫通，則學藝文章必多奇光異彩。」〔註52〕

談及《學衡》，阿英在編輯《中國新文學大系·資料索引卷》時，採取的策略與鄭振鐸如出一轍，只收錄其《學衡弁言》：「一、誦述中西先哲之精言，以翼學；二、解析世宙名著之共性，以郵思；三、籀繹之作，必趨雅音，以崇文；四、平心而言，不事謾罵，以培俗。」而將其辦刊宗旨附於文末最不

〔註51〕王曉明《刺叢裏的求索》，上海遠東出版社 1995 年版。

〔註52〕吳宓《論新文化運動》，載《學衡》第 4 期，1922 年 4 月。

顯眼處。宗旨曰：「論究學術，闡求眞理，昌明國粹，融化新知；以中正之眼光，行批評之職事；無偏無黨，不激不隨。」〔註53〕激進主義一向不怕遇到反對派，但卻竭力否認有所謂「第三條道路」，遇到眞想走第三條道路的人，故意視而不見。羅崗說「我漸漸有些明白，從二十年代的周作人、胡適到三十年代的鄭振鐸、阿英，他們之所以揪住梅（光迪）、胡（先驌）不放，關鍵不在兩位是否代表或領導《學衡》，而是因爲他們反新文學運動『甚烈』乃至『最烈』。」〔註54〕

　　《學衡》簡章中有「體裁及辦法」一項，由吳宓執筆，其辭曰：「本雜誌行文，則力求明暢雅潔，既不敢堆積餖飣，古字連篇，甘爲學究，尤不敢故尚奇詭，妄矜創造。總期以吾國文字，表西來之思想，既達且雅，以見文學之效用，實繫於作者之才力，苟能運用得宜，則吾國文字，自可適時達意，故無須更張其一定之文法，摧殘其優美之形質也。」〔註55〕這些話語，分明針對《新青年》和白話文運動而發，但求講理，不事爭鬥。一九四九年後通行的文學史和教科書接引這些言論時，取政治判決式斷語，如「爲迎合封建勢力復辟，先後對白話文進行反攻」等等，於這些異見的原文，或斷章取義、或避而不引，五十年代後的讀者難以詳實準確地瞭解白話文反對派究竟說了什麼，又是怎樣說的——文學史的書寫權力已被「白話文運動」的繼承人單方面壟斷了。一九三四年周作人在孫席珍編《現代散文選》序中說，「只有《學衡》的復古運動可以說是沒有什麼政治意義，眞是爲文學上的古文殊死戰，雖然終於敗績，比起那些人來要更勝一籌了。」〔註56〕

　　胡先驌，一位留美歸來的植物學家，「同光體」詩人沈曾植的門生，時任東南大學生物系主任。在美求學之時，曾與胡適等在《留美學生季報》上發表舊體詩詞，於《新青年》所提倡的文學革命，在《南京高等師範日刊》發表《中國文學改良論》，與胡適等辯駁，《東方雜誌》予轉載，羅家倫隨即在

〔註53〕阿英編《中國新文學大系·資料索引》，上海良友圖書公司1935年版，第162～163頁。

〔註54〕羅崗《歷史中的〈學衡〉》，王曉明主編《二十世紀中國文學史論》第一卷，東方出版中心1997年版，第396頁。

〔註55〕張弘《吳宓》，文津出版社2005年版，第134頁。

〔註56〕鍾叔河編《周作人文類編》第三冊，湖南文藝出版社1998年版，第660頁。

《新潮》第一卷第五號發表《駁胡先驌君的中國文學改良論》。

胡先驌的辨析，今天看來清醒而準確，他寫道：「文學自文學，文字自文字，文字僅取其達意，文學則必達意之外，有結構，有照應，有點綴。而字句之間，有修飾，有鍛鍊。凡曾習修辭學作文者，咸能言之，非謂信筆所之，信口所說，便足稱文學也。故文學與文字，迥然有別，今之言文學革命者，徒知趨於便易，乃昧於此理矣。」他斷然指出：「且言文合一，謬說也，歐西言文何嘗合一，其他無論矣……徒以白話為貴，又何必作詩乎，不特詩尚典雅，即詞曲亦莫不然……且語言若與文字合而為一，則語言變而文字亦隨之而變。故英之 Chancer 去今不過五百年，Spencer 去今不過四百餘年，以英國文字為諧聲文字之故，二氏之詩已如我國商周之文之難讀，而我國則周秦之書尚不如是，豈不以文字不變始克臻此乎。向使以白話為文，隨時變遷，宋元之文，已不可讀，況秦漢魏晉乎。此正中國言文分離之優點，乃論者以為劣，豈不謬哉。」〔註57〕以上議論，非僅是意賅言簡、辭嚴而義正的一流論戰文字，且對中西言文關係的認知，精確而深刻。倘若我們對過去六十年文章和語言的現狀知所痛惜，有所警醒，則胡先驌當年的醒豁之語，直可視為棒喝。

蓋五四新文化運動之在當年，確乎所向披靡，占盡種種正確。而以南京高等師範為核心的「學衡派」同人，尚存傳統文化脈息，不憚保守之譏，與北大一派激進主義文化立場儼然對峙，不就範於新文學運動的話語霸權。

查吳宓一九六一年八月三十、三十一日之日記，對陳寅恪的桀驁不屈，感歎如下：「（他）始終不入民主黨派，不參加政治學習……不經過思想改造，不作頌聖詩，不作白話文，不寫簡體字，而能自由研究，隨意研究，縱有攻訐之者，莫能撼動。」〔註58〕這段話寫在新文化運動假政治勢力全面得勝之後，原本一場書生論戰，早經變質為單方面的改造、肅清，吳宓所言已僅非感佩之意，而是無比的沉痛了。

章士釗（一八八一～一九七三），字行嚴，湖南長沙人，曾主編《蘇報》，因鼓吹革命而入獄，一九〇五年留學日本，一九〇八年赴英攻讀政法與邏輯，

〔註57〕鄭振鐸《中國新文學大系‧文學論爭集》，上海文藝出版社 2003 年版，第 103 頁。
〔註58〕吳宓《吳宓日記續編》第五冊，生活‧讀書‧新知三聯書店 2006 年版，第 161 頁。

一九一一年歸國後任總統府顧問、參議員，一九一四年因反對袁世凱流亡日本，創辦《甲寅雜誌》，一九一六年回國後主編《甲寅月刊》，一九一八年任北京大學教授，講授邏輯，一九二四年出任北洋政府司法總長，兼任教育總長。一九〇七年出版的《中等國文典》是《馬氏文通》之後最早的語法著作之一，以古代漢語為研究對象，專講詞法。陳望道認為，在早期的幾部語法書中，此書「最能說得清淺宜人，讀起來幾乎有點文學風趣」。章士釗是古文作家，於唐宋八家中，獨稱柳宗元，有《柳文指要》傳世。錢基博《現代中國文學史》「新文學」目下，將章士釗與嚴復作為「邏輯文」的代表，有所詳述。胡適與章士釗的合影，各有題詩，行嚴先生寫「白話詩」，適之先生則賦「舊體詩」，彼此反串對應。〔註59〕一九二五年，《甲寅》以周刊復刊，鼓吹復古，反對白話文，明確宣布「文字力求雅潔，白話恕不刊佈」。〔註60〕

　　白話文運動之為「運動」，在章士釗看來，「必且期望大眾徹悟，全體參加可知。獨至文化為物，其精英乃為最少數人之所獨擅，而非土民眾庶之所共喻。」「下里巴人，為其幟志，乃無疑義，信如斯也。凡為文化運動，非以不文化者為其前矛，將無所啓足。今之賢豪長者，圖開文運，披沙揀金，百無所擇。而惟白話文學是揭，如飲狂泉，舉國若一。」〔註61〕從反對派的言論，頗能夠窺知當時新文學運動的乖張與戾氣，只是其後果，是要到後面幾代人才有可體味了。

　　常乃悳認為，培植新文化運動種子的人既不是陳獨秀也不是胡適而是章士釗，「章士釗雖然也並不知道新文化運動是甚麼，但他無意間卻替後來的運動預

〔註59〕胡適《胡適學術文集：新文學運動》，中華書局1993年版，第166頁。

〔註60〕與魯迅同庚的章士釗，作為魯迅的論敵而被知，他的交遊之廣以及長壽使他參與史實甚多。早年在日本，孫中山勸他參加同盟會不允，派女留學生吳若男苦勸無功，反使吳成為章的第一位太太，並以「陪了夫人又折兵」相識。因與章太炎同姓且友善，稱「吾家太炎先生」。陳獨秀被捕後，作為陳的辯護律師出現在民國的法庭，其辯詞成為當時法學院的教科書。北平解放前夕，任國軍方面和談代表。1949年後長期出任中央文史館館長，「文革」開始後給毛澤東和劉少奇分別寫信，企圖調和兩人的衝突，雖未能奏效，但其努力有案可稽。1973年以92歲高齡赴香港，欲促成國共兩黨之間談判，未果而病逝香港。

〔註61〕章士釗《評新文化運動》，鄭振鐸《中國新文學大系·文學論爭集》，上海文藝出版社2003年版，第198頁。

備下幾個基礎。他所預備的第一是理想的鼓吹，第二是邏輯式的文章，第三是注意文學小說，第四是正確的翻譯，第五是通信式的討論。這五點——除了第二點後來的新文化運動尚未充分注意外——其餘都是由《甲寅》引申其緒而到《新青年》出版以後才發揮光大的，我們認《甲寅》為新文化運動的鼻祖，並不算過甚之辭。」〔註62〕在《新青年》與《新潮》而外，如何評價《學衡》與《甲寅》的精神與價值，需要史料的充分，需要時間的距離。

> 共產黨與國民黨合作，進行反帝反封建的鬥爭，在文化上以
> 《向導周報》、上海《民國日報》等為陣地，共同反對文言文，提
> 倡白話文。

一九一七年蘇聯十月革命之後，孫中山致電，「中國革命黨對貴國革命黨所進行的艱苦鬥爭，表示十分欽佩，並願中俄兩黨共同團結奮鬥。」示好之後，並沒有馬上行動，雙方在觀望。直至一九二三年，孫中山與蘇俄駐華全權代表越飛秘密會談後發表宣言，為聯俄政策之出籠。同年召開的共產黨三大，確定了與國民黨合作的方針。在共產國際和共產黨的協助下，孫中山改組了國民黨，於一九二四年一月在廣州舉行了國民黨的第一次全國代表大會。陳獨秀、毛澤東、瞿秋白等九位共產黨員被選為中央委員，是謂第一次國共合作。

國民黨的前身，是孫中山一九○五年創立的同盟會，往前追溯，則是一八九四年創立的興中會，「三民主義」綱領，十次武裝起義，辛亥革命後，曾經短時間掌有政權，影響大勢力廣，共產黨明確承認它在國民革命中的主導地位。國民黨嚴重的缺點，在於單純依賴軍事的思想，共產黨的第三次全國代表大會宣言（一九二三年六月），指出國民黨的錯誤觀念，「集中全力於軍事行動，忽視了對於民眾的宣傳。因此，中國國民黨不但要失去政治上領袖的地位，而且一個國民革命黨不得全國民眾的同情，是永遠不能單靠軍事行動可以成功的。」〔註63〕這話說的坦率，早期的共產黨人，以無私無畏的氣概，把自己的獨得之秘與朋黨分享，在第一次國共合作期間，共產黨人身體力行

〔註62〕常乃惪《中國思想小史》，上海古籍出版社 2005 年版，第 137 頁。常乃惪認為，「為《新青年》做文章的人有一多半都是《甲寅》上做過文章的人」。

〔註63〕胡華主編《中國新民主主義革命史參考資料》，商務印書館 1951 年版，第 86 頁。

幫助國民黨組織宣傳，毛澤東本人做過國民黨中央宣傳部的代理部長，主編過一份《政治周報》，汪精衛曾經賞識毛澤東的才華。

共產黨早期領導人，皆擅寫文章，重視宣傳。陳獨秀是《新青年》的創辦人和主編，文學革命的倡導者和核心人物，不僅著作等身，《獨秀文存》風靡一時，影響深遠。李大釗也屬《新青年》的核心成員之一，北大任教期間編有《唯物史觀》、《史學思想史》等講義，出版《平民主義》、《史學要論》等專著，一九二七年被害時年三十八歲。瞿秋白的雜文，有魯迅之風，八篇被收錄進《魯迅全集》，其譯著《海上述林》係魯迅親手編定，在福建就義時年三十五歲，身後留有百萬字著述。[註64] 共產黨早期的影響大，與這些卓異之才大有作為密不可分。

> 在這種形勢下，魯迅先後發表了《估學衡》（一九二二）《答 KS 君》（一九二五）《再來一次》（一九二六）等文章，大抵採取「以毒攻毒」的方法，用古書做法寶，證明鼓吹文言的「學衡」派和「甲寅」派實際自己也做不通古文，錯用典故；白滌洲唐鉞也在《雅潔與惡濫》（一九二五）《告恐怖白話的人們》（一九二五）等文中給以批駁，這才把那批反對派打退了。

國共之間暫時的聯合，似乎體現了同為革命黨的進步性，他們共同的敵人在政治上是帝國主義和封建主義，在文化上表現為文言文的復辟傾向。文言文與封建主義之間的聯繫彷彿與生俱來，勿需論證，但這卻離事實很遠。中華民國《大總統令內務部曉示人民一律剪辮文》《大總統令內務部通飭各省勸禁纏足文》是以文言寫就，絲毫不影響它的反封建性。「學衡」派和「甲寅」派與白話文倡導者的分歧，實際上源於思想認識和文化追求上的差異，他們也是廣義的新文化運動的一個組成部分，以保守的立場批評激進主義，屬於新文化內部的衝突。

反對派被「打退」，是站在打的這邊的看法。吳宓在《論新文化運動》中說，「吾之所以不慊於新文化運動者，非以其新也，實以其所以主張之道理、所輸入之材料，多屬一偏，而有害於中國之人。」[註65] 針對胡適的八不主

〔註64〕《瞿秋白文集》計十四卷，政治理論編八卷，文學編六卷，分別由人民出版社和人民文學出版社出版。

〔註65〕吳宓《論新文化運動》，《學衡》第 4 期，1922 年 4 月。

義,《學衡》發表了吳芳吉《再論吾人眼中之新舊文學觀》一文,因未被選入「大系」,早已退出公眾的視野,如此有價值的文章,讀者已不易尋到了。

《甲寅周刊》第一卷六號有一篇短文,瞿宣穎所作的《文體說》,在精心觀察古今文章演變的事實之上,說理允當,所言之事,大抵是今天的讀書人不易懂得的:「至若文言時代之別,固甚微而彌顯。昌黎號曰復古,而昌黎之文,決爲唐文。昌黎且如此,其他更莫外此例。大抵一代之文,緣其風俗習尚之殊,事物制度之變,類必自成風貌,莫可強同,數百年一大變,數十年一小變。博觀文字,尋其歷史嬗蛻之迹,蓋躍然而可見,猶之鑒別古器。花紋色澤,題識體裁,質地形式,在在可供研證。縱或刻意作僞,決難悉出自然,而泯其時代不侔之迹也。由此可以談,甲寅之文字,自是民國十四年之文字。其所標舉,乃是文言,以對今日通行之白話,非古文也,豈獨不侔於古文。作者之筆墨蹊徑不同,靡不自成抒軸,蓋難概目爲一體。良不似白話文既限於今日通行之一種,永永自縛於枯槁生硬之境。是知欲求文體之活潑,乃莫善於用文言。緣其組織之法,粲然萬殊。既適於時代之變遷,尤便於個性之驅遣。百鍊之鋼,可化爲饒指之柔,因方之珪,亦倏成遇圓之璧。若八音之繁會,若五色之錯呈,世間難狀之物,人心難寫之情,類非日用語言所能足用。胥賴此柔韌繁複之文言,以供噴薄。若泥於白話而反自矜活潑,是眞好爲捧心之妝,適以自翹其醜也。作文體說以祛惑。」〔註66〕那時非難文言的人爲強勢,替文言辯護者乃弱勢。強勢者疏於講理,常在文章中以勢壓人,弱勢方全憑一個理字,而且他們只是作無罪辯護,並不想也未敢捍衛文言的所謂正宗地位。瞿氏批評的並非白話本身,而是「泥於白話」者,欲作好白話文者,豈可以白話自限。

瞿宣穎,即瞿兌之(一八九四~一九七三),湖南善化瞿鴻禨後人,從王闓運讀書,著有《駢文概論》,編有《時代文錄》,有人把他與陳寅恪相比,被稱「一時瑜亮,銖兩悉稱」。

不管遭遇怎樣的圍剿,一九四九年之前,歡喜著文言的少數人,尚有容身之所。文言體的文章,以後便少有人寫,甚至白話文中也要除盡文言的痕迹,卻總不能遂願。譬如「白話爲文學之正宗」,這句話本身即爲文言,且是

<hr>

〔註66〕瞿宣穎《文體說》,鄭振鐸選編《中國新文學大系·文學論爭集》,良友圖書公司1935年版,第202~203頁。

典型的文言判斷句「爲……之……」，若改以白話，當作「白話是文學的正宗」，即使這樣，也還未徹底，因爲「正宗」乃是文言詞彙，恐還得換成「正爾八經的祖宗」才可以。提倡白話文的人張口閉口「白話爲文學之正宗」，不僅說得順口，且似乎只有這樣才順口，可見「文言」離口語並不遠。「白話是文學的正宗」非純正的白話，而是歐化的白話。在歐化和文言化兩可之時，習慣總是會自動地選擇文言化而非歐化，口語當中尤如是，因爲歐化彆扭，講起來不很自在，只有少數食洋不化之讀書人，才會緊緊抓住主謂賓等洋教條不願意鬆手。

第三節　白話文運動的成就

白話文運動的結果，是使白話文在文學作品和一般學術著作的範圍內取得了合法的、正統的地位。它的成就首先表現在白話文理論的建設上。一、關於以白話文代替文言文的學說。這學說的框架有三條：a.白話爲文學之正宗。爲打倒文言文的正統提供了歷史的根據。b.用白話作各種文章。讓白話文成爲通用的書面語，爲白話文的推行提出了奮鬥的目標。c.白話文以現代中國人的口語爲源泉。爲白話文的建設指出了正確的方向。二、關於文體改革的具體規劃。主要在散文、應用文、詩歌三個方面。第一，對散文文體改革的要求，胡適概括爲四條主張：a.要有話說方才說話；b.有什麼話說什麼話，話怎麼說就怎麼說；c.要說我自己的話，別說別人的話；d.是什麼時代的人，說什麼時代的話（《建設的文學革命論》）。第二，對應用文文體改革的意見。錢玄同在《論應用文之亟宜改良》（一九一七）裏，提出不少切實可行的主張，如改用白話（國語）；選取最普通的常用字；多義字只用最普通常用的一義，不許用倒裝移置的句法；「書札之款式稱謂，務求簡明確當。刪去無謂之浮文」；文中加標點符號；數目字改用阿拉伯字，「用算式書寫」；改右行直排爲左行橫排；用世界通用的公元紀年；「印刷之體，宜分數種」等等。第三，對詩體改革的主張分爲兩派，一派由錢玄同、胡適帶頭提倡「自由體」；另一派由宗白華（一八九七～一九八六）、聞一多（一

八九九～一九四六）帶頭主張「格律體」，這兩派對新詩的形式，都作了認眞的探索。

白話文運動的成就，主要表現在白話文的作品上。白話文能不能代替文言文，要看寫作實踐。五四時期，白話論文在表現新思想、批判舊思想上，發揮了巨大的威力。如李大釗、陳獨秀、魯迅、胡適、錢玄同、劉半農等人的論文，雖在語言上有不同的風格，但在說理上都有明白、清晰、準確、富有邏輯力量的特點。這就叫那種不宜說理的文言文相形見絀。在文學上，散文、小說、詩歌等文體，都開了新生面。特別是一九二一年，魯迅的中篇小說《阿Q正傳》的發表，郭沫若詩集《女神》的出版，爲白話文學奠定了堅實的基礎；《阿Q正傳》更是中國現代白話文學中贏得世界聲譽的第一部傑作。

五四白話文運動，是一個活潑的、前進的、革命的運動，它在文藝語言上宣告了文言文時代的結束、白話文時代的開始。數千年來，中國通用的書面語沒有白話文的合法地位，只有與口語脫節的文言文才算正統。直到五四時期，才把這種反常局面翻了過來，開闢了一個白話文學的新紀元。這正好與中國社會在五四期間實現了從封建向民主的轉變相適應。

白話文運動的結果，是使白話文在文學作品和一般學術著作的範圍內取得了合法的、正統的地位。

白話文取得合法而正統的地位是顯相，向「言文一致」本旨的努力是其誌之所之，標誌是什麼？應當不止一個：

第一個標誌，一九二〇年教育部下令改小學課本「國文」爲「國語」，採用白話文入教科書。

第二個標誌，一九二二年爲紀念《申報》五十年，胡適寫就長文《五十年來中國之文學》，論及近五六年的文學革命運動，說「《學衡》的議論，大概是反對文學革命的尾聲了」。他總結道。「我可以大膽說，文學革命已過了討論的時期，反對黨已經破產了。從此以後，完全是新文學的創造時期。」〔註67〕

〔註67〕胡適《胡適學術文集：新文學運動》，中華書局1993年版，第158頁。

　　第三個標誌，一九三四～一九三五年的大眾語論戰中，批評者視白話文爲「新文言」。

　　第四個標誌，一九三五年上海良友公司出版《中國新文學大系》十卷本，總結了一九一七至一九二七年十年的文學成績。

　　第五個標誌，一九三五年十二月蔡元培、魯迅等六百八十八人簽名的《我們對於新文字的意見》發表。後異族入侵，抗戰爆發，使新文字的實行被打斷。

　　第六個標誌，《人民日報》一九五一年六月六日社論《正確地使用祖國的語言，爲語言的純潔和健康而鬥爭》發表，號召「建立正確地運用語言的嚴肅的文風」，指明「我國現代語言是比古代語言更爲嚴密，更富於表現力了。毛澤東同志和魯迅先生，是使用這種活潑、豐富、優美的語言的模範。在他們的著作中，表現了我國現代語言的最熟練最精確的用法，並給了我們在語言方面許多重要的指示。我們應當努力學習毛澤東同志和魯迅先生，繼續發揚我國語言的光輝傳統」〔註68〕。

　　第七個標誌，一九五四年十二月，中國文字改革委員會成立（撤消原來的研究會），作爲國務院直屬的二十個業務部門之一，從研究機構變成了職能部門，這意味著漢字的拼音化進程啟動。推廣普通話，以漢語拼音爲漢字注音，以及簡化漢字，都是其階段性成果，爲拼音化所做的準備。

　　　　它的成就首先表現在白話文理論的建設上。

所謂「理論的建設」，沿襲的乃是十卷本《中國新文學大系》第一卷《建設理論集》的說法。胡適發起的白話文運動，有沒有理論支柱？如果有，是什麼？以時下的眼光看，其一是語言學上的進化論觀念，認爲方塊字落後，拼音文字先進，以言文一致爲大目標；其二，以歐美的價值爲普世價值，認爲中國文化落後，西化惟恐不甚；其三，以歐洲文藝復興時期各民族語言從拉丁文中獨立出來自行發育比附漢語白話之脫離文言，盲目效仿。不論當時的倡導者自覺與否，從眼界到行動，皆籠罩在這樣三種勢力中而不得脫身。

　　胡適曾說他們的綱領乃是「國語的文學，文學的國語」，這又意味著什麼？一九五二年十二月八日胡適在臺北中國文藝協會座談會上，專有所答：「所謂國

―――――――――――

〔註68〕　《正確地使用祖國的語言，爲語言的純潔和健康而鬥爭》，《人民日報》1951 年 6 月 6 日社論，轉引自張壽康《文章叢談》，知識出版社 1982 年版，第86～87頁。

語，不是以教育部也不是以國音籌備會所規定的作標準，而是要文學家放膽的用國語做文學，有了國語的文學，自然有文學的國語。後來的文藝都是朝這個方向走的。」〔註69〕此即是說，新文學誕生之初，已經被賦予了國家主義的使命，民族國家之建立，需要國語，被認為沒有這樣的國語，需要文學家們趕快把這國語創造出來。在數千年的漢文寫作史上，從未有過如此的要求。

胡適一九一八年刊發《建設的文學革命論：國語的文學——文學的國語》一文，對於這種國家主義和工具主義理念，有清晰的表述：「要在三五十年內替中國創造出一派新中國的活文學」「我們所提倡的文學革命，只是要替中國創造一種國語的文學。有了國語的文學，方才可有文學的國語。有了文學的國語，我們的國語才可算得真正國語。國語沒有文學，便沒有生命，便沒有價值，便不能成立，便不能發達。這是我這一篇文字的大旨。」〔註70〕就此意義，魯迅也承認自己是這一「大旨」中的一員，明示「聽將令」之願，甚至不惜「曲筆」而為。《延安文藝座談會上的講話》與胡適的主張一致：白話文運動，文學革命，創造新文學，是為國家利益服務，民族利益高於一切。以一位軍事家的直率，毛澤東宣布文藝是一條戰線，貫徹戰略全局的意圖，服從大局的需要。

胡適後來力圖把白話文運動放在所謂「中國的文藝復興」這一框架內予以理解並重新定義，包括研究當前的實際問題，輸入學理，整理國故，再造文明這樣一個相互聯繫的四個義項。一切與國家主義走向不一致的主張，將遭到淘汰，這已經成為白話文運動的一項鐵律。

　　一、關於以白話文代替文言文的學說。這學說的框架有三條：
　　a.白話為文學之正宗。為打倒文言文的正統提供了歷史的根據。b.用白話作各種文章。讓白話文成為通用的書面語，為白話文的推行提出了奮鬥的目標。c.白話文以現代中國人的口語為源泉。為白話文的建設指出了正確的方向。

書面語之有文言與白話，已逾千年，彼此消長的趨勢，白話會越來越重要，或

〔註69〕胡適《胡適學術文集‧新文學運動》，中華書局1993年版，第288頁。

〔註70〕胡適《建設的文學革命論：國語的文學——文學的國語》，胡適選編《中國新文學大系‧建設理論集》，上海良友圖書公司1935年版，第128頁。

是自然而然的過程，本不必人為干預的。清初，金聖歎視水滸西廂與史記杜詩並列齊觀，同為「天下才子書」。成熟的白話小說《紅樓夢》在乾隆五十六年面世，風靡一時，所謂「開談不說紅樓夢，縱讀詩書也枉然」，這些在在顯示白話語言廣被閱讀深獲人心的韌性與氣度。

某一文體或書寫風格獲得「合法性」，必由漫長的濡染化育，端賴一部部作品持續影響、長期積纍的自然過程。直至晚清，白話與文言依然處於良性並存、良性互補、良性的交融與滲透，絮絮綿綿，如縷不絕，期以俘獲讀者之心，沒有革命，不求速成，更不見權力的烟火。

胡適在一九一八年四月十五日所寫《中國今後之文字問題》的附識說，「凡事有個進行的次序。我以為中國將來應有拼音的文字。但是文言中單音太多，決不能變成拼音文字。所以必須先用白話文字來代替文言的文字；然後把白話的文字變成拼音的文字。」〔註71〕這段話透露了白話文運動的底細，以白話代替文言的目的，乃是為了拼音化的方便實行。如此說來，站在漢字和漢文的立場上看，白話文運動與其說是建設，不如說是破壞。以破壞為目的，才會把破壞的達成當作自己的成就，所以，在很長的歷史時期，不管自己的白話文作得好壞，我們一直是以消滅了文言文感到自豪的。

這是什麼歷史根據呢？

全盤西化如此迅速就走到了最後一個環節——廢除漢字，改用拼音文字。章太炎在一九〇八年作《駁中國改用萬國新語說》時，面對的不過是幾個無政府主義者的奇思異想，四十年之後，卻成為一項國家政策。

拼音化的工作，自新政權建立之日，便提上議事日程。一九四九年十月十日，中國文字改革協會在北京正式成立，吳玉章主其事，選出龐大的七十八人理事團。以當時的看法，漢字是工業化的最大障礙，須以新文字來替代。一九五二年一月，在文化教育委員會下設立中國文字改革研究委員會，主任馬敘倫。成立大會上傳達毛澤東指示：文字必須改革，要走世界文字共同的拼音方向；形式應該是民族的，字母和方案要根據現有漢字來制定。一九五三年十月，在中國共產黨內設立中央文字問題委員會，胡喬木任主任。一九五四年十二月，

〔註71〕胡適《〈中國今後之文字問題〉的附識》，《胡適學術文集·語言文字研究》，中華
　　　　書局 1993 年版，第 288 頁。

成立中國文字改革委員會（撤消原來的研究會），作爲國務院直屬的二十個業務部門之一，從研究機構變成了職能部門。箭在弦上，替漢字捏一把汗，可以設想一朝醒來，忽然看到所有報刊雜誌是拼音版，滿紙字母單詞。《毛澤東選集》外文版主要的語種比較齊全，卻從未見過漢語拼音版，即使在最冒進的年代裏，也沒有人去填補這項空白，要知道，把漢字「翻譯」成漢語拼音這件事，小學程度就做得了。「文革」後期，繁體豎排精裝的《毛澤東選集》大量印刷，激進時代的這等保守之舉也有許多，古籍的影印本子也還在，在經歷不止十年的浩劫之後，文章雖然普遍不大會寫、話不大會說了之後，漢字卻還認得幾個。

以白話做各種文章，實行起來原比文學領域難度大。文言文兩千餘年，種類繁多，體裁不同，各異其趣。《典論・論文》列爲四類，「奏議宜雅，書論宜理，銘誄尚實，詩賦欲麗。」至《文心雕龍》，討論了三十五種文體：騷、詩、樂府、賦、頌、贊、祝、盟、銘、箴、誄、碑、哀、弔、雜文、諧、隱、史、傳、諸子、論、說、詔、策、檄、移、封禪、章、表、奏、啓、議、對、書、記。《古文辭類纂》將入選的古今文章分爲十三大類：論辨類，序跋類，奏議類，書說類，贈序類，詔令類，傳狀類，碑誌類，雜記類，箴銘類，頌贊類，辭賦類，哀祭類。取消了文言，也就取消了這些文類，社會結構的變動，生活方式的改換，許多文體已沒有多少用處，所謂白話做得「各種文章」，不過是說以白話文應付一些事情而已。

白話文以口語爲源泉，但不是唯一的源泉。口語並不能直接自動變爲白話文，口語的簡潔和生動，只有經過提煉加工才能成爲白話文的優長。同樣是口語，口才好的人口若懸河，出口成章，不善言語的人前言不答後語，白話文寫作上的口語本位主義，以混淆口語和書面語的差別始，以徹底否定白話文的文本地位和文體追求終。一九五二年郭沫若發表《愛護新鮮的生命》，認爲「我們中國現行的漢字是比較難於駕馭的工具。漢字將來是會改革的，並採取拼音化的道路……但在漢字採取拼音化之前，我認爲我們的文章必須先走上寫話的道路……舊文言固不用說，五四以來的新文言也不用說，近來的理論文字和文藝作品又顯然有『新新文言』的傾向了。主要恐怕依然是漢字在作怪。用漢字來表達，總向少寫幾個字以求效率的提高，因而有意無意之間，便不免和語言脫離了。在今天鼓勵以工農兵或少年爲對象而寫作，也就是鼓勵我們寫話，減少不常用的漢字的使用，使文章和語言愈見接近起來，

做到言文一致，對於漢字改革無疑是會減少許多困難的」〔註72〕。勒令書面語向口語看齊，作文，勢必要走到以常用漢字寫話，下一步，即以拼音寫話。互聯網普及之後，中國迅速進入全民寫話的時代，半個多世紀所接受的語文教育是寫話訓練，寫的未必是自己的話，我們能否認身邊回響的官話、套話、謊話，報紙上教科書裏的大話、空話麼？白話文，此三字的排列順序已將它自身定義了，第一重要的是白，直白也好，淺白也罷，清白無辜，錯白不計；第二重要的是話。抓住白和話，方向已正確，成不成文，似乎沒有什麼大礙了。

> 二、關於文體改革的具體規劃。主要在散文、應用文、詩歌三個方面。第一，對散文文體改革的要求，胡適概括爲四條主張：a.要有話說方才說話；b.有什麼話說什麼話，話怎麼說就怎麼說；c.要說我自己的話，別說別人的話；d.是什麼時代的人，說什麼時代的話（《建設的文學革命論》）。

關於文體改革的規劃，說來令人啼笑皆非。散文、應用文、詩歌三種文體，是否有必要「規劃」呢？如何「規劃」，誰又能規劃得了、去負責落實呢？除了「八不主義」而外，胡適還眞的有分三步走的規劃：第一是工具，多讀模範的白話文學，用白話作各種文學；第二乃方法，其中又分成集收材料的方法，結構的方法，描寫的方法；而最重要的方法，則是「趕緊多多的翻譯西洋的文學名著做我們的模範」；第三是創造，胡適說，「我以爲現在的中國，還沒有做到實行預備創造新文學的地步，盡可以不必空談創造的方法和創造的手段，我們現在且先去努力做那第一第二步預備的工夫罷！」〔註73〕這是胡適《建設的文學革命論》結尾的最後一句。看來，他認爲創造的時代，還沒有來到，《嘗試集》的第二部，需等到《白話文學史》下卷完成後才予考慮。

章士釗《答適之》曰，「夫文章大事也，曩者窮年矻矻，莫獲貫通，偶得品題，聲價十倍。今適之告之曰，此無庸也，凡口所道，俱爲至文，被之篇目，聖者莫易。彼初試而將疑，後倡焉而百和，如蟻之聚，雷然一聲，而六

〔註72〕郭沫若《愛護新鮮的生命》，《人民日報》1952 年 5 月 28 日。

〔註73〕胡適《建設的文學革命論》，胡適選編《中國新文學大系・建設理論集》，良友圖書公司 1935 年版，第 127～140 頁。

州之大錯成矣。適之從其後而名之曰，**此時代要求也，此時代要求也**……適之謂愚有意使不爲白話文，此亦未然，適之以提倡白話文爲職志者也，君子愛人以德，愚豈願其中途易節。惟適之者，有權自了其一生，而無權阻人討論一國文化之公共事業，愚以謂白話文者，固非不可爲也，特以適之之道爲之，則猶航於斷港絕潢而不可通者也。適之已矣，今之紛紛藉藉，迴環於斷港絕潢而不得出者，愚念民口之瘤可痛，包胥之志未忘，子能亡之，吾未見不能興之。夫天運未可知，而人力期於必盡。愚與適之，共拭目以觀其後焉可已。」〔註74〕

章胡之間的筆仗，後者輕易佔了上風。胡適的文章，一向平和說理，不以氣勢奪人，但一呼百應的威勢樹立了白話文運動的大纛，「時代要求」與胡適在一起，只這麼輕輕一句，似乎就駁倒了行嚴先生的鴻篇大論。

章士釗《評新文化運動》曰：「善爲今人之言者，即其善爲古人之言，而擴充變化者也。適之日寢饋於古人之言，故其所爲今人之言，文言可也，白話亦可。大抵具有理致條段。今爲適之之學者，乃反乎是。以爲今人之言，有其獨立自存之領域。而所謂領域，又以適之爲大帝，績溪爲上京，遂乃一味於胡氏文存中求文章義法，於嘗試集中求詩歌律令，目無旁騖，筆不暫停，以致釀成今日的底他它嗎呢吧咧之文變。」〔註75〕

胡適反駁的文章名爲《老章又反叛了！》，話說得果然輕鬆：「行嚴是一個時代的落伍者；他卻又雖落伍而不甘心落魄，總想在落伍之後謀一個首領做做。所以他就變成了一個反動派，立志要做落伍者的首領了。梁任公也是不甘心落伍的；但任公這幾年來頗能努力跟著一班少年人向前跑……其實行嚴自己卻眞是夢想人人『以秋桐爲上帝，以長沙爲上京，一味於甲寅雜誌中求文章義法』。」〔註76〕這後一句，是胡適的反唇相譏，後來的歷史給出答案，無論是章文或者胡文，皆沒有成爲時代文章的楷模。

〔註74〕章士釗《答適之》，鄭振鐸選編《中國新文學大系‧文學論爭集》，良友圖書公司1935年版，第219頁。

〔註75〕章士釗《評新文化運動》，鄭振鐸選編《中國新文學大系‧文學論爭集》，良友圖書公司1935年版，第197頁。

〔註76〕胡適之《老章又反叛了！》，鄭振鐸選編《中國新文學大系‧文學論爭集》，良友圖書公司1935年版，第203頁。

胡喬木一九五一年三月三十一日在《光明日報》上發表《新語文》,「魯迅先生和毛主席的文章是我們民族優美的語言,我們應該作爲學習語文規律的基礎」。

魯迅與章士釗同年,此時作古十五年,在魯迅罵過的人裏章士釗赫赫有名,但未讀見他批評或回應魯迅的文字。陳獨秀在一九三七年的文章中說,「世之毀譽過當者,莫如對於魯迅先生。在民國十六七年,他還沒有接近政黨以前,黨中一班無知妄人,把他罵得一文不值,那時我曾爲他大抱不平。後來他接近了政黨,同是那一班無知妄人,忽然把他抬到三十三層天以上,彷彿魯迅先生從前是個狗,後來是個神。我卻以爲眞實的魯迅並不是神,也不是狗,而是個人,有文學天才的人。」〔註77〕早在五四時期,章士釗喜講「愚所引爲學界之大恥者,乃讀書人不言理而言勢」,魯迅之毀譽,非理使然,勢使然也。

毛澤東對章士釗敬若上賓,一九五九年其舊著《邏輯指要》修訂再版,毛澤東親自(「借先生之箸,爲之籌策」)爲他寫了一篇文言短序。章士釗爲此書所寫而未用的再版序言介紹:「北京解放後,一日,主席毛公忽見問曰:『聞子於邏輯有著述,得一閱乎?』予躊躇答曰:『此書印於重慶,與叛黨有關,吾以此上呈一覽,是侮公也,烏乎可?』公笑曰:『此學問之事,庸何傷!』」後來毛澤東看完《邏輯指要》,對章士釗說,「吾意此足爲今日參考資料,宜於印行〔註78〕。」章士釗主編《甲寅》之時,是白話文運動的反對派,四十年過去,依然不改其文言,即使寫的是對話,悉以文言出之,在舉國白話文的壓力下,不爲風動不改漢節,使毛澤東把自己的白話暫時收了起來。

第二,對應用文文體改革的意見。錢玄同在《論應用文之亟宜改良》(一九一七)裏,提出不少切實可行的主張,如改用白話(國語);選取最普通的常用字;多義字只用最普通常用的一義,不許用倒裝移置的句法;「書札之款式稱謂,務求簡明確當。刪去無謂之浮文」;文中加標點符號;數目字改用阿拉伯字,「用算式

〔註77〕陳獨秀《我對於魯迅之認識》,陳獨秀《我們斷然有救》,東方出版社1998年版,第242頁。

〔註78〕《毛澤東書信選集》,人民出版社1983年版,第561頁。

書寫」；改右行直排爲左行橫排；用世界通用的公元紀年；「印刷
之體，宜分數種」等等。

晚清的白話文運動，實用的主旨非常分明，既然著眼於實用，當從應用文入
手。五四時期，白話文運動興起，偏偏從最不實用的文學開始。文體乃是在
寫作中自然形成的文章體裁分類，「規劃」之說，太過煞有介事。白話的文體
到底怎麼劃分，它們與古文中固有的文類是何關係，始終沒有解決。周作人
晚歲稱自己作品爲「文章」，可以涵蓋今天通常所說散文、小品文、批評類文
字及雜感等。魯迅在小說而外，其他作品可以歸入雜文，而魯迅的雜文，與
一般意義的雜文區別甚大。

公文是比較頑固的領域，文言的使用延至一九四九年政權的更迭，「等因
奉此」才壽終正寢。新生的人民政權，以白話做公文是順理成章的事，但這
並不意味著文言詞彙和句法的徹底退出，在非正式公文中，比比皆是。介紹
信開首第一字「茲有……」，結尾「接洽爲盼」，不這樣寫，大家覺得不合適。
賀信、邀請函、祝詞、請柬等這些書面文本，爲了強調它的正式性，需以與
口語有明顯差異的書面語措辭和語氣，否則就不倫不類，最隨意的請柬上也
得注明「敬請光臨」，而不能就寫成「請來一趟」。

一九六〇年廢名著文談及文章格式上的古今差異，它的重要性及由此帶來
的後果，可能至今還沒有認識到，他說，「今文所以大異於古文，是從新式標點
符號和提行分段的辦法引來的，這卻是最大的歐化。這個歐化對我們今天的白
話文體所起的作用太大了。」〔註79〕

第三，對詩體改革的主張分爲兩派，一派由錢玄同、胡適帶頭
提倡「自由體」。另一派由宗白華（一八九七～一九八六）聞一多（一
八九九～一九四六）帶頭主張「格律體」，這兩派對新詩的形式，都
作了認真的探索。

若說分成自由和格律兩派差強人意的話，這四個帶頭人的選擇，便不是很恰
當。錢玄同爲胡適的《嘗試集》作序，裏邊一句不知是爲作者打氣還是令他
泄氣的話，他舉《詩經》、《楚辭》、《漢魏樂府》、陶淵明、白居易、宋詞、元

〔註79〕廢名《毛澤東同志著作的語言是漢語語法的規範》，《廢名集》第六卷，北京大學
出版社 2009 年版，第 3060 頁。

曲等例之後說，「可見用白話做韻文，是極平常的事。」幸好他開頭有言「用今語達今人的情感，最爲自然」〔註80〕，道出了新詩存在的理由。章太炎是以有韻與否來區別詩與非詩的，其弟子錢玄同也直截了當地把胡適提倡的白話作詩改稱白話作韻文，在他看來，韻文就等於詩，這與胡適的看法相差甚遠。說錢玄同帶頭提倡自由體，令人費解。

　　胡適雖帶了頭，但他的自由體，無論主張還是實踐，遠不夠做「自由體」的標本。胡適的《談新詩》主張「壓韻乃是音節上最不重要的一件事」，「至於句中的平仄，也不重要」。他認爲「詩的音節全靠兩個重要分子：一是語氣的自然節奏，二是每句內部所用字的自然和諧」。〔註81〕這樣一來，就與散文沒有什麼區別了，這等於從形式上取消了詩的特徵。

　　一九二〇年之後，郭沫若的自由詩，創作和主張——還原主義語言觀加上自發主義創作論，迅速取代了胡適的影響，因爲郭沫若在追求白話詩的自由度上比胡適走得更遠，恐怕比任何人走得也都更遠，他認爲「詩的本職專在抒情，抒情的文字便不採詩形，也不失其爲詩」〔註82〕。正是這樣的主張，導致了早期白話詩在藝術上的粗率，也敗壞了白話詩的聲譽。爲矯正這一時弊，格律派出現，或稱白話詩寫作的第二次興起。

　　新格律詩派的正式出場，以徐志摩主編《晨報·詩鐫》在一九二六年創刊爲標誌，聞一多、朱湘等人參與其事。這一「新詩形式運動」思潮的源頭卻可溯至劉半農、陸志韋更早時期的探索。朱自清在《中國新文學大系·詩集》的導言中說，「第一個有意實驗種種體制，想創新格律的，是陸志韋氏。」〔註83〕陸志韋認爲，「詩的美必須超乎尋常語言之上，必經一番鍛鍊的功夫。節奏是最便利、最易表情的鍛鍊。」〔註84〕

〔註80〕錢玄同《嘗試集序》，胡適選編《中國新文學大系·建設理論集》，良友圖書公司1935年版，第105～109頁。

〔註81〕胡適《談新詩》，胡適選編《中國新文學大系·建設理論集》，良友圖書公司1935年版，第302～303頁。

〔註82〕郭沫若《論詩三札》，楊匡漢、劉福春編《中國現代詩論》上編，花城出版社1985年版，第60頁。

〔註83〕朱自清選編《中國新文學大系·詩集》，良友圖書公司1935年版，第6頁。

〔註84〕陸志韋《我的詩的軀殼》，載《渡河》，上海亞東圖書館1923年版。

梁宗岱，通常不被歸入新格律派，二十世紀三十年代主持《大公報·詩特刊》，他撰寫的發刊詞，描述了當時的詩歌現狀：「如果我們不為『新詩』兩字底表面意義所迷惑，我們將發現在詩壇一般作品——以及這些作品所代表的理論（意識的或非意識的）所隱含的趨勢——不獨和初期作品底主張分道揚鑣，簡直剛剛相背而馳；我們底新詩，在這短短的期間，已經和傳說中的流螢般認不出它腐草的前身了。」〔註85〕

解志熙曾披露了唐鉞、潘大道、李思純三人在新詩形式探索上曾經的見解，這是鮮為人知的材料。〔註86〕

詩歌新形式的探索，在二十世紀五十年代以《文學評論》為主要陣地，有過熱烈深入的討論，何其芳、王力、卞之琳、林庚、陳義劭等人紛紛撰文，在什麼是格律的核心，以及平仄、音尺、音步、頓、壓韻、節奏的重要程度等系列問題上，彼此的意見分歧很大，古詩的影響，外國詩的影響，以及民歌的影響，可以在這些爭論中覓得回聲。

綜觀新格律詩派走過的道路，學理上的探詢範圍很廣，各種主張之間的交鋒相當深入，但是模範的白話格律詩作品太少，因此未能對於新詩的讀者產生廣泛的影響。一種新詩體，端賴優秀的詩人和詩作才能成立。今日寫新詩評新詩的人，可以從早年這些有價值的討論中獲得進益。

毛澤東一九六五年給陳毅的一封信中說，「詩當然應以新詩為主體，舊詩可以寫一些，但是不宜在青年中提倡，因為這種體裁束縛思想，又不易學。」「要作今詩，則要用形象思維方法，反映階級鬥爭與生產鬥爭，古典絕不能要。但用白話寫詩，幾十年來，迄無成功。民歌中倒是有一些好的。將來的趨勢，很可能從民歌中吸引養料和形式，發展成為一套吸引廣大讀者的新體詩歌。」〔註87〕這是他於詩歌的意見。

毛澤東所寫五十首左右古體詩詞，一九四九年特別是一九五七年公開之後，無疑成為那個時代被閱讀最廣的詩歌文本，「文革」當中，紅衛兵和造反

〔註85〕梁宗岱《新詩的分歧路口》，《詩與真·詩與真二集》，外國文學出版社 1984 年版，第 167 頁。

〔註86〕參見解志熙《和而不同——新形式詩學探源》，解志熙《和而不同：中國現代文學片論》，清華大學出版社 2002 年版。

〔註87〕《毛澤東文集》第八卷，人民出版社 1999 年版，第 422 頁。

派組織編輯和印刷過多種版本的主席詩詞，雖然大抵不是正式的出版物，但其中不乏封面設計精美，注釋詳盡的善本，還有將數十位權威人士的評論彙集於一冊，顯示出這些不署名的編者良好的古典文獻素養。

　　　白話文運動的成就，主要表現在白話文的作品上。白話文能不能代替文言文，要看寫作實踐。五四時期，白話論文在表現新思想、批判舊思想上，發揮了巨大的威力。如李大釗、陳獨秀、魯迅、胡適、錢玄同、劉半農等人的論文，雖在語言上有不同的風格，但在說理上都有明白、清晰、準確、富有邏輯力量的特點。這就叫那種不宜說理的文言文相形見絀。

曾國藩云，「古文無施不宜，但不宜說理耳。」這是他之前的狀況，其後，康有為的古文，梁啓超的新民體擅長說理，雖已不是古文，尚未脫文言；章太炎的古文，講究道理不比白話文遜色，章士釗的古文被錢基博目為邏輯古文，另有嚴復的古文，不僅言說中國固有之理，外國的道理也不成問題，此五位為曾文正公所不及見也。魯迅早年所著《文化偏至論》《摩羅詩力說》以及《破惡聲論》，可以視作文言說理文很好的例證。以《新青年》為例，當初創辦之時，皆以文言出之，包括提倡白話的文章，亦文言所作。後來從一九一八年四卷一號起改用白話行文，並非是感到文言之不敷用，乃是為了率先實行自己的主張有意為之。文章本為達意而作，什麼文體，首先取決於作者的修養或說武庫，其次是讀者對象，第三應當考慮欲達之意適合哪種文體，白話文之被古代作者選中不外乎此，《朱子語類》和《金瓶梅》，只有用白話文才做得。

　　白話論文這個概念是含糊的。學術論文、文學評論、科學論文等皆位在其中。王國維的《紅樓夢評論》《屈子文學之精神》《文學小言》等，開新式文學論文之先河。說它新，乃作文的理念和使用的方法，表述上以文言還是白話，遠沒有那麼重要。寫文言的人，沒有不會口語的，為了達意的需求，將必要的口語說法引入文中，從來不被禁止，也沒有人畫地為牢。文言本身既有古今一致處，也多有每個時代的變通處，且此兩處之間沒有明確的界限。深奧典雅或是淺顯直白，乃個人的文風和行文策略，文言可以寫得淺白，白話亦頗能典奧，籠統地認為文言「不宜說理」，是一種意識形態的偏見。《科學》雜誌創刊於一

九一五年，是中國最早採用橫排和新式標點的刊物，但直至五四之後，它的論文還是文言體，此前的《萬國公報》《格致彙編》也有大量的文言體科學論文或著作，無論作者還是讀者，沒有覺得形式與內容之間有不相容處。劉師培《中古文學史》、王國維《宋元戲曲史》、魯迅《漢文學史綱》《中國小說史略》，晚近些的錢鍾書《管錐編》，咸以文言出之，後來出版的大量同類題材的白話文學史和學術文章，未見得讓前者「相形見絀」。

新思想、舊思想的根本差別在哪裏？德賽二先生在中國社會中遭到挫折的程度，恰成為衡量其真偽的一個標誌，如果暢通無阻大行其道，是否正說明了它並不是真科學真民主，而是舊勢力臨時打扮成科學和民主的樣子了呢？

> 在文學上，散文、小說、詩歌等文體，都開了新生面。特別是1921 年，魯迅的中篇小說《阿 Q 正傳》的發表，郭沫若詩集《女神》的出版，為白話文學奠定了堅實的基礎；《阿 Q 正傳》更是中國現代白話文學中贏得世界聲譽的第一部傑作。

郭沫若回憶往事，「說來也很奇怪，我自己就好像一座作詩的工廠，詩一有銷路，詩的生產便愈加旺盛起來。在一九一九年於一九二〇年之交的幾個月間，我幾乎每天都在詩的陶醉裏。每每有詩的發作襲來就好象生了熱病一樣，使我作寒作冷，使我提起筆來戰顫著有時候寫不成字。」〔註 88〕大約中國自有詩以來，很少有這樣「扶著乩筆」作詩的。

郭沫若的詩歌成就怎樣？有論者言其：「意象運用也很多，比方萬里長城、金字塔、太平洋、北冰洋、太陽、地球、揚子江、梅花、鳳凰、煤、宇宙，但都空泛簡單，是一些概念的對應物，缺乏具體豐富的意蘊，因而不具感人的力量。」〔註89〕廢名特別推崇郭沫若一首只有六行的短詩《夕暮》，認為「是新詩的傑作，如果中國的新詩只准選一首，我只好選它」〔註90〕。

> 五四白話文運動，是一個活潑的、前進的、革命的運動，它在文藝語言上宣告了文言文時代的結束、白話文時代的開始。數千年來，中國通用的書面語沒有白話文的合法地位，只有與口語脫節的

〔註88〕郭沫若《創造十年》，《沫若文集》第七卷，人民文學出版社 1958 年版，第 59 頁。

〔註89〕鄧程《論新詩的出路》，中國社會科學出版社 2004 年版，第 133 頁。

〔註90〕馮文炳《談新詩》，人民文學出版社 1984 年版，第 217 頁。

文言文才算正統。直到五四時期，才把這種反常局面翻了過來，開闢了一個白話文學的新紀元。這正好與中國社會在五四期間實現了從封建向民主的轉變相適應。

毛澤東在《反對黨八股》中寫道：「五四運動時期，一般新人物反對文言文，提倡白話文，反對舊教條，提倡科學和民主，這些都是對的。在那時，這個運動是生動活潑的，前進的，革命的。」此三個形容詞即來源於此。

白話文運動本質上不是語言運動，而是革命運動和政治運動。

中國的書面語，白話文言並行經已千年，寫作人在選擇什麼語體上，皆從修辭的需要出發，文言作為書面語歷史更長些，但後起的白話卻更通行更方便，離現在越近，白話在書面語中佔有的份額也越大（尤其說部），這是語言發展的自然趨勢，正統與否，合法與否，本不存在，元朝皇帝的詔書以白話文行文，沒有人會因為文體的緣故而抗旨不遵。中華民國成立之初，大總統令以文言寫就，它在政治上的進步性超過元朝的白話詔書，這點亦沒有人懷疑。一個國家的法律，通常會規定其法定語言是什麼，但國民在使用書面語寫作時，有權自己選擇決定文體和語體，也有權合法地堅持自己的偏好，主張白話的人可以使自己的白話，卻不應攻擊他人使用文言的權利。從語言學的角度說，漢語是一個整體，文言白話皆是民族文化寶貴的遺產，國家的教育體制更應該給國民提供一份完整的語言教育而不僅僅是所謂國學的提倡。由於難易程度有別，文言需要更多的教育投入，教育本身即是文化的薪火相傳，棄難就易，在國家危難中可以輕重緩急為由，而自毀長城卻以革命的名義，代價是持續的。

任何時代寫文言的人，沒有拒絕過從當代的現實生活和口語中吸收語言的成分，任何時代寫白話的人，也不可能拒絕從先賢的書面語中學習需要的語言成分，這是常識。白話文運動改變了這一點，從這個意義上講，假革命之名，借政治之勢，人為推動語言演變的自然進程，係前無古人。為了政治的需要，虛構了所謂古代的語言局面，再把它加以翻轉，以排斥和消滅文言，為開創新紀元的大功績，一九四九年之後，白話濫調流行，不以為失策反以為成就，其豪情萬丈，百年下來，排斥了文言，也損毀了白話。

即使在政治上，五四時期並沒有實現從封建向民主的轉變。軍閥混戰和國

民黨名義上的統治，未可被稱為眞正的民主。短暫的民主之後，迅速地重新封建化，白話能夠成為專制的利器，也許還要勝過文言百倍。

「擺在中國面前的是，要麼是徹底的國家主義或政治全能主義，即依靠中央政府已經控制了的權力資源，將已經分崩離析了的社會強行納入秩序，從而使社會能在統一的強控制下，重新開始現代化資源的積纍；要麼借助已經被廣泛動員起來的社會反叛力量——特別是利用作為中國社會主體的農民對土地的要求，徹底否定已經失效的秩序的合法性，通過對社會財產關係的根本性變革，將中國帶入社會主義方向。」〔註91〕

第四節　白話文運動的影響

　　由於歷史的局限白話文運動不可能迅速徹底完成它的任務。直到第二次世界大戰以前，政府的公文、法律，報紙的新聞等等，仍用文言或半文言。在文學作品上取得「正宗」地位的白話文，也夾雜著脫離人民口語的文言腔。但從「五四」開始，白話文的推行，已成了時代的潮流，歷史之必然。三十年代又進而發起大眾語運動。一九四九年中華人民共和國建立後，報紙、公文和法律都一律採用白話文。

白話文運動的任務是取代文言，不僅成為正宗，且要成為唯一合法的書面語。若從單純語言角度看，或說為了白話文自身的聲譽與成長，其實不必如此。一切有利於白話文的資源，皆可以保存、學習和使用，為什麼強調要消滅文言呢？原來白話文運動並不是如它字面說的那樣，止於取得正宗地位，它是連自己也要消滅的，它是另一革命運動的第一步，拼音化文字是它最終的目的，這一點從開始就不曾掩飾過，不僅明確，亦且得到多數讀書人的支持。要順利地實現拼音化，須先消滅文言，因為文言的單音詞太多，大量音同字不同的單音詞在拼音中無法區分，白話當中，或者復音詞當中，仍然有音同字不同的詞彙，只能到時候再說。漢字一定要被革命掉，所謂走世界文字共

〔註91〕許紀霖、陳達凱主編《中國現代化史》第一卷，上海三聯書店 1995 年版，第 476 頁。

同的拼音化道路。〔註92〕一九四九年之後，文字改革機構派人專門研究越南、朝鮮的拼音化經驗，一個正部級機構的職能部門，雇傭了大批官員和專家，在報紙上造輿論，說盡漢字的壞話，只因最高決策者的慎重才沒有釀成毀滅漢字的文化災難。一九四九年十月十日文字改革研究會在北京成立，標誌著白話文運動已經完成它第一階段的任務，所謂「報紙、公文和法律都一律採用白話文」。第二階段的目標就是拼音化了。推廣普通話，用漢語拼音為漢字注音，以及簡化漢字，是其階段性成果，是為拼音化而進行的準備。要談歷史局限的話，拼音化的目標，是最大的歷史局限，這麼一個荒唐的想法，曾使我們舉國皆狂。

一九〇八年章太炎在《國粹學報》上發表《駁中國改用萬國新語說》，提出他反對改用拼音文字的五條理由：一、文化發達不發達與文字拼音不拼音沒有關係；二、教育普及不普及與文字拼音不拼音沒有關係；三、漢字與拼音文字各有優劣；四、漢語是單音節語，只能使用漢字；五、漢語方言分歧，要用拼音文字也不可能。簡單明瞭的五條理由，不需語言文字學的專業知識也能理解、也能看出來問題，胡適之、陳獨秀等人倡導白話文運動之時，太炎先生話音未落，拼音化的目標暫時藏在背後，其後，拉丁字方案和國語羅馬字方案你爭我奪，左衝右突；一九三五年十二月蔡元培、魯迅簽名的《我們對於新文字的意見》發表，半年後太炎先生病逝，漢字和漢語失去了它的守護者，四個月後魯迅離世，漢語的一位文體家猝然而去，郭沫若為魯迅寫的挽詞是：「曠世名著推阿Q，畢生傑作尤拉化。」異族入侵，抗戰爆發，新文字的實行被打斷了。

一九八五年十二月，中國文字改革委員會更名為「國家語言文字工作委員會」，仍是國務院的直屬機構，在改名的通知中，它的職責仍然包括「繼續推動

〔註92〕拼音文字的易學，在那個時代被誇張了。胡適的學生唐德剛認為，「拼音文字由於字彙之多，所以『認字』也是學習拼音文字的最大麻煩之一。在中文裏我們如果認識四五千字，則所有報章雜誌便可以一覽無餘。但是一個人如果想把五磅重的星期日的《紐約時報》全部讀通，則非認識五萬單字不可！五萬字比《康熙字典》上所有的字還要多！我們非要認識全部《康熙字典》上的字，才能看懂星期天的報紙，豈非20世紀一大笑話？！但是，朋友！拼音文字就是如此啊！」參見唐德剛《胡適雜憶》（增訂本），華東師範大學出版社1999年版，第134頁。

文字改革工作」，這是把「拼音化」三字藏起來的做法，但並沒有否定。此之前，計算機漢字排版、輸入技術已獲成功，從技術處理上再論漢字妨礙現代化已不成立。

一九八六年召開的全國語言文字工作會議建議宣布廢止「二簡方案」。對於文改的態度是，「文字改革必須穩步進行，不能急於求成；脫離實際超越歷史條件的改革，是得不到大多數人支持的。在今後相當長的時期，漢字仍然是國家的法定文字，還要繼續發揮其作用。」〔註93〕護照雖然延期，但究竟還未獲永久性的公民資格。一個國家對於自己的語言文字採取這種態度，在世界歷史中是罕見的。國家給予公民的是不完整的漢語教育，公民的書面表達力下降是理所當然的後果。簡化漢字的根本性傷害在於，為了某種政治的需求，力圖降低全民族的文化追求和文化品格。「後」與「后」合併成一個漢字，「前後」「先後」「事後」「今後」本來有它自己的「後」字，為了少幾個筆畫，徵用了古代王者之「后」，使帝王之尊充賤役之勞，給閱讀典籍製造了麻煩，把延續的文化弄得不倫不類。

一九九四年十月中國語文現代化學會成立，它的任務包括：推廣普通話和普及民族共同語；現代漢語漢字的規範化和標準化；進一步完善《漢語拼音方案》，並擴大它的應用範圍，充分發揮它多功能的作用；中文信息處理的技術和我國社會信息化的發展前途對語文的要求等。不再提拼音化漢字和文字改革，但也並未明確宣布放棄。

二○○○年十月三十一日第九屆全國人民代表大會常務委員會第十八次會議通過《中華人民共和國國家通用語言文字法》其第二條規定：本法所稱的國家通用語言文字是普通話和規範漢字。可以說，拼音化的陰影，至二十一世紀才勉強擺脫。

既然漢字不再是姑且一用即將淘汰之具，就應當給國民以完整的漢字、漢語教育，尤其是書面語，文言必須得到徹底的平反，白話文才能走出目前的困境，漢語書面語才能逐步健康發育。以文言療白話之積弊，以傳統文化和思想資源解現代之困境，本書認為值得嘗試。

〔註93〕轉引自費錦昌主編《中國語文現代化百年記事》，語文出版社 1997 年版，第 447 頁。

朱光潛寫於二十世紀四十年代的一篇文章《從我怎樣學國文說起》，對於文言白話，具有適當的態度：

> 文言白話之爭到於今似乎還沒有終結，我做過十五年左右的文言文，二十年左右的白話文，就個人經驗來說，究竟哪一種比較好呢？把成見撇開，我可以說，文言和白話的分別並不如一般人所想像的那樣大。第一就寫作的難易說，文章要做得好都很難，白話也並不比文言容易。第二，就流弊說，文言固然可以空洞俗濫板滯，白話也並非天生地可以免除這些毛病。第三，就表現力說，白話和文言各有所長，如果要寫得簡練，有含蓄，富於伸縮性，宜於用文言；如果要寫得生動，直率，切合於現實生活，宜於用白話。這只是大體說，重要的關鍵在作者的技巧，兩種不同的工具在有能力的作者的手裏都運用自如。我並沒有發現某種思想和感情只有文言可表現，或者只有白話可表現。第四，就寫作技巧說，好文章的條件都是一樣，第一要有話說，第二要把話說得好。思想條理必須清楚，情致必須真切，境界必須新鮮，文字必須表現得恰到好處，謹嚴而生動，簡樸不至枯澀，高華不至浮雜。文言文要好須如此，白話文要好也還須如此。話雖如此說，我大體上比較愛寫白話。原因很簡單，語文的重要功用是傳達，傳達是作者與讀者中間的交際，必須作者說得痛快，讀者聽得痛快，傳達才能收到最大的效果。為作者著想，文言和白話的分別固然不大；為讀者著想，白話卻遠比文言方便。不過這裏我要補充一句：白話的定義很難下，如果它指大多數人日常所用的語言，它的字和詞都太貧乏，決不夠用。較好的白話文都不免要在文言裏面借字藉詞，與日常流行的話語究竟有別。這就是說，白話沒有和文言嚴密分家的可能。本來語文都有歷史的賡續性，字與詞有部分的新陳代謝，決無全部的死亡。提倡白話文的人們喜歡說文言是死的，白話是活的。我以為這話語病很大，它使一般青年讀者們誤信只要會說話就會做文章，對於文字可以不研究，對於舊書可以一概不讀，這是為白話文作繭自縛。白話文必須繼承文言的遺產，才可以豐富，才可以著土生根。〔註94〕

〔註94〕朱光潛《從我怎樣學國文說起》，朱光潛《我與文學及其他》，廣西師範大學出版社 2004 年版，第 102～103 頁。

第二章　白話文運動的五位先賢

　　胡適小魯迅十歲，小周作人六歲，一九一七年白話文運動初發聲時，即刻名滿天下。二十六歲任北大教授，每週演講，人海如潮。胡適很仗義，對朋友慷慨，有求必應。他位高名重，然而除抗戰時期的駐美大使外，拒絕從政，從行政院長到總統候選人，胡適在進退寵辱之間保持著清醒，雖然時而與國民黨政權走得近，卻始終保持個人的獨立性，與魯迅晚年的靠攏左派組織，周作人的附逆比起來，胡適倒是超乎狂狷之上的中道而行，以他的話來說，「在我成年以後的生命裏，我對政治始終採取了我自己所說的不感興趣的興趣（disinterested-interest）。我認爲這種興趣是一個知識分子對社會應有的責任。」〔註1〕當社會成爲幾種勢力的角逐場之時，個人很難置身事外。魯迅生前身後的毀譽交加，周作人的壽則多辱，固然是時代饋贈，也是個人選擇。胡適曾被內陸長期定論爲國民黨反動派，帝國主義的代理人，這些誣衊之詞不能掩蓋其特立獨行的一生。個人若不依附屈從某種勢力，難以生存下去，這是凡人的艱難，我行我素善始善終如胡適之者，直可以稱得上豪傑了。

　　魯迅死得早，魯迅的著作也印行得最多。在「文革」中能與毛主席語錄同

〔註1〕　胡適《自述》，子通主編《胡適評說八十年》，中國華僑出版社 2003 年版，第 10 頁。

享覆以紅書封者，唯魯迅語錄耳。直至「文革」後期，中央黨校編寫組還出版了一部《魯迅批判孔孟之道的言論摘錄》，一九七六年人民文學出版社出版《魯迅言論選輯》其一其二，將魯迅言論分列九題：一、論階級和階級鬥爭；二、支持新生事物；三、堅持革新，反對倒退；四、批判投降主義；五、反對調和、折中；六、論無產階級革命和無產階級專政；七、論教育革命；八、論文藝革命；九、論科技革命。這些新題目與四十年前的舊文字，竟能被統一於時勢政治的手冊裏，魯迅實在夠得上一位先知了，這是對啓蒙者的反諷麼？

事情似乎不是這樣。「對於舊社會和舊勢力的鬥爭，必須堅決，持久不斷，而且注重實力。舊社會的根底原是非常堅固的，新運動非有更大的力不能動搖它什麼。並且舊社會還有它使新勢力妥協的好辦法，但它自己是決不妥協的。在中國也有過許多新的運動了，卻每次都是新的敵不過舊的，那原因大抵是在新的一面沒有堅決的廣大的目的，要求很小，容易滿足。」〔註2〕這話今日讀來，仍然令人感佩。魯迅當年果然目光如炬，從未低估舊勢力的實力。不過，我們現在的理解與一九六七年的含義正好相反，紅衛兵破四舊所使用的暴力方法，使它成爲舊勢力的工具了。

接續這言論之後的一段話，被《魯迅語錄》的編者省略了，魯迅這樣說，「譬如白話文運動，當初舊社會是死力抵抗的，但不久便容許白話文底存在，給它一點可憐地位，在報紙的角頭等地方可以看見用白話寫的文章了，這是因爲在舊社會看來，新的東西並沒有什麼，並不可怕，所以就讓它存在，而新的一面也就滿足，以爲白話文已得到存在權了。」〔註3〕

這是在一九三○年左翼作家聯盟成立大會上魯迅的演講。當時聽講的人明白魯迅的意思，還是一九六七年的人們更懂得，還是我們今天更理解呢？如今白話文占據的不僅是報紙一角而是幾乎全部，舊的勢力也並沒有消退，與各種勢力廝混的日子長了，白話文早已忘記自己原本曾經有過一個反對舊勢力的宗旨，至少在魯迅看來時是有過的，本書也承認這一點。白話文目前的自我滿足，正是它潛在的危機，揭示它的危機，是眞正愛護白話文，像魯迅那樣，去反對一切舊勢力，特別是那些以新白話文把自己裝扮成新事物的舊勢力。新舊勢力

〔註2〕 武漢鋼九一三熱風戰鬥隊、新北大公社文藝批判戰鬥團編《魯迅語錄》，第104頁。
　　　　參見《魯迅全集》第四卷，人民文學出版社1995年版，第235頁。
〔註3〕 《魯迅全集》第四卷，人民文學出版社1995年版，第235頁。

的短兵相接中，魯迅向是新事物的真先鋒，舊社會惡勢力的死敵，假若我們遇到自己無法區分新舊複雜情況，只要敢於與魯迅站在一起，或許就還有希望。

啓蒙的本義，指人擺脫自身造就的蒙昧，作為「在一切人生問題及思想問題上要求明白清楚的精神運動」，它的理性主義色彩非常突出。康德認為「革命也許能夠打倒專制和功利主義，但它自身決不能夠改變人們的思維方式。舊的偏見被消除了，新的偏見又取而代之。它像鎖鏈一樣，牢牢地禁錮著不能思考的芸芸眾生」。二十世紀的中國，沒有做好準備去面對啓蒙的巨大困難。在《何謂啓蒙》中康德說，「任何一個個人要從幾乎已經成為自己天性的那種不成熟狀態之中奮鬥出來，都是很艱難的。……因此就只有很少數的人才能通過自己精神的奮鬥而擺脫不成熟的狀態，並且從而邁出切實的步伐來。」〔註4〕

敢於認知，遵從自我的理解力，便是啓蒙的格言。以知堂自號的周作人，是中國二十世紀啓蒙運動最值得尊重的成果。若真有這一運動的話，那是一個人的啓蒙運動。周作人留下千萬文字，無一字含糊，無一字苟且，出自他清明的理性與清楚的判斷。他把孔子和原始儒家的理性主義與西方啓蒙運動的理性精神結合起來，在希臘古典和中國諸子那裏找到了可以會通之處。周作人的思考力和判斷力，在一點一滴地告訴我們什麼是理性的自由和理性的尊嚴。還是康德的話，「啓蒙運動除了自由而外並不需要任何別的東西，而且還確乎是一切可以稱之為自由的東西之中最無害的東西，那就是在一切事情上都有公開運用自己理性的自由。」周作人做到了一生「公開運用自己的理性」，他始終享有這一最無害的「自由」。如若魯迅的感受力和表達力出於強烈的情感，周作人的文字則出自於同樣強大的理智。魯迅是創作家，作人是批評家，二十世紀初的中國，我們同時擁有自己的唐吉訶德和哈姆雷特。

唐吉訶德和哈姆雷特的火炬不應熄滅，廢名與李長之一智一情，亦乃一創作一批評。不過換了位置，這一次智性的偏向創作，感性的卻情鍾批評。魯迅對廢名沒有好感，他是周作人最得意的門生，而李長之的第一部批評文集，請周作人作序，因故未能出版，他首部書則被認為是一九三五年在天津報紙上連載後的《魯迅批判》。批判一詞拉丁文的原義是判斷，在李長之看來，魯迅是感情熾烈的詩人和戰士，還夠不上思想家。魯迅看了稿子後給李長之回了信，鼓

〔註4〕　〔德〕康德《歷史理性批判文集》，何兆武譯，商務印書館 2005 年版，第 24 頁。

勵他出版，但魯迅並沒把他視作知己，與瞿秋白不同。

廢名生於一九〇一年，一九二九年畢業於北大外文系。喜讀莎士比亞和庾信，古詩欣賞溫李和杜甫，小說、新詩、散文和評論而外，他事古典文學研究，有闡釋佛理的《阿賴耶識論》。從性格上說廢名是智性的，小說卻寫得主觀，如夢境一般。他的詩中出現最多的意象是夢和淚，鏡子與死亡。廢名的詩與小說至今未被充分理解，同時代的周作人、朱光潛、李健吾或許是懂得的，理解廢名，實在是需要知道些西學和中學。與二周不同，廢名、李長之一生被政治的變動分為兩部分，其主要作品均著於五十年代之前，成就遜色於周氏兄弟，除了才分因素外，還有一個原因是後二十年的光陰無法自由地從事自己的工作。

李長之生於一九一〇年，一九三五年畢業於清華大學哲學系。魯迅書信中，兩封寫給李長之；給胡風的信中亦曾提及，在胡風的圈子裏，李長之被稱做「李天才」。李長之既不屬京派文人圈，亦非滬上左翼同人，無黨無派。周作人在一九三四年為李長之打算出版的批評文集《論「救救孩子」》作序，發表於一九三四年十二月八日的《大公報》，收入《苦茶隨筆》。李長之見過周作人，而沒有與魯迅謀過面，他與二周胡適沒有私交，但在精神血脈上，與此三者聯繫緊密，這一點從他撰寫的評論魯迅、周作人和胡適的文章上可以見出。抗戰期間李長之在重慶中央大學任教授，講授中國文學批評史，四十年代是他寫作的高峰，差不多每年有著作或譯著出版，兼有大量論文發表。以批評家自任的李長之，性格上像魯迅，繼承的卻是胡適的事業。四十年代啓蒙運動顯然破產，正值盛年的李長之卻不甘心，他開始了一個人的文藝復興。時代當然不能配合，抗戰救亡才是大事。新政權的建立，使超出政治之外的文化努力越來越困難重重。他的古典文學研究和批評，延至一九五七年，終結於一頂右派的帽子，那年他四十七歲。此後的二十多年裏，他列過《杜甫論》的計劃，終沒有寫出。「文革」開始後，被批鬥、勞改，打掃樓道和廁所，後有兩年參與《新華字典》的修訂工作，嚴重的類風濕關節炎而無法握筆，一九七八年抱恨而逝。與廢名的晦澀相反，李長之的文章「向來是簡勁明晰的」（宗白華語），但他的著作，無論一九四九年前出版抑或之後印行，均不易搜求。二〇〇六年十卷本《李長之文集》出版之前，他的大量著述很少被人提及。

歷史彷彿被封存起來，沉湎於歷史的人，會因注意力的分散而失去現實中

的優勢。白話文的寫作和閱讀與這樣的生存現狀是呼應的，文壇的名利性質與精神和藝術無關，這一寫作難以獲得應有的歷史感。在五位先賢那裏，可以忽略他們與現實的聯繫，但不能無視其與歷史的聯繫，他們似乎是某種歷史衝動的體現，而非現實某種勢力的反響。所謂中國式的現實主義，是精神的大敵，藝術的大敵，文學的大敵。藝術有現實主義麼？現實乃是一種強權，它的要求無非是普遍掩飾著的屈服罷，反抗現實也不過是另一種方式的屈服。精神、藝術包括文學，乃是歷史中偉大事物的投胎轉世，再次來到世上，不是爲了與現實相關，他另有根源，別有來歷，託生於時代，會有其烙印，但從時代的角度是無法解釋的，他來路和去路如此深遠，帶來的是世界以外的消息。他本人即是精神、藝術和文學不會消亡的明證，離開這樣的證據，以什麼來談論藝術呢？批評是對天才的識別和宣揚，是對天才重現人世的一種贊頌：「岐王宅裏尋常見，崔九堂前幾度聞。正是江南好風景，落花時節又逢君。」

第一節　白話文運動中的胡適

　　一九二三年一月十二日，胡適爲錢玄同編《國語月刊》「漢字改革號」所寫「卷頭言」，將他個人的語言文字觀和改革語言文字的思路講得明白，這些觀念不僅僅他個人的，也是白話文運動的基本信念：

　　　　我是有歷史癖的：我深信語言是一種極守舊的東西，語言文字的改革決不是一朝一夕能做得到的。但我研究語言文字的歷史，曾發現一條通則：

　　　　在語言文字的沿革史上，往往小百姓是革新家而學者文人卻是頑固黨。

　　　　從這條通則上，又可得到一條附則：

　　　　促進語言文字改革須要學者文人明白他們的職務是觀察小百姓語言的趨勢，選擇他們的改革案，給他們正式的承認。

　　　　這兩條原則是五年來關於國語問題一切論著的基本原理，所以我不須舉例子來證明了。

　　　　小百姓二千年中，不知不覺的把中國語的文法修改完善了，然而文人學士總不肯正式承認他；直到最近五年中，才有一部分的學

者文人正式對二千年無名的文法革新家表示相當的敬意，俗語說：

「有禮不在遲。」這句話果然是不錯的。

　　然而這二千年的中國小百姓不但做了很驚人的文法革新，他們

還做了一件同樣驚人的革新事業：就是漢字形體上的大改革，就是

「破體字」的創造和提倡。〔註5〕

中國語言文字千年以還的變化，明顯的一個趨勢，是書面語當中的文言和白話越來越壁壘森嚴，這是科舉考試和八股文訓練的後果。「文言體和語體的劃分，越到近代越嚴密，這顯然和科舉的考試制度有關。古人所寫的文章時時流露著當時言語的分子，近代的文章，只要是與科舉考試無關的，也常常可以在文言裏看出言語的成分來。文言、語體混合的文章，自古就很多。」〔註6〕八股文越來越空洞，文言文為擺脫八股腔調走上了以復古為革新的道路，章太炎的古文和魯迅早期的文言論文中，有大量生僻的古字。與此同時，宋元以降，白話文體應用的範圍有擴大的趨勢，尤其是在說部當中，明代的四大奇書和清朝的章回體小說《儒林外史》《紅樓夢》《鏡花緣》等經典作品的出現，標誌著白話書面語成熟並獲得了廣泛承認。晚清書面語的白話化傾向體現為兩點，其一，傳教士翻譯的白話書籍、白話報紙大量發行，使白話在書面語中佔有的分額擴大了。其二，文言文中白話的成分顯著增加，成為一種淺近的文言，以梁啟超的「新民體」為影響最大。

　　胡適這段話，是對這一白話化傾向的解釋，然而這解釋卻遠離了事實。國人經常不分語言和文字的區別，張蔭麟認為連胡適也不能例外。所謂「小百姓的文法革新」指的是什麼？白話作為口語是全民族通用的口頭交際工具，小百姓用，士大夫也同樣使用，口語的功績為何歸給小百姓呢？況且口語再有功績也不能代替書面語。書面語中的白話表現力的增長，貢獻歸於吳敬梓、曹雪芹、李汝珍等文人，與小百姓何涉。破體字是民間俗字，與官方的正字稍有不同，實際上是不規範的漢字，使用不規範字，假如別人終能識別，最多取得與使用規範字同樣的效果，何以見得是一種進步？

〔註5〕　轉引自唐德剛《胡適雜憶》（增訂本），華東師範大學出版社1999年版，第129～130頁。

〔註6〕　夏丏尊、葉紹鈞《國文百八課》，生活・讀書・新知三聯書店2008年版，第12頁。

　　五年來的白話文運動，提高了白話文的聲望，使少數原來一向使用文言寫作的文人，有意採用白話，而更大的影響還談不到。胡適這裏卻強調向小百姓表達遲到的敬意，尤其費解。先講語言是極守舊的東西，又道在語言文字的沿革上，小百姓是革新家，文人學者頑固，使人不得其解。在價值觀上，識字與不識字，會作文與不會作文，小百姓與士大夫可有不同，但在對於語言和文字的態度上，卻不可能有什麼分別。

　　語言文字是全民性的，口語和書面語，因為文字的緣故，會有明顯的不同，但作為同樣的語言系統，語法（文法）卻基本上是一致的。趙元任《中國話的文法》序中說，「這裏關於國語的討論，特別是文法方面，大部分都適用於整個的中國話，甚至連文言也可以有一部分包括在內。」〔註7〕

　　在白話與文言的二元對立模式中，胡適這些意見不經意地增添了小百姓與士大夫的對立，革新家和頑固派的對立，且以某種知識論的形式，彷彿沒有成見地把它叫做「通則」和「附則」，白話文運動，乃是「觀察小百姓語言的趨勢，選擇他們的改革案，給他們正式的承認」，彷彿把不成文法變成成文法一樣自然而然合情合理。

　　但這卻不是科學，而是政治。語言學上的事實被革命的政治需求取代了，而革命是需要確立革命對象的，胡適是文學革命的首義者，他把文言錯誤地當作了革命對象，鄭重地要求參與白話文運動的人，不再使用文言。文章本為達意而作，八不主義不管任何具體的條件和上下文語境，只能變成新教條。一九二一年胡適安葬母親時以文言寫下《先母行述》：「適歸國後，即任北京大學教授；是年冬，歸里完婚，婚後復北去，私心猶以為先母方在中年，承歡侍養之日正長；豈意先母屢遭患難，倍嘗勞苦，心血虧竭，體氣久衰，又自奉過於儉薄，無以培補之；故雖強自支撐，以慰兒婦，然病根已深，此別竟成永訣矣。」〔註8〕此文正須以文言才得當，而作者在結尾處卻給自己添出了一個理由：「此篇因須在鄉間用活字排印，故不能不用古文。」受提倡白話文之累若此。另有一例也頗能說明問題：三十年代官方一則何應欽的消息刊發的指定題目為《何省長昨日去嶽麓山掃其母之墓》，翌日被報人輕鬆改換成《何省長昨日去嶽麓山掃他媽的墓》發表了出來。

〔註7〕　《中國現代學術經典・趙元任卷》，河北教育出版社 1996 年版，第 4 頁。
〔註8〕　胡適《大宇宙中談博愛》，東方出版社 1998 年版，第 261 頁。

近代以來王權的衰落帝制的崩潰，士大夫階層在改革社會中屢戰屢敗。從洋務運動到維新變法，再到辛亥革命，皇帝雖然推翻了，落得軍閥割據。社會對於士大夫讀書人已失去了信心，禮失求諸野，民粹主義成為一時風尚，蔡元培在一九一八年說，「此後的世界，全是勞工的世界呵！」〔註9〕

知識分子的「民眾崇拜」後來竟演變為一種情結，無論是道德主義，還是知識論，本來就有廣泛的社會心理基礎。俄國十月革命的成功，勞農政權的建立，使這一民粹主義思潮得到事功上的鼓勵而更加迅烈。

毛澤東一九一九年發表於《湘江評論》的文章說，「國家壞到了極處，人類苦到了極處，社會黑暗到了極處。補救的方法，改造的方法。教育，興業，努力，猛進，破壞，建設，固然是不錯，有為這幾樣根本的一個方法，就是民眾的大聯合。」〔註10〕說這話的時候，毛澤東還不是革命家，而是長沙第一師範附屬小學的主事（校長）。在京城毛澤東聽過胡適關於實驗主義的講演，曾把實驗主義列為近代思想變革的標誌之一。他打算籌組一個問題研究會，起草的章程上列舉了七十一個需要研究的問題。曾幾何時，啟蒙主義早已讓位於民粹主義，毛澤東的民粹信念不僅自覺，且持續一生。他明確說過，卑賤者最聰明，高貴者最愚蠢。

白話文運動中包含的反智主義信念，在上述的引文中，以一種不易被察覺的方式存在著，因為觸動了時代的脈搏，所以有了這個運動後來的發展，也因為捲入了各種勢力的漩渦，所以有了今日這樣未必料及的結果。

除了對時代風潮有著先知般的感應外，胡適對於文本的形式要素也很敏感。一九一五年寫就萬字長文《論句讀及文字符號》發表於《科學》月刊第二卷第二期上，毫無疑問是提倡標點符號的先鋒。他對於破體字的提倡也非常早，可以視作漢字簡化的先驅。在國內出版的第一本著作《中國古代哲學史大綱》，排版上就很特別，學術著作通常是對於經典的注疏，排版的時候，原文是正文，以大字頂格寫，注疏是注解，用小字低一格寫，胡適的著作並非對於經典的注疏，他以自己的文字為正文，以大字頂格，他引用經典著作裏的話，以小字低一格寫，這一顛覆性的排版格式，今日看來平淡無奇，但

〔註9〕 蔡元培《勞工神聖》，蔡尚思主編《中國現代思想史資料簡編》第一卷，浙江人民出版社 1982 年版，第 426 頁。

〔註10〕毛澤東《民眾的大聯合》，《湘江評論》第 2 號，1919 年 7 月 21 日。

當時在讀書界引起的震動卻是巨大的。時下流行橫排簡體古籍，以方便閱讀為目的，線裝書和舊式排版的規矩細則鮮有人知，比胡適小五歲一九一八年畢業於北京大學哲學系的馮友蘭，對於乃師這部名著在排版上的革命印象很深，《中國現代哲學史》中曾論及此事。

文學革命和語言革命糾纏一處，新的話語方式，容易被誤作新的語言。白話文運動，說到底不過是一種話語變革，而非語言變革，但它實在從開始就誤解了自己的使命，不僅以語言變革為目標──還要進一步用拼音取代漢字，為幾千年的中國文化創立所謂新文字。

以白話取代文言，對於當時和從今以後的寫作來說有可能，卻不能以此要求古人。民族的文化遺產是在歷史過程中積纍起來的，既然古代文獻以文言寫就，後人便依照文言去接受，如果感覺繁難，只能使讀者自絕於遺產之外，當代人五十年不識文言，對於積纍了三千年的文獻來說絲毫無損，文化的延續在歷史上偶有中斷，出現在兩三代人身上的文化倒退也司空見慣，時下一切不滿足於報紙電視白話濫調的人，多多少少會回歸於歷史之中。一個民族，不可能長期將他自己書面語中九成以上的文獻和遺產束之高閣，陶醉在眼前百年的文字中沾沾自喜。大凡歷史上新王朝建立之初，文化退步幾乎是必然的，中華民國是一個例外，它在政治軍事經濟上無可稱道，但文化和教育上卻碩果累累。白話文運動至一九四九年之前，基本上沒有造成破壞性的後果，文言被打倒，是一個緩慢的過程，由於戰亂和行政力量的缺乏，語言文字的使用處於聽其自然的狀態，是正常也是健康的，國民未必能夠獲得完整的語言教育，但起碼不必被強加一種不完整的教育。

胡適沒有建立哲學理論，並非沒有自己的哲學主張。他明確區分「哲學家的問題」和「人的問題」，其興趣與目標始終傾向後者。他說，「真正的哲學必須拋棄從前種種玩意兒的『哲學家的問題』，必須變成解決『人的問題』的方法」。

「這個『解決人的問題的哲學方法』又是什麼呢？這個不消說得，自然是怎樣使人能有那種『創造的智慧』，自然是怎樣使人能根據現有的需要，懸想一個新鮮的將來，還要能創造方法工具，好使那個懸想的將來真能實現」。〔註11〕

〔註11〕胡適《實驗主義》，蔡尚思《中國現代思想史資料簡編》第一卷，浙江人民出版社1982版，第284頁。

　　胡適一生致力哲學主張的實踐，這一點比任何同代的中國知識分子做得更徹底。就人的思想於歷史和社會所能發生的影響而言，忽視胡適的貢獻，便是忽視了五四以來的最為珍貴的那部分歷史。杰佛遜從歐洲啓蒙運動中獲得民主自由的理念，而後應用於新大陸，創建了美國，胡適則從美國獲得關於人的理念，拿來改造中國。但中國的情況異常複雜。歐洲移民創建的美利堅合眾國，與當地原住民印地安人文化並無瓜葛，如繪畫之於白紙。中國文化在西風東來之前，獨具四千年漫長深厚的傳統。胡適作為設計師，而中國不是白紙。自然，當時的國人渴望嶄新的藍圖，以胡適的話說是「一個新鮮的將來」，但是，胡適看重怎樣實現這「將來」，為了實現它，須「能創造方法工具」。「我常說中國人（其實不單是中國人）有一個大毛病，這病有兩種病症：一方面是『目的熱』，一方面是『方法盲』。」這番話說於一九一九年，四十年後，席卷中國的大躍進和全民總動員，這一熱一盲被完全證實，而大煉鋼鐵的第二年，三聯書店出版了八卷本的《胡適思想批判》。

　　作為五四啓蒙者，胡適囑意的是啓國人的方法之蒙。《四十自述》中專門談及「文學革命的開始」，題曰「逼上梁山」。一九一五年夏，胡適就文言白話的問題及文學改良的疑難，與朋友辯難近一年，先在日記裏形成自己的看法，再展開討論，遭遇反駁，重來檢討，或堅持己見。一九一五年八月二十六日日記所載，是「如何可使吾國文言易於教授」的論文，一九一六年八月寫成《寄陳獨秀》與《文學改良芻議》，即起軒然大波，與他辯詰者有任鴻雋（叔永）、梅光迪（覲莊）、楊銓（杏佛）、唐鉞（擘黃）。其中與任鴻雋關於文學改良的通信，是過去爭論的繼續。梅光迪後回國創辦《學衡》，繼續與胡適論戰，有《評提倡新文化者》和《評今人提倡學術之方法》等篇，是新文化運動的有力批評者。〔註12〕唐鉞也寫了兩篇重要文章《文言文的優勢》《告恐怖白話文的人們》，收錄於《中國新文學大系》之《建設理論集》和《文學論爭集》中。當然，改變了歷史的是《文學改良芻議》及其激發的回響，陳獨秀、錢玄同、劉半農等人相繼為文響應，白話文運動於焉誕生。

　　困難在於第一呼。胡適的問題意識非常敏銳，為何能最早發現和提出這些問題，除了自己說出的理由外，與他在美國的演講訓練頗有關聯，胡適說，「在

〔註12〕周作人認為，只有《學衡》派擁護文言是真心如此，沒有別的目的。

我當學生時代我便一直認爲公開講演對我大有裨益。我發現公開講演時強迫我對一個講題作有系統的和合乎邏輯的構想，然後再作有系統的又合乎邏輯和有文化氣味的陳述。」他認爲，「大凡一個人的觀念和印象通常都是很空泛的，空泛的觀念事實上並不是他的私產。但是一個人如他的觀念和感想，眞正按照邏輯，系統化地組織起來，在這種情況下──也只有在這種情況下──這些觀念和感想，才可以說是眞正屬於他的了。」

　　胡適是講求實際的人，善於從書本外求知，抑或得之於遺傳。他的父親胡傳是能幹的官吏，曾任臺灣的知州和統領，殉職於任上之時，胡適五歲，日後似乎間接受到父親務實作風的影響，並貫徹終生。胡適說過，主持學生俱樂部或者學生會議，使他於西方的民主議會程序有所體會，在他留學日記裏，曾經有主持學生會議的經驗之談，他說，「那一小時做主席的經驗，實遠勝於對『羅氏議事規程』作幾個小時的研讀」。

　　胡適發表的第一篇改革語文的文章，既不是《寄陳獨秀》，亦非《文學改良芻議》，而是《論句讀及文字符號》。他在日記中說，「吾之有意於句讀及符號之學也久矣。此文乃數年來關於此問題之思想結晶而成，初非一時興到之作也。後此，文中當用此制。」可見他於自己的主張，自始即身體力行。

　　對標點符號這樣，於白話新詩亦復如此。當論敵承認「小說詞曲固可用白話，詩文則不可」時，胡適認爲自己只剩下一條路可走──用全力去做白話詩。《嘗試集》便是這樣被逼出來的。「我的決心實驗白話詩，一半是朋友們一年多討論的結果，一半也是我受的實驗主義的哲學的影響。實驗主義教訓我們：一切學理都只是一種假設；必須要證實了（Verlfled），然後可算是眞理。證實的步驟，只是先把一個假設的理論的種種可能的結果都推想出來，然後想法子來試驗這些結果是否適用，或是否能解決原來的問題。」〔註 13〕但這實在不是創作的狀態，尤其有悖於寫詩的心理，《嘗試集》沒有多少好詩，不難理解，以科學實驗之方法，懷抱功利目的，這對後來的文藝創作，是一個壞的先例，但《嘗試集》的影響卻是大的。根據汪原放的統計，《嘗試集》僅亞東圖書館一家到一九五三年爲止，印了四萬七千冊。〔註 14〕廢名說過，

〔註13〕胡適《逼上梁山》，《胡適說文學變遷》，上海古籍出版社 1999 年版，第 209 頁。
〔註14〕汪原放《亞東圖書館與陳獨秀》，學林出版社 2006 年版，第 56 頁。

「然而對於《嘗試集》最感得趣味的，恐怕還是當時緊跟著新文學運動而起來的一些文學青年。像編者個人就是，《嘗試集》初版裏的詩，當時幾乎沒有一首我背不出來的。」〔註15〕

胡適善開風氣，待他人參與進來，又琢磨別的去了。胡適喜言自己是新文藝的逃兵，卻實是一位不斷開闢戰場的闖將。一九一九年文白之爭方興未艾，他在《每周評論》挑起「問題與主義」之爭，在無人響應之際，甚至寫過劇本。另一面，他的許多著作是未完成狀態。《中國哲學史大綱》只有上卷，《白話文學史》亦只有上卷，《國語文學史》寫到南宋之後沒有了。總之，胡適有太多未竟之業，其中最大一樁是白話文運動。

大約從一九一九年開始，中國問題的政治化解決似乎成為眾人的基本思路，並滲透許多領域（包括語言文字）。白話文運動自始充分政治化，意識形態色彩濃重，功利目的過強，國家主義指向明確，這類傾向伴隨白話文運動，或許適合宣傳動員，卻未必宜於文學的創作。

白話文運動與五四運動的關係，也是有待清理的歷史課題。談及五四運動，胡適曾說，「這項學生自發的愛國運動的成功，使中國的政黨因此頗受啟發。他們覺察到觀念可以變成武器，學生群眾可以形成一種政治力量……五四以後事實上所有中國政黨所發行的報刊尤其是國民黨和研究系在上海和北京等地所發行的機關報都增加了白話文學副刊。國民黨的機關報《民國日報》的文學副刊便取名《覺悟》。梁啟超派所辦的兩大報《北京晨報》和《國民公報》裏很多專欄，也都延攬各大學的師生去投稿。當時所有的政黨都想爭取青年知識分子的支持，其結果便弄得知識界裏人人對政治都發生了興趣。因此使我一直作超政治構想的文化運動和文學改良運動的影響也就被大大地削減了。」〔註16〕可見胡適很早就覺察並清楚文學改良與五四運動的政治後果，並即時開出他的藥方：

「我曾向我的同事們建議，我們這個文化運動既然被稱為『文藝復興運動』，它就應撇開政治，有意識地為新中國打下一個非政治的文化基礎。我們應致力於研究和解決我們所認為最基本的有關中國知識、文化和教育方面的問

<hr />

〔註15〕馮文炳《談新詩》，人民文學出版社1984年版，第1頁。

〔註16〕唐德剛《胡適口述自傳》，安徽教育出版社2005年版，第199頁。

題。我並且特地指出我們要『二十年不談政治；二十年不幹政治』。」〔註17〕於是乃有那篇《多研究些問題，少談些主義》，但迅即引起激烈爭論。李大釗與藍公武接口，意見大有不同。〔註18〕胡適又著《三論問題與主義》，對藍公武所推崇的抽象性和神秘性，胡適認爲「實在是人類的一點大缺陷」，「因爲愚昧不明，故容易被人用幾個抽象名詞騙去赴湯蹈火，牽去爲牛爲馬，爲魚爲肉。歷史上許多奸雄政客，懂得人類有這一種劣根性，故往往用一些好聽的抽象名詞，來闐騙大多數的人民，去替他們爭權奪利，去做他們的犧牲。不要說別的，試看一個『忠』字，一個『節』字，害死了多少中國人？」「我們做學者事業的，做輿論家的生活的，正應該可憐人類的弱點，打破他們對於抽象名詞的迷信，使他們以後不容易受這種抽象名詞的欺騙。」

胡適此言出於一九一九年，「開放社會之父」波普爾於「二戰」之後，才提出類似的觀點。時下國內推崇波普爾的人，可否於此體恤自家之胡適之。一九四九年而後，中國大陸曾經長時期大規模批判胡適，視爲敵對政治力量，這種批判表面上似有片面，實則極其準確：知識分子最容易滋生「個人主義」，對政治採取消極抵抗，而胡適是二十世紀中國主張個人化非政治力量的第一人物。政治的眞正敵人不是另一種政治，而是每一個體內心深處的非政治傾向，一種不向任何權力屈服的個人尊嚴。

在白話文運動中，胡適所體現並堅守的這種個人性，未必是白話文運動的個性。胡適的哲學追求與實踐成果之間，充滿對立。個人在政治勢力面前異常渺小，哪怕是傑出的個人，語言拒絕依附政治，但也決非易事，換言之，自外於權力的白話文寫作，能否獨立，能走多遠，這才是胡適之一生既重要又艱難的「嘗試」，而這種嘗試，似乎看不到盡頭。胡適說，「我們那時可能是由於一

〔註17〕唐德剛《胡適口述自傳》，安徽教育出版社 2005 年版，第 205 頁。

〔註18〕知非（藍公武筆名）《問題與主義》，參見蔡尚思《中國現代思想史資料簡編》第一卷，浙江人民出版社 1982 年版，第 536 頁。藍公武認爲，「理想乃主義的最要部分。一種主張，能成主義與否，也全靠這點。」「自來宗教上，道德上，政治上，主義能鼓動一世，發生極大的效力。都因爲他能涵蓋一切，做各部分人的共同趨向的緣故。」「若是在那文化不進步的社會，一切事物都成了固定的習慣，則新問題的發生，須待主義的鼓吹成功，才能引人注意。……故在不進步的社會，問題是全靠主義製造成的。」他得出的結論是，「主義的研究和鼓吹，是解決問題的最重要最切實的第一步」。

番愚忱想把這一運動維持成一個純粹的文化運動和文學改良運動，但是它終於被政治所阻撓而中斷了」。

一九二九年，因連續發表《人權與約法》《知難，行亦不易》《我們什麼時候才可以有憲法？》《新文化運動與國民黨》等批評文章，胡適受到國民黨政府的警告。日後他出任駐美大使，與蔣介石的關係眾所周知，但他畢生沒有改變個人主義立場。他所信奉的易卜生主義，亦始終未易：「你要想有益於社會，最好的法子莫如把你自己這塊材料鑄造成器」。晚年的胡適曾公開爲《自由中國》半月刊爭取言論自由而努力。

多年過去，有誰還在認爲胡適當年心憂的「五鬼」（貧窮、疾病、愚昧、貪污、擾亂）鬧中華不是嚴峻的政治問題？有誰能夠說，胡適的政治主張在當下的政治現實中已經過時？〔註19〕

如果僅選一位二十世紀新思潮的代表人物，誠非胡適莫屬。

胡適的官話未脫徽音，英語說得也不地道，但他一生對演講情有獨鍾。一九一二年美國大選，二十一歲的胡適在奧茲教授的影響下，成爲老羅斯福的支持者，選戰中的演講給他印象很深。其時，辛亥革命後初建中華民國，美國對於亞洲唯一的共和國新政府深感興趣，這給了留學生宣傳中國的好機會。工學院四年級學生蔡吉慶擅長於此，經由他舉薦，胡適選修了訓練演講的課程，由此開始了演講的生涯。他回憶道「我在康乃爾時代，講演的地區是相當的遼闊——東至波士頓，西及俄亥俄州的哥倫布城。這個區域對當時在美國留學的一個外國學生來說是相當遼闊的了。爲著講演，我還要時常缺課。但我樂此不疲，這一興趣對我眞是歷四五十年而不衰。」〔註20〕他甚至爲演講而不惜荒廢學業，錯過獎學金。一九三八至一九四二年抗戰時期，胡適以駐美大使身份在美國各地巡講，爲中國的抗戰爭取世界同情和支持，儼然職業演說家。一九六二年二

〔註19〕胡適晚年曾力勸蔣介石放棄做第三屆總統的打算，給憲法點面子，但沒有成功。余英時《從〈日記〉看胡適的一生》寫道：「不過今天從長程回溯以往，憲法的法統畢竟延續了下來，這才有以後一步一步地弄假成眞。個人的生命無論如何長，總比不過基礎鞏固的制度。胡適在這一方面的關懷和努力，用他自己的話說，可謂『功不唐捐』。」參見《重尋胡適歷程》，廣西師範大學出版社2004年版，第119頁。

〔註20〕唐德剛《胡適口述自傳》，安徽教育出版社2005年版，第57頁。

月二十四日，臺灣「中央研究院」選舉新院士，胡適作爲院長發表演說，六點三十分講完最後一句話，心臟病突發，倒在講席上，未再醒來。

胡適的一生，盡領風騷。二十多歲名滿天下，執教北大，發起白話文運動，首舉文學革命義旗，倡導整理國故，開創了學術思想的諸多領域，影響了至少兩代學人與學風。這些成就至今無人能及。胡適的歷史性建樹與論辯－演講關係密切。白話文運動的初起之念是胡適和留美同學的辯論中產生的。他的口述自傳與晚年談話錄，比他的思想著述更有價值。本書甚至認爲，胡適的成就和影響是「說」出來的，他的言說比他的書寫更爲見效，胡適之「學」建立於胡適之「說」，可能不是誇張的評議。我們不能從胡適之「體」去尋求胡適。〔註21〕他不是「文體家」，他的價值是在學說，而胡適的學說卻對白話文體的長育，至關重要。

胡適名氣大，誤解與是非畢生相隨。一九四九年後定居美國十年，這十年，大陸學術思想界最大的批判對象是胡適，一九五九年僅三聯書店出版《胡適思想批判》有八冊，其他論文匯編與各種單行本、小冊子加起來，字數不下百萬，而全部批判內容無非是反馬克思主義，證據卻少得可憐，明顯的罪狀，可能即那篇發表於一九一九年的《多研究些問題，少談些主義！》。據說胡適主張全盤西化，卻難以找出這主張的出處，相反，他反覆鼓吹的「中國文藝復興」，鮮有人知，近年有人憑空妄談復興文藝，不知那是胡適九十年前的老調。所謂研究問題、輸入學理、整理國故、再造文明四個目標合稱「中國的文藝復興」，且不談是否允當，論陳意之高，目光之遠，勝於在東西方文化論戰中大言炎炎、稍遇社會實踐便一籌莫展的空談家們。

胡適總能說在點子上。任一問題，一語中的。有人請他談讀書方法，他說：讀書的習慣比方法重要，因他深知人類習慣的強大，習慣未成，習慣有錯，談不上方法，偶爾讀書、不得已讀書、自以爲是的讀書，即便有方法，亦屬空話。胡適從書齋型學者變爲學術明星，得助於口才和風尚。講演是那個時代的新事物，其核心是語言在公共空間的傳播性。梁啓超認爲，公開演講、現代教育制度，報章書局，構成「傳播文明三利器」。胡適擅長說話，又

〔註21〕郜元寶認爲，「講 20 世紀中國文學的語言，一般都要追溯魯迅、胡適的有關理論主張，卻未曾深察他們的文體差異」。參見郜元寶《作爲方法的語言：「胡適之體」和「魯迅風」》，郜元寶《在語言的地圖上》，文匯出版社 1999 年版。

長年授課，擔任北大文學院院長、北大校長，早歲編輯《新青年》，中年主編《獨立評論》，晚期鼎力支持《自由中國》，可謂集「三利器」於一身。

白話文運動的動機，即追求淺易，普及教育，民眾至上。在工具論意義上，淺易固然是正面價值，但文學語言的淺易是指某種風格，並非文學的價值，文學寫作倘若為淺易而淺易，文學性等於被取消，哪裏談得上與文言抗衡的語言魅力？白話文運動的提倡者，個個寢饋於文言典籍，一朝改寫白話文，決非追求白話之淺易，他們熟諳古文，懂得什麼才是語言，一旦曲盡其才，以白話入於文章，乃成美文，這是對那代人語言文章須明瞭的要點。

胡適是白話文運動的發起者，也是最早撤離的人。一九二三年始，他的志業是整理國故。他的新國學研究大綱包含三項：用歷史的眼光來擴大國學研究的範圍；用系統的整理來部勒國學研究的資料；用比較的研究來幫助國學的材料整理與解釋。鄭振鐸講得明白：「我以為我們所謂新文學運動並不是要完全推翻一切中國固有的文藝作品，這個運動的真意義，一方面在建設我們的新文學觀，創作新的作品。一方面卻要重新估定或發現中國文學的價值，把金石從瓦礫堆中搜找出來，把傳統的灰塵，從光潤的鏡子上拂拭下去。」因此他明確主張「在新文學運動的熱潮裏，應有整理國故的一種舉動」〔註22〕。

表面看，白話文運動是書面語文體的變革，胡適的「目標限制」亦即於此，並非意圖將這變革擴展到思想和意識形態領域。然而一朝舉事，難以控制，白話文運動迅即成為「主義」，不但無法遠離政治，且既受干擾也被利用，直至被現實政治所掌控。五四運動的發生使這批學者目擊宣傳鼓動所能具有的實效，各種勢力隨之介入白話文運動，直接利用語言重建的良機，培植各自的意識形態，多年後胡適承認，「共產黨裏白話文寫得最好的還是毛澤東」。

胡適方案是中國走向現代化的一個整體設計，白話文運動是其前提與先導。作為乾嘉學派的傳人，胡適達成了中國知識主義傳統與西方科學主義的結合。近代思想家，唯胡適完全不落民粹主義陷阱，始終抱持「個人」的信念，這一信念源於西方個人主義和理性主義，並獲個人張力，但胡適所遭遇的歷史遠未具備實行這一方案的現實條件。他的理想持續面對嚴重的挫折，以歷史的

〔註22〕鄭振鐸《新文學之建設與國故之新研究》，張若英《中國新文學運動史資料》，光明書局 1934 年版，第 207 頁。

維度看，胡適的主張沒有失敗——迄今，也未獲得他所寄望的成功。「胡適全集之所以編印無期，多少是因為他的思想，在國共兩面都不討好。這點雙方都覺得『違礙』的事實，正是胡適『獨立自主』最佳的說明。」〔註23〕

胡適去世，林語堂曾著文追悼：「魯迅政治氣味甚濃，脫不了領袖欲。適之不在乎青年之崇拜，魯迅卻非做得給青年崇拜不可，故而跳墙（這是我目擊的事），故而靠攏，故而上當，故而後悔無及。」〔註24〕林語堂說，「不在乎」三字，正是「胡適之先生高風亮節的注腳，是胡先生使我們最佩服最望風景仰，望塵莫及的地方」，他認為胡適「眼光氣魄，道德人品」在魯迅之上。

思想上盡可以全盤西化，但語句歐化是胡先生不贊成的。北大同學會送的輓聯如下——生為學術，死為學術，自古大儒能有幾？樂以天下，憂以天下，至今國士已無雙。

胡適的墓碑，出自原北京大學圖書館館長毛子水手筆，他全部用的是白話，歐化的白話，新式標點符號，四個「為……而……」，堪比橫渠四句教的四為之真切具體，起始並列的超長定語，評價並無過譽，但句子不是地道的漢語——既不順口，又不好記，像是自外文譯過來似的：

> 這是胡先生的墓。這個為學術和文化的進步、為思想和言論的
> 自由、為民族的尊榮、為人類的幸福而苦心焦慮、敝精勞神以致身
> 死的人，現在在這裏安息了！〔註25〕

第二節　白話文運動中的魯迅

> 我總要上下四方尋求，得到一種最黑，最黑，最黑的咒文，
> 先來詛咒一切反對白話，妨害白話者。即使人死了真有靈魂，因
> 這最惡的心，應該墮入地獄，也將決不悔改，總要先來詛咒一切
> 反對白話，妨害白話者。……只要對於白話來加以謀害者，都應

〔註23〕周質平《胡適與魯迅》，子通主編《胡適評說八十年》，中國華僑出版社2003年版，第203頁。

〔註24〕轉引自周質平《胡適與魯迅》，子通主編《胡適評說八十年》，中國華僑出版社2003年版，第220頁。

〔註25〕轉引自歐陽哲生《胡適與北京大學》，子通主編《胡適評說八十年》，中國華僑出版社2003年版，第252頁。

　　該滅亡！〔註26〕

這是魯迅有名的言說，然而並不出自他的雜文，而是《二十四孝圖》的開篇語，寫在一九二六年五月十日，次年與另外九篇散文編入《朝花夕拾》。這樣地寫出自己的詛咒，是極端的情緒，是孩子的態度，由童年回憶引出的詛咒是有原因的：「自從所謂『文學革命』以來，供給孩子的書籍，和歐、美、日本的一比較，雖然很可憐，但總算有圖有說，只要能讀下去，就可以懂得的了。可是一班別有心腸的人們，便竭力來阻遏它，要使孩子的世界中，沒有一絲樂趣。」

　　提倡白話文的先驅，理由各不相同，魯迅看重的是語言之於孩子的天趣，這與《狂人日記》中「救救孩子」的呼喊，出於同樣的慈悲心——胡適想通過「國語的文學」來實現「文學的國語」，陳獨秀側重於三個推倒，周作人則為達意而已。胡適是設計家的思路，陳獨秀是革命家的思路，魯迅，是文學家的思路。

　　然而白話文運動的始終，革命思路占上風，陳獨秀到瞿秋白，從文人兌變為職業革命家，而追求「言文一致」的白話文運動本身即富於革命性，按其邏輯，最後的解決之道是廢除漢字，改用拼音文字。

　　魯迅是真實的文學家，雖則有過革命言論，晚年甚而與職業革命者有往來、存私誼，但未走出文學的園地，更未發佈像胡適那樣清晰的政治主張。竹內好在《魯迅》一書中說：「他有一種除被稱為文學家以外無可稱呼的根本態度」。

　　今人瞭解魯迅，比他的同代人更為便利。七十年來，魯迅研究過分發達，《魯迅全集》不斷編纂再版，大量傳記、年譜、史料面世，包括日記、書信、手稿，都是當時無法讀到的。魯迅下功夫最多者古籍校勘《嵇康集》，始校於一九一三年，至一九三五年止。二十三年間反覆校閱對勘此書超過十次。若非出於深摯的愛好，這類毫無事功目的的案頭消磨，不可能持續如此，且生前並未出版。他自己說：「此非求學，以代醇酒婦人者也。」他一生輯錄古籍的數量，不可謂不大，人民文學出版社一九九九年出版四卷本《魯迅輯錄古籍叢編》收錄二十種，一百四十餘萬字，可見魯迅有限的年命中，除了大量創作和翻譯，投入傳

〔註26〕《魯迅全集》第二卷，人民文學出版社 1995 年版，第 251 頁。

統遺產的整理，何其綿長而謹嚴。學者魯迅，長期被思想家、雜文家、小說家魯迅所遮掩。他的《中國小說史略》和《漢文學史綱要》是中國文學史的開山著作。讀吳俊《魯迅評傳》和王曉明《魯迅傳》，會覺得有兩個魯迅。

從一九〇七年在《河南》雜誌發表《文化偏至論》《摩羅詩力說》到一九一八年在《新青年》刊發《狂人日記》，魯迅白話文學創作的準備期，經歷十一年之久。期間重要的活動，一是在東京從章太炎聽講，籌備《新生》雜誌的創刊，並與周作人共同翻譯出版《域外小說集》；一是輯錄古籍，寫作文言小說《懷舊》。這些活動，周作人稱為「魯迅的學問藝術上的工作的始基」，充分而紮實。而魯迅做這些事，不求聞達。晚年的周作人寫道，「他做事全不為名譽，只是由於自己的愛好。這是求學問弄藝術的最高的態度，認得魯迅的人平常所不大能夠知道的。」〔註27〕《新青年》沒有稿費，一九一八年五月至一九二一年八月，魯迅在《新青年》上發表作品五十篇。《阿Q正傳》在《晨報副刊》發表，署名「巴人」，魯迅時在教育部任職，明知同事們傳閱談論，也未言明自己的作者身份。魯迅一生所用筆名之多，沒有第二個中國作家能及。

一九二五年孫伏園編《京報副刊》徵求「青年必讀書」於魯迅，魯迅的回答是「從來沒有留心過，所以現在說不出」。並在附注裏明確回答：「我以為要少——或者竟不——看中國書，多看外國書。」此說後來成為著名的公案，相關文章達六十餘篇。而魯迅在附注中的說明，計四條，以上摘引僅為最著名的第三條，這四條附注不應被分開理解，為免斷章取義，茲錄全文如下：

> 但我要趁這機會略說自己的經驗，以供若干讀者的參考——
>
> 我看中國書時，總覺得就沉靜下去，與實人生離開；讀外國書
> ——但除了印度——時，往往就與人生接觸，想做點事。
>
> 中國書雖有勸人入世的話，也多是僵屍的樂觀；外國書即使是
> 頹唐和厭世的，但卻是活人的頹唐和厭世。
>
> 我以為要少——或者竟不——看中國書，多看外國書。
>
> 少看中國書，其結果不過不能作文而已，但現在的青年最要
> 緊的是「行」，不是「言」。只要是活人，不能作文算什麼大不了

〔註27〕周作人《關於魯迅》，鍾叔河編《周作人文類編》第十卷，湖南文藝出版社 1998
年版，第 114 頁。

的事。〔註28〕

在六十餘篇爭論中，一篇文章題曰《魯迅先生的笑話》針對魯迅的第四條附注，引了魯迅在另外場合的言語：

> 講話和寫文章似乎都是失敗者的徵象。正在和命運惡戰的人，顧不到這些，其有實力的勝利者也多不做聲。譬如鷹攫兔子，喊叫的是兔子不是鷹；貓捕老鼠，啼呼的是老鼠不是貓；鷂子捉家雀，啾啾的是家雀不是鷂子。又好像楚霸王救趙破漢，追奔逐北的時候，他並不說什麼，等到擺出詩人面孔，飲酒唱歌，那已經是兵敗勢窮，死日臨頭了。最近像吳佩孚名士的「登彼西山，賦彼其詩」，齊燮元先生的「放下槍杆，拿起筆杆」，更是明顯的例子。〔註29〕

魯迅一貫的意思，是行勝於言，而外國書有利於「行」，中國書卻是未必，甚至有礙於行動的。時過境遷，我們不能脫離那時的語境，認爲魯迅反對青年讀中國書。須知早在魯迅之前，清末古文大家吳汝綸即曾公開主張青年專讀「西書」，認爲一切中國古籍皆可廢，只留一部《古文辭類纂》以供習誦便可以了。〔註30〕

魯迅《寫在〈墳〉後面》一文，重申自己的主張：「去年我主張青年少讀，或者簡直不讀中國書，乃是用許多苦痛換來的眞話，決不是聊且快意，或什麼玩笑，憤激之辭。」〔註31〕就中應看出魯迅的爲人迥異於常人，這一點實不易被瞭解。孫伏園向社會名流徵求青年必讀書，希望這些成功人士爲青年推薦好書。魯迅身爲新文學運動的首席作家，自然被列爲徵求對象，但魯迅並不認爲自己成功，也不情願青年走自己的路：他是眞心這樣想的。魯迅一九二四年《致李秉中》私信，是理解以上附注更爲懇切而可靠的說明。李秉中

〔註28〕 《魯迅全集》第三卷，人民文學出版社 1995 年版，第 12 頁。

〔註29〕 ZM《魯迅先生的笑話》，載《京報副刊》1925 年 3 月 8 日。參見王世家《青年必讀書：1925 年京報副刊「二大徵求」資料彙編》，河南大學出版社 2006 年版，第 250 頁。

〔註30〕 參見吳汝綸《答嚴幾道》，郭紹虞《中國歷代文論選》第四卷，上海古籍出版社 1980 年版，第 150 頁。吳汝綸云：「本意謂中國書籍猥雜，多不足行遠。西學行，則學人日力，奪去太半，益無暇瀏覽向時無足輕重之書。而姚選古文，則萬不能廢，以此爲學堂必用之書，當與六藝並傳不朽也。」

〔註31〕 《魯迅全集》第二卷，人民文學出版社 1995 年版，第 286 頁。

時爲北大學生，後入黃埔軍校，轉赴蘇聯學習軍事，歸國後在國民黨軍中任職。魯迅在信中寫道：

> 我恐怕是以不好見客出名的。但也不盡然，我所怕見的是談不來的生客，熟識的不在內，因爲我可以不必裝出陪客的態度。我這裏的客並不多，我喜歡寂寞，又憎恨寂寞，所以有青年肯來訪問我，很使我喜歡。但我說一句眞話吧，這大約你未曾覺得的，就是這人如果以我爲是，我便發生一種悲哀，怕他要陷入我一類的命運；倘若一見之後，覺得我非其族類，不復再來，我便知道他較我更有希望，十分放心了。

> 其實我何嘗坦白？我已經能夠細嚼黃連而不皺眉了。我很憎惡我自己，因爲有若干人，或則願我有錢，有名，有勢，或則願我隕滅，死亡，而我偏偏無錢無名無勢，又不滅不亡，對於各方面，都無以報答盛意，年紀已經如此，恐將遂以如此終。我也常常想到自殺，也常想殺人，然而都不實行，我大約不是一個勇士。現在仍然只好對於願我得意的便拉幾個錢來給他看，對於願我滅亡的避開些，以免他再費機謀。我不大願意使人失望，所以對於愛人和仇人，都願意有以騙之，亦即所以慰之，然而仍然各處都弄不好。

> 我自己總覺得我的靈魂裏有毒氣和鬼氣，我極憎惡他，想除去他，而不能。我雖然竭力遮蔽著，總還恐怕傳染給別人，我之所以對於和我往來較多的人有時不免覺到悲哀者以此。

> 然而這些話並非要拒絕你來訪問我，不過忽然想到這裏，寫到這裏，隨便說說而已。你如果覺得並不如此，或者雖如此而甘心傳染，或不怕傳染，或自信不至於被傳染，那可以只管來，而且敲門也不必如此小心。〔註32〕

魯迅不止一信，也不止對一人表達過以上深摯的意願。有誰比魯迅更愛護青年，看重青年，希望對青年有所助益？這一點在魯迅與青年木刻家的交往中更能看出，有人說魯迅老於世故，誠不知哪位世故者會爲了青年的前途而不惜遭受誤解、承受種種糊塗的，或是惡意的攻擊。

〔註32〕《魯迅全集》第十一卷，人民文學出版社 1981 年版，第 430 頁。

理解魯迅的意思難，理解魯迅的心思更難。〔註33〕

「一個人處在沉悶的時代，是容易喜歡看古書的，作爲研究，看看也不要緊，不過深入之後，就容易受其浸潤，和現代離開。」〔註34〕在國家沒有滅亡之虞的時代，假如一個人選擇「和現代離開」，無傷私利，更不會有嚴重後果，或殃及他人，而魯迅的時代卻大不然。

「菲薄古書者，惟讀過古書者最有力，這是的確的。」當個人生存與文化傳承發生尖銳衝突，要求鮮明的抉擇時，魯迅始終堅持個人生存爲首要。主張「救救孩子」，與詛咒白話文的反對派，出於同一立場。這立場以魯迅一九一九年的語言，概括爲「自己背著因襲的重擔，肩住了黑暗的閘門，放他們到寬闊光明的地方去；此後幸福的度日，合理地做人」〔註35〕。有論者認爲，魯迅「自覺地認識到自己屬於『舊』一代，而將自己置於這一位置去和社會的黑暗作鬥爭」，與魯迅不同，「胡適、陳獨秀是站在青年的前面爲他們指示新道路的指導者。也就是說，他們是把自己置於『新』的位置的。」〔註36〕

一九二七年在香港青年會的演講中，魯迅說，「中國的文章是最沒有變化的，調子是最老的，裏面的思想是最舊的。」談及中國的「特別國情」，魯迅歸納爲兩樣，「第一，是因爲中國人沒記性，因爲沒記性，所以昨天聽過的話，今天忘記了，明天再聽到，還是覺得很新鮮。」「第二，是個人的老調子還未唱完，國家卻已經滅亡了好幾次了。」魯迅的感慨是「老調子將中國唱完，完了好幾次，而它卻仍然可以唱下去」〔註37〕。這裏指從宋元到明清的調子。

當人們陶醉於白話文運動速成之時，魯迅的洞見，卻是老調子又唱進白話文裏，會做文言八股的人尚未絕迹，白話八股已然出現。這種大憂患爲同代人

〔註33〕 有人認爲魯迅是在作秀：「這本是一件很平常的媒體問卷調查，魯迅卻利用這個機會狠狠地作了一回『秀』，借一些誇張的措辭製造了一個有刺激性效果的說法。」參見張閎《走不近的魯迅》，子通編《魯迅評說八十年》，中國華僑出版社 2005 年版，第 372 頁。

〔註34〕 《魯迅書信集》下卷，人民文學出版社 1976 年版，第 671 頁。

〔註35〕 魯迅《我們現在怎樣做父親》，《魯迅全集》第一卷，人民文學出版社 1981 年版。

〔註36〕 參見相浦杲《中國現代文學的誕生和魯迅、胡適、陳獨秀》，《考證、比較、鑒賞》，北京大學出版社 1996 年版。

〔註37〕 《魯迅全集》第七卷，人民文學出版社 1982 年版，第 309 頁。

所不解，細忖今日的現實，尤可欽佩魯迅的深刻與遠見，因爲種種改頭換面的老調子，依然在唱！

至於書目，魯迅還是開過一份的。以舊學的修養，獨到的目光，今時的讀書人，尤其愛魯迅文字者，在瞭解魯迅的批判態度之餘，或可一閱他親自開出的書目——一九三〇年，許壽裳長子許世瑛考入清華大學，魯迅爲他特意開列十二部古籍，每部附有說明：計有功《唐詩紀事》、辛文房《唐才子傳》、嚴可均《全上古三代秦漢六朝文》、丁福保《全漢三國晉南北朝詩》、吳榮光《歷代名人年譜》、胡應麟《少室山房筆叢》、《四庫全書簡明目錄》、劉義慶《世說新語》、葛洪《抱朴子外篇》、王充《論衡》、王晫《今世說》、王定保《唐摭言》。〔註38〕

這份書單，一九二五年的魯迅自然心中有數，但他偏不肯說出來，供在《京報副刊》上與那些名流湊熱鬧，然而閱讀魯迅推薦的書卻不輕鬆，嚴可均那部《全上古三代秦漢六朝文》有十巨冊，字數逾千萬，不含注釋。

在魯迅遭受誤解的無數案例中，這是比較容易清理的一端。

「漢字不滅，中國必亡」這句話，是當時諸多極端言論之一，至今仍被引用，據傳乃魯迅所出。它出自《新文字運動》，這篇短文最早見載於一九三七年春流書店出版的《魯迅訪問記》。許廣平《魯迅與漢字改革》（載《語文學習》一九五六年十月號）與《光明日報》（一九五六年十月十日）登載的魯迅論文字改革語錄，皆引了這篇短文，此後廣爲流傳。唐弢與馮雪峰並不認爲是魯迅所作，而《魯迅全集》也未收《新文字運動》一文，一九七九年山東人民出版社出版《魯迅論文字改革》作爲附錄列於書末。本書認爲此非魯迅所言。

一九一九年魯迅《致許壽裳》信曰：「漢文終當廢去，蓋人存則文必廢，文存則人當亡，在此時代，已無幸存之道。」〔註39〕這番話與「漢字不滅，中國必亡」，看似相同，但它透露著對「漢文」的情感。魯迅一生弄文字，輯錄古籍、學術著述、創作小說、翻譯文學，累計逾四百萬字，幾乎全是毛筆書寫，字迹沉靜工秀，手稿俱在，可資證明。故魯迅對中國的文字和語言，其情之深，終身未改，論及文字的興廢存亡，惋惜之意，溢於言表。即使痛感

〔註38〕《魯迅全集》第八卷，人民文學出版社1982年版，第441頁。
〔註39〕《魯迅書信集》上卷，人民文學出版社1976年版，第20頁。

「漢字是愚民政策的利器」，是「勞苦大眾身上的結核」，也是由愛之深而恨之切，誠如他自己所言「憎人卻不過是愛人者的敗亡的逃路」。總之，無論愛恨，魯迅未曾輕薄漢字和漢語，他曾打算寫一部《中國字體變遷史》，終未完成，我們在《漢文學史綱要》中，僅能讀到他關於漢字初創之時的論述，扼要精準，彌足珍貴：

> 虞夏書契，今不可見，岣嶁禹書，偽造不足論，商周以來，則刻於骨甲金石者多有，下及秦漢，文字彌繁，而攝以六事，大抵弼合。意者文字初作，首必象形，觸目會心，不待接受，漸而演進，則會意指事之類興焉。今之文字，形聲轉多，而察其締構，什九以形象為本柢，誦習一字，當識形音義三：口誦耳聞其音，目察其形，心通其義，三識並用，一字之功乃全。其在文章，則寫山曰峻增嵯峨，狀水曰汪洋澎湃，蔽芾蔥蘢，恍逢豐木，鱒魴鰻鯉，如見多魚。故其所函，遂具三美：意美以感心，一也；音美以感耳，二也；形美以感目，三也。〔註40〕

對於胡適的《白話文學史》，魯迅並不滿意。〔註41〕在新文學運動早期有限的幾部文學史著作中，他對劉師培以文言所著篇幅不大的《中古文學史》讚美有加。他的《漢文學史綱》於一九二六年在廈門寫就，原名《中國文學史略》，亦以文言所寫，擬作中山大學的講義。至於魯迅計劃纂寫而未寫成的《中國文學史》，以他精熟於文言的洗練簡賅，恐也會像《中國小說史略》一樣，以文言行文。

本人時時覺得，胡適提倡白話的成功不如他促成廢除文言的效績那樣大。破易而立難，「崇白話」和「廢文言」看似一體之兩面，實行起來則大不然。胡適曾說，「我們有志造新文學的人，都該發誓不用文言作文：無論通信，做詩，譯書，做筆記，做報館文章，編學堂講義，替死人作墓誌，替活人上條陳，都該用白話來做。」〔註42〕魯迅雖力擁白話，詛咒一切妨礙白話文的，但從未停止

〔註40〕魯迅《漢文學史綱要》，人民文學出版社1973年版，第2～3頁。

〔註41〕魯迅曾在信中談道：「我是從來不肯輕易買一本新書的。而其實也無好書；適之的《白話文學史》也不見得好。」參見魯迅《致章廷謙》，《魯迅全集》第十一卷，人民文學出版社1981年版，第691頁。

〔註42〕《胡適學術文集·新文學運動》，中華書局1993年版，第47頁。

使用文言。他的第一部小說即以文言寫就。〔註 43〕早期在日本寫成《文化偏至論》、《摩羅詩力說》等文章，不但是文言文，且相當艱深，是追求美文風格的古體，並收入他親自編訂的文集《墳》。《中國小說史略》與《漢文學史綱》，還有畢生輯錄的二十種古籍的序和跋，盡皆文言。日記與通信也遍布文言，一九三三年爲《北平箋譜》所製《序》，是一篇十分風雅別致的古文。魯迅的舊體詩，多有名句，投入唐宋集部，亦不遜色，但魯迅寫過的新詩卻少人問津。〔註44〕魯迅之未肯完全使用白話而時時沿用文言，表面上與他掊擊古文的立場相左，深究起來，其實是他對於語言和文體始終持有深刻的理解、眷愛與敬意。他深知「寫什麼」與「怎麼寫」，必牽動語言、文體的種種差異和微妙選擇：有些文章適宜白話，甚至放膽雜以方言和口語（如《吶喊》《徬徨》中的許多段落），有些則必須文言（如晚年給中日年輕亡友寫的墓誌銘，其文采，以白話寫來是不可想像的）。作爲卓越的文體家，魯迅的革命立場和語言立場是審慎的，有時是二元的：出於五四文學革命的大立場，他贊成變革，寫作實踐，則始終遵從文字語言的內在規律，不是在文言與白話之間做簡單的是非抉擇，也不理會文白論爭的「政治正確」，而是明察文白兩端的各自的能量、優劣、限制，以不同的文章和文風，選擇文白——評價魯迅，文言與白話不應是死標準。五四一代寫家，文白兼能、文白兼顧、文白俱佳，魯迅無疑是第一人。尤可珍貴者，是他在同一篇文章中，文白相間的妙用與妥帖。魯迅之所以作爲五四以來僅見的文體家，不在他鼓吹白話，實踐新小說，而在他文白相間的個人寫作中臻於成熟的實驗。白話文運動之於魯迅個人，不是廢文言、用白話，而是怎樣調動文白兩端的優勢，實踐新的語言。至今，魯迅研究與白話文運動研究，遠未對魯迅這一至關重要的貢獻予以深入的分析。〔註45〕

　　然而魯迅的謙遜與深沉，是他幾乎未曾對自己文白相間的寫作實驗作出

〔註43〕參見周逴（魯迅筆名）《懷舊》，載《小說月報》1913，4（1）。

〔註44〕夏濟安認爲，「在他的創作的衝動偶然趨向於詩的方面時，他也就只好求諸具有他這種文化背景者手頭最便捷的工具——文言——了。其實他在傳統詩的格律限制下，非但不十分不快，有時倒覺得是一種達成目的的滿足：一種挑戰」。參見《夏濟安選集》，遼寧教育出版社2001年版，第18頁。

〔註45〕汪暉曾簡要談及魯迅文字不文不白、不中不西的「中間物」狀態。參見汪暉《反抗絕望》，河北教育出版社2000年版，第254~255頁。

哪怕是輕微的告白，而在公開言說中，則慷慨聲援語言革命。細察他對白話文運動的分析，異常平實在理。一九二七年，魯迅在香港青年會發表演講，題曰《無聲的中國》：「在中國，剛剛提起文學革新，就有反動了。不過白話文卻漸漸風行起來，不大受阻礙。這是怎麼一回事呢？就因為當時又有錢玄同先生提倡廢止漢字，用羅馬字母來替代。這本也不過是一種文字革新，很平常的，但被不喜歡改革的中國人聽見，就大不得了了，於是便放過了比較平和的文學革命，而竭力來罵錢玄同。白話乘了這一機會，居然減去了許多敵人，反而沒有阻礙，能夠流行了。」「中國人的性情是總喜歡調和，折中的。譬如你說，這屋子太暗，須在這裏開一個窗，大家一定不允許的。但如果你主張拆掉屋頂，他們就會來調和，願意開窗了。沒有更激烈的主張，他們總連平和的改革也不肯行。那時白話文之得以通行，就因為有廢掉中國字而用羅馬字母的議論的緣故。」〔註46〕

在《墳》後記中，魯迅說：「當開首改革文章的時候，有幾個不三不四的作者，是當然的，只能這樣，也需要這樣。他的任務，是在有些警覺之後，喊出一種新聲；又因為從舊壘中來，情形看得較為分明，反戈一擊，易制強敵的死命。」〔註47〕這番話以很低的姿態，間接說出他自己的實驗。而從「新生」到「新聲」，我們看出魯迅審慎的歷史態度，「新生」是遠景，「新聲」則當下即可喊出，一字之易，可以看作教條與實踐、運動與個人的差異。魯迅終生同情於革命的願景，但從來不喊口號，而專注於實行。處在發端與過渡的時期，魯迅成為異常複雜的矛盾體，集時代的衝突與悖論於一身，魯迅所承當的複雜性，便是五四新文化運動尚待清理的複雜性。

然而這複雜性之在五四時期，被歸結並簡化為新文化運動的大纛：「文字交給大眾」是五四一代，也是魯迅一生的理想，而理想與真實的衝突，或許是魯迅這矛盾體的諸般反射。夏濟安的分析可資參考：「我們且慢為白話文運動的成功覺得欣喜。假如白話文只有實用的價值，假如白話文只為便於普及教育之用，白話文的成就非但是很有限的，而且將有日趨粗陋的可能。假如白話文不能成為『文學的文字』，我們對於白話文，始終不會尊重。對於文字

〔註46〕《魯迅全集》第四卷，人民文學出版社 1995 年版，第 13～14 頁。

〔註47〕《魯迅全集》第一卷，人民文學出版社 1995 年版，第 286 頁。

之美的愛好，是文明人精神生活裏很重要的一部分，我們假如在白話文學裏得不到『美』的滿足，我們只有到舊文學裏去找；而懂洋文的人，只好去崇拜洋人了。白話文能不能成爲『美』的文字？假如不能，白話文將證明是一種劣等的文字；白話文既是大家寫作的工具，那麼中國文化的前途也就大可憂慮的了。」〔註48〕

而魯迅自始至終寫的是「文學的文字」，五四一代，他幾乎是唯一懂得如何使白話寫作也如文言那般，可以具有文字的「美」。因此，在夏濟安看來，魯迅最大的功績是「他把白話文帶出了平民化主義之理想的窄徑」。

與夏濟安的看法不同，毛澤東對於魯迅的評價，令人印象深刻：「魯迅，就是這個文化新軍的最偉大和最英勇的旗手。魯迅是中國文化革命的主將，他不但是偉大的文學家，而且是偉大的思想家和偉大的革命家。魯迅的骨頭是最硬的，他沒有絲毫的奴顏和媚骨，這是殖民地半殖民地人民最可寶貴的性格。魯迅是在文化戰線上，代表全民族的大多數，向著敵人衝鋒陷陣的最正確、最勇敢、最堅決、最忠實、最熱忱的空前的民族英雄。魯迅的方向，就是中華民族新文化的方向。」〔註49〕今天的學者另有一套學術話語和解析工具，可能不滿足於那樣的概括，比如汪暉運用法蘭克福學派與杰姆遜式的術語，重述毛澤東的舊評，以一種長句新文體說得也很有理據：

> 他的文化批評的核心，在於揭示隱藏在人們習以爲常的普遍信念和道德背後的歷史關係——這是一種從未與支配與被支配、統治與被統治的社會模式相脫離的歷史關係。對於魯迅來說，無論文化或者傳統如何高妙，有史以來還沒有出現過擺脫了上述支配關係的文化或傳統；相反，文化和傳統是將統治關係合法化的依據。
>
> 魯迅拒絕任何形式、任何範圍內存在的權力關係和壓迫：民族的壓迫、階級的壓迫、男性對女性的壓迫、老人對少年的壓迫、知識的壓迫、強者對弱者的壓迫、社會對個人的壓迫，等等。也許這本書告訴讀者的更是：魯迅憎惡一切將這些不平等關係合法化的知

〔註48〕夏濟安《白話文與新詩》，《夏濟安選集》，遼寧教育出版社2001年版。

〔註49〕毛澤東《新民主主義的文化》，《毛澤東論文學和藝術》，人民文學出版社 1958 年版，第 13 頁。

識、說教和謊言，他畢生從事的就是撕破這些「折中公允」的言辭織成的帷幕。

魯迅也並沒有放棄通過文化批判創造出非主流的社會力量，甚至非主流的社會集體，他一生致力於培育新生的文化勢力，……最終在統治者的世界裏促成非主流的文化成爲支配性的或主導性的文化。

魯迅始終關心的是統治關係及其再生產機制，因此，他急於指出的毋寧是：在不平等的社會關係中，人性概念遮蓋了什麼？

伴隨著現代化的進程，中國社會進入了日益細密化、專業化、科層化的社會過程，知識的生產也越來越具有與之相應的特徵。體制化的知識生產不僅是整個社會現代化進程的有機部分，而且它的任務本身即是爲這一進程提供專家的培養、知識的準備和合法性的論證。

魯迅的思想遺產：他揭示了歷史和社會中不斷出現的合法化知識與不平等關係的隱秘聯繫。〔註50〕

胡適的失誤或許在「以白話文爲正宗」這一口號。「正宗」一詞，即權力與等級的概念。不以文言爲正宗，未必就以白話爲正宗。白話一旦強行廢除文言，儼然成爲新的語言專制。胡適一再申說白話是「活的語言」，而文言在漫長的歷史中也曾是活的語言，不然豈有千載的歷史與多姿的文學？白話文運動一旦建立話語權勢，即全盤否定文言，自由開明如胡適之，也難察覺專制主義深在而普遍的有效性。周作人對白話的專制是有警惕的，他以理性的清明在當時對應了胡適的偏至與魯迅的矛盾。

胡適小魯迅十歲，《新青年》時代曾與魯迅、周作人共事，同爲白話文運動主將。後思想愈見分歧，胡適偏右，魯迅偏左，歷來有關胡魯的比較，成爲一宗意味深長的公案。郜元寶說，「胡、魯文體最觸目的差別在於一爲現代型專家語言，一爲傳統型通儒語言。」以魯迅匕首投槍般的文風，以他生前對儒教儒學儒家的厭惡，並推崇西洋語言系統的重理知重邏輯重分析，以至不惜「直譯」，在歐化句式上比同時代人走得都遠，而身後居然被指爲「傳統

〔註50〕汪暉《反抗絕望》，河北教育出版社 2000 年版，第 27～29 頁。

型通儒語言」，既存謬解亦屬厚誣；胡適倒是有通儒之才，也以其爲標的，但胡適著述亦多姿多彩，語言也不是一種面貌，籠統指其語言爲「現代專家型語言」，也是一場冤枉吧，《作爲方法的語言——「胡適之體」和「魯迅風」》一文有這樣的表述：

> 文體的不同效果淵於語言的深層結構。「胡適之體」是語言絕對歸順於邏輯，「魯迅風」則是邏輯寓於語言之中，化爲語言的肌理。語言既絲絲入扣，邏輯更不可抵擋。胡適文章的邏輯（「理念」或「思想框架」之類）總是「在先」，即先於語言而存在。邏輯宰制著語言，語言隸屬於邏輯。魯迅文章的邏輯並無這種優先性，它直接從語言生長出來，必等語言有了 Fullstop 而後自圓。胡適之文以邏輯的整一性犧牲了語言的豐滿，魯迅文章則呈現出語言邏輯的高度化合。〔註51〕

這段話頗嫌費解，據上下文看，大致是魯迅的語言優於胡適，但好在哪裏，怎樣就是好，語焉不詳。以語言與邏輯的關係評述胡魯，似是而非，「語言的深層結構」、「語言的豐滿」與「語言邏輯的高度化合」，具體又是指什麼？胡適與魯迅雖爲五四健將，但人格、學術與思想的差異鉅大。論及中國小說研究，魯迅的重點在唐宋之前，從《太平廣記》輯錄大量文言筆記小說或傳奇；胡適的興趣則在明朝之後章回體小說的版本考證。胡適的文字、政論、學術、演講，不屬文學範疇，而魯迅是小說家，終生持守文學的立場，對胡適和魯迅的語言進行對比研究，肯定是一件有意思的事情，但不可用抽象的方法去概括，倒應該在具體的語言實例分析中看看能有些什麼發現，愼言什麼「胡適之獏」「魯迅風」。

　　一九二一年胡適的長文《五十年來中國之文學》寫成後，曾寄魯迅徵求意見，得到讚揚。〔註52〕我們不應以文學標準來衡量一切文字，即便就文學本身，衡量語言的標準也不可劃一。胡適是新文學的提倡者，但不是文學家，他的語言風格無疑影響了現代漢語，而魯迅的語言在現代文學中留下的痕迹是一個需要專門探討的複雜話題。胡適的「行」與魯迅的「行」，不在一脈，

〔註51〕郜元寶《在語言的地圖上》，文匯出版社 1999 年版。

〔註52〕魯迅在信中說，「大稿已讀訖，警闢之至，大快人心！我希望早日印成。因爲這種歷史的提示，勝於許多空理論」。參見魯迅《致胡適》，《魯迅全集》第十一卷，人民文學出版社 1981 年版，第 412 頁。

而在兩端，胡適重在宣講、說理，魯迅的精華則在文學的思想和語言的錘鍊，討論魯迅文體的要點與正途，在於魯迅的修辭，夏濟安的《魯迅作品的黑暗面》，雖非修辭學的專門批評，卻多有精闢之論。比如用典，他認為「魯迅在以新鮮而生動的典故，表現出中國久遠的文化傳統所賦予其語文的不竭的意象之源這方面，有著卓越的才華」。

他還說：「他的問題比他同時代作家所碰到的更複雜，更迫人；從這方面來說他才是充滿問題、矛盾，和不安的時代的真正代表。把他歸入一種運動，派給他一個角色，或把他放在某一個方向裏都不啻是犧牲個人的天才而讚揚歷史粗枝大葉的泛論。」〔註53〕

討論魯迅的文字需要進入他的作品，分析語言而不逐字逐句無法奏效，木心二〇〇六年底著文《魯迅祭》，評議的是關於《秋夜》與《好的故事》：

> 「在我的後園，可以看見墙外有兩株樹，一株是棗樹，還有一株也是棗樹。」

> 就只這幾句，已是使我認知天才之迸發，驟爾不可方物。

> 當「秋夜」被選入國文課本後，全國中學教師講課時都為難了，怎麼也無法解說這兩句的巧妙，為什麼不是「有兩株棗樹」，而卻要「還有一株也是棗樹」呢，孩子們哈哈大笑，魯迅先生不會寫文章——這是魯迅的得意之筆，神來之筆，從沒有人用過此種類型的句法，乍看淺白、稚拙，細味精當凝練，這是寫給成年人老年人看的——在文學上，凡是「只可意會，難以言傳」的思維和意象，字句的功能就在於偏要絕處逢生，而且平淡天真，全然口語化，令人會心一哂，輕輕帶過，不勞注目。

> 魯迅發此一文，文壇為之震驚，它的藝術水準，可謂橫絕一時。論體裁，是西洋的散文詩，論文氣，是離騷、九歌的鬱勃駘蕩。整體深藍，「非常之藍」，然後配以粉紅（小花）雪白（燈罩）猩紅（栀子）蒼翠（飛蟲），印象色彩，顯示出一個畫家的眼光和手段來。「秋夜」的調子是非常之藍的背景，明艷的色點布置其間，讀的時候宜一瞥而過，不要糾纏，這樣就作者讀者兩瀟灑，留下以後重讀的餘地。

〔註53〕《夏濟安選集》，遼寧教育出版社2001年版，第28頁。

「秋夜」雖偶露戾氣，但非荒誕，夜半聽到吃吃的笑聲，竟發乎自己的嘴裏，既魔幻又有深意——他退出自己，旁觀自己，以構成美學：

「我即刻聽出這聲音就在我嘴裏，我也即刻被這笑聲所驅逐，回進自己的房，燈火的帶子也即刻被我旋高了。」

這三個「即刻」的連續出現，意象和節奏極有力度，而且優美神秘，緊接著在深藍的夜的氛圍中，突然拈出一支猩紅的梔子，是畫在雪白的燈罩上的，這對比，這反差，越顯得詭譎明麗——文章已告完成，但餘緒未盡，精彩尚在後頭：

「我點起一枝紙烟，噴出烟來，對著燈默默地敬奠這些蒼翠精緻的英雄們。」

前面先有「看那老在白紙罩上的小青蟲，頭大尾小，向日葵子似的，只有半粒麥子那麼大，遍身顏色蒼翠得可愛可憐」，這是充分的伏筆，然後揮下最後一句「對著燈默默地敬奠這些蒼翠精緻的英雄們」。神完氣足，寓意深長。

再看《好的故事》：

「河邊枯柳樹下幾枝瘦削的一丈紅，該是村女種的吧，大紅花和斑紅花，都在水裏浮動，忽而碎散，拉長了，縷縷的胭脂水，然而沒有暈。茅屋、狗、塔、村女、雲……也都浮動著。大紅花一朵朵被拉長，這時是潑辣奔逬的紅錦帶，織入狗中，狗織入白雲中，白雲織入村女中……」

此一段的繪畫性之強，畫家也該欽服，知先生之不盡也。畫家都不忘為自己畫像，尤其是倫勃朗，單憑他的幾幅自畫像就可名垂千古。魯迅先生在其「一覺」篇中有意無意地作出了「文字自畫像」，恬漠而莊嚴，一代文豪的形象永留人世：

「在編校中夕陽居然西下，燈火給我接續的光，各樣的青春在眼前一一馳去了，身外但有昏黃環繞，我疲倦著，捏著紙烟，在無名的思想中靜靜地合了眼睛，看見很長的夢，忽而驚覺，身外還是環繞著昏黃，烟篆在不動的空氣中上升，如幾片小小夏雲，徐徐幻

出難以指名的形象。」

與「一覺」同樣寫得好的是「怎麼寫」（夜記之一）：

「我沉靜下去了，寂靜濃到如酒，令人微醺，望後窗外骨立的
亂山中許多白點，是叢冢，一粒深黃色火，是南普陀寺的琉璃燈，
前面則海天微茫，黑絮一般的夜色簡直似乎要撲到心坎裏，我靠了
石欄遠眺，聽得自己的心音。」

「寂靜濃到如酒，令人微醺」是我至愛之句，只有魯迅寫得出。
在《魯迅全集》中，木心列舉了自己尤為欽佩喜悅的篇幅，計有《孔乙己》《故
鄉》《社戲》《在酒樓上》《孤獨者》《傷逝》《秋夜》《雪》《好的故事》《一覺》
《無常》《范愛農》《理水》《採薇》《鑄劍》《出關》與《怎麼寫》。而《故事新
編》他認為是最具「魯迅風」的文體：

這以前的散文和小說是有木刻味漫畫味的，《故事新編》是文筆
史筆兼施了，又好在超乎考據故實之外而入乎人性情理之中，句法
老到，諧趣橫生，已非「幽默」二字可資恭維了——這無疑是魯迅
的成熟之作，巔峰之作，近百年來無人可以比擬的文學結構。

有一點始終令我驚詫的是，魯迅的文章，上來就是成熟的，蒼
勁的，「狂人日記」「阿Q正傳」一發表，真有石破天驚之勢，蔡元
培在致周作人的信中說：「讀了令兄的《孔乙己》和《藥》，實在佩
服到了五體投地呀五體投地……（大意）」魯迅是學醫的，轉為文學
家好像不需要預備期練習期，也因此證見其才份之高之大。

二十一世紀再讀魯迅的雜文，當年的是非曲直善惡已成了歷史
觀照，但營營擾擾之間，事實的正負然否的基本原則還是存在的，
不可含糊的。凡與魯迅筆戰過的人，後來的作為、下場都不見好，
甚而很可恥，益顯得魯迅目光的犀利精準，魑魅魍魎——難逃魯迅
的雷電之筆——看魯迅的雜文，要著眼看整體，這麼多的「論敵」
攻上來，魯迅都分別迎戰，或一槍刺於馬下，或連篇周旋到底，或
投一光輝照澈來犯者的嘴臉，喜笑怒罵，皆成文章，但我總是為他
叫屈，先生用不著與此輩歹徒耗費時間精力，他們實在不配與魯迅
論戰的。可慨先生已成了象徵性的人物，他為真理而戰，為正義，

為民族，為軒轅（中國）而奮鬥不息。有人說這是因為魯迅脾氣壞，原因在於婚姻不如意，——真是小人之見，先生慷慨豪放溫厚慈祥，小人口蜜腹劍，先生口劍腹蜜，他的天性極其純良真摯，每見於其對幼年的回憶雜感的篇章中，至情至性，率然流露，讀來心為之酸，眼為之熱，是可傳必傳永傳的。〔註54〕

對於胡適那篇掀起白話文運動狂潮的揭幕文章《文學改良芻議》，魯迅始終沒有正面評價過。也許這篇文章的價值，已不在於它到底說了些什麼，而是它帶來了什麼結果。不過胡適的「八不主義」一定給魯迅留下了深刻的印象。一九三一年丁玲主編的《北斗》文藝月刊以「創作不振之原因及其出路」為題向許多作家徵詢意見，魯迅作了如下的答覆。

編輯先生：

來信的問題，是要請美國作家和中國上海教授們做的。他們滿肚子是「小說法程」和「小說做法」。我雖然做過二十來篇短篇小說，但一向沒有「宿見」，正如我雖然會說中國話，卻不會寫「中國語法入門」一樣。不過高情難卻，所以只得將自己所經驗的瑣事寫一點在下面——

一、留心各樣的事情，多看看，不看到一點就寫。二、寫不出的時候不硬寫。三、模特兒不用一個一定的人，看得多了，湊合起來的。四、寫完後至少看兩遍，竭力將可有可無的字、句、段刪去，毫不可惜。寧可將可作小說的材料縮成 Sketch（速寫），決不將 Sketch 材料拉成小說。五、看外國的短篇小說，幾乎全是東歐及北歐作品，也看日本作品。六、不生造除自己之外，誰也不懂的形容詞之類。七、不相信「小說做法」之類的話。八、不相信中國所謂「批評家」之類的話，而看看可靠的外國批評家的評論。

現在所能說的，如此而已。此覆，即請

編安！〔註55〕

〔註54〕 木心《魯迅祭：虔誠的閱讀才是深沉的紀念》，《南方周末》2006 年 12 月 15 日。

〔註55〕 《魯迅全集》第四卷，人民文學出版社 1981 年版，第 364 頁。

此可以視作魯迅版的「八不主義」。

第三節　白話文運動中的周作人

胡適在一九六二年一月給李敖的信中說，「我至今還想設法搜全他的著作，已搜集到十幾本了；我盼望將來你可以幫助我搜集；我覺得他的著作比魯迅的高明多了。」〔註56〕這封信沒有寫完，胡適就去世了。他臨終前看重的這位作者，是周作人。

「周作人是中國第一流的文學家，魯迅去世後，他的學識文章，沒有人能相比。」說這番話的是馮雪峰，時在抗戰前夕，沒有人懷疑三先生周建人對馮雪峰的這個回憶。〔註57〕直至今日，這句話不但無可更改，也才顯示它的分量：白話文運動的有限成就——因而更爲珍貴——可以說，唯造就周氏兄弟這麼兩位文體家。

周作人（一八八五～一九六七）的一生，毀譽交織，難於被歸類。他留下精美的創作與翻譯文字，千餘萬言，是二十世紀現代漢語無可替代的財富。今天讚揚周作人，多半稱道他的文章，本書更看重他一生絲毫不曾改變的「態度」。福柯在《什麼是啓蒙？》中說，「我一直試圖強調，可以連接我們與啓蒙的線索不是忠實於某些教條，那是一種態度的永恒的復活——這種態度是一種哲學氣質，它可以被描述爲對我們的歷史時代的永恒的批判。」胡適曾多次說，新思潮在根本上是一種懷疑的態度，重估一切價值的態度。胡適與魯迅一生秉承這樣的態度：魯迅三十年代與圍攻者的論戰，胡適晚年在臺灣爲爭取言論自由而表現的勇氣，都是這一態度的紀念碑。但周作人的後半生深陷無可翻身的政治環境，而能從容鎮定，一如既往，在持續的寫作和翻譯中未曾稍或喪失明淨的理性精神。

任何寫作，起於機緣。所謂「藏之名山，傳之其人」，太史公終也離不開史官之位和先人的遺命。周作人最後一部著作，是篇幅最長的《知堂回想錄》，

〔註56〕轉引自周質平《胡適與魯迅》，子通主編《胡適評說八十年》，中國華僑出版社2003年版，第221頁。

〔註57〕周建人《魯迅和周作人》，載《新文學史料》1983年第4期。

也竟得自機緣。〔註58〕一九六六年一月周作人爲該書所寫《後序》中說：

> 我要在這裏首先謝謝曹聚仁先生，因爲如沒有他的幫忙，這部
> 書是不會得出版的，也可以說是從頭就不會得寫的。當初他說我可
> 以給報紙寫點稿，每月大約十篇，共總一萬字，這個我很願意，但
> 是題目難找，材料也不易得，覺得有點爲難，後來想到寫自己的事，
> 那材料是不會缺乏的，那就比較的容易得多了。我把這個意思告知
> 了他，回信很是贊成，於是我開始寫《知堂回想》，陸續以業餘的兩
> 整年的工夫，寫成了三十多萬字，前後寄稿凡有九十次，都是由曹
> 先生經手收發的。〔註59〕

魯迅在舊中國對付書報檢查與政治惡境，一是頻繁更換筆名，二是藏身租界。
此兩種方式，周作人未用過，解放後卻不得不拾來乃兄的故技。他在五十年代
出版的《魯迅的故家》《魯迅小說中的人物》與《魯迅的青年時代》，包括眾多
翻譯作品，均署筆名（官方不允署本名）；香港作爲跟大陸有郵政聯繫的唯一租
界，便是他得以發表文章的唯一渠道了。說來是傳奇，如果沒有租界，沒有隱
名的技巧，歷史恐不能成全周氏兄弟。

租界而外，思想傳播並不能被權力完全控制。在作者與讀者兩面，文字有
它自己的傳播命運。一九五八年，因「右派」被開除公職，未滿三十歲的鍾叔
河在長沙以拖板車爲生，工餘閉門讀書，偶然得到了周作人的地址，就近在門
口小店買來紙筆，給從未謀面的前輩寫了封信：

周老先生：

> 從友人張志浩君處，拜讀先生手書及大著二種，得知先生仍然
> 康健，十分高興。
>
> 從四十年代初讀書時起，先生的文章就是我最愛讀的文章。二
> 十餘年來，我在這小城市中，不斷搜求先生的著作，凡是能尋得的，
> 無不用心地讀了，而且都愛不能釋。說老實話，先生的文章之美，
> 固然對我具有無上的吸力。但還不是使我最愛讀它們的原因。我一

〔註58〕20世紀60年代中期，曹聚仁爲香港《新晚報》向周氏約稿，經一番商議，確定爲一
　　　　組自述文章。自1960年末開筆，1962年12月完成，四卷207節近40萬字，以連載
　　　　方式在《新晚報》發表了一部分。1970年5月由香港三育圖書文具公司出版單行本。
〔註59〕周作人《知堂回想錄》下冊，安徽教育出版社2008年版，第495頁。

直以爲，先生的文章的眞價值，首先在於它們所反映出來的一種態度，乃是上下數千年中國讀書人最難得的態度，那就是誠實的態度——對自己，對別人，對藝術，對人生，對自己和別人的國家，對人類的今天和未來，都能夠誠實地，冷靜地，然而又是積極地去看，去講，去想，去寫。無論是早期慷慨激昂的《死法》《碰傷》諸文，後來可深長思的《家訓》《試帖》各論，甚至就是眾口紛紛或譽爲平淡沖和或罹爲「自甘涼血」的《茶食》《野草》那些小品，在我看來全都一樣，都是藹然仁者之言。先生對於我們這五千年古國，幾十兆人民，芸芸眾生，婦人小子，眷念是深沉的，憂憤是強烈的，病根是看得清的，藥方也是開得對的。二十餘年中，中國發生了各種事變，先生的經歷自是坎坷，然即使不讀乙酉諸文，我也從來不願對先生過於苛責。我所感到不幸的，首先只是先生以數十百萬言爲之剴切陳辭的那些事物罷了。

我最引爲恨的，就是雖然經過刻意搜求，先生的一些文集仍然無法看到。如今我所藏的，不過是《自己的園地》《雨天的書》《苦茶隨筆》《夜讀抄》《瓜豆集》《風雨談》以及解放後的幾冊回憶錄而已。此外還有兩本以前上海野雞書店胡亂編印的集子，實在不能算數，只因有上述各書未收的文章，也在珍藏之列。先生究竟老了，我輩迫於生計，也無法多尋書讀書，看將起來，這恐怕將會成爲我永遠難償的心願了。假如先生手邊尚有留存的文集，無論舊印新刊，能夠賜寄一冊，那就足以使我歡喜萬分了。此外，我還想學志浩君的樣子，求先生爲我寫一條幅，字句就用先生無論哪一首詩都好。先生最喜歡的藹理斯的那一段話，用在這裏也許合適，就請先生把它當作交給別人手裏的一支火把亦可耳。

回示請寄長沙市教育西街十八號。

敬祝康健！

鍾叔河，十一月，二十四日。

無法購置稍微合適的紙筆，要請先生原諒。又及。〔註60〕

〔註60〕鍾叔河編《周作人文類編》第一卷，湖南文藝出版社 1998 年版，《弁言》第 3 頁。

三十年後，鍾叔河勉力促成周作人自編文集二十八種，在嶽麓書社陸續出版。又十載，由鍾叔河編輯的十卷本《周作人文類編》在湖南出版。但以爲周氏的文章思想會怎樣風靡，又是錯的。魯迅書籍在「文革」中仍然發行，武鬥的派別甚至以魯迅語錄，彼此攻擊，但那已和魯迅先生毫無關係了。

周作人認爲，「我一直不相信自己能寫好文章，如或偶有可取，那麼所取者也當在於思想而不是文章。」值新文化運動之初，他說，「文學革命上，文字改革是第一步，思想改革是第二步，卻比第一步更爲重要。我們不可對於文字一方面過於樂觀了，閑卻了這一面的重大問題。」〔註61〕

周作人的思想是什麼呢？他多次說，是儒家的思想。五四新文化運動的革命對象，不正是儒家思想嗎？作爲五四時期首屈一指的叛逆者，周作人何以自稱信奉儒家的思想？下面這段文字是一九四四年所寫《我的雜學》的結尾部分，作者曾題作《愚人的自白》，後收入《知堂回想錄》：

> 我從古今中外各方面都受到各樣影響，分析起來，大旨如上邊說過，在知與情兩面分別承受西洋與日本的影響爲多，意的方面則純是中國的，不但未受外來感化而發生變動，還一直以此爲標準，去酌量容納異國的影響。這個我向來稱之爲儒家精神，雖然似乎有點籠統，與漢以後尤其是宋以後的儒教顯有不同，但爲表示中國人所有的以生之意志爲根本的那種人生觀，利用這個名稱殆無不可。我想神農大禹的傳說就從這裏發生，積極方面有墨子與商韓兩路，消極方面有莊楊一路，孔孟站在中間，想要適宜的進行，這平凡而難實現的理想我覺得很有意思，以前屢次自號儒家者即由於此。佛教以異域宗教而能於中國思想上占很大的勢力，固然自有其許多原因，如好談玄的時代與道書同尊，講理學的時候給儒生作參考，但是大乘的思想之入世的精神與儒家相似，而且更爲深徹，這原因恐怕要算是最大的吧。這個主意既是確定的，外邊加上去的東西自然就只在附屬的地位，使它更強化與高深化，卻未必能變其方向。我自己覺得便是這麼一個頑固的人，我的雜學的大部分實在都是我隨身的附屬品，有如手錶眼鏡及草帽，或是吃下去的滋養品如牛奶糖

〔註61〕鍾叔河編《周作人文選（1898～1929）》第一卷，廣州出版社1996年版，第56頁。

之類，有這些幫助使我更舒服與健全，卻並不曾把我變成高鼻深目以至有牛的氣味。我也知道偏愛儒家中庸是由於僻好，這裏又缺少一點熱與動力，也承認是美中不足。

　　我說儒家總是從大禹講起，即因為他實行道義之事功化，是實現儒家理想的人。近時我曾說，中國現今緊要的事有兩件，一是倫理之自然化，二是道義之事功化。前者是根據現代人類的知識調整中國固有的思想，後者是實踐自己所有的理想適應中國現在的需要，都是必要的事。〔註62〕

這篇文章除了前面的「小引」和結尾的「自白」，計有十八個標題，是他深感興趣而素有研究的十八個領域，或可視為周作人的「十八般兵器」：非正軌的漢文，非正宗的古書，非正統的儒家，歐洲文學，希臘神話，神話學，文化人類學，生物學，兒童學，性心理學，藹理斯的思想，醫學史和妖術史，日本的鄉土研究，寫真集和浮世繪，川柳、落語、滑稽本，俗曲、童謠、玩具圖，外文與譯書，佛經與戒律。

在《我的雜學·非正統的儒家》中他流露出這樣的思緒：

　　籠統地說一句，我自己承認是屬於儒家思想的，不過這儒家的名稱是我所自定，內容的解說恐怕與一般的意見很有些不同的地方。我想中國人的思想是重在適當的做人，在儒家講仁與中庸正與之相同，用這名稱似無不合，其實這正因為孔子是中國人，所以如此，並不是孔子設教傳道，中國人乃始變為儒教徒也。儒家最重的是仁，但是智與勇二者也很重要，特別是在後世儒生成為道士化、禪和子化、差役化，思想混亂的時候，須要智以辨別，勇以決斷，才能截斷眾流，站立得住。這一種人在中國卻不易找到，因為這與君師的正統思想往往不合，立於很不利的地位，雖然對於國家與民族的前途有極大的價值。

　　上下古今自漢至於清代，我找到了三個人，這便是王充、李贄、俞正燮，是也。王仲任的疾虛妄的精神，最顯著的表現在《論衡》上，其實別的兩人也是一樣，李卓吾在《焚書》與《初潭集》，

〔註62〕周作人《知堂回想錄》下冊，安徽教育出版社 2008 年版，第 491～492 頁。

俞理初在《癸巳類稿》《存稿》上所表示的，正是同一的精神。他們未嘗不知道多說眞話的危險，只因通達物理人情，對於世間許多事情的錯誤不實看得太清楚，忍不住要說，結果是不討好，卻也不在乎。這種愛眞理的態度是最可寶貴，學術思想的前進就靠此力量，只可惜在中國歷史上不大多見耳。我嘗稱他們爲中國思想界之三盞燈火，雖然很是遼遠微弱，在後人卻是貴重的引路的標識。〔註63〕

周作人不僅自認是「儒」，還認爲中國固有的國民思想也是儒家的。他將這思想的要點概括爲三項，第一利人，第二講實際，第三中庸。上至聖人，下至百姓，莫不如此。所以對所謂保存國粹，他不以爲然，理由很簡單：「只要中國不消滅，這種思想也不會消滅的，沒有保存提倡的必要。」儒家思想原本健全，近五百年因爲科舉制度弄壞了。「我們要補救他，就要吸收世界的科學知識，不偏於物質，同時還要注意科學的根源，一方面發展有用的機械文明，普遍自然科學的知識，一方面顧到固有的文化，如此則中國的缺點可以補足，原有的優點也可以發揚了。」〔註64〕周作人不以思想家名世，但在本人看來，他於儒家的見識卻比今天的種種新儒家更高明、更平實。

文體家之難於被論述，在於原文不可有一字之移易。今時魯迅研究與周作人評說，是顯學，著述繁雜，但實多爲啖飯之具，有些可能連愛好都談不上。僅就文字論，引文與本書之間反差太甚，這是周氏兄弟身後的寂寞，也是白話文運動的荒涼。

據說魯迅病危期間，讀的是周作人的書，周作人臨終前，讀的是魯迅的書。這對失和的兄弟在文章與文字中未曾離棄，倘若以上的傳說是眞實的，那麼這種閱讀超越兄弟關係，超越失和。統觀周氏二人的文章與日期，往往發見許多大的問題，本不過是兄弟之間的討論與回應，言辭與意涵，相屬相契，本書暫不詳論。魯迅是幸福的，死後還能活在周作人的文字中。周作人所寫關於魯迅的文字，最早是一九二二年在《晨報副鐫》發表對《阿Q正傳》的評論，精準允當，至今仍是不易之論。失和之後，作人對魯迅冷嘲熱諷過

〔註63〕周作人《知堂回想錄》下冊，安徽教育出版社2008年版，第466頁。
〔註64〕《周作人文選》第三卷，廣州出版社1996年版，第398頁。

一陣子，魯迅則始終寬以待之。魯迅去世，作人於一九三六年十月二十四日發表了《關於魯迅》，十幾日後又寫《關於魯迅之二》，對當時上海文藝界和左派人士「神化魯迅」的傾向，試圖有所警醒，未見收效。五十年代後，周作人所寫《魯迅小說裏的人物》《魯迅的故家》《魯迅的青年時代》三書，是留給後人最好的回憶魯迅文字。他的長壽使他從容地爲後代寫出魯迅，還有他自己的故事。《知堂回想錄》後序的結尾說：「我是一個庸人，就是極普通的中國人，並不是什麼文人學士，只因偶然的關係，活得長了，見聞也就多了些，譬如一個旅人，走了許多路程，經歷可以談談，有人說『講你的故事吧』，也就講些，也都是平凡的事情和道理。」〔註65〕

周作人對自己一生的評價是：「粗通國文，略具常識」。熟悉作人遣詞造句的讀者，對此八字所坦然透露的謙遜與自負，只能無可奈何。他又說自己「要說多少有點瞭解，還只有本國的文字和思想」。意思也依然是謙遜與自負。上面談及他的「儒家思想」，亦即他所「略具」的「常識」。下面擬就本書的主旨，談談他所謂的「粗通國文」。

周作人怎樣看待文言（古文）？他心目中理想的白話文是怎樣的？在他看來，文言和白話的關係又是怎樣？其文學價值何所體現？還有漢字改革諸多問題，他皆有清晰的見解：

> 到了近年再經思考，終於得到結論，覺得改變言語畢竟是不可能的事，一民族之運用其國語以表現情思，不僅是文字上的便利，還有思想上的便利更爲重要：我們不但以漢語說話作文，並且以漢語思想，所以使用這言語去發表這思想，較爲自然而且充分。我們可以在可能的範圍內加以修改或擴充，但根本上不能有所更張。
>
> （《國語改造的意見》，一九二二年）〔註66〕

> 古文者文體之一耳，用古文之弊害不在此文體而在隸屬於此體的種種復古的空氣，政治作用，道學主張，模仿寫法等。白話文亦文體之一，本無一定屬性，以作偶成的新文學可，以寫賦得的舊文學亦無不可，此一節不可不注意也。如白話文大發達，其內容卻

〔註65〕周作人《知堂回想錄》下冊，安徽教育出版社2008年版，第498頁。

〔註66〕鍾叔河編《周作人文類編》第九卷，湖南文藝出版社1998年版，第771頁。

與古文相差不遠，則豈非即一新古文運動乎。(《現代散文選》序，一九三四年)〔註67〕

國語文學就是華語所寫的一切文章，上自典謨，下至灘簧，古如堯舜，今到郁達夫，都包括在內，我相信所謂古文與白話文都是華語的一種文章語，並不是絕對地不同的東西。

我相信古文與白話都是漢文的一種文章語，他們的差異大部分是文體的，文字與文法只是小部分。中國現在還有好些人以爲純用老百姓的白話可以作文，我不敢附和。(《國語文學談》，一九二六年)〔註68〕

反對古文，盡力攻擊它的原因，和要推倒滿清，得罵滿清怎麼不好，怎麼把溥儀驅逐走了一樣。溥儀既被趕出，決不能說他不是中國人；現在已經實用國語，亦不能把古文完全置諸度外不生關係似的，只好把他放在文學範圍以內，講講他就得了。

我的主見，國語古文得拿平等的眼光看他，不能斷定所有古文都是死的，所有的白話文都是活的。

我們分別死的活的，必須得用自己的眼光去分別，哪是死的，哪是活的，哪是壞的，哪是好的。想有這種眼光，預先得養有簡單的常識，而常識的培養，至好在中學時期間，新的文學舊的文學場地裏邊，多跑幾趟，多嘗試幾次，才有成效。沒有這種常識，學古文學，容易上了迷信的當；學新文學，怕也免不掉有不通的地方。

對於古文白話，拿常識去應付他，達到不要限制自由的目的。

(《死文學與活文學》，一九二七年)〔註69〕

其一，我覺得各種文體大抵各有用處，駢文也是一種特殊的工具，自有其達意之用，但是如爲某一文體所拘束，如世間認定一派專門仿造者，有如削足適履，不能行路，無有是處。其二，白話文之興起完全由於達意的要求，並無什麼深奧的理由。因爲

〔註67〕鍾叔河編《周作人文類編》第三卷，湖南文藝出版社1998年版，第661頁。

〔註68〕同上，第97頁。

〔註69〕同上，第103～104頁。

時代改變，事物與思想愈益複雜，原有文句不足適用，需要一新的文體，乃始可以傳達新的意思，其結果即爲白話文，或曰語體文，實則只是一種新式漢文，亦可云今文，與古文相對而非相反，其與唐宋文之距離，或尚不及唐宋文與《尚書》之距離相去之遠也。這樣說來，中國新文學爲求達起見利用語體文，殆毫無疑問，至其採用所謂古文與白話等的分子如何配合，此則完全由作家個人自由規定，但有唯一的限制，即用漢字寫成者是也。(《漢文學的前途》，一九四三年) 〔註70〕

白話文學的流派決不是與古文對抗從別個源頭發生出來的。

我對於國語的各方面問題的意見，是以「便利」爲一切的根據。爲便利計，國民應當用現代國語表現自己的意思，凡復興古文或改用外國語等的計劃都是不行的，這些計劃如用強迫也未始不可實現，但我覺得沒有這個必要，因爲成效還很可疑，犧牲卻是過大了。爲便利計，現在中國需要一種國語，盡他能力的範圍內，容納古今中外的分子，成爲言詞充足、語法精密的言文，可以應現代的實用。總之我們只求實際上的便利，一切的方法都從這一點出來，此外別無什麼理論的限制。(《國語改造的意見》，一九二二年) 〔註71〕

總之漢字改革的目的，遠大的是在國民文化的發展，切近的是在自己實用的便利；至於有益於通俗教育，那是自然的結果，不是我們唯一的期望。(《漢字改革的我見》，一九二二年) 〔註72〕

古文不宜於說理（及其他用途）不必說了，狹義的民眾的言語我覺得也決不夠用，決不能適切地表現現代人的情思：我們所要的是一種國語，以白話（即口語）爲基本，加入古文（詞及成語，並不是成段的文章）方言及外來語，組織適宜，具有論理之精密與藝術之美。這種理想的言語倘若成就，我想凡受過義務教育的人民都不難瞭解，可以當作普通的國語使用。(《理想的國語》，

〔註70〕鍾叔河編《周作人文類編》第一卷，湖南文藝出版社 1998 年版，第 830 頁。
〔註71〕鍾叔河編《周作人文類編》第九卷，湖南文藝出版社 1998 年版，第 778 頁。
〔註72〕同上，第 724 頁。

一九二五年）〔註73〕

　　我以爲現在用白話，並不是因爲古文是死的，而是尚有另外的理由在：（一）因爲要言志，所以用白話，──我們寫文章是想將我們的思想和感情表達出來的。我們既然想把思想和感情盡可能地多寫出來，則其最好的辦法是如胡適之先生所說的：「話怎麽說，就怎麽寫」，必如此，才可以「不拘格套」，才可以「獨抒性靈」。

　　（二）因爲思想上有了很大的變動，所以須用白話──假如思想還和以前相同，則可仍用古文寫作，文章的形式是沒有改革的必要的。新的思想必須用新的文體傳達出來，因而便非用白話不可了。

（《中國新文學的源流》，一九三二年）〔註74〕

　　我們平日寫文章，本來沒有一定寫法，未必定規要反古，也不見得非學外國不可，總之是有話要說，話又要說得好，目的如此，方法由各人自己去想，其結果或近歐化，或似古文，故不足異，亦自無妨。（《春在堂雜文》，一九四○年）〔註75〕

　　假如能夠將駢文的精華應用一點到白話文裏去，我們一定可以寫出比現在更好的文章來。（《藥堂雜文》，一九四三年）

時下研究周作人有大量專著、專職、專家，比鍾叔河先生一九五八年的條件不知好多少，周作人的著作，更不難搜尋，然而以上平易而醒豁的言論，多年來居然少被稱引，未能成爲白話文公案的知識背景和學界討論近代語言問題的共識與起點。其觀點過時了嗎？被證明是錯誤的嗎？非也。

　　周作人的文章境界，可在《雨天的書》的《自序二》裏窺見。他說，「我近來作文極慕平淡自然的境地」，同書的《自序一》就是一篇平淡自然的文字：

　　　今年冬天特別的多雨，因爲是冬天了，究竟不好意思傾盆的下，只是蜘蛛絲似的一縷縷的灑下來。雨雖然細得望去都看不見，天色卻非常陰沉，使人十分氣悶。在這樣的時候，常引起一種空想，覺得如在江村小屋裏，靠玻璃窗，烘著白碳火鉢，喝清茶，同友人談

〔註73〕鍾叔河編《周作人文類編》第九卷，湖南文藝出版社1998年版，第779頁。

〔註74〕周作人《中國新文學的源流》，華東師範大學出版社1996年版。

〔註75〕鍾叔河編《周作人文類編》第三卷，湖南文藝出版社1998年版，第456～457頁。

閒話，那是頗愉快的事。不過這些空想當然沒有實現的希望，再看天色，也就愈覺得陰沉。想要做點正經的工作，心思散漫，好像是出了氣的燒酒，一點味道都沒有，只好隨便寫一兩行，並無別的意思，聊以對付這雨天的氣悶光陰罷了。

　　冬雨發生不常有的，日後不晴也將變成雪霰了。但是在晴雪明朗的時候，人們的心裏也會有雨天，而且陰沉的期間或者更長久些，因此我這雨天的隨筆也就常有續寫的機會了。〔註76〕

朱光潛說：「除著《雨天的書》，這本短文集找不出更恰當的名目了。這本書的特質，第一是清，第二是冷，第三是簡潔。你在雨天拿這本書看過，把雨所生的情感和書所生的情感兩相比較，你大概尋不出區別，除非雨的陰沉和雨的纏綿，這兩種討人嫌的雨幸而還沒有滲透到《雨天的書》裏來。」〔註77〕

　　今日中國現代文學的框架（包括詩歌、小說、戲劇、散文），大致以西方文學的體裁模式——其實是程度可疑的翻譯體——建構而成。周作人的漢語寫作，難於歸入以上所謂文學的範疇。魯迅的《吶喊》《徬徨》《故事新編》，屬小說無疑，《朝花夕拾》《野草》是純正的散文與散文詩，但周作人始終游離於這類文體之外。他的「小品文」固然是自覺的文體追求，以他的說法，是「有知識與趣味的兩重的統制」。知識，指他的十八般兵器，趣味，則雅俗兼顧。「這所謂趣味裏包含著好些東西，如雅，拙，樸，澀，重厚，清朗，通達，中庸，有別擇等」融會雅趣和諧趣，似乎是他所囑意的文趣。

　　但「小品文」也未見是周作人的志業。他多次說，閒適的小品未嘗不寫，卻不是主要的工作。他的「紳士鬼」與「流氓鬼」之說，究竟「紳士鬼」僅居小半，而「叛徒」與「隱士」，又以前者為重。「我希望在我的趣味之文裏，也還有叛徒活著。」這是大可注意的意思，他的文字與思想的進退裕如，由之而來。他說，「我的學問根柢是儒家的，後來又加上些佛教的影響，平常的理想是中庸，布施度忍辱度的意識也很喜歡，但是自己所信畢竟是神滅論與民為貴論，這便與詩趣相遠，與先哲疾虛妄的精神合在一起，對於古來道德學問的傳說發生懷疑，這樣雖然對於名物很有興趣，也總是賞鑒裏混有批判。」

〔註76〕鍾叔河編《周作人文類編》第九卷，湖南文藝出版社 1998 年版，第 532 頁。

〔註77〕轉引自舒蕪《周作人概論》，湖南人民出版社 1986 年版。

（《兩個鬼的文章》）〔註78〕

　　這話說得很明白。那麼，依他看來，他自己主要的作品是什麼呢？他給確定的名目，也還是叫做「文章」。他不止一處說過，「我不懂文學，但知道文章的好壞。」這是說話的技巧，也是說話的境界，雖不過兩句，然而直指文章之與文學的要害：文學須得是好的文章，文章不可讀，未必就是文學。文學與非文學的界限，在周作人那裏並不被看得那麼不可逾越。他說：

　　　　懂文學的知道文學不是專門學問，文學是借用文字瞭解人的意思的，寫信給人，作文章和許多人作朋友，看書和古今的人作朋友，都脫不了這個範圍。文學和國家是不成問題的，不一定弄弄文學就可以救國，簡單說來，文學是個人與多人中間交通的媒介。〔註79〕

他似乎看輕文學，又其實將文學的端正高明說了出來，即便周密的理論，也難以攻解這觀點的。如果非要在美文與實用的文章間作取捨，他或者寧可將自己的所寫歸入實用一途。但他的「實用」並非指容易做到，更無涉功利。他的作文決不是爲了應用或利益，相反，倒是明知一椿難事，卻使自己去做做看，近於孔子所謂「知其不可而爲之」，此所以他願稱自己是儒家。在這樣一種「儒」的態度中，知之爲知之，不知爲不知的態度中，他的文字又具有一種總體上的美文特質，以文質彬彬然後君子來形容爲恰當。

　　在《知堂回想錄》中他說，「西洋的詩字的原義即是造作，有時通用於建築，那即是使用實物的材料，從無生出有來，所以詩人的本領乃是了不得的。」「十九世紀的王爾德很歎息浪漫思想的不振，寫一篇文章曰《說謊的衰頹》，即是說沒有詩趣，我們鄉下的方言謂說謊曰『講造話』，這倒是與做詩的原意很相近的。」「我平常屢次聲明，對於詩我是不懂的，雖然明知是說謊話的那些神話傳說，童話一類的東西，卻是十分有興趣。」〔註80〕像這樣地將文學與詩如家常般說破，今天弄理論的文學批評家們，做得到嗎？

　　他出版過一部新詩集《過去的生命》，其中《小河》被推許爲新詩的傑作。

〔註78〕鍾叔河編《周作人文類編》第九卷，湖南文藝出版社 1998 年版，第 611～612 頁。

〔註79〕周作人《死文學與活文學》，鍾叔河編《周作人文類編》第三卷，湖南文藝出版社 1998 年版，第 104 頁。

〔註80〕周作人《知堂回想錄》下卷，安徽教育出版社 2008 年版，第 440～441 頁。

他也以舊體寫過自成滋味的「雜詩」，但實在是有意與「詩」留出清淡的距離。他說，「好的回想錄既然必須具備詩與眞實，那麼現在是只有眞實而沒有詩，也何妨寫出另一種的回想錄來。」〔註81〕六七十年後，木心以《知堂回想錄》的字句材料作出一些詩來。〔註82〕

談及小說，周作人的意態清爽而坦然，「老實說，我是不大愛小說的，或者因爲是不懂所以不愛，也未可知。我讀小說大抵是當作文章去看，所以有些不大像小說的，隨筆風的小說，我倒頗覺得有意思，其有結構有波瀾的，彷彿是依照著美國版的小說做法而做出來的東西，反有點不耐煩看，似乎是安排下的西洋景來等我們去做呆鳥，看了歡喜得出神。」〔註83〕這類乎調笑的話語，今時的文學家們聽得出意思嗎？其中頂要緊的眞知，是「讀小說大抵是當作文章去看」。而如今的不少小說，恐怕連起碼的用字造句，都還過不得關。

他未曾專門討論過戲劇。歐里庇得斯的傳世劇本，計十八種，其中十三種乃周作人所譯。但他的興趣未必在戲劇。他說，「希臘悲劇差不多都取材於神話，因此我在這裏又得復習希臘神話的機會，這於我是不無興趣和利益的。」話說得清淡，而其實是對西洋的典籍與文化，有著一種「不知爲不知」的敬意與防範，審慎看待知識與知識之間的差異，對另一種文化與自己的文化，都留著明智的退路。

他的十八般兵器，除了「歐洲文學」外，均有別於所謂文學。寫文章時，這些兵器都能派上用場，至少我們得承認，他武藝的一部分即是對兵器的把握，嫺熟而瀟灑，拿得起，放得下，因爲看得開。若以文學論周作人，怕只涉及到他的十八分之一，所以他自稱「知道文章的好壞」，決非謙抑，而是自負的表達。

二十世紀的中國，不拿文學當文學，唯周作人而已。但他自始至終拿漢語當漢語，以寫文章當作自己的志業，這種姿態，也沒有第二人！

〔註81〕周作人《知堂回想錄》下卷，安徽教育出版社 2008 年版，第 441 頁。

〔註82〕木心以知堂的語言材料所做詩題爲《道路的記憶》、《辛亥革命》、《北京秋》、《城和橋》與《知堂詩素錄》。參見木心《雲雀叫了一整天》，廣西師範大學出版社 2009 年版。

〔註83〕周作人《明治文學之追憶》，鍾叔河編《周作人文類編》第七卷，湖南文藝出版社 1998 年版，第 459 頁。

　　他相當瞭解西洋、東洋的語言和思想，把古希臘文、英文和日文的經典，譯成上好的漢語，早年自學古希臘文的目的，是想把《聖經新約》，至少《四福音書》以文言譯介，後來放棄了。與魯迅合作出版《域外小說集》二十歲出頭，《路吉阿諾斯對話集》譯成之時，已年過八旬。他對本國的文字和思想亦有相當的瞭解，身後存三十種自編文集（兩種生前未出版，一千五百餘篇），回憶魯迅專著三本，知堂回想錄兩冊，大量未刊稿計六百萬字。周作人的文章實難於歸類，鍾叔河以十年之力編纂《周作人文類編》十卷，收錄周氏一八九八年至一九六六年計六十八年間所寫文章兩千九百五十四篇，規模之大、用力之勤，令人欽佩，但分類之亂，卻也實難以忍受。〔註84〕

　　今日之學術研究和文學寫作，分門別類、制式儼然，形成比較死板的格局，凡不能歸順這一格局的文本，自然被看輕、被閒置。思想史、哲學史、學術史，幾乎不講周作人，文學史也只在民國散文類分他一席地盤。研究新儒家的人幾乎不知周作人的儒學主張，與他十八般兵器所相屬的專業，也鮮有認真相待的學者，周作人的「名」，彷彿在閒適小品一類，其實，他的工作與識見，向來涵蓋並超越了所謂文學與學術的層面。

　　胡適－魯迅－周作人，在新與舊之間，各自給出三種不同的立場與姿態。

　　魯迅被認為是矛盾的集合體。在文學宿命、道德擔當與政治考驗之間，他勇於承受並往來於三者的尖銳衝突，概不迴避。在新文化運動史上於是形成兩個魯迅：政治的魯迅和文學的魯迅，毛澤東所稱揚的魯迅，與被這政治性讚美所遮蔽的另一個魯迅。現在我們或許可以說：那是中國的魯迅、漢語的魯迅，國家－政治－歷史語境中的魯迅，以及，個人－生存－文學的魯迅。

　　在身份與形象上看，胡適全然新型知識分子，洋教授、學術明星、弄潮兒，是一位由英美價值觀塑造的中國紳士。而魯迅始終是新舊交織，抱持前衛的激進的思想，對美術有深刻的認識，他以文言寫就《文化偏至論》和《摩羅詩力說》；他使白話具有文言般的凝練，書寫尼采式的格言；他提倡並實驗「歐化」文體的「硬譯」；但他真正的功績並不在此。他畢生不遺餘力攻擊文言和傳統，

〔註84〕如第三卷《本色》的主題為「文學・文章・文化」，第九卷《夜讀的境界》的主題是「生活・寫作・語文」，可見其交叉與重疊。《我的雜學》本是一篇兩萬多字的長文，包括「小引」「自白」，計二十個小標題，在這套書中不得不拆分至十卷中，給閱讀帶來不便，且沒有索引。

但他的語言和文采，莫不得力於舊學和文言的功底。

論讀書之廣、知識之雜，無論西學抑或中學，作人超過乃兄，胡適更望塵莫及。魯迅一九三六年離世，周作人的著述和翻譯又延續三十餘年，相當於魯迅一生的兩倍，文字總量也遠超《魯迅全集》，逾千萬字。周作人精通英文、希臘文和日文，是最早在北大講授《歐洲文學史》的教授，對西方文化的通識與領會，至今罕有人及。但他的文化認同始終是中國，迄未動搖。特別重要的是，他提出的倫理之自然化，道義之事功化，根植於中國固有的文化價值，目的卻在啓示未來。

世人曾予評說：周作人冷，魯迅熱，周作人疑，魯迅信。如此粗淺的概括，豈能形容兩種無比複雜的人格，但念及周氏兄弟生前身後在歷史語境中的無數是非，也不失爲一說。「文革」後，國人的「熱」和「信」俱皆走到盡頭，由冷而疑，被長期晦暗的周作人於是成爲鏡面。他的冷靜與懷疑主義竟然在熱誠信仰的年代，沉靜而成熟。孤獨而健全的個人理性抵禦集體的狂熱，當我們細味周作人並讀懂他，才知道那份從容不迫的理知與自持，原是經過希臘和希伯來兩大傳統的洗禮。即使談論中國，他的態度也非純然是中國的，而又自然而然出之於儒家的適度與溫潤。譬如西方文化尊重婦女和兒童，他以莊子「嘉孺子而哀婦人」一語，便使兩種文化的聲氣相交匯，以他的博識，僅莊子七字，不假多言，中西文化已然會意。這種跨文化的點化工作，看似輕鬆，實則有勝於萬言。

從一九四七年春夏之交翻譯《希臘的神和英雄》起，至一九六六年七月八日被迫中斷《平家物語》的翻譯止，周作人十九年內譯作近四百萬字，同時另有著述約二百萬字，此實非量之多寡，而是文化的跋涉之功。《苦雨齋譯叢》編者止菴認爲，「如果想想這些成自老人六十二歲到八十一歲之間，我們合該慨歎其其創造力之旺盛，之持久了。」

林語堂將周作人所有的成就歸結爲文章，說：「閒逸清順，是散文應有的正宗，白話文應有的語調。」「應有」與實際之間往往有所差別，所以周作人並不容易被瞭解，即使是歡喜閱讀其文的人，又有幾人敢說讀懂了他的意思呢？孔子的意思，經由別人整理加工出來，周作人的意思，出自自己的文章，即使有一天，他的意思變爲了常識，他的文章依然有價值。

　　廢名是周作人的學生，在三十年代，廢名幾乎每本書出版，皆由周作人製序，小說、散文到談新詩的講義，有的還不止一種。周作人寫《懷廢名》一文，使那些不懂廢名文章的讀者，對這個長相奇古之人不敢小視。林語堂編《人間世》時，曾專門約請廢名寫《知堂先生》，廢名寫了兩篇長文，另有一文《關於派別》，寫好發表時加了段編者的附言，以爲「識得知堂先生面目更非私淑先生而心地湛然者莫辦，廢名可謂識先生矣」。廢名曾贈周作人一聯，其詞曰：

　　「微言欣其知之爲誨，道心惻於人不勝天」。周作人讀了歎息，「所贊雖是過量，但他實在是知道我的意思之一人。」

第四節　廢名與李長之

　　胡適喜用文藝復興（Renaissance）這個術語，來稱呼他所發起的白話文運動，認爲與歐洲的文藝復興有驚人的相似之處。白話代替文言，在他看來，猶如歐洲近代的民族語言取代拉丁文。這一比附儘管未必妥當，影響卻至今不散。如今還有人把文言視作拉丁文，以不懂拉丁文爲榮。

　　胡適一九三三年七月在芝加哥大學比較宗教學系「哈斯克講座」中說，「緩慢地、平靜地、然而明白無誤地，中國的文藝復興正在變成一種現實。這一復興的結晶看起來似乎使人覺得帶著西方色彩。但剝開它的表層，你就可以看到，構成這個結晶的材料，在本質上正是那個飽經風雨侵蝕而可以看得更爲明白透徹的中國根底——正是那個因爲接觸新世界的科學、民主、文明而復活起來的人文主義與理智主義的中國。」〔註85〕

　　胡適認爲，在中國的歷史上，到清末爲止，有過四次文藝復興，「每一次都對周期性地復活一個古老文明的生氣和活力起了重要作用」，「但都有一個共同的缺陷，即對自己的歷史使命缺乏自覺的認識」，「沒有了自覺的因素，這些運動就只是革命的自發過程，從未達革命性轉變之功；它們帶來了新的範式（new patterns），但從未根本上推翻舊範式；舊範式繼續與之共存，最終消化了它們。」「最近二十年的文藝復興與所有上述早先的運動不同之處在於，它是完全自覺的、有意識的運動。」「他們需要新語言，不只是把它當作

〔註85〕胡適《中國的文藝復興》（英漢對照），外語教學與研究出版社 2001 年版，第 151 頁。

大眾教育的有效工具，更把它看作是發展新中國之文學的有效媒介。」〔註86〕

李長之不滿足於做這樣的概括，他說，「文藝復興是對過去的中國文化有一種認識，覺醒，與發揚。」〔註87〕他認為「談一國的文化時，須就其最高的成就立論，而不能專就低處看。」他對於自己感興趣的五大詩人——屈原、陶潛、李白、杜甫、李商隱，不以說出名姓來為滿足，而是要一個一個加以深的研究並寫出專著（前三位均完成，李商隱寫了論綱，杜甫寫了研究計劃）。把他們請來助陣，請得動的人也不簡單，李長之批評中國的學者太懶，說：「我們看了人家談莎士比亞，談歌德，談薛德林，我們真慚愧得無地自容，我們讓死掉的詩人太寂寞，太冷清了。」〔註88〕

文藝運動是天才的事業，恩格斯認為需要巨人且產生了巨人，不同於一般的群眾運動。文藝欲復興，能否復興，卻是要看實績的，自覺意識與大聲疾呼均代替不了實績，天才缺席，若奈之何？語言之新談何容易，創造是天才的饋贈，是藝術萬苦千辛的結果，不是扶正了白話文的地位就可以了。

周作人也把新文學運動視作文藝復興，不過義涵與胡適大不同。廢名在一九三二年所寫《周作人散文鈔·序》中說，「豈明先生到了今日認定民國的文學革命是一個文藝復興，即是四百年前公安派新文學運動的復興，我以為這是事實，本來在文學發達的途程上復興就是一種革命。……中國文學發達的歷史好比一條河，它必然的隨時流成一種樣子，隨時可以受到障礙，八股算得它的障礙，雖然這個障礙也正與漢文有其因果，西方思想給了我們撥去障礙之功，我們只受了他的一個『烟士披裏純』，若我們要找來源還得從這一條河流本身上去找，我們的新文學運動正好上承公安派的新文學運動，由他們的文體一變化自然的要走到我們今日的『國語的文學』，這是一個必然的趨勢，我們自己就不意識著，它也必然的漸漸在那裏形成。」〔註89〕

在周氏兄弟之後，能夠把巨人事業向前延伸擴展者，是作家廢名和批評

〔註86〕 胡適《中國的文藝復興》（英漢對照），外語教學與研究出版社 2001 年版，第 182 頁。

〔註87〕 《李長之文集》第一卷，河北教育出版社 2006 年版，第 12 頁。

〔註88〕 《李長之文集》第九卷，河北教育出版社 2006 年版，第 131 頁。

〔註89〕 廢名《周作人散文鈔·序》，王風編《廢名集》第三卷，北京大學出版社 2009 年版，第 1277 頁。

家李長之。一楚人一齊人彷彿石頭記裏投胎的一僧一道，均未有留洋的經歷，但皆通外文，深諳古典。廢名一九二九年畢業於北大外文系，長之一九三五年畢業於清華哲學系，兩人性格不同，廢名的吞吞吐吐和長之的下筆滔滔對比鮮明。文學趣味上，廢名歡喜庾信的駢儷，李長之熱愛司馬遷的史傳，於詩而論，長之喜歡李白，廢名鍾情於杜甫，共同愛好陶淵明、李義山；廢名是知堂入室弟子，被視作是知堂文學趣味的實踐者，長之的《魯迅批判》曾得大先生首肯，性格上也與魯迅一致；就西洋影響而言，廢名浸淫於英國文學之中，嗜讀莎士比亞和哈代，暗合艾略特吳爾芙。長之則對德國浪漫派難以釋懷，從溫克爾曼到康德歌德，狂飆之魂深深潛入了他的內部，其整理和批評中國古典，猶如德國先哲研究古希臘。令人解頤的是英國文學的清明平和，廢名以晦澀難懂應之，德國哲學的深奧沉悶，長之對之以熱情明銳。廢名是智性的，長之屬血性的，兩人於《論語》有極大的興趣，但著眼點又有不同，廢名五十年代還把孔子與馬克思並論，長之則認為「和愚妄戰才是屈原的根本精神」；廢名精通佛理，著有《阿賴耶識論》，長之體會天道，喜讀南華和陶淵明，寫過《道教徒的李白及其痛苦》。二十世紀四十年代，在這國家多事的十年當中，廢名隱居於湖北鄉下教小學和中學，《阿賴耶識論》《莫須有先生坐飛機以後》，俱沉潛深思之所得。長之任教於陪都重慶中央大學，教授中國文學批評史，出版十三部專著兩本譯著。其涉及之寬，領域之廣，思想之深乏人可及。依照時間順序：一九四○年，《道教徒的詩人李白及其痛苦》；一九四一，《西洋哲學史》、《波蘭興亡鑒》；一九四二，《星的頌歌》《苦霧集》《批評精神》；一九四三，《文藝史學與文藝科學》（譯著）《德國的古典精神》；一九四四，《我教你讀書》《北歐文學》《迎中國的文藝復興》；一九四五年，《歌德童話》（譯著）《夢雨集》；一九四六年，《韓愈》；一九四八年，《司馬遷之人格與風格》；另有大量精闢論文。廢名長李長之九歲，他們的多產分屬三四十年代，這二十年，因了兩人的著述，稱文藝復興不是毫無根據。他們大約沒有什麼交往，廢名的文章裏，至少一處提及李長之名姓，〔註90〕李長之文集中很難找出評論廢名的文章，以李長之批評家當仁不讓的鋒芒和卓絕的專業才能，與廢名晦澀難解又大有意味的作品相遇，似該有精彩的回響。

〔註90〕廢名《關於派別》，王風編《廢名集》第三卷，北京大學出版社 2009 年版，第 1308 頁。

馮唐易老，李廣難封，兩人實又有許多相近之處。

李長之一九四七年所寫短文《陶淵明真能超出了時代麼？》載天津《大公報》一九四七年九月五日，《文史周刊》第三十七期，似乎是針對廢名的，但又沒有提任何人名姓。廢名在一九三五年所著《關於派別》一文中，主張陶淵明「本來是孤立的」，並以其不屬於任何流派來說明知堂的孤立。文章道，「我也不否認他之高出時代，但我卻更願意從另一個角落來看他和他那一個時代的湊泊處：他決沒有和他的時代切斷，他決不是游離於那個時代之外，他乃是深深地和那時代的傳統相接遞著，他也隱隱地向後一個時代開拓著。——其實任何所謂超時代的人物，我們都可以作如是觀！」〔註91〕朱自清在讀了此文之後給作者的信裏說，「你說了人家沒有說的話，人家不敢說的話。陶淵明究竟也是人，不必去神化他。自然你注重的是他的因襲，他的不超出於時代；他的變化處你沒有說，因為不在這篇文章範圍以內。你所說的都是極有價值的批評。我盼望你能多寫這類文章。」〔註92〕

廢名和李長之是那個時期兩位「超時代的人物」。

一部短短的現代文學史，由於時代眼光的差別，遂成一部不斷有所發現的歷史。在所謂魯郭茅巴老曹稱雄三十年之後，八十年代後期「發現」沈從文，承繼沈從文筆法有汪曾祺；九十年代初發現張愛玲，張愛玲沒有傳人；八十年代重印周作人生前自編文集二十八種，至九十年代鍾叔河編十卷本《周作人文類編》，直至今日《周作人散文全編》出版，持續緩慢地發現周作人，如今，我們的目光終於投給更新同時又更舊的人。二〇〇六年十卷本《李長之文集》出版，二〇〇九年六卷本《廢名集》出版。廢名病逝於一九六七年，李長之病逝於一九七八年，收錄的主要作品，皆完成於一九五七年之前，其中不少文字如廢名的《一個中國人民讀了新民主主義論後歡喜的話》等，是首次面世。

若稱周氏兄弟是開山，廢名和李長之則是新文學運動的健將。他們是那個年代最懂得重視二周意見，也是最能理解他們成就的人。廢名的小說創作，將魯迅的小說藝術有所弘揚，其長篇小說《莫須有先生傳》和《莫須有先生坐飛機以後》，在阿Q之外，塑造了「莫須有先生」的形象，這是現代文學的收穫。李長之以專業批評家自任，繼承了周作人清明的理性精神，秉承魯迅火熱的情

〔註91〕《李長之文集》第七卷，河北教育出版社2006年版，第425頁。

〔註92〕轉引自《李長之文集》第二卷，河北教育出版社2006年版，第368頁。

懷，浸淫於十八世紀德國的文學傳統，以批評家的眼光和活力應對中國古代系列人物的論述和發明，試圖溝通古今繼往開來。

白話文運動，至此一僧一道手中，脫去了它的偏激和狹隘，燃起兩支火炬，而那黑暗，卻不是文言文或者古典文化，而是「八股」。

八股的勢力，不會隨著八股文的消滅而消失。一朝廢除了科舉，八股文是不做了，但八股後面那個使其所以然的事物並沒有遠去，改頭換面之後又回來了。八股文的講究雖然繁複，八股的核心卻簡單明瞭，奉旨而已。五四時期之所以出現短暫的自由解放的風潮，打破了八股的僵局，某種意義上，由於一時之間無旨可奉。在皇權沒了著落，黨權尚未控制家國社會之際，藉少數知識分子和青年學生的熱情，新文化運動於是興焉。

康有爲認爲，「匹夫倡論，猶能易風俗，況以天子之尊，獨任之權，一顰笑若日月之照臨焉，一喜怒若雷雨之震動焉。卷舒開闔，撫天下於股掌之上，但精神能運之，氣魄能鎮之，則意指所屬，顧盼自定。故居今日地球各國之中，惟中國之勢獨能之。非以其地大也，非以其民眾也，非以其物產之豐也，以其君權獨尊也。其權之尊，又非勢劫之，利誘之，積於二帝、三王之仁，漢唐宋明之義，先聖群賢百千萬人、百千萬年講求崇獎激勵而成之。故民懷舊俗而無外思，臣慕忠義而無異論，故惟所使也。故挾獨尊之權，誠知開闔之術，則人才之乏不足患，風俗之失不足患，兵力之弱不足患。一二人謀之，天下率從之，以中國治強，猶反掌也，惟此時之勢爲然。」〔註93〕這位要爲帝王師的南海聖人，於時勢的觀察頗有心得，八股之難以驅除，勝過韃虜百倍，正由於「君權獨尊」。君權的造就不必陷入康氏八股的所謂「積於二帝、三王之仁，漢唐宋明之義，先聖群賢百千萬人、百千萬年講求崇獎激勵而成之」，認作是「勢劫之，利誘之」倒更符合事實一些。語言是一種危險的佔有物，是與非可以顛來倒去，名存而實亡。康有爲的「匹夫倡論」以啓發民智始卻以八股老調終，正在於他的「奉旨」而爲。

廢名一九三二年爲《周作人散文鈔》做的序言中說：

我回到「新文化」這三個字來說。說實話，我總覺得新文化在
中國未曾成立過。新文化應該是什麼？我想那應該就是一個科學態

〔註93〕樓宇烈整理《康子內外篇》，中華書局1988年版，第2頁。

度，也就是一個反八股態度。統觀中國，無論那一家派，骨子裏頭還正是一套八股。當初大家做新詩，原是要打倒舊詩的束縛，而現在卻投到西洋的束縛裏去，美其名曰新詩的規律。

不說別的，至今中國何曾有一個研究學問的空氣？仍然脫不了一個「士」的傳統，「學優」就「則仕」了，至少是要談政治。

我嘗想，漢字既然有它的歷史，它形成中國幾千年的文學，（尤其是詩的文學）能夠沒有一個必然性在這裏頭？它的獨特的性質到底在那裏？如果有人從文字音韻上給我們歸納出一個定則來，則至少可以解決今日新詩的問題。然而中國研究文字學的人，不去認過去的事實，卻遠遠的望到將來去，把氣力用於一個漢字拼音問題，我恐怕這也免不掉瞎子掛匾之譏，不能不說也是一種八股，因為它也是一種「主義」，八股便是主義的行家。所以我以為無論從那一方面講新文化在中國未曾成立。〔註94〕

胡喬木回憶道，「陸志韋先生曾經對我說，解放前搞文改，主要是搞政治運動。有些人對具體問題不感興趣，一談具體問題就跑了。許多問題很少有人去研究它。」〔註95〕所謂主義，所謂政治，不過是權力罷。在官本位的社會裏，即便自命先進的革命黨，也無法抵禦無孔不入的權力的腐蝕，所以才有「反對黨八股」的號召，效果怎樣，取決於具體的時間地點和環境及反對的真假和力度了。假若我們站在革命的立場上看問題，革命黨也是八股的受害者，八股勢力之強大，簡直無所逃於天地之間。真正的啟蒙，恰是八股勢力的反對者，白話文運動打倒八股文之後，把矛頭對準文言，卻放走了真正的死敵八股，也許它根本沒有做好打硬仗的準備，八股勢力輕易侵入白話文中，正是它不戰而敗的表徵。新文化是否能新，衡量的唯一標準，要看它能否棄絕八股舊勢力的侵吞。廢名以「科學態度」來命名「反八股態度」，是講在點子上了。

同樣在一九三二年，李長之發表於《再生》上的文章《請教於八股式的唯

〔註94〕廢名《周作人散文鈔・序》，王風編《廢名集》第三卷，北京大學出版社 2009 年版，第 1276～1278 頁。

〔註95〕《胡喬木談語言文字》，人民出版社 1999 年版，第 336 頁。

物辯證法》說：

　　受了四千多年咬文嚼字的訓練的中國國民，處處是只問形式不問內容了，任是多麼好的主義，思想，到中國便只剩了空殼，再加上些玄學的五光十色的符咒，便鬧得什麼也不像了。

　　革命。如果看該革，便革，不必編一套理論；如果理論限於分析社會事實及研究革命進展，未嘗不可以的，至少玄理可以少談；迷信的人，也能革命，像歷史上的黃巾，張角之流。但不必想統一各種學術；統一了也可以，在自己腦子裏存著自欺也好，不去想也不要緊，又似乎不必專心一意來害中學生的青年！唯物辯證法的本身是一個問題，中國的八股式唯物辯證法論者的愚妄是一個問題，本書要意自然專重後者。然而如果世界上除中國外也盡有此類的八股先生，更或者唯物辯證法本身也不過是這麼個玩意兒，那麼，此文論到的範圍，也就跟著擴大，不過那是不得已的事情，我不希望如此。〔註96〕

李長之寫這文章的時候二十二歲，正在清華大學讀書。當時有不滿此文者攻擊作者是資產階級的代表，並認定乃某個小集團或小圈子的行徑。一頂資產階級的帽子沒有嚇倒這個剛剛開始寫作的青年。李長之讀的是生物系，在楊丙辰教授家中讀到啟蒙哲學家康德的著作之後，轉入哲學系，立志要做批評家了。安諾德（Mathau Arnod）認為，「所謂批評，就是把世間所知所思最好的東西去學習或傳布的一種無偏私的企圖。」正是在這個意義上，批評乃是八股的真正的敵手。李長之這樣申說自我，「批評是反奴性的。凡是屈服於權威，屈服於時代，屈服於欲望，屈服於輿論，屈服於傳說，屈服於多數，屈服於偏見成見，這都是奴性，都是反批評的千篇一律的文章，其中決不能有批評精神。批評是從理性來的，理性高於一切。所以真正批評家，大都無所顧忌，無所屈服，理性之是者是之，理性之非者非之。」〔註97〕年少氣盛的批評家李長之大概不會料及，二十多年後會被一頂右派的帽子壓倒，從此失去著文、教學和批評的權利，那年他四十七歲。

〔註96〕《李長之文集》第一卷，河北教育出版社2006年版，第221、226頁。
〔註97〕《李長之文集》第三卷，河北教育出版社2006年版，第155頁。

廢名一九四九年著《一個中國人民讀了新民主主義論後歡喜的話》一文說，「八股有三個顯著的徵象，一是玩弄文字，一是做官，一是與大眾脫離關係。」他頗以自己的反對八股舊勢力與新政權引為同調，在長達數萬字文章的扉頁上寫著「獻給中國共產黨」字樣，這份六十年後公開面世的文字，是否曾被最高當局看到過不得而知。廢名的個人處境並不順利，一九五二年院系調整，被從北京大學調出，去了東北人民大學（長春），他的眼睛在半失明狀態，不能低頭伏案，依賴一副特製的眼鏡，在平舉平視下閱讀和寫作，這樣的健康狀況，五十二歲的廢名完成了一部八萬字的著作《跟青年談魯迅》。這本書稿得胡喬木相助於一九五六年出版，署名馮文炳。四十六歲的李長之也同年發表了研究魯迅的最後一篇文章，兩萬字的《文學史家的魯迅》。

此一僧一道，有積極向上追求進步的模樣兒。魯迅這時已被塗抹成他自己也認不出來的樣子了，只有少數幾個人，小心翼翼，精挑細選，盡量不說違心的話，更不說空話和大話，與八股式的文章劃清界線。魯迅死了二十年，白話文做到了這個地步。只要不是魯迅的兒子，皆可以做空頭文學家去，八股勢力在擺脫了八股文的行頭之後，確實是更加方便了。

「你以你的八股本領諂媚主子，欺騙社會，還要自鳴得意，你便是沒有良心，你便是不知恥了。」〔註98〕這便是廢名的脾氣。

李長之最後一文著於一九七八年，名曰《憶老舍》，他引了老舍的一句話：「窮人的狡猾，也是正義。」他說老舍想寫的，遠遠沒有全部寫出。他自己何嘗不是如此。五十年代所著三卷本《中國文學史略》，本欲再版重印，卻因他的賣志而沒而失迹，近三十年過去，他的文集才獲出版。

一、廢　名

如何命名自我？是一件有意思的事。名正則言順，循名而責實，古人多有名、字、號以及別名、別字、別號，知人論世，豈可不談名號。章炳麟，字枚叔，因愛慕顧炎武，更名絳，別號太炎。胡適原名胡洪騂，胡適之名，得自嚴譯《天演論》「適者生存」句，善審時度勢，引領新潮，頻開風氣。魯迅筆名之多，常出於需要，不意惠及子孫，其長孫名周令飛。周作人，字啓明，又寫作

〔註98〕王風編《廢名集》第四卷，北京大學出版社 2009 年版，第 1986 頁。

豈明，號知堂，取義孔子知之爲知之，不知爲不知，建國後之失名，不得已也。毛澤東，字潤之，澤被當世，非一代也，其年青時署二十八畫生，藏其名也，蓄勢待發。

李大釗一九一三年春著文《更名龜年小啓》：「啓者：鰤生本性，最患同人，濁世失名，未嘗還我。落花時節，悟淪落之前身；過眼烟雲，迷英雄之本色。青衫詩客，誰是少陵？白髮宮人，莫話天寶。渺知音之不作，羌盛世其難期。暴君歇而暴民興，天禍殷而人禍極。嗟虖！江天一碧，依然崔九堂前；塵世幾更，猶是岐王宅裏。江南莫望江北，今龜何如古龜。而今而後，化猿化鶴，尚不可知，則呼牛呼馬，亦惟漫應而已！」〔註99〕其時年二十四歲，是年冬，赴日本早稻田大學本科，讀政治經濟學。

廢名原名馮文炳，一九二五年出版第一部小說集《竹林的故事》署的是本名，五十年代之後發表文章亦署本名。

在給周作人信中，他曾說，「我的名字，算是我的父母對於我的遺產，而且善與人同，我的夥計們當中，已經被我發覺的，有四位是那兩個字，大概都是『缺火』罷，至於『文』，不消說是望其能文。但我一點也不稀罕，——幾乎是一樁恥辱，出在口裏怪不起勁。」〔註100〕

廢名一名的來歷，他的《忘記了的日記》有所記載：「從昨天（一九二六年六月九日）起，我不要我那名字，起一個名字，就叫做廢名。我在這四年內，真的蛻了不少殼，最近的一年尤其蛻得古怪，就把昨天當個紀念日子罷。」〔註101〕

廢名所要廢的那個名，不僅是馮文炳，且是一切名，所以稱得起廢名，但廢名本身又是一個名，其爲名也，又具有廢除名姓的意思，其自相矛盾，並非不自知，正是其取義所在。

廢名的小說《莫須有先生傳》、《莫須有先生坐飛機以後》，均以「莫須有先生」爲主人公。莫須有者，毋須有，子虛烏有，言其虛構虛擬也，既爲小說，即使眞有其名，也不必眞有其人也。但卻又有不同，莫須有先生五字所包含的

〔註99〕李大釗《更名龜年小啓》，《艱難的國運與雄健的國民》，東方出版社 1998 年版，第 263 頁。

〔註100〕王風編《廢名集》第一卷，北京大學出版社 2009 年版，第 338 頁。

〔註101〕同上，第 3444 頁。

矛盾，恰好說出了「既有又沒有」的意思，且時時把讀者往這意思上引，正如廢名二字。

先以「廢名」爲作者名，繼以「莫須有先生」爲主人公名，一脈相承，自圓其說，令署名與作品連爲一氣，以此突出文本（語言文字）自身的自相矛盾處境。顯和隱的二重性，終究是一件事，顯即是隱，隱就是顯。廢名就是莫須有，莫須有先生亦即廢名先生，但廢名依然是廢名，莫須有仍是莫須有。是廢名在小說裏化身爲莫須有，還是莫須有藏身於廢名之中，令人無法不想起莊生夢蝶的舊典來。

廢名的小說擅長使用典故，小說還沒有開始，作者名主人公名已成典故。兩部小說都沒有完成，此前的《橋》也沒寫完，也許永遠也寫不完，要結束先得實有其事，子虛烏有，何以結束。或說，他們不過是些言辭，一些字句，言辭字句之終了處，亦是故事之完結處。假若願意寫，作者當然可以續寫下去，情生文文生情地鋪陳下去，以時下的話說，是一個結構開放的文本。如周作人所理解，它猶如一陣風，或一道流水。所以讀者及閱讀過程本身，對作品的理解接受，是很認眞地被預先作爲這一文本的內容考慮進去並安排過了，這才會有所謂隨物賦形，吹萬不同。

廢名在漢語寫作上的實驗性和先鋒意識，無論小說抑或新詩，至今無人能及。一九四八年廢名在座談會上說，「民國二十年以前，我寫過一些小說。當時溫源寧先生說我的小說很像當時英國的吳爾芙夫人的，又問我是否喜歡艾略特？我說他倆的作品我一點也沒有讀過。當時只讀俄國十九世紀的小說和莎翁的戲劇。後來讀了點吳、艾的作品，確有相同之感，這實是時代使然。」〔註102〕

魯迅寫於一九三四年底，生前未發表的短文《勢所必至，理有固然》，開頭便直指廢名，「有時發表一些顧影自憐的吞吞吐吐文章的廢名先生，這回在《人間世》宣傳他的文學觀了：文學不是宣傳。」廢名所寫的這篇，即林語堂約稿的《知堂先生》，文章順便談到了宣傳，但並沒有宣傳自己的文學觀，而是曲盡其妙地刻畫了周作人的精神丰采。

魯迅此文並不眞的爲廢名而發，但廢名的名字被捎帶上了，「寫文章而自

〔註102〕王風編《廢名集》第一卷，北京大學出版社 2009 年版，第 3394 頁。

以爲對於社會毫無影響，正如稱『廢名』而自以爲眞的廢了名字一樣。『廢名』就是名。要於社會毫無影響，必須連任何文字也不立，要眞的廢名，必須連『廢名』這筆名也不署。」〔註103〕廢名的自相矛盾處，是明擺著的。魯迅議論的是廢名，卻是說給周作人聽的。文章針對的是周作人《棄文就武》一文，卻以廢名做掩護，文中不提周作人，大約不想讓外人觀看兄弟之間的爭鬥。周作人和廢名，看了自然明白。此文之發表是在魯迅死後，後收入《集外集拾遺補編》。

廢名本人也並非沒有得罪過魯迅。一九三○年發表在《駱駝草》上的《「中國自由運動大同盟宣言」》和《閒話》兩文皆提名道姓「刺」過魯迅，一九三二年出版的《周作人散文鈔》廢名爲之序，結尾有段話批評魯迅，「中國的載道派卻向來是表現著十足的八股精神。說到這裏我不禁想起魯迅先生……」「魯迅先生雖有他的明智，但還是感情的成分多，有時還流於意氣……」「魯迅他本來是一個 cynic，結果何以歸入多數黨呢？這句戲言，卻很耐人尋思。這個原因我以爲就是感情最能障蔽眞理。而誠實又惟有知識。」〔註104〕

性格相近，趣味相投，師徒情誼，加之自覺的文學追求，在周氏兄弟的分歧當中，廢名顯然站在知堂這一邊。廢名雖爲楚人，大體是理智型，自然與知堂相得；李長之是齊人，幾近於情感型，與魯迅接近。

廢名想必後來從《魯迅全集》中讀到魯迅挖苦他的這段文字，且有所回應。一九四八年十一月七日，在方向社第一次座談會上，應邀出席的廢名在發言中說：「我以爲文學家都是指導別人而不受別人指導的。他指導自己同時指導了人家。沒有文學家會來這兒開會，因爲他不會受別人指導的。我深感今日的文學家都不能指導社會，甚至不能指導自己。我已經不是文學家，所以才來開會。歷史上那有一個文學家是別人告訴他要這樣寫、那樣寫的？我深知文學即宣傳，但那只是宣傳自己，而非替他人說話。文學家必有道，但未必爲當時的社會承認。」〔註105〕最後兩句講得精彩，魯迅後期花大力氣鑽研蘇俄文論，翻譯普列漢諾夫，對宣傳事業有多大作用不得而知，於後來的文學

〔註103〕魯迅《勢所必至，理有固然》，《魯迅全集》第八卷，人民文學出版社 1982 年版，第 380 頁。

〔註104〕王風編《廢名集》第三卷，北京大學出版社 2009 年版，第 1279～1280 頁。

〔註105〕王風編《廢名集》第六卷，北京大學出版社 2009 年版，第 3390 頁。

事業，也未見產生多少有益的影響。

廢名一向自視頗高，在《一個中國人民讀了新民主主義論後歡喜的話》中他說，「我有一篇文章，題目是『舊時代的教育』，是抗戰期間我在農村看見還有私塾存在，小孩子還是讀經，一天我走進那個私塾，聽見那個誦聲，動了我的憤怒因而寫的，我敢說魯迅的《狂人日記》遠不如我的這篇狂人日記眞眞是救救孩子了。」〔註106〕他指的是《莫須有先生坐飛機以後》的第六章「舊時代的教育」，說魯迅遠不如自己，但限定在救救孩子一事上。

二十世紀六十年代談及《狂人日記》，廢名認爲《狂人日記》之於新文學，正如屈原《離騷》之於古典文學，鮮明地是爲政治服務的；又說到了一九二七年大革命之後，他（魯迅）自己首先說，「現在倘再發那四平八穩的『救救孩子』似的議論，連我自己聽去，也覺得空空洞洞了。」〔註107〕在救救孩子這個問題上，十年後仍不以魯迅爲是。

魯迅在選編《中國新文學大系‧小說二集》時收錄了廢名三篇小說，在《導言》中魯迅說：

> 後來以「廢名」出名的馮文炳，也是在「淺草」中略見一斑的
> 作者，但並未顯出他的特長來。在一九二五年出版的《竹林的故事》
> 裏，才見以沖淡爲衣，而如著者所說，仍能「從他們當中理出我的
> 哀愁」的作品。可惜的是大約作者過於珍惜他有限的「哀愁」了，
> 不久就更加不欲像先前一般的閃露，於是從率直的讀者看來，就只
> 見其有意低回，顧影自憐之態了。〔註108〕

魯迅與廢名的交往，日記中有多處記載。魯迅以小說家的目光捕捉到廢名行文的「吞吞吐吐」和「顧影自憐」，頗爲生動，但魯迅並沒有分析其背後的原因，而這正是廢名文字的一個根本的特性，透迤於隱藏和顯露之間的文字意識，以自相矛盾爲旨歸的文本追求。

以廢名的晦澀難懂，能把作品發表出來，並獲少數有識之士的讚賞，實在與周作人的大力鼓吹關係密切。胡適所發動的白話文運動，原本以清淺一路爲

〔註106〕廢名《一個中國人民讀了新民主主義論後歡喜的話》，王風編《廢名集》第四卷，北京大學出版社2009年版，第1976頁。

〔註107〕王風編《廢名集》第五卷，北京大學出版社2009年版，第2665頁。

〔註108〕魯迅《中國新文學大系‧小說二集》編者導言，上海良友圖書公司1935年版。

正宗，廢名的難懂是一個異數。

一九二五年，在北大外文系讀書的二十四歲的廢名，第一本小說集《竹林的故事》（收入十四篇短篇小說）由北新書局出版，周作人爲該書序道，「馮君從中外文學裏涵養他的趣味，一面獨自走他的路，這雖然寂寞一點，卻是最確實的走法，我希望他這樣可以走到比此刻的更是獨殊的他自己的藝術之大道上去。」〔註109〕

此後的二十多年裏，廢名的「獨殊的」創作，說不上多產，卻也可觀。小說《桃園》上海開明書店一九二八年出版，《棗》開明書店一九二八年出版，《橋》開明書店一九三二年出版，《莫須有先生傳》開明書店一九三二年出版，《談新詩》新民印書館一九四四年出版，《莫須有先生坐飛機以後》一九四七年連載於《文學雜誌》，《招隱集》（散文、新詩合集）大楚報社一九四五年出版。一九五七年出版《跟青年談魯迅》和《廢名小說選》。但他的寂寞和不被理解似乎是注定了的。一九三六年李健吾這樣評說廢名，「無論中外古今，遇見一個善感多能的心靈，都逃不出他強有力的吸收和再生。惟其善感多能，他所再生出來的遂乃具有強烈的個性，不和時代爲伍，自有他永生的角落，成爲少數人流連忘返的桃園。」〔註110〕

詩與散文（包括小說）在形式上的分別，在分行與不分行，重點是內容上的差別，「什麼叫做詩的內容，什麼叫做散文的內容」是廢名《談新詩》一書的難點，也是一個重要線索，他以近十四萬字的篇幅，處處區分，比如他講到溫庭筠的不被理解。溫詞不同於其他古詩詞之處，正在於他有一個詩的內容。「溫庭筠的詞不能說是情生文文生情的，他是整個的想像，大凡自由的表現，正是表現著一個完全的東西。好比一座雕刻，在雕刻家沒有下手的時候，這個藝術的生命便已完全了，這個生命的製造卻又是一個神秘的開始，即所謂自由，這裏不是一個醞釀，這裏乃是一個開始，一開始便已是必然了，於是在我們鑒賞著一件藝術品的時候我們只有點頭，彷彿這件藝術品是生成如此的。這同行雲流水不一樣，行雲流水乃是隨處糾葛，他是不自由，他的

〔註109〕周作人《〈竹林的故事〉序》，《周作人文類編》第三卷，湖南文藝出版社 1998 年版，第 627 頁。

〔註110〕李健吾《畫夢錄》，陳振國編《馮文炳研究資料》，知識產權出版社 2010 年版，第 175 頁。

不自由乃是生長，乃是自由。」〔註111〕

廢名的小說，可以稱做文人小說。「我嘗私自裏說一句大話，如果硬要我做一部小說作北京學校裏教科書用，限十年二十年交卷，《水滸傳》我只好五體投地，不敢效顰自己才力不及，若他人的《吉訶德先生》，我確想較一日之短長。」〔註112〕兩部「莫須有先生」的小說，合起來似可比《吉訶德先生》，篇幅上雖有不及。不過，既然是「無全書在胸而姑涉筆成書者」，或長或短也就無傷大雅了。

《莫須有先生傳》第十四章「這一章談到一個聾子」有這樣的對話，在這個段落裏，文言和白話，是無法截然分開的，整部小說裏也是如此：

> 言罷四座噓唏，駟不及舌，無法挽回，莫須有先生他還以爲是
> 講笑話，眞是忘形得可以，他不覺而失聲道：
>
> 「但我得言我之志，唉，深愧無言之志，──大嫂，我且問你，
> 在我沒有見她以前，依然是世界，世界就不可思議，說空無是處，
> 有亦無是處，並不比人生之墓還可以憑一丘之草去想像，這個境界，
> 於此於何有？於彼於何有？我何從而動尺素之懷呢？然而人生如萍
> 水，天地並不幻：彼此一朝相見，在昔日之我我不敢說，或者有那
> 樣的本領也是有的，誠如尊言，過一個不是日子，如今我則甚是懂
> 得愛情，茲事誠不易，尤其是在我這個可以拿生命而孤注一擲的性
> 格，唉，斯亦可悲矣，在人生這個可笑而可敬之幕上，不可只想著
> 表現自己，一定要躲在幕後亦殊自覺可恥，這樣你鍛鍊你自己，或
> 可在這個虛無何有之鄉建築得一座天國，但這個造謁恐怕不是汝輩
> 婦人孺子所能企及，須得一個大丈夫，大凡什麼天堂，並不是自畫
> 一塊樂地，若作如是想，那不過是市場上的鼠竊狗偷，心勞日拙，
> 不足觀也矣，他須得是面著地獄而無畏者，所謂我不入地獄誰入地
> 獄，自然也最是深思遠慮，凡事都躊躇著說話，難以稱意，總之始
> 終還是他的天資高人一等。」〔註113〕

〔註111〕馮文炳《談新詩》，人民文學出版社1984年版，第30頁。

〔註112〕廢名《無題》，王風編《廢名集》第三卷，北京大學出版社2009年版，第1358～1359頁。

〔註113〕廢名《紡紙記》，珠海出版社1997年版，第115～116頁。

理解《莫須有先生傳》這部「文人小說」不易，從周作人的評論入手，或許能尋出些線索或提示。

周作人說，「村居，讀莎士比亞，我所推薦的唐吉訶德先生，李義山的詩，這都是構成莫須有先生傳的分子。」〔註 114〕廢名是把莎士比亞與庾信一律看待的，他說，「我讀莎士比亞，讀庾子山，只認得一個詩人，處處是這個詩人自己表現，一個表現於生活，一個表現於意境。表現生活也好，表現意境也好，都可以說是用典故，因為生活不是現實生活，意境不是當前意境，都是詩人的想像。只要看莎士比亞的戲劇都是舊材料的編造，便可以見我的話不錯。」〔註 115〕莫須有先生，就其對書本、和文化、和民眾的態度而言，也就其對理想的執著言，正是中國的唐吉訶德。屠格涅夫認為唐吉訶德是理想派，廢名與其相反，他認為唐吉訶德是經驗派，「耍了一個猴戲給我們看，他將故事渲染得很好。」〔註 116〕廢名最欽佩李義山的詩，像「我是夢中傳彩筆，欲書花葉寄朝雲」，「一春夢雨常飄瓦，盡日靈風不滿旗」這樣的句子，他經常提起，據說是因為他的詩能因文生情。他寫給俞平伯的信中說，「我是一個站在前門大街灰塵當中的人，然而我的寫生是愁眉斂翠春烟薄。」〔註 117〕這句話也許最能道出廢名的人與文。

周作人在《莫須有先生傳》序中說，「我的《永日》或可勉強說對了《桃園》，《看雲》對《棗》和《橋》，但《莫須有先生》那是我沒有。《莫須有先生》的文章的好處，似乎可以舊式批評評之曰，情生文，文生情。這好像是一道流水，大約總是向東去朝宗於海，他流過的地方，凡有什麼汊港灣曲，總得灌注瀠洄一番，有什麼岩石水草，總要披拂撫弄一下子再往前去，這都不是他的行程的主腦，但除去了這些也就別無行程了。」〔註 118〕一九六二年十二月完成的四十萬言《知堂回想錄》，與兩部《莫須有先生》雖有紀實與虛

〔註 114〕周作人《懷廢名》，鍾叔河編《周作人文類編》，湖南文藝出版社 1998 年版，第 499 頁。

〔註 115〕廢名《紡紙記》，珠海出版社 1997 年版，第 191 頁。

〔註 116〕王風編《廢名集》第三卷，北京大學出版社 2009 年版，第 1242 頁。

〔註 117〕同上，第 1265 頁。

〔註 118〕周作人《〈莫須有先生傳〉序》，《周作人文類編》第三卷，湖南文藝出版社 1998 年版，第 653～654 頁。

構的差別，似可爲前後呼應，《知堂回想錄》六十年代連載於香港《南洋商報》，一九七〇年香港出版過單行本，遠在長春的廢名，大約沒有看到。

周作人在序中引錄《莊子・齊物論》對於風的描述，之後他說：「莊生此言不但說風，也說盡了好文章。今夫天下之難懂有過於風者乎？而人人不以爲難懂，刮大風群知其爲大風，刮小風莫不知其爲小風也。何也？吹萬不同，而使其自己也，咸其自取，怒者其誰耶？那些似鼻似口似耳等的竅穴本來在那裏，平常以爲他們損壞了樹木，便是窩藏蝎子蜈蚣，看也沒有人看一眼，等到風一起來，他便愛惜那萬竅，不肯讓他們虛度，於是使他們同時吶喊起來，於是激者諤者叱者等就都起來了，不管蝎子會吹了掉出來，或者蜈蚣喘不過氣來。大家知道這是風聲，不會有人疑問那似鼻者所發的怪聲是爲公爲私，正如水流過去使那藻帶飄蕩幾下不會有人要查究著是什麼意思。能做好文章的人他也愛惜所有的意思，文字，聲音，故典，他不肯草率地使用他們，他隨時隨處加以愛撫，好像是水遇見可飄蕩的水草要使他飄蕩幾下，風遇見能叫號的竅穴要使他叫號幾聲，可是他仍然若無其事地流過去吹過去，繼續他向著海以及空氣稀薄處去的行程。這樣所以是文生情，也因爲這樣所以這文生情異於做古文者之做古文，而是從新的散文中間變化出來的一種新格式。」

周先生從來不亂誇別人，這一回因廢名的難懂，莫須有先生的不好理解，連莊子都搬出來了，稱讚其文章做得好。廢名在《自序》中說，「若說難懂，那是因爲莫須有先生這人本來難懂，所以莫須有先生傳也就難懂，然則難懂正是它的一個妙處，讀者細心玩索之可乎？玩索而一旦有所得，人生在世必定很有意思。世上本來沒有便宜而得好處的事情。」〔註119〕廢名在《自序》中也藉重莊子，不過是《齊物論》的下一篇《養生主》，他以庖丁解牛的話——「臣之所好者道也，進乎技矣」，欲言又止地說了出來，又以操刀沒有十九年的緣故收了回去。這就是廢名，一篇短序，也要作成對於序的取消，看來，他於莫須有先生的長年不被人理解，早已心中有底。「文學家必有道，但未必爲當時的社會承認。」一九四八年廢名再次說起的這個道，正是臣之所好的那個道，道隱於榮華，原本是道的常態。「人生的意義不在他的故事，在於渲染這故事的手法」，這是廢名說的話，卻記不起來出自於何處了。

〔註119〕廢名《紡紙記》，珠海出版社 1997 年版，第 32 頁。

周作人爲《莫須有先生》所作的序寫於一九三二年二月，在單行本出版之前，書印出來之後，他又讀了一遍，竟認爲自己上一回沒有看懂，差不多有要把前序推翻重作的意思了。一九三三年一月，周作人在給廢名的信中說：

> 前晚昨晚無他事，取貴《莫須有先生》從頭讀一遍，忽然大悟，前此做序純然落了文字障，成了「文心雕龍新編」之一章了。此書乃是賢者語錄，或如世俗所稱言行錄耳，卻比禪和子的容易瞭解，則因係同一派路，雖落水有淺深，到底非完全異路也。語錄中的語可得而批評之，語錄中的心境——「禪」豈可批評哉，此外則描寫西山的一群饒舌的老娘兒們，猶吉訶德先生之副人物亦人人可得而喜樂欣賞之者也。前序但說得「語」，然想從別方面寫一篇亦不可得，欲寫此等文雖精通近代「文學學」尚不可至，況如不佞之不學者乎，可爲一笑。〔註120〕

元張可久曾有「白髮禪和，墨本東坡，相伴住山阿」之句，廢名從一九二七年冬天起，在北京西山輾轉於正黃旗、四棵槐樹、北營，斷續居住五載。《莫須有先生傳》，寫的是山居生活，與村婦的交往。本書初稿亦寫於香山，曾在溪山流水處居住數年。廢名小說第三章寫莫須有先生下鄉後與房東太太之初相遇等等情景，十分熟稔，廢名的山居和本人的山居相隔八十載，習俗依然保存得完好。

周作人曾說，「文藝之美，據我想形式與內容要各占一半，近來創作不大講究文章，也是新文學的一個缺陷。的確，文壇上也有做得流暢或華麗的文章的小說家，但廢名君那樣簡練的卻很不多見。」〔註121〕

廢名對寫作自相矛盾的態度，也表現在對小說的看法上。在給周作人的信中，廢名曾說，「我從前寫小說，現在則不喜歡寫小說，因爲小說一方面也要眞實，——眞實乃親切，一方面又要結構，結構便近於一個騙局，在這些上面費了心思，文章乃更難得親切了。」〔註122〕廢名在《莫須有先生坐飛機以後》的開頭說，「《莫須有先生傳》可以說是小說，即是說那裏面的名字都

〔註120〕周作人《與廢名書》，《周作人文類編》第三卷，湖南文藝出版社 1998 年版，第655頁。

〔註121〕鍾叔河編《周作人文類編》第三卷，湖南文藝出版社 1998 年版，第 628～629 頁。

〔註122〕鍾叔河編《周作人文類編》第七卷，湖南文藝出版社 1998 年版，第 459 頁。

是假的，——其實那裏面的事實也都是假的，等於莫須有先生做了一場夢，莫須有先生好久就想登報聲明，若就事實說，則《莫須有先生坐飛機以後》完全是事實，其中五倫俱全，莫須有先生不是過著孤獨的生活了。它可以說是歷史，它簡直還是一部哲學。我們還是從俗，把《莫須有先生坐飛機以後》當作一部傳記文學。」〔註123〕假若當成傳記文學的話，那麼五十年代初廢名所寫的《一個中國人民讀了新民主主義論後歡喜的話》，本書認為可以視作《莫須有先生坐飛機以後》的第十八章，即全書的最後一章。這是廢名的文學，但更重要的乃是廢名的思想——特別是他的宗教和教育思想。廢名的思想和文學難懂，根源於廢名這個人的難懂，只有弄懂了這個人，才可獲悉他的文。

一九四三年周作人寫《懷廢名》一文，於一九三七年之前廢名的創作有一個總結：「廢名的文藝活動大抵可以分幾個段落來說。甲是《努力周報》時代，其成績可以《竹林的故事》為代表。乙是《語絲》時代，以《橋》為代表。丙是《駱駝草》時代，以《莫須有先生》為代表。以上都是小說。丁是《人間世》時代，以《讀論語》這一類文章為主。戊是《明珠》時代，所作都是短文。」〔註124〕

朱光潛在一九三七年七月一日《文學雜誌》第一卷第三期上撰文《橋》，評論廢名的小說：「《橋》有所脫化而無所依傍，它的體裁和風格都不愧為廢名先生所特創。看慣現在中國一般小說的人對於《橋》難免隔閡，但是如果他們排除成見，費一點心思把《橋》看懂以後，再去看現在中國一般小說，他們會覺得許多時髦作品都太粗疏膚淺，浪費筆墨。讀《橋》不是易事，它逼得我們要用勞力征服，征服的倒不是書的困難而是我們安於粗淺的習慣。正因為這一層。讀《橋》是一種很好的文學訓練。」〔註125〕這是評論廢名文字中寫得中肯的話，移至七十多年之後，依然沒有過時。大量沒有經過文學訓練的人，從事寫作，幾十年安於粗淺，不能把責任全推給政治。李長之在四十年代曾批評中國學者太懶，缺乏「理智的硬性」，這懶多指不肯在語言的

〔註123〕廢名《紡紙記》，珠海出版社1997年版，第132頁。

〔註124〕周作人《懷廢名》，《周作人文類編》第十卷，湖南文藝出版社1998年版，第500頁。

〔註125〕陳振國編《馮文炳研究資料》，知識產權出版社2010年版，第179頁。

琢磨上下功夫。

周作人認為，「我覺得廢名君的著作在現代中國小說界有他獨特的價值者，其第一的原因是其文章之美。廢名君用了他簡練的文章所寫獨有的意境，固然是很可喜，再從近來文體的變遷上著眼看去，更覺得有意義。」〔註126〕

廢名的句子很特別，李健吾說，「我不妨請讀者注意他的句與句間的空白。惟其他用心思索每一句子的完美，而每一完美的句子便各自成為一個世界，所以他有句與句間最長的空白。……你可以因而體會他寫作的方法。他從觀念出發，每一個觀念凝成一個結晶的句子。讀者不得不在這裏逗留，因為它供你過長的思維。」

「有時我想，是什麼阻礙他有廣大的讀眾？他所表現的觀念嗎？不見得就是。他的作品無形中流露的態度嗎？也是也不是。我們曉得，既屬一件藝術作品，如若發生問題，多半倒在表現的本身。我的意思是說，廢名先生表現的方式，那樣新穎，那樣獨特，於是攔住一般平易的接識。讓我們把問題縮小來看。廢名先生愛用典，無論來源是詩詞，戲曲或散文。然而使用的時節，他往往加以引申，或者賦以新義，結局用典已然是通常讀者的一種隔閡，何況節外生枝，更其形成一種障礙。無論如何，一般人視為隱晦的，有時正相反，卻是少數人的星光。」〔註127〕李健吾是懂得廢名文字的。從廢名風格中有所汲取而又容易被人瞭解的，是沈從文和汪曾祺。文字上的障礙，使廢名失去了這些少數人中的多數，能以之為星光的人，少之又少了，有論者稱廢名乃是為作家而寫作的作家，實為中肯之語。

周作人為《竹林的故事》所作序：「馮君的小說我並不覺得是逃避現實的。他所描寫的不是什麼大悲劇大喜劇，只是平凡人的平凡生活——這卻正是現實。特別的光明與黑暗固然也是現實之一部，但這盡可以不去寫他，倘若自己不曾感到欲寫的必要，更不必說如沒有這種經驗。文學不是實錄，乃是一個夢：夢並不是醒生活的複寫，然而離開了醒生活夢也就沒有了材料，無論所做的是

〔註126〕周作人《〈棗〉和〈橋〉的序》，《周作人文類編》第三卷，湖南文藝出版社 1998年版，第 647 頁。

〔註127〕李健吾《畫夢錄》，陳振國編《馮文炳研究資料》，知識產權出版社 2010 年版，第175 頁。

反應的或者是滿願的夢。」〔註128〕

　　廢名對於文學的根本看法，大概可以用文學是夢四字加以概括，之外就是鏡子。在西方的鏡象理論引入之前，廢名於此一意象有自己的偏愛和執著了。廢名與西方現代主義文學在觀念氣質上的暗合默契是有意思的題目，其詩《妝臺》這樣描述：「因爲夢裏夢見我是個鏡子／沉在海裏他將也是個鏡子／一位女郎拾去／她將放上她的妝臺／因爲此地是妝臺／不可悲哀。」廢名寫文章解釋過這首詩，他說：

> 　　當時我忽然有一個感覺，我確實是一個鏡子，而且不惜於投海，那麼投了海鏡子是不會淹死的，正好給一個女郎拾去。往下便自然吟成了。兩個「因爲」，非常之不能做作，來得甚有勢力。「因爲此地是妝臺，不可有悲哀」，本是我寫《橋》時的哲學，女子是不可以哭的，哭便不好看，只有小孩子哭很有趣。所以本意在《妝臺》上只注重在一個「美」字，林庚或未注意及此，他大約覺得這首詩很悲哀了。我自己如今讀之，彷彿也只是感得「此地是妝臺，不可有悲哀」之悲哀了。其所以悲哀之故，彷彿女郎不認得這鏡子是誰似的。奇怪，在作詩時只注意到照鏡子時應該有一個「美」字。〔註129〕

朱英誕「以我的私見還是想認爲那首《妝臺》最可愛，潔淨精良，人生一樂，實在可以認爲是大雅之堂。這樣的詩全憑詩人的質與力，故雖然是風華的詩待到寫出來竟是那麼言簡意繁，完全而有力量。可以說是廢名的代表作，同時也眞是新詩裏的傑作了」。廢名在《談新詩》中曾推舉郭沫若的短詩《夕暮》爲新詩第一，朱英誕則認爲廢名的《妝臺》足可與《夕暮》比肩。

　　廢名寫的新詩收在《廢名集》中有一百○四首，還有一首譯詩。這並不是他所作詩的全部，他認爲自己只是偶爾作詩，「何曾立意到什麼詩壇上去，那實在是一時的高興而寫了幾句枝葉話罷了。及其寫完《鏡》，我更覺得我尙有『志』可言似的，那個志其實就庶幾乎無言之志。」〔註130〕既爲無言之志，

〔註128〕周作人《〈竹林的故事〉序》，《周作人文類編》第三卷，湖南文藝出版社 1998 年版，第 627 頁。

〔註129〕廢名、朱英誕《新詩講稿》，北京大學出版社 2008 年版，第 370 頁。

〔註130〕王風編《廢名集》第三卷，北京大學出版社 2009 年版，第 1506 頁。

終究還是以詩言之，必有其不得已於無言者。廢名的新詩，不好懂大約有過於其小說者，但決非不可懂。《談新詩》中他曾經選過自己七首詩加以詮釋，在詩和釋文之間，有一種奇妙的關係，在讀過釋文之後，於其詩的理解有可貫通，返回來再讀其詩，皆可以懂得。是否可以說，這也是一種文學訓練呢。他認為新詩的種子，本來就是從溫李一派的舊詩中生長出來，所以不好懂應是自然的。廢名也不是故意讓人不懂，他推崇郭沫若的《夕暮》，認為超過自己的《妝臺》，「比我的詩，卻又容易與人人接近，故我取它而不取我自己的詩。」朱英誕說，「我讀廢名的作品之感是這樣，技巧之外，真情畢露，即是說寓技巧於感情之中，他所以喜歡六朝人物唐詩之故，大約就在這兒吧。故他的詩要好就十分的好了。」「以詩為中心，不以自己為中心，則在欣賞上是好現象，是千花成塔禮寒山也。只是晦澀的詩如不是不通的詩，那麼在不懂之先便沒有妄下斷語的可能，蓋還沒有懂得怎麼能說詩好或者不好呢？」〔註131〕

廢名對於新詩的成績是充分肯定的，他在四十年代末認為，「中國新文學很成功，新詩尤其成功，好詩的分量雖少而質實在很好。新詩中至少可以選五十首出來，足以與任何時代，任何國家的好詩相比。散文小說的方向很好，成就卻不算優異。」〔註132〕

廢名對於新詩的意見很特別，「我以為新詩與舊詩的分別尚不在白話與不白話，雖然新詩所用的文字應該標明是白話的。舊詩有近乎白話的，然而不能因此就把這些舊詩引為新詩的同調。」舊詩的長處，可以在新散文裏發展。「我那時對於新詩很有興趣，我總朦朧的感覺著新詩前面的光明，然而朝著詩壇一望，左顧不是，右顧也不是。這個時候，我大約對於新詩以前的中國詩文學很有所懂得了，有一天我又偶然寫得一首新詩，我乃大有所觸發，我發見了一個界線，如果要做新詩，一定要這個詩是詩的內容，而寫這個詩的文字要用散文的文字。已往的詩文學，無論舊詩也好，詞也好，乃是散文的內容，而其所用的文字是詩的文字。」「我們寫的是詩，我們用的文字是散文的文字，就是所謂自由詩。這與西洋的『散文詩』不可相提並論。中國的新詩，即是說用散文的文字寫詩，乃是從中國已往的詩文學觀察出來的。」

〔註131〕廢名、朱英誕《新詩講稿》，北京大學出版社 2008 年版，第 277 頁。

〔註132〕王風編《廢名集》第六卷，北京大學出版社 2009 年版，第 3394 頁。

「中國已往的詩文學向來有兩個趨勢，就是元白易懂的一派同溫李難懂的一派，無論那一派都是在詩的文字之下變戲法，總而言之都是舊詩，胡適之先生於舊詩中取元白一派作爲我們白話新詩的前例，乃是自家接近元白一派舊詩的原故，結果使得白話新詩失了根據。」

「我個人承認中國的詩的文學（除了新詩）是中國文學發達上一個最光明的產物，充分的發展了中國文字之長，各時代各有其特色，我們今日的新詩如果可以成立，它也只是中國詩的一種，是一種體裁，而我們做新詩的人最好是能夠懂得舊詩的變遷，以及漢字對於中國詩的一個必然性，庶幾我們也可以有我們的成就，不至於牛頭不對馬嘴。」〔註133〕

胡適以元白詩做新詩的同調，乃因他們的白話句子，廢名認爲這恰使新詩失去了存在的依據，他把溫李的詩看作新詩的根苗，「眞有詩的感覺如溫李一派，溫詞並沒有典故，李詩典故就是感覺的聯串，他們都是自由表現其詩的感覺和理想，在六朝文章裏已有這一派的根苗，這一派的根苗又將在白話新詩裏自由生長，這件事情固然很有意義，卻也是最平常不過的事，也正是『文藝復興』，我們用不著大驚小怪了。」〔註134〕

廢名所選好的新詩：胡適三首、沈尹默五首、劉半農二十首、魯迅一首、周作人十首、康白情四首、馮雪峰五首、潘漠華四首、應修人三首、汪靜之七首、冰心十首、郭沫若七首、卞之琳十一首、林庚四首、朱英誕十二首、馮至七首、廢名七首，十七位詩人，計百二十首。與廢名對於劉半農新詩的推崇形成對比，劉半農對廢名的新詩毫不欣賞，在其日記中寫道：「今天（一九三四年）文學季刊創刊，沒有什麼好東西。廢名即馮文炳，有短詩數首，無一首可解，而此人爲知堂所賞識，殊不可解。」〔註135〕

周作人在《〈棗〉和〈橋〉的序》中說：「民國的新文學差不多即是公安派復興，唯其所吸收的外來影響不止佛教而爲現代文明，故其變化較豐富，然其文學之以流麗取勝初無二致，至『其過在輕纖』，蓋亦同樣地不能免焉。現代的

〔註133〕廢名《周作人散文鈔·序》，王風編《廢名集》第三卷，北京大學出版社 2009 年版，第 1279 頁。

〔註134〕馮文炳《談新詩》，人民文學出版社 1984 年版，第 4、25、39 頁。

〔註135〕轉引自馮榮光《馮文炳生平年表》，王風編《廢名集》第六卷「附錄」，北京大學出版社 2009 年版，第 3465 頁。

文學悉本於與『詩言志』的主張，所謂『信腕信口皆成律度』的標準原是一樣，但庸熟之極不能不趨於變，簡潔生辣的文章之興起，正是當然的事，我們再看詩壇上那種『豆腐乾』式的詩體如何盛行，可以知道大勢所趨了。」〔註136〕新文學運動已然百年，竟然還是公安派一枝獨秀，竟陵派本為救其弊而出，它的暗流如今不僅沒有擴大的趨勢，甚至還有斷絕的危險。

一九三二年廢名所寫《悼秋心》：「我常想，中國的白話文學，應該備過去文學的一切之長，在這裏頭徐志摩與秋心兩位恰好見白話文學的駢體文的好處，不過徐君善於運用方言，國語的歐化，秋心君則似乎可以說是古典的白話文學之六朝文了。」〔註137〕

晚年的廢名，說過動人的話，「我過去，因為經過自己的勞動的緣故，對祖國的語言是真愛好……」廢名不算一位多產的作家，但在新詩、散文、小說、評論、理論乃至宗教佛理方面，有分量重的著作，他的語言非常獨特，在周氏兄弟之後，稱得上是文體家。廢名對語言的重視持續一生，他從來沒有把文言與白話對立起來。

一九五八年在東北人民大學任教時所寫《語言學課程整改筆談》中說：

其實古書並不是神秘的，就文學遺產說，如果是好的東西，有被我們接受的價值，它一定不難懂，在於老師教給學生以語法和詞彙的知識，讓他們熟練地認識到古代漢語和現代漢語基本上是一致的。

我建議開設下列選修課程：文學語言史，歷代作家語言與民間語言的比較，從語言角度比較周秦文、六朝文、唐宋古文、明清小品文，詩賦詞曲的語言，新詩的語言，毛主席著作的語言，魯迅的語言，五四以來小說和散文的語言，新民歌的語言。〔註138〕

大學裏的中文系，又稱漢語言文學系，從學生到教師一向忽視語言而重視文學，輕視形式，注重內容，就文學本身而言，則又重視思想和意義，輕視美學風格。文學批評不在語言上分析，不在形式上衡量，容易做成社會政治批

〔註136〕周作人《〈棗〉和〈橋〉的序》，《周作人文類編》第三卷，湖南文藝出版社 1998 年版，第 647 頁。

〔註137〕廢名《悼秋心（梁遇春君）》，王風編《廢名集》第三卷，北京大學出版社 2009 年版，第 1289 頁。

〔註138〕王風編《廢名集》第六卷，北京大學出版社 2009 年版，第 3344～3349 頁。

評，這個風氣幾十年如一日。廢名所建議開設的圍繞著語言這個核心而列舉的課程，可以起到糾偏的效果。原因在於語言繁難，鑽研語言猶如深究科學一樣，需要下真功夫，花大氣力。脫離了語言的文學，日益窳敗空疏。

> 胡適之先生也曾說中國文學史上一個時代有一個時代的文學，但適之先生的含義與我們今日所說的不同，適之先生似乎把一個一個的時代截斷了看，我們則認為是一整個的發達路程，各時代文學的不同有一個必然的變化在裏頭，古與今相生長而不相及，所以適之先生說文言文學是死文學，白話文學是活文學，而我們以為如是死文學則當生之日它已經是死的，白話文學只是文言文學的一個「窮則變」，而它自然的要與文言文學相承。有了這一個認識，我們今日的新文學運動才得了客觀的意義，而它也自然的是「有詩為證」，從而承上啟下，成為我們這一個時代的文學了。〔註139〕

這是廢名一九三三年為《周作人散文鈔》所作序言中的話，關於文言白話，關於新文學，他的意見是中肯的。

二、李長之

與廢名於其本名筆名的態度不同，批評家李長之（一九一〇～一九七八）在名字問題上毫無吞吞吐吐、顧影自憐之態。他本名長植，自署長之，《陶淵明傳論》所署張芝，不過是在本名上加弓添草掩飾一下，容易被人識破，他多數署本名。一九二九年，廢名從外文系畢業，這年李長之考入北京大學預科，後入清華大學生物系，兩年後轉入哲學系，一九三五年畢業。他崇尚孔子、孟子、屈原、司馬遷、陶淵明和李白，對德國狂飆運動一生未能釋懷。「照西洋的方法，開中國的寶藏，這是這一代的中國人的義務。」他很早有這樣自覺的意識，而他說的這一代，應是他自己這一代，即胡適和周氏兄弟的下一代。

李長之這樣評述周作人，「周先生老從健全的見地出發，為說話明白起見，便是並不發不近人情的怪論，然而也不迂腐。他這種健全的見地，我每以為是人人應當有的。就譬如吃東西或欣賞名著吧，他只是保有正確的常態的胃口的人，這不是人人應當的嗎？但事情是奇怪的，變態的失了正味的人反而是大多

〔註139〕廢名《〈周作人散文鈔〉序》，王風編《廢名集》第三卷，北京大學出版社 2009 年版，第 1278 頁。

數，他們總拿出許多五光十色的萬花鏡來騙人自騙。在這種氛圍裏，如何令我不覺得清醒，健全，正確，如周先生的頭腦的人之可敬呢？」〔註140〕周先生說自己粗通國文，略具常識，能懂得這話分量的人實在不多，李長之是其中的一位。

與廢名一樣，李長之的第一本著作，也請周作人製序，《論「救救孩子」》開頭說：

李長之君在北大理預科時我就認識他。他學過生物，又轉習哲學，愛好文學，常寫批評文。這回要選集了出一本書，叫我寫序，這個我當然願意作，雖然我的文學小鋪早已關門，對於文學不知道怎麼說好，但是我相信以李君的學力與性格去做文學批評的工作總是很適當能勝任的。

據人家傳聞，西洋在十六世紀發見了人，十八世紀發見了婦女，十九世紀發見了兒童。於是人類的自覺逐漸有了眉目，我聽了真不勝歆羨之至。

此時而有救救孩子的呼聲，如不類似拍花子的甘言，其為大膽深心的書呆子的歎息蓋無疑矣。天下的書呆子少而拍花子多，蓋不得已之事也。

我想人們也太情急了，為什麼不能慢慢的來，先讓這班小朋友們去充分的生長，滿足他們自然的欲望，供給他們世間的知識，至少到了中學完畢，那時再來誘引或閧騙，拉進各派去也不遲。〔註141〕

這是周作人愛護少年的話，他說給這位二十四歲的大學生。

吳組緗說，從前講凡有井水之處，即能歌柳詞，中國凡有報紙刊物的地方，都曾刊有長之的文章。此言不虛。李長之一九四五年著《我的寫作生活》一文告白：「在戰前，我大約寫了二百萬字，在戰時，也約略寫了二百萬字。」〔註142〕說這話的時候，作者不過三十五歲，做批評家的志向已確定，且終生未改。不幸的是，這是一個令批評家難堪的時代。幸而中國的歷史長，他把目光投向過去，發現自己有寫不完的文字，列舉的五大詩人，寫了三位——屈原、陶淵明

〔註140〕《李長之文集》第四卷，河北教育出版社2006年版，第12頁。

〔註141〕周作人《論「救救孩子」》，《周作人文類編》第五卷，湖南文藝出版社1998年版，第728～730頁。

〔註142〕《李長之文集》第八卷，河北教育出版社2006年版，第516頁。

和李白，李商隱寫了論綱，杜甫列出了研究計劃，未能動筆。從一九五七至一九七七年二十年時間，這位一日萬言的才子，被剝奪了寫作的權利，他內心中涌動著的文思，又如何去平息它們呢？一如漢唐宋元派駐今日的文化特使，他除了懂得古文化正面價值和優長之外，精通英文德文，能閱讀法文、俄文、日文，以世界眼光看待中國文化的發展和曲折，且對這傳統有很深的信心。這一點，他和廢名是一致的，與五四那代多數人形成大的反差。

他的第一部批評專著《魯迅批判》成於一九三五年，在天津《益世報》上連載，作者一九四三年寫的《三版題記》中說，「魯迅先生是看見過付印之前的稿樣的，他很幫忙，曾經訂正過其中的著作時日，並曾寄贈過一張近照。」「本書出版後，在國內沒有什麼大反響，這是料到的。因為我對於魯迅的好壞都提到，這便使只覺得好（好成一個偶像）或者只覺得壞（壞到死後還有餘辜）的人所失望。」〔註143〕

《魯迅批判》的作者自序中談到，「我的用意是簡單的，只在盡力之所能，寫出我一點自信的負責的觀察，像科學上的研究似的，報告一個求真的結果而已，我信這是批評者的唯一的態度。」〔註144〕

除了翻譯外國文論和著作之外，他對於古代的作家進行有特色的批評，這個名單包括：孔子、孟子、屈原、司馬遷、左思、潘岳、陶淵明、李白、李商隱、韓愈、李清照、關漢卿、湯顯祖、洪昇、蒲松齡、杜甫。理論家當中則有章學誠、劉熙載、王國維以及作為文學史家的魯迅。

就連林紓和張資平這樣向來被看作是新文學運動的對立面的人物，他也能夠認真地對待，寫出公正的評論，超出那時的見識。

一九四〇年所寫《論林紓及其文學見地》說，「頑固可以原諒，但是頑固而不徹底，我們不能原諒。林紓站在新與舊的矛盾之中，就守舊論，他還不能太頑強（不是他的情感不夠，是他的認識不夠）。只可惜他對於新文化，也不是十分透徹。總之，他的識見在半明半暗間，尤以關於文學上的根本問題為然。」「就一個文人所應有的性格論，林紓是全然無缺的。誠實，熱狂，而獨立不屈！」〔註145〕

〔註143〕《李長之文集》第二卷，河北教育出版社 2006 年版，第 3～4 頁。

〔註144〕同上，第 5 頁。

〔註145〕《李長之文集》第七卷，河北教育出版社 2006 年版，第 274 頁。

一九三四年四月發表於《清華周刊》上的文章《張資平戀愛小說的考察》一文認為，「我們從新文學的發展看，只有到了張資平，才是真正的小說家。許多作家作了類似小說的東西，然而不成其為小說。……在他的小說中，我們才找到活的對話。在他的用語和句形中，我們見不到舊的文法，也見不到歐化太甚的長句。現在一般人講文藝的大眾化，便知道句子太歐化的不好，張資平可以說是早實行了這一點。這是在白話文學運動中不可磨滅的功績。再者，張資平首先能用白話文學寫長篇小說，到現在為止，他的長篇作品有十八本，在中國也是獨一無二的。」談到時代的時候，他說，「一個時代並不一定有統一的色彩。特殊的是中國，幾乎把原始的生活一直到近代化的生活，同時表演於一國之內，那麼到底抓住那一個時代，才算抓住時代呢？如果說作品是為少數的知識分子寫的，適合於他們所喜歡談的時代的故事，便算抓住時代，這也很困難，因為這些知識分子，所在的時代也並不整齊。」〔註146〕

他在《道教徒的李白及其痛苦》中認為，「考證，我不反對，考證是瞭解的基礎。可是我不贊成因考證，而把一個大詩人的生命活活分割於餖飣之中，像饅頭餡兒。與考證同樣重要的，我想更或者是同情，就是深入於詩人世界中的吟味。」〔註147〕

對司馬遷他的評價是，「情感者，才是司馬遷的本質。他的書是讚歎，是感慨，是苦悶，是情感的宣洩，總之，是抒情的而已！不惟抒自己的情，而且代抒一般人的情。這就是他之偉大處！不瞭解情感生活的人，不能讀司馬遷的書！許多責備司馬遷的人，可以休矣！」〔註148〕

《論偉大的批評家和文學批評史》一文中他流露，「偉大的批評家卻是不能平淡的，他禮讚和詛咒，都得達於極致。」

批評家容易看到現實的缺陷，一九三五年十卷本《中國新文學大系》出版之時，李長之對於當時的文學狀況這樣總結：「五四以來的文化運動，其奮鬥十五年的結果，文學這一部門實在並沒有獲得一般人的重視。以成績論，我們就將見新文化運動的成績，毋寧是自然科學的成績，社會科學就已經次之了，思

〔註146〕《李長之文集》第二卷，河北教育出版社2006年版，第280、288頁。
〔註147〕《李長之文集》第六卷，河北教育出版社2006年版，第1頁。
〔註148〕同上，第262頁。

想及哲學又次之，文學這方面是除了工具的改革（即以工具的改革論，現在竟有兜圈子兜到原地之勢），成績是太微弱了。」〔註149〕

一九五七年《為專業的批評家呼籲》一文說，「如果有人稱我為批評家，我聽了最舒服，比稱我什麼都好。我苦惱的只是還不能獲得條件，做一個名副其實的批評家。我現在搞古典文學，但我認為這僅是應用批評的一個方面而已，我主觀上卻還是在搞批評。誰說批評家不好，我也要當這個聲名不好的批評家。從前玄奘到印度取經的時候，有人在關口阻攔他，但是，他說讓他往西去是可以的，如果讓他往東折回一步就不行。我也同樣想，誰要幫助我的批評工作一步，我就感激；誰要想拉我從批評上退下一步，我就決不答應。河山易改，此性難移呵！」〔註150〕這篇文章發表後不久，他成為右派分子，批評的武器如何健全也沒有用處的。一九三五年《論文藝批評家所需要之學識》中他這樣認為：

> 批評家所需要的學識有三種。一是基本知識，一是專門知識，一是輔助知識。他的基本知識越鞏固越好，他的專門知識越深入越好，他的輔助知識越廣博越好。三者缺一不可，有一方面不充分不可。
>
> 好比一個醫生，他先得有生理學的知識，這是他的基本知識，他得有醫學的知識，這是他的專門知識，他還得有化學、物理學、心理學、藥理學以及一般的人生社會的知識，這是他的輔助知識。好的醫生一定得靠這些。
>
> 批評亦然，什麼是文藝批評家的基本知識？大概語言學和文藝史學（Literargeschichte），是文藝批評家的基本知識。
>
> 什麼是文藝批評家的專門知識呢？這是只有文藝美學（Literraraesthetik）或者叫詩學（Poetik）。
>
> 什麼是文藝批評家的輔助知識呢？可以說有四類：一是生物學、心理學，沒有這種知識，不能瞭解人性，不能瞭解創作過程。二是歷史，為的是人類社會之一般的演進的認識，不知往，無以知來。三是哲學，哲學和文藝同為人類社會某一個進化階段的反映，

〔註149〕《李長之文集》第三卷，河北教育出版社2006年版，第130頁。

〔註150〕同上，第556頁。

因為二者的關係密切些，所以當有這種知識。四是政治經濟學，所謂社會科學，為的是要明瞭社會的剖面，否則不會瞭解從這個剖面裏生長在外面的東西——文藝——的。

為什麼一個文藝批評家必須這樣呢？假若你一想到文藝批評家對於作品的四大問題是：第一，他——作家——表現的是什麼？第二，他表現的成功沒有？第三，他所表現的對不對？第四，他為什麼表現這個？文藝批評家的三大理想是：第一，藝術理想；第二，人生理想；第三，社會理想。你一定不奇怪了。

批評家和創作家，是培養起來的，得有天才，也得有學識。
〔註151〕

一九三四年寫就《論研究中國文學者之路》：

對中國的語言文字，我們也需要來一個徹底的考覈。到底具有什麼優長，我們該利用之，到底有什麼缺陷，我們該補救之，到底有什麼特色，關係到我們中國人一般的思想方式，表現方式，以及美學上的價值和意義，我們該發見之。

在從前文言白話之爭，我以為是簡單的，現在就知道不是那麼回事了，其中包括無數的問題，例如文言白話的分別何在，到底是史的先後呢，還是口語同筆寫的相異呢？抑是藝術的與實用的差別呢？文言文在中國文學史上應占如何的地位，我們當如何去看，文言文到底有沒有優長，倘如是有的，那麼優長又在哪裏。果然是有優長的，則我們是抹殺不掉的，即使要抹殺，也要有一種代替那優長的東西。單以優長論，究竟在美學的意義上是如何的，在表現中國民族之精神的、文化的意義上又是如何的。最後，如何造一種新的優美的中國文學的工具，這都是在檢討的範圍之中的。

我們從估價中國文學的工具，估價中國文學的內容，並估價中國文學的形式，以謀中國文學的建設的基礎。以文學及文藝為對象，適用並建立文學美學、文學批評和文學教育！工具問題，形式問題，都關連於內容的，內容卻關係於整個文化。我們是必須把研究中

〔註151〕《李長之文集》第三卷，河北教育出版社 2006 年版，第 35～36 頁。

文學的事納入體系的學術的軌道，從世界性，整個性，窺出那文化價值，從而批判之，改變之，由中國文學的新建設，以備人類的美麗健康的文學採擇的！〔註152〕

讀他一九三四年九月寫的《楊丙辰先生論》，會感覺到這位二十四歲的批評家有著遠大的前途，因為他的抱負、見識和才學正在一種清醒的理性的作用下逐漸統一起來，要把他帶到一個遼闊的境地。一九四一年所著《孔子與屈原》，是這位批評家成熟的標誌。

在文學上孔子的影響是閒適，也就是「浴乎沂，風乎舞雩，泳而歸」那樣的閒適，在這方面，於是我們有陶潛，有白居易，有辛棄疾，有陸放翁。屈原的影響卻是感傷和悲愁，我們有李白，有李義山。「人生在世不稱意，明朝散髮弄扁舟」；「抽刀斷水水更流，舉杯消愁愁更愁」；「巧囀豈能無本意，良辰未必有佳期」；「日暮在天涯，天涯日又斜，鶯啼如有淚，為濕最高花」。這多多少少都有屈原的影子；雖然李白說愁仍有豪氣，李義山傷懷已入於脆弱和委屈了。

代表空子精神的，是那樣整整齊齊的《詩經》，代表屈原精神的，是參參差差的《楚辭》。——這兩者是奠定了中國文學史的兩大基石。

和孔子的文化息息相通的，是渾樸的周代彝鼎，是漢代的玉器，是晉人的書法，是宋人的瓷。單純而高貴，雅！

和屈原的文化息息相通的，是漢人的漆畫，是司馬遷的文章，是宋元人的山水。雄肆而流動，奇！

以繪畫與音樂比，屈原是繪畫的，他有所鋪張，他那裏有優美的色彩，他自己也能欣賞畫，所以看著那楚國先王廟宇中的壁畫便作《天問》了。孔子卻是音樂的，他的精神是凝聚的，是向內收斂的，他那裏有剛健的韻律，他所欣賞的是音樂，所以聽《韶》而至於三月不知肉味。

孔子和屈原是中國精神史上最偉大的紀念像，是中國人倫之極峰。孔子代表我們民族的精神（Der Geist），屈原代表我們民族的心靈（Die Seele）！〔註153〕

〔註152〕《李長之文集》第三卷，河北教育出版社 2006 年版，第 107 頁。

〔註153〕同上，第 191～192 頁。

對於孔子和屈原的理解，並非不可商榷，但這種激活歷史讓他們現身當下與我們血脈相連從而指示自身來龍去脈的批評意識，卻是寶貴的。二十世紀八十年代李澤厚《美的歷程》耀如明星，那些思想言辭似乎不是一九四九年之後語境中產生出來的，讀李長之寫於一九四一年的《孔子與屈原》，才曉得作者並非沒有依傍。

對於五四運動，他的看法也與眾不同。

> 單說中國，我是這樣想，五四時的文化運動，與文學上的寫實相當，只是一個啟蒙運動。氛圍是在淺薄的理智裏，可是一切從此起了頭。我預想把五四譽為的文藝復興，卻在不久的將來，一旦中國的自然科學、物質建設、社會組織、哲學體系都次第完成之後，是終於要來的，可是那時無疑地是一個偉大的浪漫性質的時代！〔註154〕

一九四三年李長之出版《迎中國的文藝復興》。

> 人類歷史雖然妄佔了不少篇幅，但除了文化史，實在沒有什麼。中國文化，自有她優異的所在，在某一時也許不為一般人所認識，但世界局面一旦真正澄清了以後，想一定有欣取其獨特價值者！也許像愛情一樣，愛的價值與其說在被愛者不如說在施愛者，瞭解文化亦然。瞭解一種文化時，與其說價值在被瞭解者，不如說在瞭解者，所以溫克耳曼，席勒，尼采，所瞭解的希臘文化並不同。但這何礙於這些瞭解者的價值？真正發現一種古代文化的完全的真相也許是不可能的，只是在這發現之際，就可以表現一種發現者的人格了。就是這種發現者的人格，可以形成一運動；可以產生很大的價值。因此，瞭解包含一種精神上的共鳴，瞭解即是創造。假如中國在不久的將來，能完成一種文藝復興（文藝復興是對過去的中國文化有一種認識，覺醒，與發揚）時，那麼，我們對於中國這文藝復興也正是作如是觀！〔註155〕

《迎中國的文藝復興》出版，事實上並沒有迎來那個據說一定要來卻又一再推遲的文藝復興，這一點他自己也看出來了。一九四七年五四運動紀念日到

〔註154〕《李長之文集》第三卷，河北教育出版社 2006 年版，第 78 頁。

〔註155〕《李長之文集》第一卷，河北教育出版社 2006 年版，第 12 頁。

來，他寫道：「我雖然不能後悔我那種熱望，然而究竟我那期待還太早一點，我那樂觀的態度還未免太幼稚一點。……我不能不在『不放棄文藝復興的熱望』之外，重彈一點低調，重作一點起碼的呼求：起碼要保衛『五四』吧，起碼要再從『五四』出發，發揚發揚『五四』吧！」〔註156〕他看到「時時有掣肘的退歸『五四』以前的狀態的勢力存在著」。

回到「五四」已不可及，對文藝復興的熱望，永遠地化作了一尊雕像。偃蹇反俗的李長之病逝於一九七八年，剛剛過了六十八歲生日，他的手由於傷病已無法握筆，最後一文是《憶老舍》。老舍於一九六六年投太平湖自殺，年亦六十八歲。

德國瑪爾霍茲的《文藝史學與文藝科學》，是一部重要的文藝理論基礎性著作，譯者認為其「周密和精確，又非常深入，對一般問題，往往直搗核心，有形而上學意味」，理應成為後來文藝理論學科建立和生長的一個基本前提，但這部書的命運卻格外坎坷。李長之從一九三四年開始翻譯，第一章譯於北平，發表在《文學季刊》第二期上；第二章第三章譯於濟南，時在一九三六年一月，分發於上海《文學時代》和南京《文藝月刊》，譯者說過，「發表是發表了，我卻不相信有人看。」第四、五兩章譯於一九三七年春人心惶惶的北平，後兩章及跋文、附錄譯於一九四〇年，空襲中的重慶。六年輾轉三地，譯完之後寫就《譯者序》寄至香港，香港隨後的淪陷使書稿沒有了下落。重抄一遍之後，一九四二年終由商務印書館印出了。前後八年，歷盡艱辛，雖於戰亂之間，譯者於翻譯工作卻極端認真，撰寫了三百餘條詳盡的注釋，其中人名二百餘條，術語一百餘條，注釋六萬餘字，加之中西文索引，譯者是照著一部文學小詞典去編的。今天理論和哲學界的許多熱門人物在那部七十年前的書裏露過臉兒，如洪堡特、西美爾、狄爾泰、施萊格爾兄弟等，值得稱道的是，一些重要的理論術語，如啓蒙運動，狂飆運動，古典精神等等，譯者闡釋和定義的獨到眼光和準確性，超過今天流行的一些說法。這部譯著，從方法論的原理和知識論的基礎上探討，開出了醫病的良方，但這部工具書長期不為人所知，一九四二年之後沒有再版過，文藝理論界幾十年被人提及過麼，二〇〇六年收錄於《李長之文集》第九卷。

〔註156〕《李長之文集》第一卷，河北教育出版社 2006 年版，第 397 頁。

李長之於國人作學問有尖銳的批評，「我再說中國學者的第三個缺點吧，便是胃太弱，心太慈。因爲胃弱，所以不能消化硬東西，因爲心慈，所以不能斬鋼截鐵。治學要狠，要如老吏斷獄，鐵面無私；要如哪吒太子，析骨還父，析肉還母；要分析得鮮血淋漓；萬不能婆婆媽媽，瞀瞀蝎蝎。所以我說，應該提倡『理智的硬性』，我不贊成腦筋永遠像豆腐渣一樣，一碰就碎。」〔註 157〕這種「理智的硬性」，至今是否建立起來了呢？

李長之也曾開出過一個書目。一九四七年寫過短文《好書談》，「古今的好書，假若讓我挑選，我舉不出十部。而且因爲年齡環境的不同，也不免隨時有些更易。單就目前論，我想是《柏拉圖對話集》，《論語》，《史記》，《世說新語》，《水滸傳》，《莊子》，《韓非子》，如此而已。其他的書名，我就有些躊躇了。」〔註 158〕

〔註 157〕《李長之文集》第九卷，河北教育出版社 2006 年版，第 132 頁。

〔註 158〕《李長之文集》第八卷，河北教育出版社 2006 年版，第 551 頁。

第三章　白話文運動向何處去？

　　改造中國，使其適應現代民族國家的政治使命，是中國百年革命的總方向；改造漢語，使其成爲民族國家的現代「國語」，是白話文運動的歷史任務。

　　漢語與漢字的殊相，在與其他語言的比照中顯現。漢語的歷史及其敘述，則爲其殊相提供論證。從漢語之外審察漢語，在漢語內部自我省視，同步構成白話文運動的張力與境遇。百年前，漢語的內外處境發生大幅度激蕩與切換，對立的語言觀，於焉展開。白話文運動與「國語」運動，無疑傾向自外部審察漢語的立場。由《馬氏文通》啓始的近現代語法研究，代表外部視角，廢除漢語、漢字，是外部視角的極端化。

　　但是，白話文運動或國語運動難以涵蓋漢語使用的面積與生態。人時時刻刻離不開文字和語言。假如某一個體對創建「國語」不發生興趣，也未認同白話文運動的理念，而他個人生存的語言不可能中斷，換言之，語言遍布於個體，人無法在語言中缺席。白話文運動的種種是非與狀態，須得置入每位漢語使用者無間斷的語言背景。日常生活的口語，個人事務性書寫，民間故事的傳播，大片鄉村和邊緣地區的語言生態，均未納入，也不可能納入主要由北京、上海等都市發起的少數知識分子參與的白話文運動。

　　白話文運動之前，最重要的文章革新運動，是一千多年前導源於韓愈的「唐宋古文運動」。這一運動的成果——八大家文，在明清被納入科舉制度，

是為八股文的淵源。桐城派，清朝最主要的文章流派，是古文運動持續千年的終結。唐德剛把胡適比作「文起八代之衰」的韓退之，雖不甚準確，作為首倡者，大體相當。論及白話文運動的文章楷模，足當韓柳者，無疑周氏兄弟。

張中行認為，「現代白話打倒了文言，已經取得獨霸地位。這樣，文言銷聲匿迹了，自然就不會再出現越界現象。這意思還可以說得具體一些。五四前後，積極參加文學革命的那些人都會文言，可是他們拿起筆，時時不忘革命，就是說，要視文言如仇，所以筆下不容易混入文言的格調。下一代以及下兩代，有的接觸過文言，有的沒有接觸過文言，總之，與老一代相比，都是不通文言，自然也就不會用文言表情達意。就因為這樣，半個多世紀以來的白話作品都是純粹的白話（意指非文言格調的白話，不是同於口語的白話），幾乎沒有文白夾雜的」。〔註1〕

白話與文言的關係，你中有我我中有你，怎能截然分開？純粹白話像某種蒸餾水，長期飲用，幾代人營養不良，這樣的語言生態下，出大作家的可能性有多少？

語言革命日益激進，大眾意識才是所謂大眾語的靈魂，民粹主義思潮，在五四運動之後，迅速成為一種勢力，一種可以被政治所利用所動員的旗幟，中國問題的政治解決，在語言文字問題上，體現為新文字運動，這一運動在日本全面入侵前達到了最高潮。

新文化運動，越走離文藝復興越遠。李長之認為，「文藝復興是對過去的中國文化有一種認識，覺醒，與發揚。」認識的前提是能夠閱讀，文言讀不懂，不能瞭解什麼是中國文化，無法瞭解過去，就不能把握現在，也自然失去了未來。

郭沫若一九三〇年在《文學革命之回顧》中說：

> 古人說「文以載道」，在文學革命的當時雖曾盡力的加以抨擊，其實這個公式倒是一點也不錯的。道就是時代的社會意識。在封建時代的社會意識是綱常倫教，所以那時代的文所載的道便是忠孝節義的謳歌。近世資本制度時代的社會意識是尊重天賦人權，鼓勵自

〔註1〕 張中行《文言和白話》，黑龍江人民出版社 1988 年版，第 200 頁。

由競爭，所以這時候的文便不能不來載這個自由平等的新道。這個道和封建社會的道根本是對立的，所以在這兒便不能不來一個劃時期的文藝上的革命。

　　這就是文學革命的意義，所以它的意義是封建社會改變爲資本制度一個表徵。白話文的要求只是這種表徵中所伴隨著一個因子，它是第二義的。因爲有了這樣的一種革命過程，便需要一種更自由的文體來表現，它的表裏要求其適合，所以第一義是意識的革命，第二義才是形式的革命。有了意識的革命，就用文言文來寫那種革命的意識，不失爲時代的文學……

　　所以文言文不必便是不革命或反革命，白話文不必便是革命。文言自身是有進化的，白話自身也是有進化的。我們現在所通行的文體，自然有異於歷來的文言，而嚴格的說時，也不是歷來所用的白話。封建時代的白話是不適宜於我們的使用的，已成的白話大多是封建時代的孑遺。時代不斷的在創造它的文言，時代也不斷的在創造它的白話，而兩者也不斷的在融洽，文學家便是促進這種文化、促進這種融洽的觸媒。所以要認識文學革命的人第一須打破白話文與文言文的觀念。兢兢於固執著文言文的人固是無聊，兢兢於固執著所謂白話文的人也是同樣的淺薄。時代把這兩種人同拋撇在了潮流的兩岸。〔註2〕

郭沫若雖有這樣的見識，但他似乎缺少將這一見識向社會傳播的勇氣，在此後的三十多年裡，他地位顯赫，屢居要職，但從他五十年代提倡「寫語」運動等行爲看，他是打定了主義要「自甘淺薄」。因爲時代除了在創造它的文言和白話之外，它的潮流是更強大的勢力。「郭老不算老，詩多好的少。大家齊努力，學習毛主席。」這樣的「詩」脫口而出，明白如話，還大體整齊押韻，押時代之韻。

第一節　大衆語運動

　　白話文文脈的延續，端賴寫作上的實績。

〔註2〕郭沫若《文藝論集續集》，人民文學出版社 1979 年版，第 81～83 頁。

　　以魯迅、周作人爲核心的《語絲》，創刊於一九二四年十一月十七日，至一九二九年停刊，共刊出二百六十期，累計發表文章約八百篇，發刊詞宣布「以簡短的感想批評爲主，兼採文藝創作」，《語絲》比《新青年》具有更加明確的文體意識，雖然它的「隨感錄」延續了《新青年》開創的這一文體。它隨後成爲創造社攻擊的目標，也說明《語絲》不容小覷的影響力。

　　自一九二三年七月十九日，周作人將絕交信送至魯迅手中，兄弟失和。一九二四年五月魯迅遷居阜成門內宮門口西三條胡同二十一號「老虎尾巴」，一九二六年八月二十六日魯迅離京南下，輾轉廈門、廣州，最後於一九二七年十月三日定居上海。周氏兄弟雖不在一個屋檐下，甚至南北相距千里，卻仍在同一刊物上發表文章。魯迅在《語絲》上發表小說、雜文、散文、詩和譯作一百三十九篇，周作人在《語絲》刊發一百二十篇各類文字。二周是名副其實的語絲主將。木山英雄曾經注意到，「在兄弟倆對『革命文學』論所作反應的根底裏仍然有某種重要的一致性存在著的。所謂的一致，是指兩人都將革命與文學的關係置換爲實力與文章乃至語言的關係，而鄙視那種夸夸其談的議論。」〔註3〕

　　與創造社的宗派作風相比，語絲派是一個鬆散的群體，《語絲》編輯孫伏園說，「我們最尊重的文體的自由，並沒有如何規定的。四五十期以來漸漸形成的文體，只是一種自然的趨勢；既是自然的趨勢，那麼漸漸轉移也是無礙。」〔註4〕

　　周作人以他特有的方式，這樣評價《語絲》，「《語絲》還只是《語絲》，是我們一班不倫不類的人藉此發表不倫不類的文章與思想的東西，不倫不類是《語絲》的總評，倘若要給他下一個評語。」「不用別人的錢，不說別人的話，本不是什麼爲世稀有的事，但在中國恐怕不能不算是一種特色了罷。」〔註5〕

　　魯迅一九二九年寫過一篇《我和〈語絲〉的始終》：「於是《語絲》的固定的投稿者，至多便只剩下五六人，但同時也在不意中顯了一種特色，是：任意

〔註3〕　木山英雄《實力與文章的關係》，《文學復古與文學革命》，趙京華譯，北京大學出版社2004年版，第79頁。

〔註4〕　孫伏園《語絲的文體》，《時政煉語　燕趙悲歌：語絲派雜文選》上冊，文化藝術出版社1996年版，第222頁。

〔註5〕　周作人《答伏園〈論語絲的文體〉》，《時政煉語　燕趙悲歌：語絲派雜文選》上冊，文化藝術出版社1996年版，第224頁。

而談，無所顧忌，要催生新的產生，對於有害於新的舊物，則竭力加以排擊，——但應該產生怎樣的『新』，卻並無明白的表示，而一到覺得有些危急之際，也還是故意隱約其詞。」〔註6〕

《語絲》之後，文體上能夠繼其餘緒者要算上海的《論語》了。

《論語》半月刊雜誌創刊於一九三二年九月，終刊於一九四九年五月（一九三七年八月暫停，至一九四六年十二月復刊），出刊一百七十七期。在當時的文學刊物中，乃歷時最長、期數最多、銷量最大的刊物之一，它的七位編輯分別為：林語堂、陶亢德、郁達夫、邵洵美、林達祖、李青崖、明耀五。作者包括魯迅、周作人、劉半農、老舍、俞平伯、朱光潛、李長之、沈從文、徐訏、許欽文、豐子愷、何容、老向等。

《論語》的編作者，過去曾是《語絲》周刊的同人或撰稿人，故文章風格上尤其是文體意識上能夠延續《語絲》的傳統，使語絲體散文得到了繼承和發揚。《語絲》停刊後，語絲派大致向兩個方向演變，左翼文學的所謂匕首投槍式雜文，主要指後期魯迅及魯迅周圍的幾位年輕作者，另一個方向是所謂「論語派」了。一九九六年上海書店編輯出版十卷本《〈論語〉選萃》叢書，使讀者對於這一派文字有了些感性的認識。徐訏曾在《論語》發表《論文言文的好處（附官例二則）》，沒有引起論戰或爭議。

《論語》的辦刊宗旨，有《論語社同人戒條》十律：「一、不反革命。二、不評論我們看不起的人；但我們所愛護的，要盡量批評（如我們的祖國、現代武人、有希望的作家及非絕對無望的革命家）。三、不破口罵人（要謔而不虐，尊國賊為父固不可，名之為王八蛋也不必）。四、不拿別人的錢，不說他人的話（不為任何方作津貼的宣傳，但可做義務的宣傳，甚至反宣傳）。五、不附庸風雅，更不附庸權貴（決不捧舊劇明星、電影明星、交際明星、文藝明星、政治明星以及其他任何明星）。六、不互相標榜，反對肉麻主義（避免一切如『學者』『詩人』『我的朋友胡適之』等口調）。七、不做痰迷詩，不登香艷詞。八、不主張公道，只談老實的私見。九、不戒癖好（如吸烟、啜茗、看梅、讀書等），並不勸人戒烟。十、不說自己的文章不好。」〔註7〕

〔註6〕　《魯迅全集》第四卷，人民文學出版社1995年版，第16～167頁。

〔註7〕　轉引自林達祖，林錫旦《滬上名刊〈論語〉談往》，上海書店出版社2008年版，第4頁。

以此標準衡量當今的文壇，除了第一和最後一條大家能做到外，中間的八律，頗可以對照對照。林語堂明確提出，只有通過文白之間的融通，才能洗練白話文體。林語堂一九三二年之後創辦的雜誌中，《論語》而外，《人間世》《宇宙風》也值得一提。他提倡輕鬆、閒適、自由的議論散文文體，被稱爲語錄體派，在《人間世》發刊詞中，主張小品文應「以自我爲中心，以閒適爲格調」「宇宙之大，蒼蠅之微，皆可取材」。

創造社、太陽社對於語絲派的攻擊，開始集中於魯迅個人，後由於政治形勢的變化，演變成了意識形態的論戰。馮雪峰一九二八年五月著《革命與智識階級》（署名畫室）一文談及，「創造社改變了方向，傾向到革命來，這是十分好的事；但他們沒有改變向來的狹小的團體主義的精神，這卻是十分要不得的。一本大雜誌有半本是攻擊魯迅的文章，在別的許多的地方是大書著『創造社』的字樣，這只是爲要抬出創造社來。」〔註8〕

在創造社以扳倒老將，將時代主題從「文學革命」改寫爲「革命文學」而自以爲領先之時，他們實際上已經落伍了。因爲新時代的主人翁已經不再是智識階級，而是人民大眾了。白話文運動於是演進爲大眾語運動。

《中國大百科全書‧語言文字卷》有「大眾語運動」詞條，該詞條的作者，與「白話文運動」詞條的作者爲一人，兩詞條在語義上互爲呼應，內容則前後補充。詞條的文字並不多，爲便於討論，先把詞條的原文完整列出如下：

> 一九三四年在上海掀起的一個要求白話文寫得更加接近大眾口語的文體改革運動。運動的起因是當時南京國民黨政府的報刊上接連發表反對白話文、主張學校教文言、甚至提倡小學讀經等文章，提出「文言復興運動」。與此相反，上海的文化教育界人士陳望道、陳子展、胡愈之、葉聖陶、黎烈文等發起，並得到魯迅的支持，在《申報》副刊《自由談》上發起了「大眾語」的討論。討論迅速在全國報刊展開，延續三四個月，發表了兩三百篇文章，頭兩個月每天平均有四篇新文章發表。討論中批判文言文，也批判五四以來半文半白的白話文，要求白話文進一步大眾化，而且認爲要徹底改革文體必須同時改革文字，提出了文字拼音化的問題，介紹了在蘇聯

〔註8〕 李何林編《中國文藝論戰》，陝西人民出版社 1984 年版，第 18 頁。

制訂的中國拉丁化新文字。

五四運動以後，白話文在小說、散文、詩歌、戲劇文學等方面，取得了很大的進步，但在文學作品和一般學術著作之外的文化領域，如報紙上的社論、新聞，政府的公文、法律條文，學校的國文、作文及試卷，中上層社會交往的信札、應酬文等，仍是文言文殘存的地盤。在白話文學裏，雖然有一部分為人民群眾歡迎的好作品，但是，仍有不少作品連「明白如話」也沒有做到，常常夾雜許多文言的字眼和句子，濫用歐化的句法、日語的句法，造成了嚴重違背現代中國人民的語言習慣的文腔和洋腔。因此，有必要對這種文言化或者歐化的白話文作進一步的改革。

大眾語運動提出了五四白話文運動尚未觸及的新問題，如怎樣防止白話文變質，如何使白話文成為大眾的工具等。這些問題的提出，促使人們對「大眾語」討論的重視。經過討論，大家明確了一條基本原則：即要從人民大眾的實際需要出發，去看待文體改革上的問題。

具體說就是：（一）關於大眾語的特點。從語言形式上看，大眾語是大眾「說得出，聽得懂，寫得來，看得下」（陳望道《大眾語論》）的語言。從它所表達的內容看，應是代表大眾意識的語言。這樣的大眾語，才能為大眾所有，為大眾所需，為大眾所用。

（二）關於大眾語的前提。一要明白大眾語與大眾生活的關係。陳望道提出，建設大眾語，必須實際接近大眾，向大眾學習語言（《關於大眾語文學的建設》）。二要弄清大眾語與白話文的關係。討論中，既反對在大眾語與五四以來的白話文或國語之間劃一等號，更反對把白話文同大眾語對立起來，而認為，建設大眾語，要對五四以來的白話文進行合理的揚棄，即吸收白話文中合乎大眾需要的部分，排除白話文中不合乎大眾語需要的部分。

（三）關於大眾語提高的途徑。為了使大眾語更加豐富、精密，需要輸入一些外來語及歐化句法，起用一些古典語，擇取一些方言詞。這些純屬語言成分上的問題，與所要反對的語錄體、文言腔、

洋腔之類語體風格上的問題不同。陳望道還提出「三路並進」，建立「普遍」的大眾語的路線。這「三路並進」是：方言土語「從下送上」即從語言流入文字；文學科學等用語「從上迎下」，即從文字流入語言；中間由普及教育、語言教育等編定通用的語彙、語法「從橫通過」（《怎樣做到大眾語的「普遍」》）。

大眾語運動還提出了一些促進語文改革的新課題：

（一）關於大眾語與現代口語的關係。這裏包括兩個相關的問題，即大眾語的基準問題，普通話與方言的關係問題。在大眾語的基準問題上，多數人認為，大眾語應該就是現代中國普通話。魯迅在《門外文談》裏就指出大眾語的主力是北方話。

（二）關於大眾語與漢字、拉丁化新文字的關係，討論中較多地強調用拉丁化新文字比漢字更容易做到「話文合一」，認為新文字是大眾語最理想的書寫工具。

大眾語運動的結果，是徹底擊退復興文言、廢止白話的逆流，並把中國語文改革運動提高到一個新的階段，即推動了白話文的大眾化，促成了拉丁化新文字在國內的研究推行。大眾語運動是五四白話文運動在新的社會語境中合乎邏輯的發展，對於文學創作運用群眾語言、形成獨創的民族風格起了積極的促進作用。〔註9〕

詞條的文本大致可以分為四部分：一、背景及經過；二、討論的三項具體內容；三、由討論帶出來的兩個新問題；四、成果和意義。下面依照這樣的順序分別討論。

一

一九三四年的爭論這樣開始。五月初，蘇州中學校長汪懋祖於《時代公論》上著文《禁習文言與強令讀經》和《中小學文言運動》，公開批評新文化運動，主張小學必習文言，中學必讀孟子。繼汪懋祖之後，許夢因在《中央日報》和《時代公論》上分別發表《文言復興之自然性與必然性》、《告白話

〔註9〕 《中國大百科全書・語言文字卷》，中國大百科全書出版社 1988 年版，第 46～47頁。

派青年》等文，稱讚文言是「治學之利器」，認爲「白話必不可爲治學之工具，今用學術救國，急應恢復文言」。

由於當時的國民政府明令禁止文言課本，故教育部官員吳研因發文——《駁小學參教文言中學讀孟子》、《讀汪文〈中小學文言運動〉後的聲明》予以反駁。

六月，陳子展在《申報・自由談》發表《文言－白話－大眾語》，提出「從前爲了要補救文言的許多缺陷，不能不提倡白話，現在爲了要糾正白話文學的許多缺點，不能不提倡大眾語」。

討論升溫。葉聖陶、夏丏尊、曹聚仁等人參與進來。

胡適在《獨立評論》發表了題爲《所謂「中小學文言運動」》的文章，重申自己十幾年前的觀點，低調地表示，「今日社會上還有一部分人對著白話文存著輕藐的態度，我們提倡白話文學的人，不應該完全怪他們的頑固，我們應該責備我們自己提倡有心，而創作不夠，所以不能服反對者之心。」這是可貴的自知與自省。他最後說，「對付這種頑固的反對，不能全靠政府的『再革一下命』——雖然那也可以加速教育工具的進步，必須還靠第一流白話文學的增多。」對於汪懋祖提倡讀經的理由，幾乎沒有人認眞對待，胡適只點了被汪視爲「豪傑之士」的兩人何鍵與陳濟棠。

陳望道《關於發起大眾語運動的通信》說，「弟近鑒於復古氣味極重，如不努力，連以前我們拼命掙得的一點白話，也將不保。已約了十幾人，做比白話稍進一步的文學運動」。

陳望道後來回憶道，「當時的復古思潮很厲害。汪懋祖在南京提倡文言復興，反對白話文，吳研因起來反對汪的文言復古。消息傳到上海，一天，樂嗣炳來看我，告訴我說，汪在那裏反對白話文。我就對他說，我們要保白話文，如果從正面來保是保不住的，必須也來反對白話文，就是嫌白話還不夠白。他們從右的方面反，我們從左的反面反，這是一種策略。只有我們也去攻白話文，這樣他們自然就會來保白話文了。我們決定邀集一些人在一起商量商量。第一次集會的地點是當時的『一品香』茶館。應邀來的有胡愈之、夏丏尊、傅東華、葉紹鈞、黎錦輝、馬宗融、陳子展、曹聚仁、王人路、黎烈文（《申報》副刊《自由談》主編），加上我和樂嗣炳共十二人。會上，大家一致決定採用『大眾語』

這個比白話還新的名稱。」〔註10〕

除《申報・自由談》而外，參與討論的有《中華日報・動向副刊》《大晚報・火炬副刊》《新生周刊》《新語林》等。後對此討論的文章有整理與彙編。〔註11〕

關於大眾語的爭論，是三十年代以來文藝大眾化思潮的一部分。一九七九年上海教育出版社出版的五卷本《文學運動史料選》中，把大眾語的討論文章編入其第二冊，置於「文藝大眾化問題的討論」這一題下。

文藝大眾化是隨著一九二八年無產階級革命文學的提倡而提出來的。一九三一年十一月左聯執委會通過決議《中國無產階級革命文學的新任務》指出，「為完成當前迫切的任務，中國無產階級革命文學必須確定新的路線。首先第一個重大的問題，就是文學的大眾化。」〔註12〕魯迅一九三〇年在《文藝的大眾化》中說，「在現下的教育不平等的社會裏，仍當有種種難易不同的文藝，以應各種程度的讀者之需。不過應該多有為大眾設想的作家，竭力來作淺顯易解的作品，使大家能懂，愛看，以擠掉一些陳腐的勞什子。但那文字的程度，恐怕也只能到唱本那樣。」〔註13〕

在瞿秋白看來，五四新文學運動不過是小圈子裏的文人唱和罷了，充其量不過一萬人。這一文學革命的失敗是注定了的。他一九三一年撰寫長文《鬼門關以外的戰爭》，明確提出了第三次文學革命和所謂「文腔革命」──為了創造「現代普通話的新中國文」。但這一新的中國文卻是羅馬字拼音字，廢除漢字之後的所謂新文字。

如若文言和白話的兩分，分成死人的語言和活人的語言，到此地步後，在活人的語言裏，又生出這麼個「大眾語」的名堂來，就是在活人的語言中，再劃分一個等級，判定大眾語為最先進最革命的用語，這實際是白話文運動內在邏輯的必然延伸。

〔註10〕陳望道《談大眾語運動》，《陳望道文集》第三卷，上海人民出版社1981年版。

〔註11〕1934年任重編《文言、白話、大眾話論戰集》由民眾讀物出版社出版，文逸編《語文論戰的現階段》由天馬書店出版，兩編收入民國叢書第一編第52種，後又出版宣浩平編《大眾語文論戰》及其續編，民國二十四年由上海啟智書局印行。

〔註12〕《中國無產階級革命文學的新任務》，《文學導報》第一卷第8期（1931年11月）。

〔註13〕魯迅《文藝的大眾化》，《魯迅全集》第七卷，人民文學出版社1982年版，第349頁。

「大眾語運動」（Popular Languge Movement）是白話文運動在新歷史環境下的展開。大眾語運動，今天看來，與同時期的這樣幾個運動密切相關，甚至彼此滲透：關於無產階級革命文學的論戰、文藝大眾化運動、持續十年的中國社會性質的論戰（一九二八～一九三八）、新文字運動、新啓蒙運動、民族形式問題的論爭、整風運動。不僅是時間上有關聯，在因果關係和邏輯關係上也存在千絲萬縷的聯繫。

談到文言文的殘存，非欲肅清不可。盲目追求白話的「明白如話」或者稱「純粹白話」，乃是意識形態作怪，漢字與文言是天造之和，欲徹底滅淨文言，只有一個法子，那就是漢字的拼音化。夾雜文言的字眼和句式，本是不可避免的事，即使白話口語當中，到底包含著多少文言的成分，非專門研究語言或文字學深厚的人亦不能夠瞭解。章太炎曾說，「今通行之白話中，鄙語固多，古語亦不少，以十分分之，常語占其五，鄙語、古語復各占其半。古書中不常用之字，反存於白話，此事邊方爲多，而通都大邑，亦非全無古語。」〔註14〕用的人沒有文字學知識，不知其爲文言，錯認它作白話，這樣的例子原本很多，誰在開口說話之前，先在腦子裏辨別一番，或竟然眞的能夠辨別一番呢？

二

如果說文言和白話的差別，從表面上看起來還比較直觀，似乎容易分辨，那麼什麼是大眾語，它與非大眾語的差異在哪裏卻是一個不容易講清楚的問題。黎錦熙是位訓練有素的語言學家，在《大眾語眞詮》一文中，他的看法是，「大眾語」、「白話」、「國語」名異而實同。

胡適一九三四年寫過一篇題爲《大眾語在哪兒》的文章，認爲「大眾語不是在白話之外的一種特別語言文字。大眾語只是一種技術，一種本領，只是那能夠把白話做到最大多數人懂得的本領」。「提倡大眾語的人，都應該先訓練自己做一種最大多數人看得懂、聽得懂的文章。」〔註15〕

〔註14〕章太炎《白話與文言之關係》，《章太炎講國學》，東方出版社 2007 年版，第 136 頁。

〔註15〕胡適《大眾語在哪兒》，《胡適學術文集·語言文字研究》，中華書局 1993 年版，第 326～327 頁。

陳子展一九三四年六月十八日發表在《申報·自由談》上的《文言－白話－大眾語》一文說，「現在我以爲要提出的是比白話更進一步，提倡大眾語文學。這理由並不怎樣高深繁重，就極淺薄極簡單的說，十多年來的白話文學雖然比較文言的東西是要和大眾接近些兒，可是事實上告訴我們，這個顯然還不夠。目前的白話文學只是知識分子一個階層的東西，還不是普遍的大眾所需要的。再添上一句簡單的話說，只因這種白話還不是大眾的語言。」〔註16〕這個論調通俗易懂，卻毫無新意。除了大眾語這個名稱外，不過是瞿秋白兩年前論點的溫和化與修正版。瞿秋白認爲五四的白話文由於其貴族化傾向，已經變成「新文言」，因此有必要發起新的文學革命，創造一種以正在形成中的無產階級普通話爲主體的「現代中國語文」。

瞿秋白一九三二年發表在「左聯」的《文學月報》創刊號上的《大眾文藝的問題》（署名宋陽）說，「大眾文藝應當用什麼話來寫，雖然不是最重要的問題，卻是一切問題的先決問題。」他的回答是：「要一切都用現代中國活人的白話來寫，尤其是無產階級的話來寫。」

「現在中國文字的情形是：同時存在著許多種不同的文字：（一）是古文的文言（四六電報等等）；（二）是梁啓超式的文言（法律、公文等等）；（三）是五四式的所謂白話；（四）是舊小說式的白話。中國的漢字已經是十惡不赦的混蛋而野蠻的文字了，再加上這樣的複雜的，互相之間顯然有分別的許多種文法，這叫三萬萬幾千萬的漢族民眾怎麼能夠真正識字讀書？這差不多是絕對不可能的事。」

「新興階級在五方雜處的大都市裏面，在現代化的工廠裏面，他的語言事實上已經在產生一種中國的普通話（不是官僚的所謂國語），容納許多地方的土話，消磨各種土話的偏僻性質，並且接受外國的字眼，創造著現代的政治技術科學藝術的新的術語。這種大都市裏，各省人用來互相談話演講說書的普通話，才是真正的現代的中國話。」〔註17〕

十月革命後蘇聯波格丹諾夫爲首的「無產階級文化派」認爲，必須對俄羅

〔註16〕陳子展《文言－白話－大眾語》，《文學運動史料選》第二冊，上海教育出版社1977年版，第436頁。

〔註17〕瞿秋白《大眾文藝的問題》，《文學運動史料選》第二冊，上海教育出版社1977年版，第394～395頁。

斯語言進行革命，銷毀舊的語言，創立新的語言。瞿秋白受其影響，強調語言的階級性。據說蘇聯加盟共和國的本地語言，在斯大林的要求下，從拉丁字母拼寫，改爲俄文字母拼寫。漢語拉丁化方案，從研究到在蘇聯遠東的十萬華工中推行試驗，得到了蘇聯政府的資助。

黎錦熙於一九三四年十二月出版的《國語運動史綱》中認爲拉丁化新文字是蘇聯人「越俎代庖」，他批評新文字「所採字母，系統不全；加以拼法粗略，聲調不分；注音尙可，代漢字必生困難」，他贊成的是國語羅馬字方案。

斯大林的《馬克思主義和語言學問題》，明確否定了語言的階級性，提出，「民族語言不是階級的，而是全民的，對每個民族的成員是共同的，對整個民族是統一的。」〔註18〕此前的幾十年裏，在蘇聯占據主導地位的馬爾的語言學一直認爲語言具有階級性，瞿秋白等左翼的理論家們受此影響很大。

在瞿秋白和茅盾的論戰中，雖以大眾文藝爲主線，但實際上已觸擊了語言文字問題。瞿秋白在《再論大眾文藝答止敬》中對於茅盾與他的分歧講得清楚：「原則上的分別是在於他不覺得肅清文言餘孽應當是一個群眾的革命運動，他只要求作家『多下工夫修煉』；而我以爲一定要一個自覺的革命的鬥爭，領導群眾起來爲著活人的言語而鬥爭。分別在於發動一個攻擊『新文言和死白話』的運動，還是不要。」瞿秋白堅信「中國是在中世紀的末期——各個地方的偏僻的土話是在消滅下去，各個較大的區域的普通話是在形成起來，甚至於全國範圍裏的口頭上的普通話也正在產生著」。這還是以歐洲語言歷史發展過程爲參照而產生的看法。

止敬（茅盾）的《問題中的大眾文藝》認爲，宋陽先生「描寫得活龍活現的眞正的現代的中國話」，實際上並不存在，「新興階級中並無此全國範圍的『中國話』」。〔註19〕

胡愈之一九三四年六月二十三日發表在《申報·自由談》上的《關於大眾語文》最能說明這一點。他提出了三個要點：「（一）大眾語應該解釋作『代表大眾意識的語言』。『大眾語文』和五四時代所謂『白話文』不同的地方，就是『白話文』不一定是代表大眾意識的，而大眾語文決不容許沒落的社會

〔註18〕斯大林《馬克思主義和語言學問題》，人民出版社 1972 年版，第 9 頁。

〔註19〕宋陽《再論大眾文藝答止敬》，《文學運動史料選》第二冊，上海教育出版社 1977
　　　　年版，第 431 頁。

意識混進了城門。（二）『大眾語文』一定是接近口語的。但是絕對的『文話合一』當在話的組織有相當進步的時候。（三）中國語言最後成爲大家用的最理想的工具，必須廢棄象形字，而成爲拼音字。」他關於這三個要點的論述卻非常簡單：「在我們這個社會裏，幾千年來一向占著支配地位的某一個社會層，眼見得是在很快地沒落了。跟著這社會層的沒落，凡是代表這社會層的一切文化——哲學，道德，教育，法律，戀愛觀，文學，藝術——也都在沒落的過程中。代表著社會層的意識的語文，自然也沒有例外。」〔註 20〕

陶行知對於胡愈之的說法非常贊同，「大眾語是代表大眾前進意識的話語；大眾文是代表大眾前進意識的文字。大眾語與大眾文必須合一：在程度上合一，在需要上合一，在意識上合一。」〔註 21〕

語言和思想意識本來難分難解，容易混淆，陳望道給出「說得出，聽得懂，寫得來，看得下」的標準，是專就語言的形式而論的，胡愈之「大眾意識」的介入，使到底什麼是大眾語又變得無法定義了。令人費解的是，葉聖陶反而說，「胡愈之先生更給大眾語下了個內容和形式都包括在內的規定，說這是表達大眾意識的文學，尤其使人容易辨認。」〔註 22〕陳子展的意見是，眼下看不清楚的事物，也許未來可以看得清楚。他說：「標準的大眾語，似乎還得靠將來大眾語文學家的作品來規定。」〔註 23〕十年之後，趙樹理的《小二黑結婚》《李有才板話》發表，大約才第一次有了大眾語的文學家和模範作品。

關於大眾文藝的討論和無產階級革命文學的論爭一樣，局限在左翼文藝的圈子裏，大眾語的討論卻是在更廣的範圍內進行，但無論是思路還是眼界，籠罩在了政治的影響之下。

就白話文與大眾語的關係而言，有兩種截然不同的看法。部分極端論者認爲要建設大眾語，必須反對白話文。因爲「五四運動所興起的白話，是那時新

〔註 20〕 胡愈之《關於大眾語文》，《文學運動史料選》第二冊，上海教育出版社 1977 年版。

〔註 21〕 陶行知《大眾語文運動之路》，宣浩平編《大眾語文論戰》，上海益智書局 1935 年版，第 442～444 頁。

〔註 22〕 葉聖陶《雜談讀書作文和大眾語文學》，宣浩平編《大眾語文論戰》，上海益智書局 1935 年版，第 87 頁。

〔註 23〕 陳子展《文言—白話—大眾語》，《文學運動史料選》第二冊，上海教育出版社 1977 年版，第 436 頁。

興資產階級要求民主政治的一種表現，在反封建上果然已盡過很大的任務，但因他們階級本身的缺陷，不能進一步幹個徹底」〔註24〕。「白話文正潛伏著封建意識的妖孽和含蓄帝國主義的毒素」，「隨著社會意識的演進與大眾需要，我們須得來建設與提倡大眾語，向死了的『文言文』作戰，同時，也得向『洋八股』的白話文進攻！」〔註25〕

另一種觀點認為，白話文是大眾語的基礎，大眾語不可能憑空產生，「白話文與大眾語並不矛盾，正相反，大眾語是從用白話與文言文的戰鬥中發展出來的。大眾語是白話的發展，是進步」。〔註26〕

詞條中那個簡短的結論性的話，來自於一九五九年由北京師範學院中文系漢語教研組編的一本書《五四以來漢語書面語言的變遷和發展》，它的原話是，「由提倡白話文到提倡大眾語，也標誌著漢語書面語言發展的兩個階段。五四初期，白話文還只是知識分子的交際工具，這時，是要使它為廣大的勞動人民服務了。」〔註27〕

在中國陷入民眾崇拜狂潮的時候，德國有幾位知識分子開始了他們對於大眾和大眾文化的批判。法蘭克福社會研究所成立於一九二三年，一九三〇年霍克海默任所長後，法蘭克福學派形成；一九三二年《社會研究雜誌》創辦，阿多諾、本雅明、馬爾庫塞、李奧·洛文塔爾等纂，形成大眾文化批判理論。他們認為，「公眾所需要的東西和控制的力量所施予公眾的東西，有一種相互依賴，這個關係使控制的力量保持下去。」〔註28〕在他們看來，大眾文化是一種極權主義性質的事物，或說大眾社會是極權主義的一種形式。納粹和希特勒在德國的勢力，即是大眾意識被操縱之後服務於法西斯主義的典型例證。

〔註24〕若生《建設大眾語文應有的認識》，宣浩平編《大眾語文論戰》，上海益智書局 1935 年版，第 109 頁。

〔註25〕家爲《關於批判與認識》，宣浩平編《大眾語文論戰》，上海益智書局 1935 年版，第 136 頁。

〔註26〕王鋼《建設大眾語並不反對白話文》，任重編《文言、白話、大眾語論戰集》，民眾讀物出版社 1934 年版，第 31 頁。

〔註27〕北京師範學院中文系漢語教研組編《五四以來漢語書面語的變遷和發展》，商務印書館 1959 年版，第 15 頁。

〔註28〕轉引自楊小濱《否定的美學》，上海三聯書店 1999 年版，第 50 頁。

三

一九三四年七月二十五日《社會月刊》編者曹聚仁發出一封徵求關於大眾語意見的信，請包括魯迅在內的知名人士回答。信中提出五個問題：

> 一、大眾語的運動，當然繼承著白話文運動國語運動而來的；究竟在現在，有沒有劃分新階段，提倡大眾語的必要？二、白話文運動爲什麼會停滯下來？爲什麼新文人（五四運動以後的文人）隱隱都有復古的傾向？三、白話文成爲特殊階級（知識分子）的獨占工具，和一般民眾並不發生關涉；究竟如何方能使白話文成爲大眾的工具？四、大眾語文的建設，還是先定了標準的一元國語，逐漸推廣，使方言漸漸消滅？還是先就各大區的方言，建設多元的大眾語文，逐漸集中以造成一元的國語？五、大眾語文的作品，用什麼方式去寫成？民眾所慣用的方式，我們如何棄取？〔註29〕

魯迅的答覆如下（此信當時未公開，一九四六年由許廣平編入《魯迅書簡》）：

> 我對於大眾語的問題，一向未曾研究，所以即使下問，也說不出什麼來。現在但將得來信後，這才想起的意見，略述於下——
>
> 一、有劃分新階段，提倡起來的必要的。對於白話和國語，先不要一味「繼承」，只是擇取。
>
> 二、秀才想造反，一中舉人，便打官話了。
>
> 三、最要緊的是大眾至少能夠看。倘不然，即使造出一種「大眾語文」來，也還是特殊階級的獨占工具。
>
> 四、先建設多元的大眾語文，然後看著情形，再謀集中，或竟不集中。
>
> 五、現在答不出。
>
> 我看這事情複雜，艱難得很。一面要研究，推行羅馬拼音字；一面要教育大眾，先使他們能夠看；一面是這班提倡者先來寫作一

〔註29〕轉引自魯迅《致曹聚仁》注釋〔1〕，《魯迅全集》第十二卷，人民文學出版社 1981 年版，第 497 頁。

下。逐漸使大眾自能寫作，這大眾語才真的成了大眾語。

但現在真是嘩啦嘩啦。有些論者，簡直是狗才，借大眾語以打擊白話的，因為他們知道大眾語的起來還不在目前，所以要趁機會先將為害顯然的白話打倒。至於建立大眾語，他們是不來的。

中國語拉丁化；到大眾中去學習，採用方言；以至要大眾自己來寫作，都不錯。但迫在目前的明後天，怎麼辦？我想，也必須有一批人，立刻試作淺顯的文章，一面是試驗，一面看對於將來的大眾語有無好處。並且要支持歐化式的文章，但要區別這種文章，是故意胡鬧，還是為了立論的精密，不得不如此。

照現在的情形看來，倘不小心，便要弄到大眾語無結果，白話文遭毒打，那麼，剩下來的是什麼呢？〔註30〕

魯迅在一九三四年七月二十九日寫了上面的答覆文字之後，又於八月二日寫下《答曹聚仁先生信》，發表在八月出版的《社會月報》第一卷第三期上，與上文的出入較大。雖然還分成五項意見，但卻並不是對於曹聚仁五個問題的一一答覆。比如第一條意見，只一句——「漢字和大眾，是勢不兩立的」是新加上的，且答非所問。大概是這一系列問題引起了魯迅的深思，接連在八月的酷暑中撰寫了長文《門外文談》（分十二小標題），九月又著《中國語文的新生》等文，集中談語言文字問題。魯迅的態度和認識越來越激進，到《中國語文的新生》落筆之時，已經得出「中國等於並沒有文字」這樣驚人的結論，論據只有一句話，「我們倒應該以最大多數為根據，說中國現在等於並沒有文字」。因為「識字的卻大概只占全人口的十分之二，能作文的當然還要少」，結果必然是「如果不想大家來給舊文字做犧牲，就得犧牲掉舊文字」。〔註31〕

魯迅識字早，考過科舉，一輩子讀中國書，於漢字有深的情感，也異常懂得文字的藝術，其心血凝聚於二十幾種文集之中。晚年得出「等於沒有文字」的結論，這實是勇於自我否定了，其熱愛大眾不惜犧牲自己的感情，不可謂不濃烈真摯而至於盲目。托爾斯泰晚年放下小說不寫，要自己種地，自

〔註30〕魯迅《致曹聚仁》，《魯迅全集》第十二卷，人民文學出版社 1981 年版，第 495～496 頁。

〔註31〕魯迅《中國語文的新生》，《魯迅全集》第六卷，人民文學出版社 1981 年版，第 114～115 頁。

己勞作操持衣食，不再過剝削他人的生活，其道德上的嚴酷與內心的自律，非常人所能理解。魯迅在認識上的確有一個失誤。依照魯迅的邏輯，聾啞人超過一定的比例，就等於沒有語言了。語言和文字從來屬於全民族所有，是民族最大的文化遺產，與使用人數比例無關。漢字從誕生之日起，在塑造著漢語，影響和規範著漢語的發展與走向，即使對於不識字的百姓而言，漢字的偉力，也通過口語間接作用於大家，塑造了世界觀和對於人生的態度。禮義廉恥，國之四維，百姓多有不識此四字者，但生而為人已在五倫之中，豈有超出四維之理？既然使用語言，人就不可能自絕於文化，儘管自我意識不到，但這絲毫不改變漢字的偉力乃是真實的存在，且是巨大的不可忽視的文化力量。漢字和漢語的這種關係是獨一無二的，中國文化的延續和中國的一統，端賴於此。少年立志「我以我血薦軒轅」如魯迅者，著了什麼樣兒的魔，使他未能知悉這個並不複雜的道理？

與白話文運動相呼應的國語運動，有兩個口號，一是統一國語，一乃言文一致，此兩個基本的主題，回響於運動的全過程。白話文運動發軔之初，也是沖著「言文一致」去的，白話文又稱語體文，即突出它的追求與口語一致，文言文的最大的缺陷，也被認為是言文不一致，這種認識似乎有些道理，實際是未經思索的想法。口語與書面語最大的不同，在於文字的有無，一訴諸聽覺，一訴諸視覺，一依賴在場的語境，一不依賴在場的語境，這些差別無論如何不可能取消。口語和書面語的關係，是白話文的核心問題。本書第五章專有論述。

魯迅是少數幾個懂得書面語和口語差別的國人。他說，「語文和口語不能完全相同，講話的時候，可以夾雜許多『這個這個』『那個那個』之類，其實並無意義，到寫作時，為了時間、紙張的經濟，意思的分明，就要分別刪去的，所以文章一定應該比口語簡潔，然而明瞭，有些不同，並非文章的壞處。」〔註32〕

寫信給魯迅的曹聚仁，也參與了關於大眾語的論戰，他寫了篇文章《什麼是文言》：「將『文言』和『白話』對立，以為兩者絕不相侔；他們自以為霸了

〔註32〕魯迅《答曹聚仁先生信》，《魯迅全集》第六卷，人民文學出版社 1981 年版，第 77 頁。

那個營壘，豎起帥旗，和白話這營壘對敵起來，這是一應錯誤觀念的根源。」〔註33〕這話當時是說給那些主張復興文言的人聽的。本人覺得對於竭力主張消滅文言和排斥文言的人，也同樣有效，假若事實上根本沒有文言，那麼白話文的所謂勝利豈不是成了泡影。曹聚仁說，「我不過如收了幾個劣等生，再三耳提面命，希望他們既莫自誤，更莫誤盡天下蒼生。最要緊的，他們該明白所謂文言者，根本沒有這樣東西，不必再作夢想，說夢話了！」既然沒有文言，卻又圍剿文言，必欲滅盡而後快，這才是誤盡了天下蒼生。

周木齋《大眾語與大眾》結尾說，「過去文言文與白話文的鬥爭，是『文統』的鬥爭，文白連環，永無了期。今後，白話文將藉大眾語而毀滅文言文，但白話文也將隨文言文的毀滅而粉碎於大眾語的面前。然這必須大眾語真正成為大眾的工具，才是文言文白話文鬥爭告終的時候，才是文言文白話文同歸於盡的時候。」〔註34〕

「同歸於盡」四字實在下得狠，這也不是一個人的意見。白兮《文言・白話・大眾語》一文也稱，「在目前提倡建設大眾語，是必然的要把文言文跟白話文完全拋棄。」〔註35〕大眾語的論戰距今近八十載矣，在那個年代，熱談大眾語，實際上大眾語並不存在，一如瞿秋白談普通話，普通話不存在一樣。如今，倒是可以說，既沒有文言，也沒有白話，差不多是大眾語和普通話的一統天下了。空洞而生硬、清晰而決斷的普通話極端強勢，由於得到了政治力量和技術手段的支持，正在掩滅生動而鮮活的各地方言。大眾的濫調唱了七十多年，還沒有要停下來的意思，似乎要無限地唱下去。辜鴻銘曾說，「在歐美，自廢棄拉丁文之後，口語和書面語的明顯差別就消失了。隨之產生了半文盲階層，他們與真正的受教育者使用相同的語言，他們可以奢談文明、自由、中立、軍國主義和斯拉夫主義，而對這些詞的真實涵義一無所知。人們說，普魯士的軍國主義是對文明的威脅。我倒覺得，今日世界的半文盲，由半文盲組成的群邸才是

〔註33〕曹聚仁《什麼是文言》，宣浩平編《大眾語文論戰》，上海益智書局1935年版，第23頁。

〔註34〕周木齋《大眾語與大眾》，宣浩平編《大眾語文論戰》，上海益智書局1935年版，第160頁。

〔註35〕白兮《文言・白話・大眾語》，宣浩平編《大眾語文論戰》，上海益智書局1935年版，第53頁。

對文明的眞正威脅。」〔註36〕

四

大眾語討論的結果，引出了所謂新文字。魯迅在《中國語文的新生》中說得明白，「待到拉丁化的意見出現，這才抓住了解決問題的緊要關鍵。」

自王照、勞乃宣始，拼音化成爲中國文字改革一項無法完成的龐大工程。一九三一年九月二十六日海參崴召開中國新文字第一次代表大會，通過了《中國漢字拉丁化的原則和規則》，認爲「中國漢字是古代與封建社會的產物，已經變成統治階級壓迫勞苦群眾工具之一，實爲廣大人民識字的障礙，已不適應現在的時代」。

此後有拉丁化和國語羅馬字的論爭，黎錦熙於拉丁化的批評，及聶紺弩幾篇於國羅派的批評，倪海曙編《中國語文的新生》（一九四九年時代書報出版社）第四編收錄了雙方論爭的文字。

一九三四年黎錦熙的《國語運動史綱》由商務印書館出版，在序言中他說，「四十年來的國語運動，是把『工具』的改進問題作中心的……國語運動乃是根據著專科學理而發生的一種實際運動」他希望只站在技術的立場說話，「完全離開政治的立場」，「其本身只是些實際問題，實際以外，用不著那些很廣泛的理論，它的理論就包括在實際的過程中。」〔註37〕至此，以國語羅馬字爲標誌的國語運動已經終結了，取而代之的是拉丁化新文字運動。

聶紺弩在讀了黎錦熙的著作之後評論道，「國語運動已經失敗了，可是《史綱》底作者好像還以爲將來的中國會是國語羅馬字的天下似的，這眞是個美麗的夢。市民階級現在正帶著它底國語運動隨帝國主義和封建勢力一同到他們應該去的地方去，代之而起的是另外的勢力，自然也有另外的語文運動，並且現在已經有了。」〔註38〕

他所說的另外的語文運動，即拉丁化的新文字運動。

一九三五年十二月，上海中文拉丁化研究會發起簽名活動，蔡元培、魯

〔註36〕 汪家堂編譯《亂世奇文：辜鴻銘化外文錄》，上海人民出版社 2002 年版，第 351 頁。

〔註37〕 黎錦熙《國語運動史綱》，商務印書館 1934 年版，第 115 頁。

〔註38〕 聶紺弩《語言・文字・思想》，大風書店 1937 年版，第 119～120 頁。

迅等六百八十八人發表了《我們對於新文字的意見》，反對國語統一運動。他們認爲，「國語羅馬字崇奉北平話爲國語，名爲提倡國語統一，實際是來它一個北平話獨裁。」當時國民政府於國語標準音的規定，形同空文。《意見》認爲「就時間金錢方面看，新文字是普及大眾教育的最經濟的文字工具」。

抗戰爆發後，拉丁化運動不僅沒有停歇，反而更加活躍起來，「在取向上，拉丁化運動沒有特別強調『國語』問題，反而出現了大量的方言拉丁化方案，如上海、廣州、潮州、廈門、寧波、四川、蘇州、湖北、無錫、廣西、福州、溫州等方言都有了拉丁化方案。……在抗日救亡運動高漲之際和抗日戰爭全面爆發之後，拉丁化運動適應了動員群眾、普及教育、宣傳抗日的需要，迅速席卷全國。不僅出版物之多前所未有，而且諸如成千上百的難民新文字班、『農民新文字夜校』、大批『拉丁化幹部訓練班』，以及各類相關協會組織的建立，都是清末以來拼音文字運動的高峰。」〔註39〕

一九四〇年十一月，延安爲了推行拉丁化新文字，組織成立了「陝甘寧邊區新文字協會」，宣布的緣起是這樣表述的：「我們並不企圖目前即刻用新文字代漢字，也不停止進一步對於新文字的改造，我們擁護文字革命，也不妄想一舉完成。漢字雖然已經不合時宜，必須採用拼音文字，但漢字有悠久的歷史，不是輕易可以廢棄，而必須使其逐漸演變，才能完成文字改革。目前我們所要做的便是：利用新文字來教育文盲，使他們最短時間內可以用新文字學習政治與科學，也還可以利用新文字去學習漢字，但新文字必須學到能寫、能拼、能讀後，才可能再經過它來學習漢字，而同時新文字又能單獨自由使用。」緣起署名的發起人有林伯渠、吳玉章、董必武、徐特立、謝覺哉、羅邁、艾思奇、茅盾、周揚、蕭三、丁玲等九十九人，署名贊助人是毛澤東、朱德、任弼時、范文瀾等五十二人。〔註40〕

國語羅馬字與拉丁派的分歧，看上去似乎成爲了兩大政治勢力的分歧。一九四九年之後，新文字派並沒有得勝，新政權採取了國羅派方案，但使用了拉丁派的名稱，稱之「普通話」而不叫「國語」。統一國語，在改換了名稱之後，

〔註39〕汪暉《現代中國思想的興起》下卷第二部，三聯書店 2004 年版，第 1519～1520 頁。
〔註40〕倪海曙《中國拼音文字運動史簡編》，杜子勁《1949 年中國文字改革論文集》，大眾書店 1950 年版，第 90 頁。

逐漸地實現了。

普通話的標準，正是當年國語的標準，以北方話為基礎，北京方音為標準音。從語言學角度看，也不盡然是「北平話的獨裁」，李榮認為，「總而言之，普通話拿北京話做底子，以北京語音為標準音，是七百年來歷史的選擇，不是一朝一夕之功；是事實公認的，不是誰誰誰的愛好」。〔註41〕

另一個大題目言文一致也提上了日程。先統一國語，才好談拼音化，否則就會出現不止一種文字。漢字的拼音化，應在推廣普通話完成之後才有可能逐步實行，政策已然確定無疑。一九五二年二月，中國文字改革研究委員會召開成立大會，主任馬敘倫傳達了毛澤東的指示：「文字必須改革，要走世界文字共同的拼音方向」。陳伯達回憶道，「毛主席和斯大林會談時，斯大林也說到這個問題，說，『你們的漢字太難學了，所以文盲多，還是應該改成拼音文字。』毛主席面對國內外的這種主張，有些猶豫，也曾講過要走世界各國的拼音化的道路。我對毛主席說，『不能搞完全拼音化，那樣中國的文化就斷了。為了方便普及文化，可以實行簡體字，中國歷史上就有過一些簡體字。』毛主席考慮後，表示同意我的意見，決定成立一個文字改革委員會。」〔註42〕

新文字的好，以魯迅的話來說，「它和舊文字的關係輕，但和人民的聯繫密，倘要大家能夠發表自己的意見，收穫切要的知識，除它以外，確沒有更簡易的文字了。而且由只識拉丁化字的人們寫起創作來，才是中國文學的新生，才是現代中國的新文學，因為他們是沒有中一點什麼《莊子》和《文選》之類的毒的。」〔註43〕

從最好的意圖來推測，也只是一種理論的可能性。魯迅自己大概沒有使用過拼音這樣的新文字，據說黎錦熙曾經以拼音寫日記，日後翻閱，連自己也認不出了。

趙樹理的小說在四十年代出版後，白話文似乎找到了一種真正大眾化的語言，但它依然是漢字。今天的不少漢語作家，倒是普遍沒有中過《莊子》和《文

〔註41〕 李榮《普通話與方言》，載《中國語文》1990 年第 5 期，參見何九盈《漢語三論》，語文出版社 2007 年版。

〔註42〕 陳曉農編《陳伯達最後口述回憶》，東方出版社 2010 年版，第 143 頁。

〔註43〕 魯迅《論新文字》，《魯迅全集》第六卷，人民文學出版社 1981 年版，第 443～444 頁。

選》的任何毒，因爲看不大懂，恐怕也不曾看過，寫出來的作品，卻也不大能證明中國語文獲得了新生。

五

一九三四年下半年，上海良友圖書公司一位年輕人趙家璧，策劃編輯了十卷本《中國新文學大系》，副題爲「現代文學運動第一個十年（一九一七～一九二七）的再現」。「大系」是從日文借來的新名詞，編者刻意引入，以替代「叢書」。蔡元培製總序，五四以來幾乎所有活躍的作家與批評家均參與其間，一九三五年起，由於精心策劃的廣告效應，印行六千套的叢書在出版前已預售大半。

五四時期白話文作品的經典化，看上去在鞏固早期白話文運動的成果，但實際與大眾語運動的方向背道而馳。陳望道說，「文學並非單有語言就行的。一切的文學都需要會看現實，看現實又需要有一定的態度。態度的修養，實際又比語言的修養更重要。有些語言上的問題，也需要從態度上去選擇，去決定。」〔註44〕五四運動時期的啓蒙態度，這時發生了絕大的變化，馬克思主義的階級鬥爭理論，已經普及到大批黨外人士和知識分子之中，一時之間，似乎人人皆能運用唯物辯證法來分析社會問題。比如這樣的看法，「至於從五四運動所興起來的白話，是那時新興資產階級要求民主政治的一種表現，在反封建上果然已盡過很大的任務，但因他們階級本身的缺陷，不能進一步幹個徹底。他們只在字面上『白』『不白』的兜圈，不敢深入到社會的底層去和大眾相聯繫，所以留了一條給『封建』復興的路。另一方面，更因戰後國際帝國主義的加緊壓迫和其他的關係，反使他們遠離了大眾而回頭去和封建攜手妥洽了。」〔註45〕此論調在那時諸多文章中非常普遍，一時成爲定論難以反駁。

聶紺弩說得好，「大眾語問題不是一個單純的言語學上的問題，而是一個以

〔註44〕陳望道《關於大眾語文學的建設》，宣浩平編《大眾語文論戰》，上海益智書局1935年版，第62頁。

〔註45〕若生《建設大眾語文應有的認識》，宣浩平編《大眾語文論戰》，上海益智書局1935年版，第110～111頁。

大眾底生活需要爲基礎的文化運動的問題。」〔註46〕「文化運動不能是孤立的存在，倒是和整個社會運動相連接，相配合的東西。如果主導的社會運動沒有得到完全的勝利，文化運動也是不能得到完全的勝利的。」〔註47〕

與此同時，鄭振鐸的《世界文庫》也面世了。預計每月出版一冊，年十二冊，每冊四十萬字，其中中國和外國文學名著各占其半，第一集打算以五六年的時間刊行六十至八十冊。由於中日戰爭，只出了十二冊。魯迅翻譯的果戈理的《死魂靈》從第一期開始連載，至第六期終止，刊完了這部長篇小說的第一部。《世界文庫》的《發刊緣起》認爲：

> 文學名著爲人類文化的最高成就。古語有云：「歷史是一部相斫書」。但文學史在一般歷史裏卻是最沒有血腥氣的，偉大的文人們對於人群的貢獻，是不能用語言形容之的。他們不以掠奪侵淩的手腕，金戈鐵馬的暴行，來建築他們自己的紀念碑。他們是像兄弟似的，師友似的，站在我們的前面，以熱切的同情，悲憫的心懷，將他們自己的遭遇，將他們自己所見的社會和人生，乃至將他們自己的歎息、的微笑、的悲哀、的憤怒、的歡悅，告訴給我們，一點也不隱匿，一點也不做作。
>
> 在文學名著裏，我們讀到了整個人類的最眞實、最動人的歷史；那許多動人的記載，都是一般所謂「相斫書」的歷史所不會有的。那是不隱匿的人間的活動，那是赤裸裸的社會的諸相的曝露。歷史是常被改造，被塗飾而失其眞的，但文學名著卻給我們以永不會變色的人類活動的眞相。〔註48〕

聶紺弩當時把鄭振鐸的行爲與所謂「存文會」十教授《中國本位的文化建設宣言》聯繫起來，視作一丘之貉，名之爲「第十一教授」，「鄭振鐸先生以名著欣賞之類的理由翻印古書，我從語文運動的立場來批判他，這是我們根本不能統一的地方。」「對中國的舊古董裏面較好的東西加以整理或批判，

〔註46〕聶紺弩《由反對文言文到建設大眾語》，《語言‧文字‧思想》，大風書店 1937 年版，第 36 頁。

〔註47〕聶紺弩《關於世界文庫底翻印古書》，《語言‧文字‧思想》，大風書店 1937 年版，第 167 頁。

〔註48〕鄭振鐸主編《世界文庫》第一冊，河北人民出版社 1991 年影印，第 1 頁。

我們現在也未嘗不需要，可是那要對現代中國文化運動有眞正的瞭解，有爲未來的文化而奮鬥的決心，同時又有眞正能夠消化那些舊東西的能力的人才談得到。像《世界文庫》那樣無批判地翻印，對證幾種不同的本子或校勘幾個不同的字的辦法，是相差十萬八千里的。」〔註49〕

聶紺弩的批評反映當時知識人內部劇烈的文化矛盾，新文化眞正的出路不在於空談大眾化，而要拿出具體的辦法來有效地化大眾。理論假若能夠掌握群眾，思想力量可以迅速轉化爲物質力量，二十四歲的哲學家艾思奇，似乎讓我們看到了這種可能性。

艾思奇，原名李生萱，雲南騰沖人，生於一九一〇年。一九二七～一九三一年間兩度留學日本，閱讀了大量馬克思主義原典。一九三四年十一月起，他在《讀書生活》雜誌陸續發表二十四篇《哲學講話》，作爲「良才業餘學校」的哲學課講稿。一九三六年一月讀書生活出版社出版單行本，半年內印至四版，更名爲《大眾哲學》。

作者說，「我只希望這本書在都市街頭，在店鋪內，在鄉村裏，給那失學者們解一解智識的饑荒，卻不敢妄想一定要到尊貴的大學生們的手裏，因爲它不是裝璜美麗的西點，只是一塊乾燒的大餅。」到一九三八年，這本十萬字的小書印至第十版，一九四八年底，共印行三十二版，不僅爲大學生喜愛，一些教授也在讀。延安及其他根據地和解放區的學校、部隊用作學習哲學的入門書，被稱爲「我們的火炬」，毛澤東在信中稱《大眾哲學》是「通俗而有價值」的著作。國民黨當局曾責備自己的黨員無能，不能寫出與《大眾哲學》相抗衡的著作。艾思奇寫作該書之時沒有加入共產黨，一九三三年他是中國社會科學家聯盟的成員，一九三七年十月，他應召去了延安。

大眾語運動的宗旨，不外以著述影響大眾，就此而言，似乎沒有一本書比得上《大眾哲學》。李公樸的評價是，「這本書是用最通俗的筆法，日常談話的體裁，溶化專門的理論，使大眾的讀者不必費很大氣力就能夠接受，這種寫法，在目前出版界中還是僅有的貢獻。」「我敢說是可以普遍地做我們全國大眾讀者們的指南，拿它去認識世界和改變世界。」〔註50〕

小說和哲學，這兩樣從西方傳來的文體，在新文化運動中，本是少數知識

〔註49〕聶紺弩《語言・文字・思想》，大風書店 1937 年版，第 173～180 頁。

〔註50〕許全興、陳戰難、宋一秀《中國現代哲學史》，北京大學出版社 1992 年版，第 282 頁。

分子的高等文化載體，因爲有了趙樹理和艾思奇，竟然走出了象牙之塔，成爲大眾能夠懂得的文字。

第二節 「民族形式」論爭

一九四〇年四月一日，一份名曰《戰國策》的半月刊雜誌在昆明創刊。幾位西南聯合大學和雲南大學的教授，林同濟、雷海宗、陳銓、何永佶、沈從文等人，懷著「書生論政，文章報國」的願望，在國難當頭的危急時刻，發表自己的意見，主張博採並蓄西方文化，喚回中華民族早已失落的雄強，以「文化形態史觀」爲理論方法，以「戰國時代重演論」判斷國際形勢，以「第三期中國學術思潮」標榜當下，明確提出《抗戰建國方略》，「抱定非紅非白，非左非右，民族至上，國家至上之主旨，向吾國在世界大政治角逐中取得勝利之途邁進。」〔註51〕雷海宗寫了《此次抗戰在歷史上的地位》《建國——在望的第三周文化》《總論——抗戰建國中的中國》等系列文章，他說，「二千年來，中華民族所種的病根太深，非忍受一次徹底澄清的刀兵水火的洗禮，萬難洗淨過去的一切骯髒污濁，萬難創造民族的新生。」〔註52〕

在民族危亡之際，戰國策派主張明確無誤的民族主義。陳銓說，民族主義作爲時代精神，「不是膚淺的理智所能分析的，它是一種感情，一種意志，不是邏輯，不是科學，乃是有目共見，有心同感的。具體事實，一經分析，就瓦解冰銷，其他如係戰鬥精神，英雄崇拜，美術欣賞，道德情操，都要靠意志感情和直觀來把握事實」。〔註53〕「民族主義根本建築在熱情上，而人類惟有在羞憤時其情緒最爲激越，最不受理智的控制，最容易橫決。」〔註54〕

陳銓把五四以來的新文藝分作三個階段，「自從五四運動以來，中國的思想界經過三個顯明的階段：第一階段是個人主義，第二階段是社會主義，第三階段是民族主義。中國的新文學也隨著這三個不同的階段，表現出不同的

〔註51〕《代發刊詞》，《戰國策》第二期，1940 年 4 月 15 日。

〔註52〕轉引自桑兵、關曉紅主編《先因後創與不破不立：近代中國學術流派研究》，三聯書店 2007 年版，第 526 頁。

〔註53〕陳銓《五四運動與狂飆運動》，《民族文學》第一卷第 3 期，1943 年 9 月 7 日。

〔註54〕谷春帆《中國會成爲近代民族主義國家麼？》，《今日評論》第二卷第 5 期，1939 年 7 月 23 日。

色彩。」他認爲第一階段產生的文學，大部分都模倣西洋。「個人主義，無疑地是這一個階段的時代精神。一般的文學作品，所要表現的，都是個人問題；就是政治社會問題，也站在個人的立場來衡量一切。」他認爲五四時代不能產生偉大的文學，「因爲它沒有得著一個鞏固不搖的基礎。」第二個階段，「剛好翻過來了，大家認爲沒有社會自由根本就沒有個人自由。社會怎樣才可以自由呢？第一要政治平等，但是政治平等必須先要有經濟平等。經濟是一切問題的中心，社會主義是解決的方法。他們把全世界的人類，分成兩種不同的階級。在這一個時期，中國的民族意識最薄弱了。」「到了第三階段，中國思想界不以個人爲中心，不以階級爲中心，而以全民族爲中心。中華民族是一個整個的集團，這一個集團，不但要求生存，而且要求光榮的生存。我們可以不要個人自由，但是我們一定要民族自由。」又認爲，「中國的文學，從現在起，一定有一個偉大的將來。因爲，我已經說過了，只有強烈的民族意識，才能產生真正的民族文學。」〔註55〕

從法西斯主義的誕生發展來看，民族主義是他們實施動員最有效的旗幟，但並不能把民族主義等同於法西斯主義。況且，中國那時候是在遭受日本軍國主義的佔領和侵略下提倡民族主義，他們的愛國熱腸和自衛立場不言自明，但戰國策派長期以來卻背負法西斯主義的罪名。

以胡適、陳源爲代表的親英美派，從留學背景、思想傾向等，把戰國策派視作親德國分子，在國共政治對壘中，幾個無黨派讀書人的以天下爲己任的抱負，顯得異常天真。問題的要害，並不在於民族主義，而要看誰的民族主義。戰國策派的觀點和理論，在兩大陣營之外，得到了中國青年黨的贊同和響應。中共機關刊物《解放日報》《新華日報》《群眾》，從一九四二年開始，對戰國策派進行了持久的批判。後雷海宗、王贛愚雖加入了國民黨，陳銓的劇本《野玫瑰》也一時被國民黨看重，但戰國策派始終沒有得到國民黨的認可，被共產黨說成是「御用文人」，亦實在名不副實，法西斯主義的罪名，則更爲荒唐了。沈從文迫於壓力在五十年代初自殺未遂，後放棄小說轉向文物服飾研究，其四十年代參與戰國策派，成爲他一生的罪與罰。

〔註55〕陳銓《民族文學運動》，《文學運動史料選》第四冊，上海教育出版社 1979 年版，第 359～363 頁。

　　五年前，執政的國民黨在考慮「民族主義」的問題了。一九三五年一月十日上海十位大學教授王新命、何炳松、武堉幹、孫寒冰、黃文山、陶希聖、章益、陳高傭、樊仲雲、薩孟武聯名發表《中國本位的文化建設宣言》。表面上看，十教授屬於民間人士，但此宣言卻有官方背景。陳立夫的「唯生哲學」、戴季陶主義和蔣介石的「力行哲學」、「新生活運動」，與本位文化建設相呼應的意思是明顯的，這項宣言是國民黨政治全能主義向社會所作的推廣，為黨治文化與所謂權威主義政治張目。

　　《宣言》說，「新的覺醒要求新的活動，引導辛亥革命的中華革命黨遂應時改組，政治運動大為展開。打倒軍閥打倒帝國主義的聲浪遍於全國，由此形成了一個偉大的國民革命，其間雖有種種波折，但經過了這幾年的努力，中國的政治改造終於達到了相當的成功。」「除卻主張模仿英美的以外，還有兩派：一派主張模仿蘇俄；一派主張模仿德意。但其錯誤和主張模仿英美的人完全相同，都是輕視了中國空間時間的特性。目前各種不同的主張正在競走，中國已成了各種不同主張的血戰之場；而透過各種不同主張的各種國際文化侵略的魔手，也正在暗中活躍，各欲爭取最後的勝利。我們難道能讓他們去混戰麼？」他們最後提出的主張是，「不守舊，不盲從，根據中國本位，採取批評態度，應用科學方法來檢討過去，把握現在，創造未來。」〔註56〕這話說得既穩妥又正確，與五四運動以來的激進口吻差別較大，照理說應該得到多數人贊成的。

　　上海一些文化人發表了《我們對於文化運動的意見》，主張「向『維新』的路上走」來求得民族的自救，反對讀經和做古文。署名者包括十七個團體：文學社、中學生雜誌社、世界知識社、現代雜誌社、新生周刊社、讀書生活社等，一百四十八人中有艾思奇、老舍、李公僕、柳亞子、郁達夫、陳望道、傅東華等。其中包括對於《宣言》起過重要作用的葉青和在《宣言》上署名的樊仲雲。雖然「意見」和「宣言」並非針鋒相對，卻扭轉了它的基本論調和民族主義指向。與此同時蔣廷黻發起，胡適響應的「民主與獨裁」問題論戰烽火燃起，矛頭指向國民黨的獨裁政治，而陳序經針對《宣言》提出「全盤西化」的口號，改變了爭論的方向。這說明國民黨沒有完整的宣傳計劃和

〔註56〕王新命等《中國本位的文化建設宣言》，蔡尚思《中國現代思想史資料簡編》第三卷，浙江人民出版社1983年版，第763～767頁。

思想綱領，更沒有去選擇一個適當的時機，對輿論加以引導。它始終沒有取得文化上的領導權。

胡適《試評所謂「中國本位的文化建設」》一文認爲，「中國的舊文化的惰性實在大的可怕，我們正可以不必替『中國本位』擔憂。我們肯往前看的人們，應該虛心接受這個科學工藝的世界文化和它背後的精神文明，讓那個世界文化充分和我們的老文化自由接觸，自由切磋琢磨，借它的朝氣銳氣來打掉一點我們的老文化的惰性和暮氣。將來文化大變動的結晶品，當然是一個中國本位的文化，那是毫無可疑的。如果我們的老文化裏眞有無價之寶，禁得起外來勢力的洗滌衝擊的，那一部分不可磨滅的文化將來自然會因這一番科學文化的淘洗而格外發輝光大的。總之，在這個我們還只僅僅接受了這個世界文化的一點皮毛的時候，侈談『創造』固是大言不慚，而妄談折衷也是適足爲頑固勢力添一種時髦的烟幕彈。」〔註57〕

胡適的態度，應該說代表了當時進步立場對於「本位文化建設」的普遍看法。加之全面抗戰尚未爆發，危機面前依靠民族主義凝聚人心的最佳時機沒有到來，國民黨想借助「中國本位的文化建設」來強化其意識形態的目的沒有達成，單純與共產黨清醒的階級自覺和明晰的政治理想相比，國民黨在文化上的軟弱顯而易見。

國共兩黨及他們後來所達成的抗日民族統一戰線，於民族主義大概沒有人眞的不贊成，但每一方均有自己的表述方式和不同的口號，民族主義有多個側面供其利用，正面看去單純的民族主義，比如戰國策派最不可取。問題的關鍵不在於主張什麼，而在於誰去主張，誰的主張，政治和學術的區別在這裏。或許越是主張相同的人，對抗起來越不可調和，因爲他們皆在爲利用主張而樹立主張背後的那個人。

階級意識的普及與宣傳在三十年代比較成功，但以階級鬥爭爲旗幟的共產黨在社會動員上並不成功，直至一九三七年，作爲一支政治勢力，共產黨的影響範圍有限，在偏僻閉塞的鄉村築起的紅色政權，看上去與軍閥的割據沒有什麼不同，農村包圍城市，不過是一種遙遙無期的想像罷。唯物史觀和辯證法，

〔註57〕胡適《試評所謂「中國本位的文化建設」》，《胡適學術文集・哲學與文化》，中華書局 2001 年版，第 300 頁。原載 1935 年 3 月 15 日《大公報》。

在學術思想界已爲顯學，連八股式的唯物辯證法，也從側面說明了這一勢力的強大，但怎樣把意識形態力量轉化成爲物質力量，成爲政治力量和軍事力量，卻依然是沒有解決的問題。

日本軍國主義這時對華北的全面入侵徹底改變了局面。

民族解放的旗幟被舉起，應者雲集，贏糧而影從。一九三八年到一九四二年，黨員的數量從四萬人激增至八十萬人，這是中國共產黨建立二十年來未有過的。

共產主義信仰，在理論上超越民族國家立場，具有強烈的世界主義色彩。從馬克思主義宣稱的工人階級沒有祖國這個綱領中，可以看得分明。中國共產黨從建立之初，就接受共產國際的領導，所以九一八事件之後，竟然提出「武裝保衛蘇維埃」的口號。如果不擺脫共產國際的控制，不切實地把根鬚扎入中國的土地，它是不會孕育生長起來的。階級解放的偉大重任，須先放一放，首要的事情是取得民族的解放。一九三六年左聯兩個口號的爭論中，這個思路已經十分清晰。魯迅爲什麼贊成「民族革命戰爭的大眾文學」，而不贊成「國防文學」，因爲在統一戰線中存在領導權的問題，民族的立場要強調，但階級立場卻不能放棄。所謂「國防」，從人民方面說，是一個階級投降主義的概念。魯迅說，「決非革命文學要放棄它的階級的領導的責任，而是將它的責任更加重，更放大，重到和大到要使全民族，不分階級和黨派，一致去對外，這個民族的立場，才眞是階級的立場。」〔註 58〕有論者認爲，口號之爭「反映了以魯迅爲首的有獨立頭腦的左翼作家和鐵板一塊的機會主義政黨機構之間的矛盾」〔註 59〕。

毛澤東在此問題上與魯迅一致，他不僅要在統一戰線中擴大和發展力量，而且藉此機會，擺脫共產國際的控制。毛澤東思想的提出具有雙重作用，對內樹立毛澤東的權威，與蔣介石抗衡，使在社會上已經有些勢力的馬克思主義意識形態獲得一個人格化的代表，對外則表明不甘長期被共產國際控制，同時也解決了所謂馬克思主義的普遍眞理與中國革命的具體實際相結合的理論問題，

〔註 58〕魯迅《論現在我們的文學運動》，《魯迅全集》第六卷，人民文學出版社 1982 年版，第 590 頁。

〔註 59〕David Holm, *Lu Xun in the Period 1936-1949: The Making of a Chinese Gorki*, In Leo Ou-fan Lee, ed., *Lu Xun and His Legacy*. p.154-155.

從蘇聯長期不承認毛澤東思想這一現象，也可看出其中的消息。

「民族形式」這個概念，滿足了毛澤東的思考在上述這些問題上的要求。毛澤東於一九三八年講話中提出了「民族的形式、國際主義的內容」。

若說一九二七年到一九三六年十年間，是階級分化對立的時期，大眾語運動正演示了這一階段語言上的聚訟，是階級意識於五四新白話的第二次洗禮，也可視作白話文運動的第二部曲。接下的八年抗戰，民族矛盾上升，使階級矛盾有所緩和，圍繞著文藝的「民族形式」而展開的論爭，實際是一場有準備、有計劃、組織嚴密的文藝論戰。語言上的大眾指向比三十年代更為具體，已不再單獨成為問題，而是包含在更大的構想之中。

而且，討論問題的方式或許比所討論的問題更為重要，就抗日戰爭統一戰線的軍事領域而言，正面戰場上，國民黨軍隊的浴血奮戰和潰敗，共產黨的敵後游擊戰，基本上誰也領導不了誰；在文化和意識形態領域，共產黨的領導權強大，不僅在解放區且在國民黨統治區，不僅在思想理論上且在文化藝術上，至抗戰勝利之時，國民黨雖控制著大部分國土和所有重要的城市，但意識形態的陣地，差不多已丟失了。

周揚說，「假如說新文學運動初期白話與文言之爭是市民層與封建勢力鬥爭在文學上的反映，那麼革命文學的異軍突起正又是反映了新文學運動內部的分化，警報了新的社會力量登上政治舞臺。而文學上統一戰線的形成卻表現著在空前的民族危機面前民族內部各階層之空前的大結合。」〔註 60〕分化也好，結合也好，關鍵在於誰控制這件事情。三十年代的大眾語論戰，如果說還具有自發性質，一個左翼話題，聽任社會各界發表意見，左翼力量僅僅作為討論中的一種勢力參與其中。那麼到了民族形式，情況已經完全不同。四十年代前後，是抗戰最困難的時期，重慶與延安，各自在經歷自己的艱難困苦。延安在軍事上的存在雖然無足輕重，但在意識形態領域的影響力和控制力卻可以波及重慶、香港、桂林等地。能組織起這樣一個規模的討論，無異於對文化和宣傳隊伍的一次檢閱。受閱者的數量之大，超過了檢閱者的預料。

從關於文藝的「民族形式」問題的討論可以見出，中共對於文化領導權

〔註 60〕周揚《從民族解放運動中來看新文學的發展》，《文學運動史料選》第四冊，上海教育出版社 1979 年版，第 95 頁。

的掌握，預示了抗戰勝利後中國的政治變遷。同時，在馬克思主義意識形態內部，由於思想上的差異而引發的路線鬥爭也在這一論爭中潛伏著。胡風與周揚等人的分歧，以三十年代的兩個口號之爭始，經四十年代民族形式論戰衝突的展開和交鋒，至五十年代初以胡風反革命集團的被捕而告一段落，十多年後，周揚亦因十七年文藝黑線的代表被投進監獄。一九七五年毛澤東在談話中說，「魯迅在的話，不會贊成把周揚這些人長期關起來。脫離群眾。」又道，「黨的文藝政策應該調整一下」。〔註61〕不知他說的「周揚這些人」裏，是否包括胡風？知識分子進了監獄，也仍然會「脫離群眾」，放出來怎樣，是否會與群眾打成一片呢？

《中國大百科全書・中國文學卷》收錄由徐乃翔撰寫的「民族形式問題論爭」詞條，簡要涉及二十世紀三十年代末四十年代初這場論戰，本節仍然採用評注式討論的方式，以下是這一詞條的原文（爲方便論述，重新進行了分段）：

抗日戰爭時期關於文學的民族形式問題的討論，討論的中心是探索新文學如何與本民族的特點、與人民群眾相結合，是「五四」以來新文學大眾化討論的繼續與發展。

一九三八年十月，毛澤東在題爲《論新階段》（收入《毛澤東選集》時題爲《中國共產黨在民族戰爭中的地位》）的報告中，提出了「把國際主義的內容和民族形式」「緊密地結合起來」，創造「新鮮活潑的、爲中國老百姓所喜聞樂見的中國作風和中國氣派」的號召；雖然並非專門針對文藝問題，但在文藝界引起熱烈反響。

從一九三九年初開始，首先在延安及各個抗日民主根據地展開討論。延安的《新中華報》、《文藝突擊》、《文藝戰線》。晉察冀邊區的《邊區文化》，相繼發表了艾思奇、何其芳、柯仲平、蕭三、冼星海、沙汀、劉白羽、勞夫、陳伯達等人的文章，聯繫利用舊形式問題，圍繞著創造文藝的民族形式展開了討論。

稍後，在國民黨統治區的《文藝陣地》、《西線文藝》、《文學月報》、《大公報》、《國民公報》、《新蜀報》等報刊上，發表了黃繩、巴人、張庚、羅蓀、魏伯、馮雪峰、王冰洋等人的文章。中華全國

〔註61〕《毛澤東文集》第八卷，人民出版社 1999 年版，第 443 頁。

文藝界抗敵協會桂林分會召開了有艾蕪、魯彥等人參加的座談會。在香港地區，以《大公報》的《文藝》副刊爲中心，召開了座談會，開闢「創造文藝民族形式的討論」專欄。黃藥眠、杜埃、宗珏、黃繩、袁水拍等人紛紛著文討論。

最初階段的討論，在如何建立民族形式問題上已有明顯的意見分歧，但尚未形成論爭。

正當民族形式問題討論方興未艾之時，一九四○年初，毛澤東在《中國文化》創刊號上發表了《新民主主義的政治和新民主主義的文化》（收入《毛澤東選集》時題爲《新民主主義論》），進一步提出了「中國文化應有自己的形式，這就是民主形式。民族的形式，新民主主義的內容——這就是我們今天的新文化」。對於民族文化遺產的繼承，既強調「凡屬今天我們用得著的東西，都應該吸收」，又反對「生吞活剝地毫無批判地吸收」；指出應當「排泄其糟粕，吸收其精華」。對於正在開展的民族形式問題的討論，進一步指出了明確了方向，推動討論的深入。

國民黨統治區的民族形式問題討論，由意見分歧發展爲論爭。一九四○年三月二十四日，向林冰在重慶《大公報》副刊《戰線》發表了《論「民族形式」的中心源泉》。強調要以民間形式爲民族形式的中心源泉。葛一虹在《文學月報》第一卷第三期上發表《民族遺產與人類遺產》，對此表示異議。由此引起了一場範圍十分廣泛的論爭。最初主要圍繞著所謂「中心源泉」問題，涉及到民族遺產的批判繼承、「五四」新文學的歷史功過等。

一種意見以向林冰等人爲代表，他們重視利用民間的舊形式。認爲「民間形式的批判運用，是創造民族形式的起點，而民族形式的完成，則是運用民間形式的歸宿」（方白《民族形式的「中心源泉」不在「民間形式」嗎？》），他們把創造民族形式與「五四」新文學對立起來，對後者作了較多的否定。認爲新文學是「以歐化東洋化的移植性形式代替中國作風與中國氣派的畸形發展形式」（向林冰《再論民族形式的中心源泉》）。

　　另一種意見，批評了向林冰在利用舊形式、對待「五四」新文學問題上的錯誤觀點，卻又無視舊形式中的精華和新文學本身存在的缺點，一方面對舊形式採取全盤否定的態度，另一方面又認爲「新文藝在普遍性上不及舊形式」，其原因不在於新文學本身，「主要還是在於精神勞動與體力勞動長期分家以致造成一般人民大眾的知識程度低下的緣故」，因此，如果新文學利用舊形式，就是「降低水準」（葛一虹《民族形式的中心源泉是在所謂「民間形式」嗎？》）。在對待舊形式和新文學的問題上，胡風基本上也是持後一種觀點。批評了對於民族遺產的全盤繼承的錯誤觀點，但是卻認爲民間藝術「本質上是用了充滿毒素的封建意識來吸引大眾」，認爲「五四」新文學是從「世界進步文藝」「接受了思想、方法、形式」，是「移植」過來的。（《論民族形式問題》）

　　一九四○年底，關於「中心源泉」的論爭基本上平息下來，對於創造民族形式的探討，進一步向深廣發展。在國民黨統治區的重慶和桂林召開了關於戲劇形式問題座談會。郭沫若的《「民族形式」商兌》，茅盾的《舊形式、民間形式與民族形式》，以及潘梓年、胡風等人的文章，逐漸地接觸到問題的實質，在當時產生過廣泛的影響。在延安的《解放日報》、《中國文化》、《草葉》和晉察冀的《晉察冀日報》、《華北文藝》等報刊上，發表了田間、左唯央、孫犁、蔣弼、劉備耕、王實味等人的文章，聯繫抗日民主根據地的群眾文藝運動和秧歌劇等實際問題，展開熱烈的討論。與此同時，受國民黨當局控制的《中央周刊》、《文藝月刊》、《民族文化》等報刊上，也發表了唯明、鄭學稼等人的文章，對民族形式問題的提出與討論持否定態度。他們主張「中國現在需要的文學，是說明『國家至上』，『民族至上』，怎樣表現這一內容，任何文學形式都可以的」（鄭學稼《論民族形式的內容》）。

　　這次論爭在十幾個城市，四十餘種報刊上展開，發表了約二百篇文章與專著，召開了十多次大型座談會，有近百名作者參加了討論，涉及到從理論到創作的一系列重要問題，通過討論對於正確認

　　識與解決文藝的民族化與群眾化問題，起了積極的推動作用；澄清
了認識上的模糊與偏差，絕大多數人取得了比較一致的看法，對於
創作實踐也產生了積極的影響。主要缺點是比較偏重於形式的討
論，對內容的重要意義重視不夠；在遺產繼承問題上有形而上學觀
點；特別是對於作家深入生活和改造思想，在創造民族形式上的重
要性認識不足。〔註62〕

　　中國文學和文章幾千年來主要的「民族形式」是文言文，它是民族文化遺
產主要的保存方式，也是複雜難通的各地方言的共同的書面語。白話文運動打
倒了文言之後，並沒有能夠解決向大眾傳播和普及的根本問題，自己倒變成了
「新文言」，於是大眾語運動興起，要二次革命，打倒新文言。在語言學家看來，
大眾語與白話是一樣東西，意識的差別屬於內容，與語言形式是兩回事。凡是
報刊雜誌熱烈討論，人們廣泛參與的論戰所涉及的，肯定不止於語言問題，而
必然是思想和意識形態的問題，政治問題，否則不可能那麼熱鬧。大眾語論戰
中的階級對立情緒和民粹主義傾向非常突出，「大眾」在三十年代是個有魔力的
詞語，與它沾染的任何事物，都能發出聲響來，四十年代這個詞彙被「民族」
取代了，戰國策派的林同濟說，「大政治眼光是對現代世界生活最重要、最不可
缺的眼光」〔註63〕。他們敏銳地抓住了「民族」這個詞，但卻不知道通過它去
謀取怎樣的未來，可以稱之為「為民族而民族」派。

　　艾思奇認為「五四是中國的一個很大的啟蒙運動，然而當時的新文學運
動，一開始就是包含它的發展的限制。首先，這運動並不是建立在真正廣大
的民眾基礎上的，主要的是中國的力量薄弱的市民階級的文藝運動，它並沒
有向民間深入。其次，它對於過去的傳統一般地是採取極端否定的態度，因
此它的一切形式主要地是接受了外來的影響，或外來的寫實主義的形式，而
忽視了舊形式的意義。新的文藝，一開始就有了這樣的矛盾：一方面有現實
主義和平民化的要求；另一方面，生活在廣大的民眾之外的作者和外來的寫

〔註62〕《中國大百科全書・中國文學卷》第一卷，中國大百科全書出版社1992年版，第
　　　　558～559頁。

〔註63〕林同濟《大政治時代的倫理——一個關於忠孝問題的討論》，《今論衡》第一卷第5
　　　　期，1938年6月15日。

實形式，不能達到眞正現實主義和平民化的目的。」〔註64〕這一內在矛盾，大眾語運動想解決，但是沒有解決。關於文藝民族形式的討論，延續的還是這個沒有解決的大問題。不過這次討論，卻不是由文藝界的人士發起的，這一點很不同尋常。

毛澤東在一九三八年十月《論新階段》裏說，「我們這個民族有數千年的歷史，有它的特點，有它的許多珍貴品。對於這些，我們還是小學生。今天的中國是歷史的中國的一個發展；我們是馬克思主義的歷史主義者，我們不應當割斷歷史。從孔夫子到孫中山，我們應當給以總結，承繼這一份珍貴的遺產。這對於指導當前的偉大的運動，是有重要的幫助的。共產黨員是國際主義的馬克思主義者，但是馬克思主義必須和我國的具體特點相結合並通過一定的民族形式才能實現。」〔註65〕

陳伯達去延安之前曾是「新啓蒙運動」的發起人，到延安之後和上海來的艾思奇，一起成爲毛澤東成立的「新哲學研究會」的主要成員，進入中央宣傳部，陳伯達擔任毛澤東秘書，兩人直接領導了這次關於「民族形式」的論爭，論爭中多有文章出自於陳艾。

陳伯達說，「新文化的民族化（中國化）和大眾化，二者實是不可分的。忽視民族化而空談大眾化，這是抽象的，非現實的，在偉大抗戰的前面，我們急需喚醒數萬萬同胞群眾的興起，以爭取民族之偉大的勝利。」〔註66〕「舊的文化傳統，舊的文化形式是根深蒂固地和人民年代久遠的嗜好和習慣相聯結的。最廣大下層的人民群眾最習慣於舊的文化形式，經過那舊形式而傳播給他們以新的文化內容，新的東西，他們是最容易接受的」。〔註67〕

一九三九年二月十六日陳伯達在《新中華報》上發表《關於文藝的民族形式問題雜記》透露，開展新文藝運動中央開過座談會，張聞天提出了具體的要

〔註64〕艾思奇《舊形式運用的基本原理》，胡采《中國解放區文學書系：文學運動/理論編》，重慶出版社1992年版，第1314頁。

〔註65〕毛澤東《論新階段》，《文學運動史料選》第四冊，上海教育出版社1979年版，第382～384頁。文章收入此書更名爲《中國共產黨在民族解放戰爭中的地位》。

〔註66〕陳伯達《我們關於目前文化運動的意見》，《延安文藝叢書·文藝理論卷》，湖南人民出版社1984年版，第388頁。

〔註67〕陳伯達《論文化運動中的民族傳統》，《解放》第46期，1938年7月。

求，初步確定未來的文藝運動以「舊形式利用」爲主題。

同日，周揚、艾思奇、陳伯達同時在延安的《文藝戰線》和《新中華報》上發表三文。有論者認爲，經考證是陳伯達第一個明確將「民族形式的問題」，與毛澤東《論新階段》中所說「新鮮活潑的，爲中國老百姓所喜聞樂見的中國作風和中國氣派」聯繫了起來。並且認爲這場討論實際是一個指向明確的文藝運動，其任務、方向、目標和使用的口號都很明確，有組織有計劃地爲全國的文藝運動制定政策，規定道路和方向。〔註68〕既然如此，它與通常意義上的討論和論爭有著根本的區別。討論或者論戰，一般來說有主題未必有結論，這樣才能各抒己見，若先已有了結論，且是毋庸置疑的最高結論，還有討論的必要麼？除了表示服從和擁護，眞的還能提出更多的意思來嗎？

也許把關於「民族形式」的討論看作一個合唱團的演出更爲準確一些。那起調領唱的人站在舞臺的中心，配有擴音設備，合唱團的齊唱，是於領唱的烘託和響應，主旋律響起來，大家一起出聲。在民族生死存亡的戰爭年代，這是福音，向來被說成一盤散沙的國人，在最後的時刻醒悟過來，凝聚成一個偉大的意志，抗戰的意志。在如何建立民族形式問題上有分歧，算不得是大不了的事情。

一九四〇年《中國文化》在延安創刊，艾思奇任主編，創刊號發表了毛澤東《新民主主義論》（原名《新民主主義的政治和新民主主義的文化》），提出「中國文化應有自己的形式，這就是民族形式。民族的形式，新民主主義的內容——這就是我們今天的新文化。」對於民族文化遺產的繼承，他說，「凡屬我們今天用得著的東西，都應該吸收」，同時又反對「生呑活剝地毫無批判地吸收」，應當「排泄其糟粕，吸收其精華」。

《新民主主義論》是有嚴密理論體系的長文，十五個標題，且具有很強的論戰性質。毛澤東經過長時期醞釀，寫作過程中反覆修改，並徵詢意見。二十多年後他談起：「《新民主主義論》初稿寫到一半時，中國近百年歷史前八十年是一階段、後二十年是一階段的看法，才逐漸明確起來，因此重新寫起，經過反覆修改才定了稿。」連一向攻擊共產黨沒有自己理論的葉青也表示，自從讀了《新民主主義論》，「我對於毛澤東，從此遂把他作共產黨理論家看待了。」

〔註68〕參見石鳳珍《文藝「民族形式」論爭研究》，中華書局 2007 年版，第 38、42 頁。

文章在黨內外引起重大反響，使許多人對當前奮鬥的目標和中國未來的方向有了清楚明白的瞭解，使越來越多的人奔集到新民主主義的大旗下來。〔註69〕

「抗戰爆發以後，中國共產黨從原來遭受嚴密封鎖的狹小天地裏走出來，變成全國性的大黨，公開走上全國政治生活的大舞臺，受到人們越來越密切的關注。他們渴望瞭解中國共產黨對時局和中國未來前途的看法。」〔註70〕

　　　新的政治力量，新的經濟力量，新的文化力量，都是中國的革命力量，它們是反對舊政治舊經濟舊文化的。這些舊東西是由兩部分合成的，一部分是中國自己的半封建的政治經濟文化，另一部分是帝國主義的政治經濟文化，而以後者爲盟主。所有這些，都是壞東西，都是應該徹底破壞的。中國社會的新舊鬥爭，就是人民大眾（各革命階級）的新勢力和帝國主義及封建主義的舊勢力之間的鬥爭。這種新舊鬥爭，即是革命和反革命的鬥爭。

　　　五四運動是在一九一九年，中國共產黨的成立和勞動運動的眞正開始是在一九二一年，均在第一次世界大戰和十月革命之後，即在民族問題和殖民地革命運動在世界上改變了過去面貌之時，在這裏中國革命和世界革命的聯繫，是非常之顯然的。由於中國政治生力軍即中國無產階級和中國共產黨登上了中國的政治舞臺，這個文化生力軍，就以新的裝束和新的武器，聯合一切可能的同盟軍，擺開了自己的陣勢，向著帝國主義文化和封建主義文化展開了英勇的進攻。〔註71〕

一九四〇年於延安的共產黨人來說，是一個艱苦的時期。國民黨停發八路軍軍餉，並對抗日根據地經濟封鎖，與此同時，邊區內遭受了嚴重的旱病水雹風五災侵襲，幾乎波及每個縣。陝甘寧邊區地廣人稀，一百四十萬農戶，土地貧瘠，保證軍隊機關學校大量人員的供給困難很大。蕭勁光回憶道，「一天，毛澤東同志把林伯渠、高崗和我找去，對我們說：我們到陝北來幹什麼的呢？是

〔註69〕參見金冲及主編《毛澤東傳（1893～1949）》，中央文獻出版社1996年版，第567～568頁。

〔註70〕金冲及主編《毛澤東傳（1893～1949）》，中央文獻出版社1996年版，第556頁。

〔註71〕毛澤東《新民主主義論》，《毛澤東選集》第二卷，人民出版社1991年版，第662～711頁。

幹革命的。現在日本帝國主義、國民黨頑固派要困死、餓死我們，怎麼辦？我看有三個辦法：第一是革命革不下去了，那就不革命了，大家解散回家。第二是不願解散，又無辦法，大家等著餓死。第三靠我們自己的兩隻手，自力更生，發展生產，大家共同克服困難。」〔註72〕在發動大家自己動手豐衣足食的時候，毛澤東開始重新定義五四運動，實際是重新定義中國的革命和未來的中國。

《新民主主義論》在楊家嶺的兩間窯洞裏寫出。裏間是寢室，一張木床，一隻木方凳，一隻木箱；外間是辦公室，一隻舊書架，一張舊方桌。毛澤東習慣於通夜工作，天快亮時入眠，當時的保衛參謀蔣澤民回憶道：「延安地區沒有電，夜晚毛澤東寫文章時點兩根蠟燭照明，燭光昏暗而又跳動，很影響視力，容易使眼睛疲勞。毛澤東寫累了，就揉揉酸脹的雙眼，再繼續寫，一夜之後，他的臉上沾了一層烟塵。毛澤東寫文章用的是毛筆。寫前打好腹稿，然後揮筆而就，疾書成文。他寫東西時，桌子上一般不放書籍和報紙，不參照別人的東西。」「他埋頭書寫很長一段時間後，往往要停下筆休息幾分鐘，或者點燃一支烟吸，或者站起來，到門外的空場上走一走。」〔註73〕

民族的科學的大眾的文化，就是人民大眾反帝反封建的文化，就是新民主主義的文化，就是中華民族的新文化。

新民主主義的政治、新民主主義的經濟和新民主主義的文化相結合，這就是新民主主義共和國，這就是名副其實的中華民國，這就是我們要造成的新中國。

新中國站在每個人民的面前，我們應該迎接它。

新中國航船的桅頂已經冒出地平線了，我們應該拍掌歡迎它。

舉起你的雙手吧，新中國是我們的。

這是《新民主主義論》的結尾，略帶些歐化味道的新白話，表達了整個時代的理想與憧憬。它寫於一九四○年初，那樣一個艱難的時期，陝北偏僻的窯洞裏，這些眺望與嚮往，九年之後成爲了現實。我們不能不承認這白話的力量，新中國是通過白話文提前到來的，我們甚或可以說，沒有白話文，就沒有新中國。

民族形式是一個相當含混的概念，既暗示了民族主義的政治訴求，又沒有

〔註72〕《蕭勁光回憶錄》，解放軍出版社 1987 年版，第 298～299 頁。

〔註73〕蔣澤民《回憶毛澤東在延安》，八一出版社 1993 年版，第 27～29 頁。

多麼明確的價值指向與實質內容，與民族主義的意識形態之間還有相當距離。民族主義於共產黨人來說，未必是其信念，也許更多的是策略。馬克思、恩格斯親自撰寫《共產黨宣言》的德文版、英文版、俄文版、波蘭文版、意大利文版序言，可明曉其世界主義眼界。毛澤東對曾志講，「我寫《新民主主義論》時，《共產黨宣言》就翻閱過多少次。」〔註74〕《共產黨宣言》中說：

> 共產黨人同其他無產階級政黨不同的地方只是：一方面，在各國無產者的鬥爭中，共產黨人強調和堅持整個無產階級的不分民族的共同利益；另一方面，在無產階級和資產階級的鬥爭所經歷的各個發展階段上，共產黨人始終代表整個運動的利益。

> 共產主義革命就是同傳統的所有制關係實現最徹底的決裂；毫不奇怪，它在自己的發展過程中，要同傳統的觀念實行最徹底的決裂。

> 總之，共產黨人到處都支持一切反對現存的社會制度和政治制度的革命運動。

> 在所有這些運動中，他們都特別強調所有制問題，把它作為運動的基本問題，不管這個問題當時的發展程度怎樣。

> 最後，共產黨到處都努力爭取全世界的民主政黨之間的團結和協議。

> 共產黨人不屑於隱瞞自己的觀點和意圖。他們公開宣布：他們的目的只有用暴力推翻全部現存的社會制度才能達到。讓統治階級在共產主義革命面前發抖吧。無產者在這個革命中失去的只是鎖鏈。他們獲得的將是整個世界。〔註75〕

《共產黨宣言》中明快的戰鬥性口吻與犀利的批判鋒芒，毛澤東學到了。《新民主主義論》裏定義新文化為「民族的、科學的、大眾的」，「民族的」雖位列第一，但僅有一句「它是我們這個民族的，帶有我們民族的特性」。一九三八年《論新階段》中有從孔夫子到孫中山的說法，如今籠統概括為「中國文化應有自己的形式，這就是民族形式」。在今天看來，所謂民族形式，不過漢語和漢字

〔註74〕曾志《談談我知道的毛主席》，《緬懷毛澤東》，中央文獻出版社1993年版，第401頁。

〔註75〕馬克思、恩格斯《共產黨宣言》，人民出版社1964年版，第37～44頁。

而已，包括古漢語和繁體字在內的一切漢字。

《新民主主義論》接下來說，「中國應該大量吸收外國的進步文化，作爲自己文化食糧的原料，這種工作過去做得還很不夠。」此見固然與毛澤東對於這個問題的認識有關，但共產黨人的國際主義特性不容忽視。

其後，激烈的爭論發生在國統區。解放區裏猛增了大量革命的新生力量，他們的組織生活和思想方法正在接受紀律的規範和約束，此乃整風前夕。合唱是就其大處而言，細處難免七嘴八舌。國統區的討論，是在共產黨的領導和控制之下，但距離延安畢竟遙遠，交通不便，權力中心生發的指示，未必能及時傳達，更未必能準確領會，氛圍完全不同，詞不達意，言不盡意的地方在所不免，況且五四運動的影響，言論自由的風潮還未遠去。

圍繞著到底什麼是民族形式的「中心源泉」展開的爭論最爲激烈，主要有四種意見：

向林冰認爲，「民間形式的批判的運用，是創造民族形式的起點；而民族形式的完成，則是運用民間形式的歸宿。換言之，現實主義者應該在民間形式中發現民族形式的中心源泉。」〔註 76〕把創造民族形式與五四新文學對立起來，對後者基本否定。認爲新文學是「以歐化東洋化的移植性形式代替中國作風和中國氣派的畸形發展形式」。

葉以群、何其芳、葛一虹代表另一種觀點，他們認爲五四新文藝才是民族形式的中心源泉，「民族形式的創造應該以現今新文學所已經達成的成績爲基礎，」即「以新文學底既有成績爲中心源泉」。〔註 77〕強調「新文藝在普遍性上不及舊形式」，原因不在於新文藝本身，「主要還是在於精神勞動與體力勞動長期分家以致造成一般人民大眾的知識程度低下的緣故」，因此，新文藝如果利用舊形式，就是「降低水準」。

第三種觀點的代表是郭沫若和茅盾，認爲現實生活才是中心源泉。郭沫若說，「『民族形式』的這個新要求，並不是要求本民族在過去時代所已創造出的任何既成形式的復活，它是要求適合於民族今日的新形式的創造。民族形式的

〔註 76〕向林冰《論民族形式的中心源泉》，載《大公報》1940 年 3 月 24 日。

〔註 77〕以群《文藝的民族形式問題座談會》，載《文學月報》第一卷第 5 期，1940 年 6 月 15 日。

中心源泉，毫無可議的，是現實生活。今天的民族形式的反映，便自然成為今天的民族文藝的形式。它並不是民間形式的延長，也並不是士大夫形式的轉變，從這兩種的遺產中它是盡可以攝取些營養的」。〔註78〕

第四種意見被稱為外來形式接受論，代表人物是胡風，認為五四文學革命運動是市民社會突起以後世界進步文藝傳統的一個新拓的支流；因為五四文藝不是從中國民族固有文學傳統裏，而是從世界進步文藝傳統裏「接受了思想、方法、形式」，「獲得了和封建文藝截然異質的、嶄新的姿態」，即「從先進國積纍了幾百年的，一般意識形態上的和文藝上的民主主義的鬥爭經驗裏」，「找到了能夠組織他們對於現實生活的認識，能夠說出他們對於現實生活的感應的、創作方法上的豐富的源泉」。這種接受論又稱「移植論」，胡風認為，接受的基礎和內在根據不是中華民族現有文藝形式，而是活的社會關係，即同質的市民社會及其民主革命實踐要求。〔註79〕意見雖然看上去不一致，但卻分明是一元化的發展趨勢。朱自清後來的概括也許不無道理：「揚棄知識階級的紳士身份，提高大眾的鑒賞水平，這樣打成一片，平民化，大眾化。」〔註80〕

胡風是這次論爭的一個關鍵人物。早在一九四六年他編輯了《民族形式討論集》，彙集了其時各方的文章，他個人還出版了專著《論民族形式問題》。在上面的詞條中，胡風只是被輕描淡寫地帶了一筆，關於他的立場和觀點及與他人的分歧，沒有提及。《胡風回憶錄》中對於這一事件有如下記述：

> 關於「民族形式」，我大約費了三個月的時間，寫成了《論民族形式問題的提出、爭點和實踐意義》。在寫的過程中，具體內容沒有對向林冰露過一句。寫成後分成兩篇，上篇為《論民族形式問題的提出和爭點》，下篇為《論民族形式問題的實踐意義》。呂振羽住在隔壁，只給他一人看過，他看了非常贊成，只提了兩個科學用語上的意見。

〔註78〕郭沫若《民族形式商兌》，載《大公報》1940 年 6 月 9 日～10 日。

〔註79〕胡風《對於五四革命文藝傳統的一理解》、胡風《對於民間文藝的一理解》，轉引自韓立群《中國語文革命：現代語文觀及其實踐》，中央編譯出版社 2003 年版，第 270～273 頁。

〔註80〕朱自清《文學的標準與尺度》，山東文藝出版社 2006 年版，第 76 頁。

送審過後我回到石子山，才把原稿給向林冰看。他原來以爲我會肯定他的某些論點，現在看到我對他的論點全部否定，當然非常喪氣。他打算回答，但考慮了幾天後，終於絕望地放棄了。這一放棄，等於他在文藝問題上喪失了發言權。但有一點他是感激的，因爲我在《後記》上說了一句，他是不自覺地走上了反辯證法的反動的道路，並沒有暗示他是奉國民黨之命幹的。

在這篇文章中，我對一些黨員作家、左翼作家在這個問題上的論點都作了指名的批評，這就造成了很不好的後果。雖然我是爲討論理論問題，但還是有人爲此耿耿於懷，甚至到後來我出了問題被舉國申討時，揭發我在當時就罵盡了中國作家，這當然是我的一大罪狀！〔註81〕

李澤厚認爲胡風的《論民族形式問題》，是「胡風著作中最有理論成就的一種」：

它的特點就在堅決維護五四的啓蒙傳統，反對簡單地服從於救亡鬥爭；強調應把啓蒙注入救亡之中，使救亡具有民主性的新的時代特徵和世界性水平。儘管提出是在文藝領域，卻具有廣泛的思想文化意義。胡風在書中批評了許多人，從郭沫若到周揚，從潘梓年、艾思奇、胡繩到光未然、何其芳、張庚，等等。其主要批評目標，則以向林冰（趙紀彬）爲對手。〔註82〕

胡風要維護五四文藝傳統，看來似乎是一件簡單明瞭的事，其實卻未必。在實際中從而在理論上，所遇到的阻力異常強大。直到今天，不是還有這個問題嗎？

分歧是明顯而尖銳的。也如胡風所說，這次關於民族形式問題的討論，「不是一個單純的形式問題」，實質上是關係到整個「新民主主義文化」的具體發展途徑。胡風強調的是應從現實鬥爭的內容出發來與大眾結合，「爲提高大眾的認識能力而鬥爭」。

胡風從其所瞭解和堅持的魯迅傳統，一貫強調文藝不但要與敵

〔註81〕《胡風回憶錄》，人民文學出版社 2005 年版，第 212 頁。

〔註82〕李澤厚《中國現代思想史論》，天津社會科學院出版社 2003 年版，第 70～71 頁。

人作鬥爭，而且也要不斷揭發中國「國民性」的弱點和病態，即揭出人民群眾中的「精神奴役的創傷」。他的整個理論的重點的確是「啟蒙」，是「化大眾」，而不是「大眾化」。〔註83〕

胡風堅守啟蒙的立場，這也是五四新文化運動根本的立場，啟發民智，推動社會進步。政治的立場則有所不同，政治對民眾以及他們帶來的物質力量感興趣，可以用來實現自己的目的，啟蒙則是幫助民眾覺醒，讓他們發現自己的願望和自己的目的，而不是成為他人的政治工具。

本書特別留意這次討論中涉及語言問題的意見和爭執。

重慶《新華日報》社長潘梓年《論文藝的民族形式》一文談到了語言問題，認為五四新文藝創造的白話文還不是中國的語言。他說：「為什麼五四新文藝運動以後，白話文戰勝了文言文以後，在文壇上充其量也只有『白話的文言』而還沒有產生出和一般老百姓日常用語合致的真正的『白話』呢？」「這就說明在中國作者手裏還沒有從一般老百姓日常生活中產生起來的中國民族語言，有的只是文言文，有的只是外國語，結果，雖然一時把文言文推倒了，找不到新的東西來代替，只好或者使用不文不白的『語體文』，久而久之且回歸到文言文懷裏去，或者使用不中不西的『歐化句子』……在中國作者手裏，中國語言還未成熟，就是到目下，仍然還是一個急需解決的問題。」他認為，「能夠表達得出一個民族的生活狀態生活情形的，只有這個民族自己的語言。因為一個民族的語言，正就是這個民族在生活的長期歷史中為了要表現生活的各個方面而鍛鍊出來，生長起來的一副特有的工具。」對於中國語言的改進，他提出兩個意見：「一方面要求有豐富的語彙，另一方面更要求有完整的語法」，「語法完整的語言，其來源，一般講起來，不外兩個，一是從古典作品中接受遺產，一是從活的語言吸收新的要素」，「作家對於活的語言——人民大眾的日常用語，也不是盡量採用的問題，而須要加以洗練。不管是遺產也好，活的語言也好，對民族語言，對文藝作家，都只能作為基礎，都須經過一番挑選，改作等等的琢磨工夫。」〔註84〕

今天讀到這些見解，依然覺得有價值。「中國作風和中國氣派」，更多的也

〔註83〕李澤厚《中國現代思想史論》，天津社會科學院出版社2003年版，，第79～81頁。

〔註84〕潘梓年《論文藝的民族形式》，徐乃翔《文學的「民族形式」討論資料》，知識產權出版社2010年版，第137～142頁。

許是風格問題，就文學而言，語言才是首要的形式因素，民族語言乃是民族形式的核心，離開語言談形式，往往流於空洞。潘梓年後來使用「外形式」和「內形式」的概念，瓶是酒的外形式，但色和香卻是酒的內形式，內形式與內容是無法分開的。他認為民族形式主要應該是內形式，而語言則是內形式的核心，他意識到了語言問題的重要。

一九四〇年六月九日《新華日報》在重慶舉辦關於民族形式問題的座談會，潘梓年認為，「在寫作的實踐過程中，作者不能不保有著『取之不盡，用之不竭』的工具，使寫作臻於活潑、生動，就是說在作者的腕底不能不儲有著豐富夠用的語彙，語法，字法，手法，描寫法，以至體裁，結構等等。作為由以採集這些工具的源泉的，不只有民間文藝，同樣也有過去新文藝運動中積集起來『為數不多』的成果，以及國際上的佳作巨著，尤其是和工農大眾解放鬥爭有關的佳作巨著。在這裏，用不著懷著『中學為體，西學為用』的狹窄觀點，在民間文藝這一源泉上特別加以『中心』的規定。必須注意到，雖然中國人自己的語彙語法天然最適合於描寫中國人的生活，但近幾年來艱苦鬥爭中的廣大人民，其生活早已不是『習見常聞』的老套老調，而已溶化了不少從外吸收進來的新東西，遠非原有的語彙語法所能趕得上的了。」「民族形式問題的提出，不能和通俗化，大眾化問題混為一談。我們要求每一個文藝創作都用民族形式，但不能要求每一個文藝創作都是通俗化的，大眾化的讀物。民族形式問題的提出，不是簡單地要求大眾化，而是要求整個新文藝品質的提高。」〔註85〕

潘梓年出版過一部討論辯證法和形式邏輯的書《邏輯和邏輯學》，毛澤東「只用了三天就把它讀完了」，「感到頗為新鮮」。在《民族形式與大眾化》中潘梓年明確說，「民族形式問題的提出，主要的要求是文藝活動與抗戰建國的具體實踐的結合」，「民族形式問題，可以說就是中國化問題，而不能說就是大眾化問題。」〔註86〕

〔註85〕《新文藝民族形式問題座談會上潘梓年同志的發言》，《文學運動史料選》第四冊，上海教育出版社 1979 年版，第 479～488 頁。

〔註86〕潘梓年《民族形式與大眾化》，蔡儀主編《中國抗日戰爭時期大後方文學書系‧理論‧論爭》第一集，重慶出版社 1989 年版，第 402 頁。

　　民族形式問題討論的真正結束，是一九四二年毛澤東《在延安文藝座談會上的講話》的發表。毛澤東出席了三次延安文藝座談會，分別是五月二日、五月十六日與五月二十三日，第一次和第三次發了言，《講話》發表時，把兩次的內容合爲一篇。

　　毛澤東《在延安文藝座談會上的講話》是在落實《新民主主義論》的思想。如，「革命文化，對於人民大眾，是革命的有力武器。革命文化，在革命前，是革命的思想準備；在革命中，是革命總戰線中的一條必要和重要的戰線。而革命的文化工作者，就是這個文化戰線上的各級指揮員。」「要把教育革命幹部的知識和教育革命大眾的知識在程度上互相區別又互相聯繫起來，把提高和普及互相區別又互相聯繫起來。」〔註87〕

　　毛澤東在《講話》的開端說，「我們今天開會，就是要使文藝很好地成爲整個革命機器的一個組成部分，作爲團結人民、教育人民、打擊敵人、消滅敵人的有力的思想武器，幫助人民同心同德地和敵人作鬥爭。」

　　「唯物主義者並不一般地反對功利主義，但是反對封建階級的、資產階級的、小資產階級的功利主義，反對那種口頭上反對功利主義、實際上抱著最自私最短視的功利主義的僞善者。世界上沒有什麼超功利主義，在階級社會裏，不是這一階級的功利主義，就是那一階級的功利主義。」

　　又說，「什麼是我們的問題的中心呢？我以爲，我們的問題基本上是一個爲群眾的問題和一個如何爲群眾的問題。」〔註88〕這裏的群眾指四種人，除了工農兵外，還有所謂「城市小資產階級勞動群眾和知識分子」，名字實在太長，而且還是兩類算作一種，最後乾脆不提他們也罷，只剩下了工農兵。爲群眾，就這樣變成了爲工農兵。此三個音節的詞響亮，大氣，充滿了新時代主人翁的自豪感和優越感，由大眾，到工農兵，兩字變化爲三字。李澤厚在《記中國現代三次學術論戰》中評價道：

　　　　這個講話一錘定音，從此成了中國革命文藝的理論經典。毛的
　　講話可說實際是這次論戰的結論。儘管目標並不一定是胡風，也遠
　　遠不只是論「民族形式」，但是精神實質和基本傾向，卻與胡風恰好

〔註87〕毛澤東《新民主主義論》，《毛澤東選集》第二卷，人民出版社 1991 年版，第 662 ～711 頁。

〔註88〕《毛澤東論文藝》，人民文學出版社 1958 年版，第 51～82 頁。

是對立面。

　　強調與工農兵的一致和結合，包括對民間形式以及傳統的高度評價，構成了這個「中國化」的有機組成部分。它隨著中國革命的勝利而日益鞏固化、定型化和偶像化。並一直延續了下來。以至今天我們對待西方文化的某些態度和觀念，比之五四和三十年代，似乎還要保守。

　　歷史就是這樣的殘酷無情，總要以犧牲來換取前進。中國革命的道路既然是農民為主體的土地革命，一切就得服從於它，並為此服從而付出代價。值得注意的倒是，傳統實用理性的文化心理構架使廣大知識群安然地接受了和付出了這一代價。〔註89〕

　　一九四二年二月毛澤東說，「這樣看來，五四時期的生動活潑的、前進的、革命的、反對封建主義的老八股、老教條的運動，後來被一些人發展到了它的反對面，產生了新八股、新教條。」〔註90〕

　　五四運動、白話文運動的前提是權力中心的解體，科舉廢除，清帝遜位，王綱解紐，思想解放運動，文體解放運動，啓蒙運動，皆以此為依據。延安是一個新的話語中心，也逐漸建構為新的權力中心，新八股和新教條的產生就不是一件奇怪的事情了，當這新的權力擴展為全國性的權力之時，五四和白話文運動最終「發展到了它的反對面」。八股文最本質的特點在於它是遵旨的，權力中心一邊要求人遵旨，一邊又批評為新八股，豈不自相矛盾？

　　一九四七年五月五日，朱自清在清華紀念五四運動的集會上發表題為《文學的嚴肅性》的演講，他說，「現在更是嚴肅的時期。新文學開始時反對文以載道，但反對的是載封建的道。現在快三十年了，看看大部分作品其實還是在載道，只是載的是新道罷了。三十年間雖有許多變遷，文學大部分時間是工具，努力達成它的使命和責任，和社會的別的方面是聯繫著的。」〔註91〕

　　朱自清對於「載道」的觀察是敏銳的，但正是在此，他誤解了新文學。新文學若不能在「載道」之外，開拓出「言志」這一新途徑，甚至新範式，它又

〔註89〕李澤厚《中國現代思想史論》，天津社會科學院出版社 2003 年版，第 79～81 頁。

〔註90〕毛澤東《反對黨八股》，《毛澤東選集》第三卷，人民出版社 1991 年版，第 830～846 頁。

〔註91〕朱自清《文學的標準與尺度》，山東文藝出版社 2006 年版，第 76 頁。

新在哪裏了呢？如若連朱自清這樣的新文學運動的積極參與者也未能領會新文學的要點，誰又是新文學的實踐者？文言的復辟不可怕，君權和變相的君權復辟甚可憂，以維護君權為目的的道統的復辟才可懼。

第三節　白話偏至論

一

一九七八年四月，《中國語文》編輯部在蘇州開會，批判「四人幫」破壞語言文字的罪行。以下是與會中的發言：

> 「四人幫」猖獗的時候，我們那裏流行這樣的說法：「文章一大抄，市報抄省報，省報抄梁效，不管談什麼，全是一個調。」一位中學教師在教學生怎樣寫牆報、大批判稿時提出兩個秘訣。一個是文章格局：「開頭形勢戴帽，接著批判開道，其次要表決心，結尾高呼口號。」

> 另一個是選題用字：「題目要大，上綱要高，用字要狠，感情要少。」

> 青少年在這樣的指導下，更主要的是由於報刊上盡是這樣的文章，幾年時間就完全陷入了這一套，想拔也拔不出來。

> 文風問題首先是個思想問題。不過由於它是通過語言文字表現的，所以就跟語文密切相關。如何迅速地肅清幫八股的流毒，是我們語文工作者當前刻不容緩的任務。光靠報紙發幾篇文章是遠遠不夠的。我們每個同志都應該積極行動起來，圍剿幫八股，宣傳黨的語文政策，大力提倡革命文風，爭取在最短的時間裏收到改進文風的效果。〔註92〕

這段發言，是白話文的歷史後果與政治處境的珍貴注腳——以語言造反，造語言的反，再造造反者的反，何止是兩難。深陷「文革」話語的戰陣之中，為語境所支配，無法避免。想抽身出來，始知天網恢恢。上引末段之文字，志在肅清流毒，卻句句窮毒而未察：用語之霸道，口氣之專斷，事功之切急，對

〔註92〕於根元《二十世紀的中國語言應用研究》，書海出版社 1996 年版，第 144 頁。

複雜問題的簡單化處理，莫不令人莞爾。

白話文運動走到「幫八股」這一步，可謂一步一個腳印，文本俱在，愚魯而粗悍，禍至今日。使用漢語漢字的前提是要有敬意，知畏懼，下筆開口，須從每一字、每一句留神，語調不恰當、字眼不準確、句子不清通，寧可沉默，三緘其口。不重複陳詞，不流於濫調，潔身自好，惜墨如金，是使用語言的正道，也是寫作倫理的底線，非如此，不足以言改進。

幾十年無法無天慣了，大字報實際是前網絡時代的網絡語言，匿名鋪排，惡意構陷，人身攻擊，藉以政治術語攻擊對手，是抄家和遊鬥行動的前奏。今天網絡式的謾罵圍剿之類，有大字報之風，與四十年前相比，法律制定了許多，但卻約束不了人們在這個虛擬空間同時也是公共空間使用語言的方式，快意恩仇，為所欲為。

王朔說，「思想解放運動開始後，老百姓第一個變化就是嘴壞了，誰都敢說。……真正使我震動的，是他的態度，不一定非要正確才能發言，怎麼想的就怎麼說，說了也就說了，破除迷信解放思想確實要先有這麼個要王八蛋的過程。」〔註93〕

「老百姓的嘴」如今誰管得住？什麼敢說什麼不敢說，什麼該說什麼不該說，在「文革」期間是清楚的，語言上的禁忌可說相當有效。靈魂深處爆發革命與否，固不可考，眾口一詞千篇一律卻是聽得見看得見的。如今云思想解放，不如說是嘴的解放，「說了也就說了」，構陷也就構陷了，混淆了也就混淆了，政治紅線曾經取代了民間社會的道德底線和倫理，如今卻連這紅線、白線、黃線，皆模糊而失去了，自我約束不知從何建立，使用語言上的無所顧忌，暴露出人的精神狀況。談論的對象說話的內容缺乏限制，但在說和寫的方式上卻又驚人地一致。語言文字教養普遍低下，語言倫理普遍缺失，開口便錯，又不知道錯在哪裏，現在通行的狀況是寧肯說錯，說得不好，也決不肯不說。所以，成為個人第一步要爭取和捍衛的，是沉默的權利，缺席的權利，拒絕在當下語境中出醜的權利。

一九八一年二月二十五日，全國總工會、共青團中央、中國文聯、中央愛委會、全國學聯、全國倫理學會、中國語言學會、中華全國美學學會九個群眾

〔註93〕《王朔最新作品集》，灕江出版社2000年版，第89～90頁。

團體，聯合發起《關於開展文明禮貌活動的倡議》，三天後，中宣部、教育部、文化部、衛生部、公安部五個黨政部門給下屬機關發出《關於開展文明禮貌活動的通知》。「五講四美」活動在全國蓬勃開展。作為四美之一的「語言美」，倡議書是這樣界定的：「就是要使用和推廣禮貌語言，做到『和氣、文雅、謙遜』，不講粗話、髒話，不強詞奪理，不惡語傷人。」

白話文運動七十年後，由政黨政府與國家機關鄭重提倡「和氣、文雅、謙遜」的「禮貌語言」，這是胡適魯迅一輩所不能想像的。禮義廉恥，國之四維，口無遮攔，由因心無敬畏，即使管住口，又拿什麼去制服心。

馬丁・布伯認為，「人以多種口舌言說：語言之舌、藝術之舌、行動之舌，但精神始終如一。精神即語言。言語首先言說於人心，繼而振響於人的喉舌，然則此兩者皆屬本真進程的折射。因為，並非語言寓於人，而是人栖居於語言，人站在語言當中向外言說。每一言語皆是如此，每一精神皆是如此。」〔註94〕

二

胡適在《白話文學史》中這樣定義白話：

> 我從前曾說過，「白話」有三個意思：（一）是戲臺上說白的白，就是說得出聽得懂的話；（二）是清白的白，就是不加粉飾的話；（三）是明白的話，就是明白曉暢的話。依這三個標準，我認定《史記》《漢書》裏有許多白話，古樂府歌辭大部分是白話的，佛書譯本的文字也是當時的白話或近於白話，唐人的詩歌——尤其是樂府絕句——也有很多的白話作品。這樣寬大的範圍之下，還有不及格而被排斥的，那真是僵死的文學了。〔註95〕

一九二八年十二月三日，張蔭麟對如上劃分，寫了一篇文章《評胡適〈白話文學史〉上卷》，刊發於《大公報・文學副刊》第四十八期，認為胡適「將語言學上之標準與一派文學評價之標準混亂為一」，他說，「夫樸素之與華飾，淺顯之與蘊深，其間是否可有軒輊之分，茲且不論，用文言之文法及 Vocabulary 為主而淺白樸素之文字，吾人可包括於白話，然用語體亦可為蘊深或有粉飾之

〔註94〕〔以〕馬丁・布伯《我與你》，陳維綱譯，生活・讀書・新知三聯書店 2002 年版，第 33 頁。

〔註95〕胡適《白話文學史・自序》，新月書店 1929 年版，第 13 頁。

文筆。吾人將不認其爲白話文乎？」〔註96〕

　　文言白話的區分，有語言學上的若干事實爲其標準，指陳此兩者才有意義，若以思想和文學風格上的淺近和深奧爲據，則兩相混淆，怎能說得清楚。唐詩中元白一派，與溫李相比，的確通俗易懂，甚至婦孺皆能知會其意，但卻不可認定其爲白話，無論古風還是近體，其同爲格律詩，不容置疑。《史記》《漢書》的文言性質，焉能因爲整部書裏混進幾句白話而改變，若是如此，簡直沒有什麼文章可以稱作文言的了。錢鍾書在一九三四年通信中認爲，「白話至高甚美之作，亦斷非可家喻戶曉，爲道聽途說之資。往往鈎深索隱，難有倍於文言者。」雖然用的文言，意思是清楚的。

　　仍不斷有人犯胡適同樣的錯誤，將語言的形式和內容不加區分，根據自己的需要定義並隨時變換，令文白混淆。

　　呂叔湘一九四四年在《國文雜誌》發表《文言與白話》，開頭便說，「文言和白話是互相對待的兩個名詞：在早先，沒有白話，也就無所謂文言；將來要是有一天，文言不再在一般社會裏頭通行，白話這個名稱大概也要跟著消滅。」這番話是常識，又是遠見。他又道，「文言和白話是兩個不很確切而又很有實用的名稱。不很確切，因爲不能『顧名思義』：文言有很簡樸直率的，白話也有很多花言巧語。有實用，因爲沒有一對更好的名詞可以拿來替代。」〔註97〕名稱是詞語的困境，濫用名稱，卻使人陷入困境。

　　周作人認爲，「對於古文白話，拿常識去應付他，達到不要限制自由的目的。」〔註98〕這常識有兩類，一爲普通常識，用這語言的人都具備，如給出一段文字，讓我們判斷文言還是白話，大體不會十分相左，這屬於共識。第二類是語言學常識，比如說什麼是語言？語言和文字關係怎樣，人類語言的基本種類劃分，語系和語族，語言的結構和體系，語音、語義等要素，詞彙和語法，語言的歷時性和共時性，語言的所指和能指，等等，對這些基本概念的瞭解，屬於語言學常識。寫文章或出版專著討論文言白話的是非，只要涉及語言問題，除了第一類常識外，還應具備第二類常識。但情況往往不是這

〔註96〕張蔭麟《素痴集》，百花文藝出版社 2005 年版，第 100 頁。

〔註97〕《呂叔湘文集》第四卷，商務印書館 2004 年版，第 67 頁。

〔註98〕止菴編《周作人講演集》，河北人民出版社 2004 年版，第 105 頁。

樣的,請看以下論述:

> 漢語的「詞」是由「字」組合的。表面上,古漢語和現代漢語
> 是同一文字系統,現代漢語還是古代漢語那些「字」,現代漢語的詞
> 彙很多都是直接從古代漢語而來,但在思想體系上,現代漢語和古
> 代漢語是兩套語言系統。
>
> 現代漢語和古代漢語從根本上是兩套語言系統。現代漢語是在
> 古代漢語的基礎上演化、發展、變革而衍生出來的一套語言系統,
> 是同一文字系統但不是同一語言系統。
>
> 正是在思想的層面上,西方語言對現代漢語的影響極大並最終
> 造成了現代漢語與古代漢語作為語言體系的分道揚鑣。
>
> 古代漢語與現代漢語的根本區別在於其體系的不同,在於其思
> 想性詞彙而不是物質性詞彙的不同。語音、語法以及修辭對於思想
> 不具有根本意義。
>
> 現代漢語在形式上是白話,但它和古漢語中的白話是有本質區
> 別的,古代白話主要在工具層面上,而現代白話作為現代漢語的主
> 體,具有強烈的現代思想性。〔註99〕

據思想體系(或層面、詞彙)而判斷語言系統,聞所未聞。古代、現代、
中國、外國,思想體系何止一個,哪一種語言只負責承載一種思想體系?而任
一種思想體系,莫非要創設專一的語言體系麼?

所有的語言,既有工具層面,亦有價值層面,既賦予交際功能,亦承擔意
識形態功能,確認語言顯示何種功能,需給出具體語境和上下文,否則無從判
斷。古代白話「主要在工具層面上」是什麼意思?說「現代白話是現代漢語的
主體」,「客體」又是誰?「具有強烈的現代思想性」,屬於堆積學術詞語而演成
學術語句的樣子,但等於什麼也沒說。「你好,最近還好嗎」,這樣的現代白話,
若硬置其日常交際功能於不顧,強說「具有強烈現代思想性」,則不合常識。

現代漢語與古代漢語「作為語言體系的分道揚鑣」,需要大量語言學上的事
實論證,將詞彙區分為「思想性詞彙」和「物質性詞彙」,實在費解,「漢語」
一詞,屬於哪一類?

〔註99〕高玉《現代漢語與中國現代文學》,中國社會科學出版社 2003 年版,第 77～82 頁。

白話與文言的關係，本來你中有我，我中有你，難於截然區分，更非生死對立，但這語言學上的事實，卻常被人忽略，刻意強化兩者在意識形態上的對立，這種對立本身已經成為白話文意識形態的重要組成部分，一旦接受了這種意識形態的教條，在語言資源的選擇上，就失去了自由，本書稱之為「白話偏至論」。

白話文運動最值得自豪的業績是以白話打倒了文言、取代了文言，這樣的論調已被各種教科書重複了八十年，似乎可以得出這樣的結論，白話乃另一種完全不同的語言，彷彿英語打倒了中文。從文言到白話，被認為或被宣告為中國現代化進程中一大進步：白話代表先進，代表未來，有了白話文，我們便有了進入現代社會的資格等，這觀念雖然從未得到語言學研究的支持，卻相當流行。與之相應，對文言的盲目貶低、拒斥、迴避和歧視，既在民眾層面擁有勢力，又有部分學者推波助瀾，未經嚴肅論證，誇大白話與文言的差異，誇大至白話成為另一種語言，以之敵視文言，凡此種種，通過割裂漢語來隔斷歷史，皆是「白話偏至論」的表現。

三

在白話偏至論者眼中，唐宋以來自然生長出來的白話文，也成了劣質的語言、帶有封建主義烙印的文字，在白話之間區分新舊，以新白話打倒舊白話，又是一次偉岸的勝利，在如此從勝利走向勝利的途中，白話文的道路越來越窄。「白話偏至論」在全國蔓延之日，便是漢語寫作江河日下之時。有人痛心於當代白話文的寫作困境，未經省察、深究、慎思，即驚呼「漢語的危機」，「中文的危機」，喊出「拯救漢語」的口號，實在是危言聳聽。本書看來，「白話偏至論」的危機，恰是白話文的生機，走出偏至論的白話文，當有一個光明的前景。在語言資源的選擇上，不拘泥成見，不畫地為牢，口語取其生動，文言取其典雅，西方觀念和思想，取其新異，方言方音原生百態，取其自然，海納百川成就其大，歷盡劫難修得正果，漢語的生機不敢說已經到來，卻是可以期待的。

一九一九年，蔡元培在《國文之將來》中說道：「我敢斷定白話派一定占優勝。但文言是否是絕對的被排斥，尚是一個問題。照我的觀察，將來應用

文，一定全用白話。但美術文，或者有一部分仍用文言。」〔註100〕在他的設想中，文言作為美文的語言，不會被廢除，白話文則有利於應用文，這不失為一種良性的語言生態。在五四一代所能想像的遠景中，不可能預見白話文在今日成了漢語的一本壞賬——以下數例取自近年的學術論著，適可具體探究「白話偏至論」之誤，願意問難並就教於同行專家。

王德後為孫郁《魯迅與周作人》一書作序說，「孫郁在讀古書，要加深加厚自己的學養，這是好的。但筆頭偶爾蹦出幾個文言字、詞、句式。這種『摻沙子』我以為不足為訓，不可取的。於是覺得這是文字上的一個缺點。雖不嚴重，但怕他『一發而不可收』，又怕連帶發生影響，想來想去還是提一句。雖然自己很慚愧。」〔註101〕據孫郁說，這話一九九六年初版時被責任編輯刪去，十年後該書再版，王先生寫了新序，這才收入上文，但隨即補充道：「那是我對孫郁運用一種新的語言表達方式的微詞。雖然現在已經成為他的語言風格，我還願意保留這點批評。」然而孫郁並未接受王先生的意見，時時摻沙子式地就文言的範，「一發而不可收」。十年間，序者意見未變，以至新序中仍然「願意保留這點批評」。這原屬不同的主張，雙方盡可自是其是。本書意不在評判，感興趣的是兩位作者的分歧點，文白應否兼用。王先生顯然認為文白兼用超出個人趣味，事關當今寫作的普遍標準——「這是文字上的一個缺點」，然而新版《王序》的首句即是成色十足的文言詞「不亦快哉」，足令論者解頤，既然反對文白兼用的寫手也難於自律，可見十年間語境的變化，果然「連帶發生了影響」。

錢理群《周作人研究二十一講》寫道，「他一再提醒人們注意，『古文與白話文都是漢文的一種文章語，他們的差異大部分是文體的，文字與文法只是小部分，』二者『繫屬與趨勢總還是暗地裏接續著』，『白話文學的流派決不是與古文對抗從別個源頭發生出來的』。這就是說，五四文學語言的變革中，以白話文代替文言文，主要是一種文體的改變，在文字、詞彙以及文法上沒有、也不可能發生根本改換。當然更談不上重建一種新的語言體系。」緊接著一段不足十行的議論後，作者說：「五四文學運動的先驅們，一方面順

〔註100〕蔡元培《國文之將來》，《北京大學日刊》1919 年 11 月 19 日。
〔註101〕孫郁《魯迅與周作人》，人民文學出版社 2006 年版，第 2 頁。

應時代與文學發展的要求，對中國傳統語言文字進行了變革，同時又維護了漢語言體系的相對穩定性。由此建立起來的現代漢語體系，對保證中國文化的延續，民族思想情感的統一，強化民族意識，無疑具有積極價值。」〔註102〕

　　上引兩段文字的觀點的自相矛盾在於，先驅們的確變革了語言文字，他們是否順應「時代」和「文學發展」的要求，尚可討論，直接指爲「順應」，稍嫌輕率，後一句所謂「同時又維護了漢語言體系的相對穩定性」，誠不知所云。「維護」具體指哪些工作？可否舉例？穩定性是任何語言體系的起碼狀態，不然如何通用？又豈賴「維護」始可穩定？須知當初口口聲聲廢除漢字，變革之途恐不遠，拼音化道路作爲激進方案也長達半個世紀，何「維護」之有？文字改革上的冒進，終究沒有實現，非爲不敢，而是不能——這才是「漢語言體系」何以自具「穩定性」的眞緣故。蚍蜉撼樹不成，是蚍蜉力有不逮，樹之不倒而竟是蚍蜉「維護」有功，實在是說不圓滿的。所謂「現代漢語體系」——只要沿著「先驅們」的足迹繼續「維護」，什麼「體系」都能建立。「體系」這個學術文章裏被濫用的詞是何意？語言假若眞有所謂「體系」，也是自然形成。文章還列出幾項目標——「對保證中國文化的延續，民族思想情感的統一，強化民族意識，無疑具有積極價值」——名目之大，陳意之高，誠不容置疑。

四

「白話偏至論」的典型論調是這樣的：

　　《新青年》的白話運動是一個標誌，是「質變」階段。當北洋政府教育部一九二〇年一月十二日正式確立白話文作爲「國語」（見《小學改用國語之部咨》，《晨報》一九二〇年一月十四日），並且「國語」在全國範圍内代替文言文而通行，中國現代文化實際上就最終從儀式上確立了，白話文的不可逆轉也標誌著新文化的不可逆轉。白話文不僅是新文化得以發生的最根本原因，也是新文化得以確立下來的最重要的保障，只要是語言不發生根本的變革，中國文化類型就不可能發生根本的轉型，只要現代白話文作爲國語的地位不動

〔註102〕錢理群《周作人研究二十一講》，中華書局2004年版，第132～133頁。

搖，中國現代文化就不可能從根本上動搖。現代白話確定了，現代
哲學、現代文學、現代歷史學一切都水到渠成，其出現具有必然性。
現代哲學、現代史學、現代文學、現代教育學、甚至現代政治學其
實都是現代白話的延伸和演繹，是現代白話作爲思想體系思維方法
和世界觀的必然結論。〔註103〕

　　以上集宣言、社論和總結性語氣的「學術」文字，總會出現「最根本」、「最
重要」、「最終」、「必然性」等字眼。這類看上去辯證且嚇人的粗糙理論，擅長
綁架論證法，置事實於不顧，擴大引文內涵，其背後的思維則力求凡事畢其功
於一役。

　　一九二○年一月國民政府教育部訓令全國各國民學校：「自本年秋季起，
凡國民學校一、二年級，先改國文爲語體文，以期收言文一致之效。」該訓
令的起因，是國語統一籌備會提出《國語統一進行方法》的議案，其中「第
三件事」即「改編小學課本」，要「把小學校所用的各種課本看作傳布國語的
大本營」，「打算把『國文讀本』改作『國語讀本』」。此案和全國教育聯合會
的議案呈交教育部之後，教育部認爲「體察情形，提倡國語難再緩」。隨後，
分別以教育部令修正《國民學校令》和《國民學校令實施細則》，將有關條文
中的「國文」改爲「國語」。修正後的實施細則，確定了初等小學四年間純用
語體文，並改其科目名稱爲「國語」。

　　將初等小學的「國文」課程改爲「國語」，其有效範圍連高小和中學都沒有
包含，被前文引用者擴大爲「正式確立白話文爲『國語』」。初小課程以「國語」
單獨設科，和「國語」作爲法定的國家統一用語被確立，決然是二事，不能混
爲一談。「引文」讓人開眼界的是：「並且『國語』在全國範圍內代替文言文而
通行」。

　　事實是怎樣的呢？國語直至一九四九年底之前，從未在全國範圍內代替
文言文而通行，全國報刊的部分用語，公文用語，基本上仍是文言文。從一
九二○年跳至一九五○年，其間整整三十載，便在作者的手筆中不見了。這三
十年間，「國文」、「國語」、文白間雜的實際情形複雜，林語堂在三十年代中

〔註103〕高玉《現代漢語與中國現代文學》，中國社會科學出版社2003年版，第101～102
　　　　頁。

期曾列舉「八奇」給以形容：「今日中國學生學白話，畢業做事學文言，此一奇。白話文人作文用白話，筆記小札私人函牘用文言，此二奇。報章小品用白話，新聞社論用文言，此三奇。林語堂心好白話與英文，卻在拼命看文言，此四奇。學校教書用白話，公文布告用文言，此五奇。白話文人請貼還有『謹詹』、『治茗』、『潔樽』、『屆時』、『命駕』，此六奇。古文愈不通者，愈好主張文言，維持風化，此七奇。文人主張白話，武夫偏好文言，此八奇。」〔註104〕真是說得再清楚不過了。抗戰爆發後，出於保衛民族文化的歷史需要，傳統負面價值的批判暫告中止，文白對立有所緩和。朱自清在一九四五年認為，「現在報紙上一般文言實在已經變得跟白話差不多，因為記錄現代的生活，不由得要用許多新的詞彙和新的表現方式；白話也還是用的這些詞彙和表現方式。這種情形下從一方面看，也許可稱為文言的白話化。」〔註105〕可見文言和白話在那一時期出現融合的趨勢，你中有我，我中有你，使漢語獲得相對正常和寬鬆的語境。林語堂有感於「八奇」，以為文白融通益於洗練白話。他說，「將來的文體總是趨這一途，得文言之簡潔而去其陳腐，得白話之平易而去其冗長」，「如此把文言白話熔煉鍛合，便可有簡潔的白話文。」但是這一短暫融通的局面為四十年代末新政權的建立所改觀，並迅速中止了。

　　「中國現代文化實際上就最終從儀式上確立了」，「從儀式上確立」，儀式指一整套程序和動作，這一文化的確立，曾動用過什麼樣的儀式呢？作為歷史論述，作者莫非錯將一九二○年一月教育部的訓令當作儀式了？但該訓令的下達並沒有什麼儀式。胡適後來評說，這一舉措（教育部訓令）使白話文運動的進程提早了二十年，是從效果上說的，「儀式」一詞，大概是象徵意義吧。

　　接著，上引文連用了兩句「不可逆轉」：「白話文的不可逆轉標誌著新文化的不可逆轉」。但不知根據是什麼？生物進化論還是歷史決定論？

　　先說第一個「不可逆轉」。就個人而言，一旦使用白話作文，就必須一輩子白話作文，此可謂「不可逆轉」，但實際上沒有這樣的事。魯迅一九一八年發表白話小說《狂人日記》，到一九三四年為《北平譜箋》作序（包括為人寫墓誌銘等等），輕易逆轉而以文言，且是深奧的古文。就整個國家民族而言，

〔註104〕林語堂《與徐君論白話文言書》，載《論語》1935 年 4 月 16 日，第 63 期。
〔註105〕朱自清《國文教學》，開明書店 1945 年版，第 144 頁。

白話淺易，便於普及，文言艱深，不易傳授，教育不發達而新文化剛起步，一般人眾以白話入手，行溫飽，謀小康，逐漸長進之後，「行有餘力則以學文」，始習文言，也不是大不了的事，畢竟幾千年來文言是漢語的書面語言，故「不可逆轉」云云，不過自說自話，一廂情願。

再說第二個所謂「新文化的不可逆轉」。文化發展，始分新舊，但新舊從來是相對而言，彼此雜糅。八股文是舊的，是一種駢散結合的文言文程序，清末遭遇時人的質疑和攻擊，白話文運動的部分動機也是爲了消除八股文，可是在古代白話文中，從來沒有八股傳統，此其一；在五四之後的白話文中，八股遺毒改頭換面潛入，被稱做土、洋、黨、幫八股，此其二；即便到了今天，「學術八股」仍然大行其道，老調新唱，公然行世。如若一定要說「不可逆轉」，未必是新文化不可逆轉，反而在新文化陣營之中，舊勢力相當地「不可逆轉」。

寫白話文並不意味著作者的思想一定是新的，著言文也不意味著作者的思想一定是舊的。嚴復以文言翻譯進化論著作，章太炎以古文鼓吹革命排滿，鄉下農民用白話口語傳播迷信巫術和邪教，元朝的皇帝曾以白話頒布詔書。文白之間，新舊之間，非綁定關係，且時常逆轉。

再論三個「根本」與兩個「動搖」。這是現代詞彙，在中學政治教科書中高頻率出現。當代學者的知識學問和思維模式，無非始於新中國成立後的中學教育，動輒大言炎炎：「最根本的原因」、「根本的變革」、「根本的轉型」，開口論理，下筆作文，就要觸其根、動其本、言其最，上下千年的學問，民族傳承的語言，在這種狂妄粗魯的話語模式中，要否即否，說變就變，翻手爲雲，覆手爲雨。須知語言和文化決定著我們，而非我們能夠隨意來更改語言和文化。唐以降，甚或早至魏晉，白話與文言已然並存，千年以來相安無事，也未見得非要造成什麼「新文化運動」，不過是薪火相傳而已。五四新文化運動，固有非凡的革命性和異質性，然而被人爲地誇大，如今強調它與中國文化固有傳統的千般聯繫，已無新意。「沒有晚清，哪來五四」，此已是常識。

> 只要是語言不發生根本的變革，中國文化類型就不可能發生根本的轉型，只要現代白話文作爲國語的地位不動搖，中國現代文化就不可能從根本上動搖。〔註106〕

〔註106〕高玉《現代漢語與中國現代文學》，中國社會科學出版社 2003 年版，第 101～102 頁。

這兩個「只要……就」聯結的條件句，是否定式的，講的是不可能性，還是所謂「不可逆轉」之意。語言不可逆轉，文化就不可逆轉。用詞改了，意思沒變，有點歇斯底裏的味道，天下已經是白話的天下，江山也已經是白話的江山，文言想回來斷不可能。斬釘截鐵的口吻背後，隱藏著的自信心不足。古人云，苟日新，日日新，語言文化穩定，但卻時時要發展，需要個人去創新。轉型未必可信可喜，不動搖怎樣，動搖又怎樣，說來說去，還是爭的一個地位、座次，實在是「逆轉」得可以。

宣稱「現代白話確定了」之後，作者大膽做出跨學科的論證，認爲另外幾個相鄰的專業「水到渠成」，「具有必然性」，是「白話的延伸和演繹」，是「必然結論」。這樣順便說到不是自己的專業，倒不是涉嫌撈過了界，至少是不夠尊重罷。

「畢其功於一役」的心理，尚可多說幾句。白話文運動開始就好大喜功，操弄到第五個年頭，胡適就匆忙宣布戰勝了文言。不知未覺亦是身不由己，白話文已負載了太多它不該承擔，也承擔不起的意識形態功能，而語言學上的全盤歐化，又助長了輿論上的一邊倒。「政治上正確」便成爲唯一的標準和最後的裁判。一九六六年六月教育部關於教材處理意見的報告將「政治和語文合併，以毛主席著作爲基本教材，選讀文化大革命的文章和革命作品」。中央在該報告的批示中指出，「不論高小或初小都要學習毛主席著作，初小各年級學習毛主席語錄，高小可以學習『老三篇』，以及其他適合於小學生思想政治水平和語文程度的一些文章。」從一九二〇年初級小學改國文爲國語，追求言文一致，實行口語教學；到一九六六年改語文爲政文，白話文運動在四十六年後又回到了書面語老路上，毛主席的話再好，也是書面語，其不宜於小學生，和一九二〇年之前的文言文之不宜於學童一樣──誰說白話文、新文化「不可逆轉」。

在現代文學和古代文學之間，可能存在著這樣的一種斷裂。由於西方觀念和思想的引入，新文學運動的確開創了新的意義空間。但是在語言上，是否存在同樣的斷裂，本書非常懷疑。論證語言學上的事實，需要論者具備語言學常識，基本理論，還要從語料出發。現代漢語和現代文學，是兩門截然不同的學科，跨學科的研究是令人神往的，但要眞正出成果，需要紮實的功底和細緻的

分析。語言學家呂叔湘指出：「我們認為漢語史的分期應該從漢語本身的發展經過著眼。……有同樣重要的一點也必須鬧清楚的是，儘管我們說古代漢語、近代漢語、現代漢語，我們卻不認為把漢語史這樣平分為三段是適當的。我們的看法是，現代漢語只是近代漢語的一個階段，它的語法是近代漢語的語法，它常用的詞彙是近代漢語的常用詞彙，只是在這個基礎上加以發展而已。」〔註107〕呂叔湘的這個結論，並非不可更改，但假如真要推翻它，得從研究那些支持他的結論的語言材料做起，讓讀者知道你的論證過程。

從語言學的常識和事實出發維護漢語的統一性，是高尚的事業，至少比保衛現代文學的學科地位使之不可動搖以便從業者的飯碗不可動搖更為高尚。

文言乃白話之根底，林紓這句老話，應該不難認同。今日強調現代與歷史的延續，猶如百年前強調當下與歷史的斷裂，出於兩種不同的思潮、不同的衝動。人們認識自身的過程，往往曲折有加，選擇斷裂，還是延續，均受制於一時的環境、語境、心態、眼界、學識。六十年前梁思成關於保護北京城牆的遠見和呼籲，並不能阻止歷史做它非要做的事情，犯它注定要犯的錯誤。待到恍然醒悟，為時已晚，古老的城牆殘剩下一截，精心的修護，只能供人憑弔而已。

五

《巴金傳》的作者徐開壘，在一篇回憶文章中講述自己少年時參加徵文的故事。他說，「一九三六年下半年，我升到初中二年級。《新少年》半月刊舉辦『某某訪問記』徵文，鼓勵少年兒童到人民群眾中去找訪問對象。我就在自己家找到在天井裏粉刷牆壁的泥水匠，問他恨不恨日本帝國主義，他說恨的，因為他們入侵我國東北地區，是我們的敵人。我說敵人給你一千元錢，你幫不幫他們做工，他說幫的，因為他有了一千元錢，就再也不必做那使他受凍挨餓的泥水生活了……我禁不住自問：『可憐的泥水匠，誰使他們變成這樣的啊？！』」

「我把這次訪問如實記錄下來，……這篇文章還在一千二百多篇徵文中當

〔註107〕《呂叔湘文集》第四卷，商務印書館 2004 年版，第 452 頁。

選爲第一名，『編者的話』中，還說『我們欣幸，這一次徵文得到相當成功。……少年諸君這次很榮幸地深入了一次民間，當了小人物大眾的書記」。〔註108〕

　　徐開壘之所以這麼寫，開明書店出版的《新少年》欣賞他這麼寫，都不是沒有原因的。葉聖陶是那時《新少年》的編輯。一九二四年，葉聖陶出版了一本《作文論》，他認爲，語言的發生本是要爲著在人群中表白自我，或者要鳴出內心的感興。一個重要的衡量尺度，是看表白與感興是否發乎作者自己。有所表白，必須合於事理的眞際，切乎生活實況；有所感興，則要求本於內心的鬱積，發乎情性的自然，這種要求可以稱之爲求誠。所謂求誠，從原料上講，要是眞實的，深厚的，不說那些不可徵驗、浮遊無著的話。從寫作上講，要是誠懇的、嚴肅的，不取那些油滑、輕薄、卑鄙的態度。作文首先要寫出誠實的、自己的話。在此基礎上，第二步才是要求所寫的東西必須是美好的。

　　可以說，徐開壘就是葉聖陶作文理念的實踐者，後來他擔任《文匯報》副刊主編。一九六五年一月，《文匯報》發起討論「如何指導和評價學生的作文」，歷時八個月。徐開壘在這場討論中持何意見，無從追究了。葉聖陶《作文論》中的思想，已經沒有人還記得了。《文匯報》是黨報，編輯不大可能說自己的話。討論的「靶子」是上海市第二女中學生張偉的作文《茉莉花》：朋友送兩盆茉莉花，她視作友誼的象徵，愛護備至。一天下午，天氣驟變，她冒著傾盆大雨衝往花園，不顧跌交，將茉莉花抱回房間。雨過天晴，花上的水珠，閃耀著光芒。以花寓情說不上新穎，但表達眞感實情，花與雨的細節也寫得生動。

　　當時中央「以階級鬥爭爲綱」的「二十三條」（即《農村社會主義教育運動中目前提出的一些問題》）出臺，處於政治思想文化大批判前夕，參與討論的文章都自覺強調作文教學與階級鬥爭的聯繫，認爲《茉莉花》決不是無產階級的生活情趣，而是「小擺設」，必須以正確的觀點指導。「要從小事情看到大問題，從烟囱、路燈、香爐、燭臺引起聯想，和階級鬥爭、生產鬥爭、科學實驗三大革命運動有機地聯繫起來。」〔註109〕

　　不久《人民教育》雜誌開始了有組織的批判，這次的對象是另一名中學生

〔註108〕王麗編《我們怎樣學語文》，作家出版社 2002 年版，第 68 頁。

〔註109〕顧黃初《中國現代語文教育百年事典》，上海教育出版社 2001 年版，第 443 頁。

的作文《母親，我爲您做了些什麼》，作文的「人性論」是批判的重點。成人世界的政治是非，尤其是五六十年代的高度政治化，輕易踐踏了五四運動時由周作人等所倡導的「兒童本位主義」。

張偉後來另寫了作文《當我升上初三的時候》，當然會趨附政治正確，文中充滿豪言壯語，表明自己做好了各方面準備，爲保衛祖國而奉獻青春。這篇作文被評爲佳作，收入《中學生優秀作文選》——童心的純潔與純眞，被成功收編。孩子們就這樣自然而然地學會了說假話、空話、大話。惡例一開，「兒童八股」於是形成。成人八股侵入兒童心靈，本來古已有之，寫「天子重英豪，文章教爾曹，萬般皆下品，惟有讀書高」的就是一位古代神童。兒童因此確立了政治人格的模式，成人之後習慣於滿口假大空，卻是這個時代特有的，白話文運動的發起人無論如何不能預料，魯迅當年獨自肩負起「黑暗閘門」，要放孩子們到光明的世界，快樂地做人，幸福地生活，沒有想到孩子們從小就被逼著學習寫兒童八股。

這名女生的個例，是新中國幾代知識分子的集體寫照。茉莉花沒有被雨水澆滅，而被政治風暴連根拔起。一九二七年，魯迅在香港的演講中說過，老調子已經唱衰了好幾個朝代，卻還能唱下去，彷彿一直要唱下去——白話文運動以反對文言八股文始，以創造白話八股文終，證明了老調子的厲害。

今天雖不講階級鬥爭了，政治輿論的考驗轉臉成爲了應試教育的壓力，爲了兌換分數，孩子們踴躍說謊，且對自己所寫所說是不是謊言，從小即不能分辨，也懶得分辨了。一位初三學生的家長這樣寫道，孩子「非常熟悉表揚稿和思想彙報那類的文體。她的作文幾乎是假話、假感想、假故事大全。……她們快樂地共同編著一樣的故事，然後套上時間、地點、人物三要素這樣的格式，去到老師那裏領一個好分」〔註110〕。

《茉莉花》事件已過四十載，謊言教育沒有成人與兒童的差別。家長在敘述故事時用了副詞「快樂地」，必須的、當然的、習以爲常的說謊，於是成爲「快樂」。

作家畢飛宇寫道，「毫不誇張地說，那時候我的所有的作文裏頭沒有一句

〔註110〕鄒靜之《女兒的作業》，朱競編《漢語的危機》，文化藝術出版社 2005 年版，第194頁。

我自己的話，沒有一句真正屬於我內心的話。從小到大，我在作文方面得過數不清的小紅旗與五角星，我成了一隻快樂的鸚鵡，我意識到自己是一隻鸚鵡的時候我已經是一個大學中文系的學生了。必須承認，直到那個時候我依然不會表達我自己，首先是勇氣方面，然後才是技術問題。」他說，「如果讓我給我們這一代人的語文教育打分，我不會打『零分』，因為它不是『零分』，而是負數。我之所以這樣說，一點都沒有故作驚人的意思。我們都有這樣的體會，在接受了小學、中學的語文教育之後，我們不得不花上很大的力量再來一次自我教育和自我啟蒙。」〔註111〕

周作人四十年代指出科舉制度的流弊有兩端：第一，做文章不肯說真話，完全是說謊；第二，是胡說八道。「中國因為考試制度把中國國民思想弄壞了，只知說謊，胡說，把真實的學問都阻塞了，因此中國的科學也不能發達了。」〔註112〕現在的「說謊」與「胡說」，與舊時科舉考試只有一項差別，就是用所謂白話。

為什麼沒有讀過，也讀不懂文言八股的學生能寫白話八股？不是得自遺傳，而在教育體制，應試教育與科舉制度並無不同。在應試教育中，「正確」「積極」之類的套話，必不可少，不容商量，否則扣分降格。語文（主要以作文為例）課本來應有的功能與其他課程的差異，在求得知識與思想的融合，獨立人格的養成，而八股式作文，是徹頭徹尾的奴化教育。

白話文運動已近百年，究竟什麼是理想的白話文，至今有確認麼？魯迅反覆說自己處於新舊交替之間，是個「不三不四」的作家，周作人也認為自己首先可取的乃是思想而不是文章，可見他們對白話文的期許非常之高。五四初期，急於拋出「典範」的新美文向古文示威，因為在那一代人心目中，文言始終是一種高的文化與歷史的壓力。他們深知文言的厲害和魅力，還敢存心與經典文言比高低，實在非同小可。但一二十年、甚至一二百年，怎好與幾千年的古文積纍一爭長短呢？

據說陳寅恪曾向羅常培解說中文系之難辦，認為現在中國文學的新舊雜糅，青黃不接，這恰好像現在的思想和政治一樣。從前模仿《昭明文選》、《古文辭類纂》和李白、杜甫的時代已經過去了，可是許多新作品又墮入了西洋文

〔註111〕王麗編《我們怎樣學語文》，作家出版社 2002 年版，第 377 頁。

〔註112〕止菴編《周作人講演集》，河北人民出版社 2004 年版，第 183～185 頁。

學家的窠臼，舊信念已失，新標準未立以前，眞正創作，實在很不容易。

倘若新文學僅僅「上不了軌道」還好辦，前述《茉莉花》的故事以及後來類似或經過掩飾的同樣的故事，是讓孩子不得不走上規定的軌道，使原本脆弱而可疑的白話文，在學生時代開始扭曲。

六

最早把新文學課程引進大學講堂者是朱自清，一九二九年他在國立清華大學創立並開設「中國新文學研究」課程，並編有講義。在現代學科體系中，增加一門新的學科，不是一件容易的事。朱自清的學生王瑤回憶道，「當時大學中文系的課程還有濃厚的尊古之風，所謂許（愼）鄭（玄）之學仍然是學生入門的嚮導，文字、聲韻、訓詁之類課程充斥其間，而『新文學』是沒有地位的。」〔註113〕這種風氣並沒有因為朱自清的努力而有所改變，一九三三年之後，他的新文學課被取消，四十年代末，大學對於新文學的排斥和輕視仍未改觀。一九四〇年西南聯大的一次茶話會上，中文系主任羅常培不滿於一名學生在調查表上填寫「愛讀新文藝作品，討厭舊文學」，曾經當眾說：「中國文學系，就是研究中國語言文字、中國古代文學的系。愛讀新文學，就不該讀中文系！」朱自清立刻站起身：「我們不能認為學生愛好新文藝是要不得的事。我認為這是好現象，我們應該指導學生向學習白話文的路上走。這應是中文系的主要道路。研讀古文只不過便利學生發掘古代文化遺產，不能當做中文系唯一的目標。」〔註114〕這番話，理雖直而氣不壯，寬容愛好與教授學問，畢竟不是一回事。朱自清自己也說「國學是我的職業，文學是我的愛好」。在這樣的語境中，狷狂如劉文典詰問沈從文到底為何跑警報，並非全然無由，就中眞意，是傳統讀書人與教書人，自認性命與學問等同。朱自清敢於站起向羅常培唱反調，並不因他的白話散文寫得好，也不因他在大學裏講過「新文學研究」，而緣於他是一位古典文學專家。

朱自清今日之聲譽，卻主要來自他的散文創作。《背影》、《荷塘月色》、《匆

〔註113〕王瑤《十日間》，張守常《最完整的人格：朱自清先生哀念集》，北京出版社 1988
年版，第 122 頁。

〔註114〕朱自清《文學的標準與尺度》，凌雲嵐考釋，山東文藝出版社 2006 年版，第 63～
64 頁。

匆》、《春》、《溫州的蹤迹》、《槳聲燈影裏的秦淮河》，入選中學語文課本，廣爲人知。余光中一九七七年寫成《論朱自清的散文》，對作爲散文典範的朱自清有相當嚴厲的批評，僅對《荷塘月色》的「用喻」，有十分具體的議論：

一、葉子出水很高，像亭亭的舞女的裙。

二、層層的葉子中間，零星地點綴著些白花，有裊娜地開著的，有羞澀地打著朵兒的；正如一粒粒的明珠，又如碧空裏的星星，又如剛出浴的美人。

三、微風過處，送來縷縷清香，彷彿遠處高樓上渺茫的歌聲似的。

四、這時候葉子與花也有一絲的顫動，像閃電般，霎時傳過荷塘的那邊去了。

五、葉子本是肩並肩密密地挨著，這便宛然有了一道凝碧的波痕。

六、月光如流水一般，靜靜地瀉在這一片葉子和花上。

七、葉子和花彷彿在牛乳中洗過一樣；又像籠著輕紗的夢。

八、叢生的灌木，落下參差的斑駁的黑影，峭楞楞如鬼一般。

九、光與影有著和諧的旋律，如梵婀玲上奏著的名曲。

十、樹色一例是陰陰的，乍看像一團煙霧。

十一、樹縫裏也漏著一兩點燈光，沒精打採的，是渴睡人的眼。

余光中列舉上述引文後說，「十一句中一共用了十四個譬喻，對一篇千把字的小品文說來，用喻不可謂之不密。細讀之餘，當可發現這譬喻大半浮泛，輕易，陰柔，在想像上都不出色。也許第三句的譬喻有韻味，第八句的能夠寓美於醜，算上小小的例外吧。第九句用小提琴所奏的西洋名曲來喻極富中國韻味的荷塘月色，很不恰當。十四個譬喻之中，竟有十三個是明喻，要用『像』、『如』、『彷彿』『宛然』之類的字眼來點明『喻體』和『明喻』的關係。在想像文學之中，明喻不一定不如隱喻，可是隱喻的手法畢竟要曲折、含蓄一些。朱文之淺白，這也是一個原因。唯一的例外是以睡眠狀燈光的隱喻，但是並不精警，不美。」〔註115〕

〔註115〕余光中《余光中選集：語文及翻譯論集》，安徽教育出版社1999年版，第30～53頁。

從《荷塘月色》三段中截取十一個句子，予以評說，不應脫離「段」，一如「段」的評價不能脫離「篇」。是否用喻，是明喻還是隱喻，取決於段與篇的意圖，兼有意思、節奏、讀音等等講究，句子的長短，多一字，或省一字，均依據文章的意圖作出取捨和調理。余光中既要評議，應顧及上下文以及主題。然而他沒有。「隱喻的手法畢竟要曲折、含蓄一些」，這樣的說法，與前半句：「明喻不一定不如隱喻」，出現矛盾，單獨討論一句，又怎樣判斷「浮泛、輕易、陰柔」，或有無「韻味」呢？余先生於第九句的批評，也「不恰當」，作者原句是「如梵婀玲上奏著的名曲」，余光中卻故意讀作「西洋名曲」，「梵婀玲」乃譯音，指小提琴，但其實是三個漢字，連字帶讀音，已是行文的美學策略，並非單指樂器，更沒有「西洋名曲」之意。倒數第二句，對明喻和隱喻自相矛盾地比較過之後，陡然得出「朱文淺白」的結論，邏輯上不能成立。就修辭學而言，明喻確乎比隱喻淺白，朱自清在三個自然段用了十四個譬喻，其中十三個屬於明喻，並不意味著他的文章非要「淺白」。句子淺白與文章的淺白，概念不同。至於「這位丈夫賞月不帶太太，提到太太的時候也不稱她的名字，只用一個家常便飯的『妻』字」，已在文學批評的界限之外了。

余光中批評朱自清「好用女性意象」，「這樣的女性意象實在不高明，往往還有反作用，會引起庸俗的聯想」。他說，「小姑娘，處女，舞女，歌妹，少婦，美人，仙女……朱自清一寫到風景，這些淺俗輕率的女性形象必然出現筆底，來裝飾他的想像的世界；而這些『意戀』的對象，不是出浴，便是起舞，總是那幾個公式化的動作，令人厭倦。」《荷塘月色》確有此病，本人也未必欣賞這篇被過譽的散文「典範」，只因被中學課本選入，長期誦讀，師生們對這些缺點視而不見，或強說為優點。但朱自清畢竟是使用白話寫散文的第一代，舊習難脫，新術有限，原不必如此苛責的。

余光中說，「這種膚淺的而天真的『女性擬人格』筆法，在二十年代中國作家之間曾經流行一時，甚至到七十年代的臺灣和香港，也還有一些後知後覺的作者在效響。」這倒是中肯的批評。

余光中又說，「朱自清散文的滑稽與矛盾就在這裏：滿紙取喻不是舞女便是歌妹，一旦面臨實際的歌妓，卻又手足無措。足見眾多女性的意象，不是機械化的美感反應，便是壓抑了的欲望之浮現。」這話偏於刻薄，喜用女性

意象修辭，未必等於色欲；這一層，朱自清是有自省意識的。一九二八年朱先生出版散文集《背影》，第一篇題目就是《女人》，他說，「我總一貫地歡喜著女人」，「我到無論什麼地方，第一總是用我的眼睛去尋找女人」，因為在他看來，「女人是比男人更其藝術的」。有這心念，又能寫出來，說明作者對女性的態度坦然。「與因襲的玩弄的態度相差十萬八千里，當可告無罪於天下。」〔註116〕至於余光中對《槳聲燈影裏的秦淮河》的議論，從文學技巧上可以批評，但是用「古典文人」的「從容」和「新派作家」的「更放得下」作為嘲笑其「手足無措」的理由，並不高明。

　　余光中於《背影》的批評，集中於兩點。其一，「失之傷感」：「短短千把字的小品裏，作者便流了四次眼淚，也未免太多了一點。」流淚問題，男女有別；同樣是男人，性情的剛柔也有差別。原不必以自己為標準，品評他人個性。余光中認為：「今日的少年應該多讀一點堅毅豪壯的作品，不必再三誦讀這麼哀傷的文章」，這意見尤其不必，他人的「傷感」與自己的「堅毅豪壯」，均未必適合作文學批評的標準，且「哀傷」之於文章的得失高下，亦屬仁智之見，難以一概而論。

　　第二點批評針對《背影》首句——「我與父親不相見已二年餘了」。余光中認為「不穩妥」，「以父親為主題，但開篇就先說『我』，至少在潛意識上有『奪主』之嫌。『我與父親不相見』，不但『平視』父親，而且『文』得不必要。『二年餘』也太文，太啞。朱自清倡導的純粹白話，在此至少是一敗筆。換了今日的散文家，大概會寫成：不見父親已經兩年多了。不但洗淨了文白夾雜，而且化解了西洋語法所賴的主詞，『我』，句子更像中文，語氣也不那麼僭越了」。

　　這話似乎有理，深究則未必。主題與其說是「父親」，無如說是父親的背影；凝望背影涉及視線，從「我」說起，無可厚非。為兒而「平視」父親，乃是白話文語境下新父子關係的寫照，或也是《背影》的一層深意；家君在上，父道尊嚴，是文言裏的尊卑關係。如果以文言寫這文章，便屬「僭越」，白話則不然。照白話口語的規矩——白話也是有規矩的——第一人稱代詞做主語往往可以省略，這是語法的慣例，如果作者有意不省略，那也許出於修

〔註116〕朱自清《背影》，人民文學出版社1983年版，第6頁。

辭的特殊需求。用「餘」而不用「多」，可以說成文白夾雜，但文白夾雜未必就是缺點。太過文從字順，流於平易，欲使味澀，可適當文白夾雜。「已」跟「已經」，「二年餘」與「兩年多」比起來，前者的確「啞」，後者頗上口。但就《背影》全文的「傷感」基調而言，首句寧可啞一點。誰能說「不見父親已經兩年多了」，必定勝於「我與父親不相見已二年餘了」。在音節上，此兩句子差別甚大。「不見－父親－已經－兩年多－了。」二－二－二－三－一，「我－與－父親－不－相見－已－二年－餘－了」。一－一－一－二－一－一－二－一－一－二－一－一。五個音節與九個音節，論情緒的節奏感，前者直截了當，後者徐緩多姿。葉聖陶《文章例話》第一篇所選便是《背影》。他說，「這篇文章通體乾淨，沒有多餘的話，沒有多餘的字眼，即使一個『的』字一個『了』字也是必須用才用。」〔註117〕

余光中於朱自清的白話主張亦有所批評。朱自清說，「如果白話文裏有了非白話的成分，這就體例說是不純粹，就效果說，將引起讀者念與聽的時候的不快之感⋯⋯白話文裏用入文言的字眼，實在是不很適當的足以減少效果的辦法⋯⋯在初期的白話文差不多都有；因爲一般作者文言的教養素深，而又沒有要寫純粹的白話文的自覺。但是，理想的白話文是純粹的，現在與將來的白話文的寫作是要把寫得純粹作目標的。」〔註118〕余光中則認爲，「這種白話文的純粹觀，直到今日，仍爲不少散文作家所崇奉，可是我要指出，這種純粹觀以筆就口，口所不出，筆亦不容，實在是畫地爲牢，大大削弱了新散文的力量。文言的優點，例如對仗的勻稱，平仄的和諧，辭藻的豐美，句法的精練，都被放逐在白話文之外，也就難怪某些『純粹白話』作品，句法有多累贅，辭藻有多寒傖，節奏有多單調乏味了。」〔註119〕余光中這一觀點正確，但於批評《背影》首句並另造新句，卻偏是傾向他自己反對的白話純粹論。倒是朱自清違背了自己的主張，但在本人看來，這不是他的失敗。寫作本出於達意，主張云云，不必輕言，更不宜輕信。況且在那個時代，言文一致是一個大主張，極少有人能自外於此。

〔註117〕葉聖陶《文章例話》，生活・讀書・新知三聯書店 1983 年版，第 7 頁。

〔註118〕轉引自《余光中選集》第四卷，安徽教育出版社 1999 年版，第 44 頁。

〔註119〕《余光中選集》第四卷，安徽教育出版社 1999 年版，第 45 頁。

以上余光中批評朱自清，只是諸多白話文實踐與批評的一例，並非格外地有說服力，但白話文文學標準之難以安頓，於此可見一斑。宇文所安說，「中國讀者大概都對漢語的文化縱深和微妙的層次感到自豪：在漢語裏，某一字詞，某一典故，可以引起豐富的聯想。漢語的語言風格範圍寬廣，變化多端，『大白話』只不過是其中一種極端的可能性而已。」〔註 120〕

第四節　白話的舊與新

一

《詩經》云：「周雖舊邦，其命惟新。」《書・胤征》曰：「舊染污俗，咸與維新。」《莊子・刻意》有「吐故納新」之詞。《荀子・不苟》有「新浴者振其衣，新沐者彈其冠，人之情也。」王莽廢漢自立，建號「新」，故稱新莽。

《大學》的首句，「大學之道，在明明德，在親民，在止於至善。」宋儒以「新民」解釋其中的「親民」，歷來爭議很大。朱熹的注釋是：「程子曰，『親，當作新』。新者，革其舊之謂也。言既自明其明德，又當推以及人，使之亦有以去其舊染之污也」。〔註 121〕宋學，新儒學是也。在此一「新」字解釋中，其宗旨已有所體現。苟日新，日日新。〔註 122〕

梁啓超創辦《新民叢報》，與章太炎的《民報》論戰，以灌輸新知改進社會自任。「吾思之，吾重思之，今日中國群治之現象，殆無一不當從根柢處摧陷廓清，除舊而布新者也。」〔註 123〕他不僅著《新民說》《新民議》，且自署

〔註 120〕〔美〕宇文所安《迷樓》，程章燦譯，生活・讀書・新知三聯書店 2006 年版，第1 頁。

〔註 121〕朱熹《四書集注》，嶽麓書社 1988 年版，第 5 頁。

〔註 122〕章太炎《國學之統宗》認爲，「《大學》親民之說，前與《尚書》相應，後與《孟子》相應，不知宋人何以改字也。」他說，「社會之變遷以漸，新學小生不知斯義，捨其舊而新是謀，以爲廢舊從新，便合作新民之旨，不知其非《大學》之意也。要之，《大學》之義，當以古本爲準；格物之解，當以心齋爲是，不當盲從朱子。」（見傅傑編《章太炎學術史論集》，雲南人民出版社 2008 年版，第 28 頁。）

〔註 123〕梁啓超《少年中國說》，東方出版社 1998 年版，第 93～94 頁。

以「中國之新民」，蓋所謂先覺覺後也。又創辦《新小說》雜誌，著《新中國未來記》《新羅馬傳奇》等。他在一九○二年說，「欲新一國之民，不可不先新一國之小說。故欲新道德，必新小說；欲新宗教，必新小說；欲新政治，必新小說；欲新風俗，必新小說；欲新學藝，必新小說；乃至欲新人心，欲新人格，必新小說。」〔註124〕梁氏所倡導的「新小說」，《吶喊》與《徬徨》、《金粉世家》與《傾城之戀》、《小二黑結婚》與《李有才板話》足以當之麼？魯迅晚年翻譯蘇聯作家法捷耶夫的長篇小說《毀滅》，看中的乃是這小說的寓意——新人（游擊隊長萊奮生）的誕生。

梁啓超可稱是一位全新的舊派人物，與章太炎等守舊的新派棋逢對手。雙方論戰文字精彩，表露了那個過渡時代極其複雜的新舊關係。一九二九年，五十七歲的梁啓超英年早逝，《時報》載文評其文章曰，「當時學子既震於其文，又驚其所學，職是之故。時科舉方改試策論時務，故應試者亦多借《新民叢報》為藍本。其文字之勢力，乃遍及於學堂之學生，科場之士子。厥後報紙繁興，凡雜誌上作長篇論文者，大抵規撫梁氏，即在今茲之日報中，梁氏文脈之餘勢增未盡衰。」〔註125〕

《新青年》之「新」，新文化運動之「新」，新文學運動之「新」，乃至新文字運動之「新」，皆來自於《新民報》的除舊布新的影響。在梁啓超的影響下，新本身成為那一時代最顯著的潮流，故稱之為新思潮。但怎樣定義這個「新」字，卻是有爭議的。一九一九年十一月，胡適寫了篇有名的文章《新思潮的意義》，刊於十二月一日出版的《新青年》第七卷第四號。副題十六字，點名了胡適於新思潮的認識：「研究問題，輸入學理，整理國故，再造文明。」他的一句「新思潮的精神是一種評判的態度」，七十年之後被重新提起，概括為「態度的同一性」。汪暉認為，「事實上，在中國歷史上，沒有一個時代的文人像五四新文化運動者那樣相互之間（團體之間、個人之間）區別得那樣分明，也沒有一個時代的文人像五四新文化運動者那樣在如此分明的歧異中保持著較之『歧異』

〔註124〕 梁啓超《論小說與群治之關係》，徐中玉主編《中國近代文學大系・文學理論集》第二卷，上海書店 1995 年版，第 303 頁。

〔註125〕 彬彬《梁啓超》，夏曉虹編《追憶梁啓超》，中國廣播電視出版社 1997 年版，第 19 頁。

更爲『分明』的『同志感』。」〔註126〕

五四時期分明而激烈的新舊對立，掩蓋了此新與彼新之間的差異，「新」的含混性，有助於在新舊之間形成二元對立的格局。幾十年時間中，人人爭新棄舊，惟新是從。但到底什麼才是眞正的新，卻並不眞清晰。胡適與章士釗之間的爭論，並不述之以學理，而只是宣布後者的過時。差不多可以說「新」是時代修辭上的制高點，占新機便可操縱輿論，甚或殺伐決斷。沒有哪一漢字獲得過如「新」這般的魔力，雖說魯迅在種種新唱腔中總能聽出老調，而多數人則甘願被「新」的說法所蠱惑，不知是何方，未計其新舊。

一九四〇年毛澤東在《新民主主義論》中寫道，「新的政治力量，新的經濟力量，新的文化力量，都是中國的革命力量，它們是反對舊政治舊經濟舊文化的。」又說，「革命亦有新舊之分，在某一歷史時期是新的東西，在另一歷史時期就變爲舊的了。」〔註127〕直至「文革」中，通行的標語口號仍以「破四舊、立四新」相標榜。「新」在修辭上的有效性，在中國持續了至少半個多世紀，忽然一日，懷舊的情緒在一些人的心頭莫名升起。

安徒生的作品《皇帝之新衣》，一九〇九年被周作人以文言譯爲漢語，收入《域外小說集》，後被重譯多次。皇帝之新衣，乃空有其新，實無其衣，衣之不存，新將焉附？詩云「豈曰無衣，與子同袍」，正是這個「同袍」的錯覺或者說幻覺，令人人自危，自欺欺人，由此而團結起來，成爲一個「想像的共同體」或者「幻覺的共同體」。

二

最早將白話文分成新舊的說法出自何人，本書未曾詳考。瞿秋白發表在一九三一年的《鬼門關以外的戰爭》，已經明確提出。他用的是「中國的新式白話」，還正式命其爲「現代普通話的新中國文」——「應當是習慣上中國各地方共同使用的，現代『人話』的，多音節的，有語尾的，用羅馬字母寫的一種文字。」

〔註126〕汪暉《預言與危機：中國現代歷史中的五四啓蒙運動》，《五四運動與中國文化建設：五四運動七十週年學術討論會論文選》上冊，社會科學文獻出版社 1989 年版，第 495 頁。

〔註127〕毛澤東《新民主主義論》，《毛澤東選集》（一卷本），人民出版社 1964 年版，第 656 頁。

〔註128〕這種新文字，當時不存在，今天也不存在，在漢字問題上除舊布新的努力，如果說當初還充滿希望的話，今天可說是化爲了泡影。

從歷史上看，晚清改良派倡導白話在先，五四白話文運動乃其餘緒，但後者的領袖們斷不肯與清代「舊」白話主張者爲伍。黃遵憲一九○二年寫給嚴復的信，是一九一六年胡適致陳獨秀函的前身。黃遵憲沒有得到響應，乃因其時的條件還未具備。「鴛鴦蝴蝶派」與「禮拜六」派的白話小說，亦從來不被白話文運動認作盟友，事實上倒一直是五四白話的發難對象。文言而外，白話文運動所樹之敵，包括舊白話──比如「鴛鴦蝴蝶派」的語言。白話文運動於之前的白話傳統遠交近攻，水滸紅樓是承認的，「禮拜六」卻不承認。新舊白話的差異，從起始就顯得壁壘森嚴。白話文運動在敵友問題上的立場，清楚地昭示出他們所追求的，並非語言學事實上的白話，更近於政治學意義上的白話，此乃二十世紀中國特有的語言政治。

新語彙驟增，歐化句法，濃重的意識形態指向，激進的反傳統立場，以及最後、可能也最關鍵的，就是改造語言、再造白話的理想，其終極理想就是廢除漢字，採用拼音文字，這一切使五四「新白話」區別於、或自以爲區別於此前的「舊白話」。

然而，二者畢竟同爲白話，不是文言。作爲一種語言系統，新舊白話皆以傳承漢字爲符號，使用相同的基本詞彙，語法、句法、及語言結構也無不同。語言學上的研究和觀察，向來不考慮新舊白話間的差別，王力《中國現代語法》以《紅樓夢》和《兒女英雄傳》爲基本語料，雖然此兩部小說相隔百多年，但二者使用的北京話口語和今天的國語（普通話）在他看來「差不多完全相同」。

既然新舊白話的差別在思想和觀念而非語言學上事實，那麼，白話劃分新舊在語言學上的根據就不存在，至少是不充足。進一步追問，思想革命、觀念革命儘管以自己的名義實行，爲何卻偏打出語言革命的旗號？白話文歷史已歷千年，遠的不說，朱熹用過，施耐庵寫過，吳敬梓曹雪芹以此立世，胡適魯迅陳獨秀亦可以接著用。新觀念湧入舊白話，不是什麼了不得的事情，每一時期的語言必因時因勢有所變化，緩慢抑或劇烈，視社會生活的變動程度而定，其

〔註128〕瞿秋白《鬼門關以外的戰爭》，《瞿秋白散文》下冊，中國廣播電視出版社 1997 年版，第 44 頁。

時的中國，風雲際會，中西交流的速度與規模猛然加劇，但若必以爲漢語應付不了，則是杞人憂天。百年過去之後，漢語終歸還是漢語，白話依然爲白話。所謂有別於舊白話的新白話，與皇帝的新衣相類。

然而白話文運動到底發生了。新舊白話間的對立，正如文言和白話的對立，或出於想像、誇張，甚或完全的虛構，一時卻成爲普遍的信念，並成爲此一運動的重要前提。

事實上，語言是歷史的主人，人不過是些匆忙的過客。死亡與其說是離開世界，不如說是告別語言。人擁有生命，會致力於向語言中轉移個人有限的光陰，或說在語言中重建個人的生存或者權力意志，但能夠建立起來的，往往是墓碑，魯迅深明此理，所以他第一部雜文集取題《墳》。

語言的變革是緩慢的，非長時段不能看清，而個人的生命窄如手掌，假若沒有大量的歷史文獻，我們無法精通語言。幾代人的白話文本置於案頭，青燈黃卷，犬吠漸稀，追尋逝者留下的鴻爪雪泥，紙上煙雲，轉眼我們自身也成爲歷史的塵埃。這些意思，可以以不止一個句子來表述，對於當下生存的感受和領悟，我們可以借助於語言，寫在紙上。

新白話實踐，在無意之中會觸及舊白話的肌理，使我們眞切地嗅出其中散發出的文言氣息，確信其中隱藏著一部活的歷史。千年過去，也許惟漢語知曉何爲千年，若干千年，熔鑄於漢字中，每個漢字下面隱藏著一部文化史。人未必需要盡讀古書，而筆下的字和句，總是要有點來歷並應知曉其來歷的。二十世紀的語言學，以共時性的研究爲主要潮流，口語是當下性的，漢語也是一種口語，固不能例外。但所有的文字學，不能不考慮歷時性的因素，漢字的表義性，不可能與歷史上曾經有過的含義無關。讀懂漢字和漢文，多少需要一點文字學或者字源學的常識，不必太多，亦不必過專。

本節文字決計以新舊立論，檢視漢語和白話的歷史，如今之念舊，一如百年前之崇新。時尚從來不理性，雖說舊白話、舊傳統、舊學問、舊風俗閃爍著迷人的魅力，而破舊立新之種種新，也需要被質疑、被追問，被給予同情的審視──當初爲什麼斷然遺棄種種舊？竭力催生種種新？

標新容易，立異卻難。

三

佛經的翻譯始於東漢，至唐而盛。在佛典三藏中，經藏是核心，漢文經藏分作阿含、寶積、般若、華嚴、涅槃五部；律藏分作本緣和戒律兩部，其中本緣包含許多傳說故事，戒律則是僧侶日常生活的行為準則；論藏主要來源於後學僧侶闡發佛理——佛典翻譯的逐步完成，持續近千年。一經在手，不可不於這千載的事業心懷敬意。

在此一長的歷史時段，漢語輸入大量外來詞，據統計，漢譯佛典中雙音節的詞彙含有量，遠遠高於同期中土文獻。東漢至唐，漢語中出現了大量複音詞，外來影響，引發漢語內部的變化，書面語經口語的吸納，詞彙豐富起來。佛教原典的詞彙結構的異質性，不容忽視，梁啓超《翻譯文學與佛典》說，「佛恐以辭害意且妨普及，故說法皆用通俗語。譯家惟深知此意，故遣語亦務求喻俗。」〔註129〕研究漢語史的人，能從佛經找出東漢以降的口語資料，《撰集百緣經》《六度集經》《雜寶藏經》《賢愚因緣經》《百喻經》和《佛本行集經》等，為我們提供了那一時期難得的語料，這可能出乎當初譯經者的預期。

唐以後，白話漸漸現身於佛經之外的文本，變文俗講固然是佛經的通俗版，敦煌曲子詞與王梵志的詩，亦可窺見一時之口語。「城外土饅頭，陷草在城裏。一人吃一個，莫嫌沒滋味。」元白一派，新樂府，《琵琶行》《長恨歌》之類，與溫李相較，既有風格上的差異，也與文白之別聯繫在一起。印歐語系對漢語發生的最大影響，乃是令漢語意識到自身音韻的獨特，沒有四聲和平仄的發現，怎會有近體詩的誕生？唐人了不起，面對梵音的複雜，從未想過漢字漢語的缺陷，而把自己的古風改進為律體，創化了詩的朝代。為信仰而來的梵文，除了傳播佛的福音之外，還幫助唐朝成就了律詩。現代漢語的歐化至今不過百年，非語言因素介入太深，重提佛經漢譯，是漢語演變史上一份珍貴的創造性的歷史文化記憶。

宋元白話大盛，城市文化發達，市民娛樂繁富，雜劇與話本小說，使白話的流行自然而然，《祖堂集》《景德傳燈錄》《二程遺書》《朱子語類》《燕雲奉使錄》等書，俱可以印證白話的程度與規模。「半畝方塘一鑒開，天光雲影

〔註129〕梁啓超《翻譯文學與佛典》，羅新璋《翻譯論集》，商務印書館 1984 年版。

共徘徊。問渠那得清如許，爲有源頭活水來。」朱熹這首七絕，流利易懂，比五四時期那些歐化的白話新詩更近於白話和口語。《朱子語類》卷十云，「莫說道見得了便休。而今看一千遍，見得又別；看一萬遍，看得又別。須是無這冊子時，許多節目次第都恁地歷歷落落，在自家肚裏，方好。」請注意其間的虛詞──「地、底、得、和、連、把、就、不成、莫是」，這些虛詞連綴的新句式──把字句式、和字句式、連字句式、不成句式等──出現在《朱子語類》中，可見漢語分明是發生了大的變化。

元代的詔書敕令是蒙語，譯爲漢語白話，即「白話講章」、「白話公牘」。留存至今的《元代白話碑》，有相當部分是元朝皇帝頒布給道觀寺院的聖旨，文言因其難以學會，不廢而自廢，正便於白話的普及。畏吾兒族人貫雲石所做的《孝經直解》有這樣的講法，「孔子說，孝道的勾當是德行的根本有。教人的勾當先從這孝道裏生出來。你再坐地，我說與你。」〔註130〕

明朝的白話，已非常成熟了，《三言》《二拍》而外，長篇白話小說亦已出現。《三國演義》因從《三國志》脫胎來，文白夾雜，以白話爲底，文言點綴與穿插其間。《水滸傳》《西遊記》《金瓶梅》，白話精彩紛呈，且不論《金瓶梅》的價值，《水滸傳》被金聖歎列入天下才子書，譽爲「古今至文」。

清朝的白話小說更見發育，《紅樓夢》《儒林外史》《兒女英雄傳》《醒世姻緣傳》《鏡花緣》《海上花列傳》《老殘遊記》等等，無論語彙、句式、修辭、規模，臻於圓熟，蔚爲大觀，每一部都是白話文的經典。

白話文早已經發生，且取得了大的成績，何勞弄出個運動，以書面語上的主動變革應對時代社會的巨變，原是佛經翻譯以來歷代先賢的慣技，何新之有？五四時期的語言，較之宋元明清的區別，是大量新術語和外來詞彙的猛增，如果一定要找出前所未有的主張，則是對於文言和傳統文化否定的決絕態度。由於文化內部的自我否定和自我批判的力量相對缺乏，在專制皇權的主導下，無法建立起自我更新的正常機制，當外來力量強行介入，漢民族的種族革命民間力量聯合起來，摧毀了專制皇權之後，連文化的根也企圖拔掉了。

白話文小說有五六百年的歷史，除了文體豐贍的名著，尚有大量二流三流

〔註130〕劉堅《近代漢語讀本》（修訂本），上海教育出版社 1995 年版，第 308 頁。

而受眾廣大的白話小說,晚清至民初,小說的繁榮達到歷史的最高點,舊式白話文的流行,而不是新白話的創生,才是那個時代影響深遠的語言現象。白話小說的文脈,從未中斷,近代(一八四〇～一九一九)出版的白話小說,不僅數量巨大,亦且讀者群體龐大。據阿英估計,這一階段印成的單行本小說「至少在二千種以上」。李伯元的《官場現形記》,吳趼人的《二十年目睹之怪現狀》,劉鶚的《老殘遊記》,曾樸的《孽海花》,被稱四大遣責小說。所謂「鴛鴦蝴蝶派」的代表作,徐枕亞的《玉梨魂》和《紅樓夢》之間的一脈相承處已被確認。

劉鶚的《老殘遊記》,一九〇三年初刊發於《繡像小說》,至十三回中斷,後重行發表於天津《日日新聞》,署名洪都百鍊生,計二十回,商務印書館一九〇六年印出單行本。這部小說應被視為白話文運動之前,成熟的舊白話所達到的最高水準。情動於衷,而形之於言,逢世之衰,長歌當哭,是再自然不過的文學了。其《自敘》曰:「吾人生今之時,有身世之感情,有家國之感情,有社會之感情,有種教之感情。其感情愈深者,其哭泣愈痛:此洪都百鍊生所以有《老殘遊記》之作也。」〔註131〕

胡適曾說,「《老殘遊記》最擅長的是描寫的技術,無論寫人寫景作者都不肯用套語濫調,總想鎔鑄新詞,作實地的描寫。在這一點上,這部書可算是前無古人了。」〔註132〕劉鶚的公子劉大紳認為:「《老殘遊記》一書為先君一時興到筆墨。初無若何計劃宗旨,也無組織結構,不過日寫數紙,贈諸友人。不意發表後,數經轉折,竟爾風行。不獨為先君預想不及,且先君也未嘗有此預想。」〔註133〕

小說第二回描寫濟南風物:「一路秋山紅葉,老圃黃花,頗不寂寞。到了濟南府,進得城來,家家泉水,戶戶垂楊,比那江南風景,覺得更為有趣。」〔註134〕汪曾祺激賞這樣的語言,認為很難判斷它是文言還是白話。

二十世紀二十至三十年代,初中語文教科書和語文活頁文選,分別以《明

〔註131〕劉鶚《老殘遊記》,陳翔鶴校,戴鴻森注,人民文學出版社 1979 年版,第 2 頁。

〔註132〕胡適《〈老殘遊記〉序》,胡明主編《胡適精品集》第六卷,光明日報出版社 1998 年版,第 139 頁。

〔註133〕劉德隆、朱禧、劉德平《劉鶚及〈老殘遊記〉資料》,四川人民出版社 1985 年版,第 390 頁。

〔註134〕劉鶚《老殘遊記》,陳翔鶴校,戴鴻森注,人民文學出版社 1979 年版,第 11 頁。

湖居說書》和《黃河上打冰》爲題，選錄了《老殘遊記》第二回和第十二回的部分段落，作爲白話範文。

舊小說雖仍不登大雅之堂，但在民間廣有讀者與市場。魯迅母親喜看張恨水的小說。五十年代紹興和北京的魯迅紀念館曾經打算陳列張恨水的作品，爲此向他索書，被張恨水斷然拒絕，他的理由是不願沾別人的光。

張愛玲坦承受張恨水影響，說他的小說「不高不低」。認眞說來，新文藝家所貶低的舊白話小說之在民國，幾近十八九世紀在法國發表連載小說的大仲馬，亦類似今日的暢銷書作者群。

而五四新文學雖號稱國語的文學、大眾的文學，事實上，讀者群始終限於文人的小圈子與大學一班文藝青年，所謂文壇，從未贏得大眾，新白話的讀者，當初可能比文言的讀者還要少，《聊齋誌異》和林譯小說的發行量就是證據。《吶喊》算得振聲發聵了，轟動一時，初版僅印八百冊，這是今人不能想像的數字。

直至「文革」前夕，舊白話的市場依然存在。文言被打倒了，寄身於文言的思想意識和價值取向，順勢轉入舊白話的言說空間，傳統主流文化的傳播功能，於是在舊白話領域悄然擴增。舊白話本來處於文言的邊緣，長期與文言並存並行，相安無事，互爲默契，可說是文言的同盟，而作爲書面語，又歷經數千年的淘洗磨練，久已圓轉自如，與以反傳統爲目標的歐化的半生不熟的新白話，不可同日而語。

四

張恨水（一八九五～一九六七），原名張心遠，安徽潛山人，武門之後，父祖輩皆弓馬嫻熟。「恨水」乃筆名，本作「愁花恨水生」，當時風氣，作小說的文人，大抵給自己起名「某某生」，如「洪都百鍊生」（劉鶚），「冷紅生」（林紓），「天虛我生」（陳蝶仙），「泣紅生」（周瘦鵑），「泣珠生」（徐枕亞），「嘯天生」（許嘯天）等，連魯迅也用過「嘎劍生」的筆名。因緣李後主《烏夜啼》中「自是人生長恨水長東」，遂省作「恨水」二字。

一九四四年，他在五十歲壽辰答謝辭中明確說，「我毫不諱言地，我曾受民初蝴蝶鴛鴦派的影響，但我拿稿子送到報上去登的時候，上派已經沒落，《禮拜六》雜誌，風行一時了。現代人不知，以爲蝴蝶鴛鴦派就是禮拜六派，

其實那是一個絕大的錯誤。後者，比前派思想前進得多，文字的組織，也完密遠過十倍。……二十年來，對我開玩笑的人，總以鴛鴦蝴蝶派或禮拜六派的帽子給我戴上，我真是受之有愧。」〔註135〕

寫於六十年代初的《我的創作和生活》中張恨水說，「在五四運動之後，本來對於一切非新文藝形式的文字，完全予以否定了的。而章回小說，不論它的前因後果，以及它的內容如何，當時都是指為『鴛鴦蝴蝶派』。有些朋友很奇怪，我的思想，也並不太腐化，為什麼甘心作『鴛鴦蝴蝶派』，而我對於這個派不派的問題，也沒有加以回答。我想，事實最為雄辯，還是讓事實答覆這些吧！」〔註136〕

五十餘年的文字生涯，他創作了一百一十餘部小說，三千多萬字。其中幾部小說單冊銷量巨大，是名副其實的暢銷書作家。一九二四年四月，《世界晚報》創刊，張恨水九十萬言長篇小說《春明外史》連載，每天刊登數百字，報紙銷量大增，至一九二九年連載完畢。其他報紙爭相求稿，一九二五年二月，《世界日報》創刊，先是其新作《新斬鬼傳》不太叫座，繼之《金粉世家》出，起大轟動。「不但在社會上，而且在家庭中，甚至那些粗具文化的太太小姐以及老太太們，都愛看。閱讀能力差的，目力不濟的，就讓別人念來聽。受歡迎的情景，可以想見。」〔註137〕一九二九年，上海《新聞報》刊出《啼笑因緣》，張恨水的聲譽達到頂點，他自己說，「上至黨國名流，下至風塵少女，一見著面，便問《啼笑因緣》，這不能不使我受寵若驚了」。這期間，他的小說市場格外興隆，同一天在各報刊載六七文。為使故事人物不至混淆纏夾，這位不打草稿的作家不得不用提綱區分之。《新聞報》連載小說曾由「名家」輪流執筆，《啼笑因緣》之後，歸他一人包辦。此後計有《太平花》《現代青年》《燕歸來》《夜深沉》《秦淮世家》與《水滸新傳》等，直至上海淪陷，郵件不通為止。抗戰後，他又給《新聞報》寫了《紙醉金迷》。一九四九年後《新聞報》易名《新聞日報》，張恨水寫出《記者外傳》。

〔註135〕張恨水《總答謝》，載重慶《新民報》1944 年 5 月 20 日。

〔註136〕張恨水《我的創作和生活》，《文史資料選輯》第 70 輯，中國文史出版社 1980 年版。

〔註137〕張友鸞《金粉世家·序》，張恨水《金粉世家》，安徽文藝出版社 1985 年版，第 7 頁。

　　與梁啓超的觀念不同，張恨水對於小說看得沒有那麼重要，多數人讀小說出於消遣，而不是爲了受教育。「蓋小說爲通俗文字，把筆爲此，即不免淺陋與無聊，華國文章，深山名著，此別有人在，非吾所敢知也。」〔註138〕

　　新舊白話最大的差別，是看是否承認文白之間的對立。這不是需要對外界宣布的自覺的理論立場，而是在實際的語言運用中的選擇性取向——刻意區分文白，有意地避文就白，將文白之考慮置於修辭效果的考慮之上，亦可以稱之爲新白話的意識形態偏見。從這個意義上講，周作人、林語堂、廢名是舊白話，胡適、陳獨秀是新白話。魯迅的文字，亦新亦舊，反倒不知歸入哪一邊更爲恰當。毛澤東的文字，頗能夠自由地出入於新舊之間，某些文章、講演、講話，屬於新白話，另外一些書信、聲明、公開函，又歸於舊白話。

　　張恨水在語言上的追求，一如他堅持使用章回體寫小說，是非常自覺的，這倒不必是他多麼的守舊，恰恰相反，他總是力爭創新，在他認爲需要創新的領域，以自己堅持的方式：

　　　　新派小說，雖一切前進，而文法上的組織，非習慣讀中國書，說中國話的普通民眾所能接受。正如雅頌之詩，高則高矣，美則美矣，而匹夫匹婦對之莫名其妙。我們沒有理由遺棄這一班人，也無法把西洋文法組織的文字，硬灌入這一班人的腦袋，竊不自量，我願爲這班人工作。有人說，中國舊章回小說，浩如烟海，盡夠這班人享受的了，何勞你再去多事？但這有兩個問題：那浩如烟海的東西，他不是現代的反映，那班人需要一點寫現代事物的小說，他們從何覓取呢？大家若都鄙棄章回小說而不爲，讓這班人永遠去看俠客口中吐白光，才子中狀元，佳人後花園私訂終身的故事，拿筆杆的人，似乎要負一點責任。〔註139〕

　　茅盾曾說：「在近三十年來，運用『章回體』而善爲揚棄，使『章回體』延續了新生命的，應當首推張恨水先生。」〔註140〕他的章回小說的回目，也特別的講究，通常是九字一句，可謂上乘的對聯，如「燕市書春奇才驚過客，

〔註138〕張恨水《金粉世家·自序》，安徽文藝出版社1985年版。

〔註139〕張恨水《總答謝》，載重慶《新民報》1944年5月20日。

〔註140〕茅盾《關於〈呂梁英雄傳〉》，載《中華論譚》1946年9月4日，第二卷第1號。

朱門憶舊熱淚向人彈。」「舊巷人稀愁看雞犬影，荒庵馬過驚探木魚聲。」又如「書不療貧無錢難贖命，花如解語有酒可澆愁。」據統計，他一生發表的以「九字回目」爲主的對聯有一千五百多副。他爲自己規定的寫回目的五條原則是：「一、兩個回目，要能包括本回小說的最高潮。二、盡量的求其詞藻華麗。三、取的字句和典故，一定是要混成的，如以『夕陽無限好』對『高處不勝寒』之類。四、每回的回目，字數一樣多，求其一律。五、下聯必定以平聲落韻。」〔註 141〕

精通歷史文獻和漢語韻文的張恨水，堅持不懈自學而掌握了英文，他譯過莎士比亞十四行詩，發表在重慶的報紙上。胡適、周作人、錢玄同等新文學幹將看不起張恨水，劉半農是個例外，在對美專學生的演講中，劉半農稱張恨水爲「當今的小說大家，他的小說成就超過了李伯元、吳趼人、曾孟樸那些人」〔註 142〕。

張恨水的讀者，比新文學陣營任何一位作家更爲廣泛。他的章回體小說影響之眾，既是白話文的同盟，亦是白話文運動強有力的競爭者，雖爲白話文運動的主將們輕視，但在讀者中的聲譽歷久不衰。

這樣的舊白話作家，不止張恨水一人。程小青、不肖生、李涵秋、蔡東藩等也都稱得上暢銷作家。蔡東藩（一八七七～一九四五）的《歷代通俗演義》計十一種，千餘回，近六百萬言，描述秦漢至民國初年間兩千餘年的歷史，在一九一六至一九二六年間，以一人之力，十年之功，成就如此浩大的歷史小說，中外文學史上所罕見。據統計，民國舊派文學有長篇約兩千部，雜誌一百一十三種，大報副刊四種，小報四十五種，新文學史和教科書以「鴛鴦蝴蝶派」或「禮拜六派」籠統地稱呼他們，一概視作「戲園顧曲、酒樓覓醉、平康買笑」的廉價文學。號稱爲大眾的新白話，對於大眾眞正喜聞樂見的文學卻熟視無覩，充滿了傲慢與偏見，亦且虛僞。

一九三六年抗戰爆發，給了新舊白話在某種程度上合流的契機，《文藝界同人爲團結禦侮與言論自由宣言》，具名者既有魯迅、茅盾、巴金、郭沫若，亦有包天笑、周瘦鵑等。一九四四年重慶中華全國文藝界抗敵協會等機構曾發起爲張恨水祝壽，老舍等新小說家與張恨水成爲朋友。老舍有詩《賀恨水

〔註 141〕轉引自袁進《小說奇才張恨水》，上海書店出版社 1999 年版，第 78 頁。
〔註 142〕荊梅丞《劉半農軼事二則》，《新文學史料》1984 年第 3 期。

兄》曰：「上下古今牛馬走，文章啼笑結因緣，世家金粉春明史，熱血之花三十年。」將其小說名著，鑲嵌於詩句當中。

抗戰勝利後，張恨水曾要求正在讀高中的長子張曉水多讀古文，並學會以古文作文，還親自給他批改。他神秘地告訴孩子，胡適提倡白話文卻對其子的古文抓得很緊。

一九四九年政權更迭之際，張恨水大病一場。身體逐漸康復後，他開始改編民間故事，從《梁山伯與祝英臺》始，他搜集三十多種相關詞曲與筆記，進行排比、分析、取捨，費了很大工夫，力求真實地再現這個故事。這是他晚年在特殊政治形勢下找到的適合自己的寫作方式。經他之手改寫的其他民間故事還有《秋江》《牛郎織女》《白蛇傳》《孟姜女》《磨鏡記》《孔雀東南飛》《陳三五娘》《荷花三娘子》和《逐車塵》等。

報紙是日日更新的媒介，沒有比它過時得更快的了。記者出身，一生為報紙寫作，在報紙上連載小說的張恨水，從不懷疑自己的語言文字能夠傳世：「予書既成，凡予同世之人，得讀予書而悅之，無論識與不識，皆引予為友，予已慰矣。即予身死之後，予墓木已拱，予髑髏已泥，而予之書，幸而不亡，乃更令後世之人，取予書讀而悅之，進而友此陳死人，則以百年以上之我，與百年以下之諸男女老少，得而為友，不亦人生大快之事耶？其他又奚問焉？」〔註143〕

五

另一位懂得文字韻味的小說家是趙樹理。他的作品曾被視為落實毛澤東《在延安文藝座談會上的講話》的典範之作，「實踐了毛澤東的文藝方向」，「是毛澤東文藝思想在創作上實踐的一個勝利」（周揚語），但這是一個歷史的誤會。本書將他的文學語言歸屬於舊白話，當無疑義。

趙樹理一九〇六年生於山西省沁水縣尉遲村，地道的農家子弟。一九二五年考入長治第四師範，由於受到白話文運動的影響，愛好新文藝，「熱心於寫作新詩和新小說，努力學習過歐化」，〔註144〕但他寫作之初即有意和新白話語言

〔註143〕張恨水《春明外史·後序》，中國新聞出版社 1985 年版，第 2 頁。

〔註144〕李普《趙樹理印象記》，《中國當代文學研究資料·趙樹理專集》，福建人民出版社 1981 年版，第 34 頁。

模式保持距離，主動自外於當時的「新」文藝。在《論語》第三十二期上，曾經發表過一篇挑《論語》毛病的文章《義務勘誤》，開頭曰：「義務勘誤者，並非不要稿費之謂也。只以未受原作者之委託，故曰義務耳。」趙樹理實際上始終是新文學運動的一個義務挑剔者。

他批評五四「新文壇」只是「狹小得可憐」的「圈子」，號稱是國語的文學，文學的國語，實際上是極少數上層文人的閉門實驗，與百姓毫不相關。

「眞正喜歡看這些東西的人大部分是學習寫這東西的人，等到學的人也登上了文壇，他寫的東西事實上又只是給另外一些新的人看，讓他們也學會這一套，爬上文壇去。這只不過是在極少的人中間轉來轉去，從文壇來到文壇去罷了。他把這叫做文壇的循環。」趙樹理說，「我不想上文壇，不想做文壇文學家。我只想上『文攤』，寫些小本子夾在賣小唱本的攤子裏去趕廟會，三兩個銅板可以買一本，這樣一步一步地去奪取那些封建小唱本的陣地。做這樣一個文攤文學家，就是我的志願。」〔註145〕

下面是趙樹理一九三○年寫給他長治四師的老師王璧的信，從中可以看出這位「山藥蛋派」代表作家的文言修養：

> 違教以來，匆匆二載，不知設席何所，故疏候起居，敬希見諒。
> 生也不才，致罹法網。近今生活方式，千折萬變，不可臆測。夫子聞之，得毋憐其愚乎？今雖已復自由，而家庭經濟，勢不再允生求學。家父促生來弆糊口。奈遲到數日，三五友人已赴北平，故暫留太原作客。倘蒙夫子不棄，辱惠德教，來示乞寄萬字巷同慶客棧交秦掌櫃轉。餘容再呈。敬候教安。〔註146〕

傳統的文字功底而外，他還是多才多藝的，「通曉農民的藝術，特別是關於音樂戲劇這一方面。他參加農民的『八音會』，鑼鼓笙笛沒一樣弄不響；他接近唱戲的，戲臺上的樂器件件可以頂一手；他聽了說書就能自己說，看了把戲就能自己耍。他能一個人打動鼓、鈸、鑼、鑔四樣樂器，而且舌頭打梆子，口帶胡琴還不誤唱。」〔註147〕

〔註145〕李普《趙樹理印象記》，《中國當代文學研究資料·趙樹理專集》，福建人民出版社1981年版，第35頁。

〔註146〕《趙樹理文集》續編，工人出版社1984年版，第303頁。

〔註147〕王春《趙樹理是怎樣成爲作家的》，《中國當代文學研究資料·趙樹理專集》，福建

他很清晰地區分中國存在的三套文學藝術傳統：「從古留傳下來的一套」，「從民間留傳下來的一套」，「五四運動以後從西洋接受過來的一套」，「以上這三套東西，始終沒有很好的交融往來過，各說各有理。」〔註148〕因此，「既然有這個差別存在，寫作品的人在動手寫每一個作品之前，就先得想到寫給哪些人讀，然後再確定寫法。我寫的東西，大部分是想寫給農村中識字人讀，並且想通過他們介紹給不識字人聽的，所以在寫法上對傳統的那一套照顧得多一些。」〔註149〕他始終不認為有適合所有人群的文學存在，有得必有失，選擇就意味著放棄。新文學的尷尬在於，明明是知識分子的一套源自西洋影響下的文學，偏偏被政治規定為工農兵服務，要轉變自己的身份，放下架子和立場，徹底民眾化，無論是要求者還是參與者，都費盡了心血，把自己原來有的優長也丟失了。以新白話寫傳統的舊生活，最多寫成《暴風驟雨》〔註150〕或者《太陽照在桑乾河上》，因為自己也覺得不太像，便在新白話裏點綴些方言土語，以顯示地方特色。

而《小二黑結婚》的開頭第一段卻是這樣寫的：

> 劉家峧有兩個神仙，臨近各村無人不曉：一個是前莊上的二諸葛，一個是後莊上的三仙姑。二諸葛原來叫劉修德，當年做過生意，抬腳動手都要論一論陰陽八卦，看一看黃道黑道。三仙姑是後莊于福的老婆，每月初一十五都要頂著紅布搖搖擺擺裝扮天神。〔註151〕

張志公認為這「恐怕是相當典型的漢語的句」，「簡直分不清哪個是主語，哪個是謂語，只是一句一句連下去。」〔註152〕

人民出版社 1981 年版，第 31 頁。

〔註148〕趙樹理《在詩歌朗誦座談會上的發言》，《趙樹理全集》第四卷，北嶽文藝出版社 2004 年版，第 219 頁。

〔註149〕同上，第 277 頁。

〔註150〕唐小兵認為，「《暴風驟雨》對農民語言的剝奪割離，便也從全書第一段露出端倪。因為正是在這種對『氣息』『色彩』的追求裏，作者把農民語言當做裝飾性的符號，而且是一個必須不斷意識到其自身的附補性、裝飾性的符號；恰恰是農民語言所設定、所依賴的敘述方式、想像邏輯和生活經驗被取消掉、被過濾掉了。」參見唐小兵編《再解讀：大眾文藝與意識形態》，北京大學出版社 2007 年版，第 118 頁。

〔註151〕《趙樹理文集》第一卷，工人出版社 1980 年版，第 1 頁。

〔註152〕張志公《漢語辭章學論集》，人民教育出版社 1996 年版，第 148 頁。

比如《傳家寶》寫金桂搬動李成娘的黑箱子：「動手把箱子一拖拖出床沿，用胸口把一頭壓低了。然後雙手抱住箱腰抱下地去，站起一腳又蹬得那箱子溜到床底」，新白話的寫手們哪裏有這等直捷的經驗和寫法。《李有才板話》的開頭是：

閻家山有個李有才，外號叫「氣不死」。

這人現在有五十多歲，沒有地，給村裏人放牛，夏秋兩季捎帶看守村裏的莊稼。他只是一身一口，沒有家眷。他常好說兩句開心話，說是「吃飽了一家不饑，鎖住門也不怕餓死小板凳」。村東頭的老槐樹底下有一孔土窰還有三畝地，是他爹給留下的，後來把地押給閻恒元，土窰就成了他的全部產業。〔註 153〕

《登記》中的小飛蛾挨了張木匠鋸梁子的打，作者這樣寫道：

她起先還怕招得人來看笑話，憋住氣不想哭，後來實在支不住了，只顧喘氣，想哭也哭不上來，等到張木匠打得沒了勁扔下傢夥走出去，她覺得渾身的筋往一處抽，喘了半天才哭了一聲就又壓住了氣，頭上的汗，把頭髮濕得跟在熱湯裏撈出來的一樣，就這樣喘一陣哭一聲喘一陣哭一聲，差不多有一頓飯工夫哭聲才連起來。〔註 154〕

趙樹理的語言完全不沾五四意識形態色彩，也不接受歐化的影響，甚至也不肯入舊白話的窠臼，他不介意任何理論。他善於提煉鄉下的日常口語，將鄉村語言的土氣與舊白話的文氣，合成自己的語言風采。

郭沫若評說他「是一株在原野裏成長起來的大樹子，它根紮得很深，抽長得那麼條暢，吐納著大氣和養料，那麼不動聲色地自然自在」〔註 155〕。不知趙樹理讀了這樣的評論有何感想，「謬承鼓勵，信心倍增，今後自當格外自勉」云云，並沒有透露出他真實的想法。白話文運動雖有走向民間的願望和口號，但以郭氏那樣歐化的甚至優美時尚的語言，以一種煞有介事的「新白話」使自己跟真正的民間隔膜起來。趙樹理是完全來自於民間的，雖然得到了新文藝權威

〔註 153〕《趙樹理文集》第一卷，工人出版社 1980 年版，第 17 頁。

〔註 154〕《趙樹理文集》第一卷，工人出版社 1980 年版，第 305～306 頁。

〔註 155〕郭沫若《讀了〈李家莊的變遷〉》，《中國當代文學研究資料‧趙樹理專集》，福建人民出版社 1981 年版，第 376 頁。

人士的褒獎，他本人卻深知自己並不屬於這「新文壇」，也不必跟著大家齊唱新文藝新理論的高調。一九四三年五月，楊獻珍將尚未發表的《小二黑結婚》的手稿，推薦給彭德懷，同樣是農家出身的彭德懷給這部作品的題詞是，「像這種在群眾調查研究中，寫出來的通俗故事，還不多見。」幾十年過去之後，當代的文學研究者在趙樹理身上，忽然發現出了現代性，「通過克服任務語碼和書寫語言系統的分裂，趙樹理的小說所形成的正是一種『統合性』的新語言。作為一種適合更廣大鄉村民眾需要的普泛性語言，它在更準確地實踐『地理上分佈不均地擴散』的『民族印刷語言』，使得那些『原本可能難以或根本無法彼此交談』的農民，『通過印刷字體或紙張的媒介，變得能夠相互理解了』。趙樹理小說新文體的創立，成為中國現代文學一種跨越階層、地域的現代白話的完成形態，至少它成功地整合起了鄉村中國的閱讀大眾；而這一點正是此前的左翼文學一直試圖推進的目標」。〔註156〕

趙樹理的小說，一向重視語言，他本人也多次談論過語言問題。他曾經說過，「我個人在寫作時就感到，從口頭上學來的語言，要比書本上多一些。」〔註157〕能如此清楚自身語言來源並且有很強的自覺意識的作家，還有誰呢？

> 學語言究竟應該從哪裏學呢？應該從廣大的勞動人民群眾中學。見的人多就聽的話多。廣大的群眾就是話海，其中有很多的天才和專業家（即以說話為業務的人），他們每天每時都說著能為我們所欣賞的話。我們只要每天在這些人群中生活，那些好話和那些好的說話風度、氣魄就會填滿我們的記憶。〔註158〕

> 我既是個農民出身而又上過學校的人，自然是既不得不與農民說話，又不得不與知識分子說話。有時候從學校回到家鄉，向鄉間父老兄弟們談起話來，一不留心，也往往帶一點學生腔，可是一帶出那種腔調，立時就要遭到他們的議論。碰慣了釘子就學了點乖，以後即使向他們介紹知識分子的話，也要翻譯成他們的話來說，時

〔註156〕賀桂梅《趙樹理文學的現代性問題》，唐小兵編《再解讀：大眾文藝與意識形態》，北京大學出版社2007年版，第96頁。

〔註157〕《趙樹理全集》第四卷，北嶽文藝出版社2004年版，第635頁。

〔註158〕趙樹理《語言小談》，《中國當代文學研究資料・趙樹理專集》，福建人民出版社1981年版，第135頁。

候久了就變成習慣。說話如此，寫起文章來便也在這方面留神——「然而」聽不慣，咱就寫成「可是」；「所以」生一點，咱就寫成「因此」，不給他們換成順當的字眼兒，他們就不願意看。字眼兒如此，句子也是同樣的道理——句子長了人家聽起來捏不到一塊兒，何妨簡短些多說幾句：「雞叫」「狗咬」本來很習慣。何必寫成「雞在叫」「狗在咬」呢？〔註159〕

　　我對運用語言方面的看法，一向不包括在寫法中。我以為這只是個說話的習慣，而每一個國家或民族，在說話時候都有他們的特種習慣，但每一種特殊習慣中也有藝術的部分，也有不藝術的部分。寫文藝作品應該要求語言藝術化，是在每一種不同語言的習慣下的共同要求，而我只是想在能達到這個共同要求的條件下又不違背中國勞動人民特有的習慣，結果在「藝術化」方面只是能「化」多少「化」多少（根據我的能力），而在保持習慣方面做得多一點而已。〔註160〕

一九五九年之後，已經處境艱難的趙樹理開始構思一部八十萬字的長篇小說《戶》。他認為，從古至今，家庭是中國農村社會的細胞，歷史發展的軌迹，階級關係的變遷，必定從各家各戶的日常生活中反映出來。

　　一家一戶的情況很不同，尤其是歷史久、人口多的大家庭，幾世同堂到現在的，更為複雜。有經濟的牽涉，有思想的分歧，有關係的親疏，有性格的差異，等等，明爭暗鬥算小賬。所謂當家人，很不易對付。當老爺爺的多有特權思想；當公婆的有個自我尊嚴；大媳婦養老拖小有思想包袱；二媳婦不會生育覺得吃虧；三媳婦是個城鎮中學生，光會講道理，不會做飯做衣服；弟兄們童年的感情漸漸淡薄，慢慢地產生了你爭我奪的心思；小孩子吵嘴，帶出了爹媽議論對方的話；再加院鄰街坊有個壞婆娘從中挑撥離間，幸災樂禍；守舊派老講具體事打動不了人心，先進派光講空話沒人相信。

〔註159〕趙樹理《也算經驗》，《中國當代文學研究資料·趙樹理專集》，福建人民出版社1981年版，第92頁。

〔註160〕趙樹理《〈三里灣〉寫作前後》，《趙樹理全集》第四卷，北嶽文藝出版社2004年版，第282頁。

這樣的家庭鬥爭會持續不斷。但是，一家形形色色的各樣人物，在
先進的社會主義制度下，在大小隊的統一領導下，又都受著一定的
感召和制約，天天開窗戶有新鮮空氣流動，夜夜閉門有骯髒空氣膨
脹，這又是比較相同的一個方面。總之，一家不知一家，和尚不知
道家，各家有長有短。就是富裕中農，也有辛勤儉樸的好人。就是
貧下中農家庭，也會產生好逸惡勞的蠻橫子弟。因為父兄們裏裏外
外都替他幹了活計，他閒著沒事幹，就邪門歪道地去學壞。〔註161〕

此後十餘年，他始終沒有動筆的機會，因此今天的讀者，只能通過這些談話想
像這部作品了。

一九六六年八月，山西省批鬥趙樹理的群眾大會上。

> 趙樹理上臺後，竟摘下高帽子和大牌子，挺身站在臺上。造反
> 派頭頭大聲喝道：「趙樹理，造反派說你是黑幫，你膽敢反抗，這是
> 反革命行為！罪該萬死！我問你，你是不是黑幫？你的作品是不是
> 大毒草？」趙樹理卻慢條斯理地說：「你們說我是黑幫，我不敢當。
> 我這個人長得黑，這是事實，可是心不黑，也沒幫沒派。至於我的
> 作品，那盡是豆芽菜，連西紅柿都夠不上。要說大毒草，我真不知
> 道怎麼種呢！」〔註162〕

這場對白，典型地表達出兩種話語方式的衝突。問句是直截的新白話，答辭是
滋潤的舊白話。新白話多的是概念、口號、政治定性，背後卻以暴力為依據，
說話真正的目的在於訴諸武力，對造反派而言，語言是一種行為，折磨和消滅
他人肉體與精神的行為。舊白話則是語言的自在與自適，已經落到這步田地，
並不改變言說的方式，趙樹理的作家本色顯露無遺。廣陵散罷，人琴俱亡，在
新白話登峰造極的時代，一九七○年九月二十三日，六十四歲的趙樹理死於太
原獄中。

六

二十世紀五十年代初，大病初愈的張恨水應邀參加了全國文聯和作協的會
議。他發現會上爭吵非常激烈，周揚和來自延安的一些人成一派，胡風和國統

〔註161〕轉引自戴光中《趙樹理傳》，十月文藝出版社1993年版，第408～409頁。

〔註162〕同上，第429頁。

區的地下共產黨文人為另一派，各不相讓，面紅耳赤。雙方身上都有一股咄咄逼人的霸氣，早在三十年代張恨水就在左翼那裏領教過這種凌厲之氣，他這個舊文人，實在弄不清楚兩派之間的是非曲直。

據說張愛玲出席了一九五〇年七月舉行的上海的第一屆文代會，「衣著典雅、神色沉靜，仍舊不愛與人交談。她坐在會場的後排，旗袍外面罩了件網眼的白絨線衫，有一種『絢爛之極歸於平淡』的滄桑感。」〔註163〕一九五〇至一九五一年間，她以筆名「梁京」在上海《亦報》發表了一部連載小說《十八春》，直至一九五二年避居香港。一九五五年《秧歌》英文版在美國出版，張愛玲移居紐約，次年與劇作家 Fedinand Reyher 結婚，在美國過著深居簡出的生活，把《紅樓夢》《海上花列傳》譯為英文。一九六一年曾經短暫訪問過臺灣，一九九五年逝世於美國。

起初張恨水打算寫一部有關陳勝吳廣的書，史料缺乏，關鍵還在於他不知道怎樣寫才能不犯錯誤——政治錯誤。他與新政權的政治完全隔膜，正是這種隔膜，使他在一九五七年的反右中躲過一劫。大鳴大放的時候，有人點名要他發言，他只有一句「我沒有什麼可說」。他善言的老朋友張友鸞、左笑鴻，老同事浦熙修、謝蔚明，被打成了「向黨猖狂進攻」的「右派分子」。

一九五九年張恨水接到了周恩來親自簽發的聘書，被聘為中央文史館館員，每周三、六到北海公園內「養心齋」的文史館參加活動。館長是他的老友章士釗，副館長沈尹墨、謝无量、陳寅恪（兼廣東省文史館館長），館員有商衍瀛、陳雲誥、邢端（都是前清翰林），還有康有為之女康同壁、裕榮齡、陳半丁等，都是六十歲以上的老人。這些舊時代的人物，聚集一處，談詩論史，揮毫潑墨，聽琴著棋，各得其所。時代的航船上威武的活劇大悲大喜地上演著，劇情牽動千家萬戶的命運，岸上這些過時的老人，新政權挑選出來願意庇護的少數的特權人物，守舊是他們最大的特權。

張恨水逝於一九六七年初，家人為他穿鞋之時，仰身而倒，享年七十三歲。幸運的是，他既沒有挨過批鬥，也沒有經歷過抄家。張恨水實在是一位過時的大小說家，他那些家喻戶曉的名著差不多都被忘記了，上歲數的人知曉他在舊中國的影響力，但紅衛兵們實在年輕，於二十年前的事情一無所知，

〔註163〕于青《張愛玲傳略》，《張愛玲文集》第四卷，安徽文藝出版社 1991 年版，第 459 頁。

使他得以置身事外。一九五六年籌辦《大眾文藝》時的同事老舍和趙樹理，一投湖一入獄。在生命的最後十年，張恨水做得最勤的一件事，是埋頭閱讀他那兩千餘部線裝的《四部備要》，偶爾寫詩填詞，關涉北海之遊覽，亡妻之悼念，子女之訓誡。在境遇上，他與歷代文人的晚景接近，然而想及那是在「文革」的狂潮之中，就不能不令人驚歎了。他感慨道，「我們這一代的中國人，實在是不幸。既須鏟除祖先遺傳的禍根，為後代子孫解除桎梏，又須保留住祖先豐富的遺產，傳給子孫。不過話又說回來了，這不幸也算是我們的榮幸。」〔註164〕

比張恨水小一歲的老作家茅盾，是另一種幸運的人物，他的名字持續不斷出現在報刊上，近二十年的文化部長生涯，卻能夠避免捲入文藝界一次又一次的清洗，茅盾自己就是一面旗幟，魯郭茅巴老曹，位居其三。茅盾一九二一年接編和革新《小說月報》，發起文學研究會，致力於新文學的創作。一九三三年出版小說《子夜》，乃其代表作，也是現代文學被提及最多的長篇小說。寫於一九三二年的《我的小傳》中說，「從一九二七年秋開始寫小說以來，有收在《蝕》裏頭的《幻滅》等三部中篇及寫了一半的長篇《虹》。此外有兩部短篇集：《野薔薇》和《宿莽》。另二個單行的中篇《三人行》和《路》。此刻將完成的，有長篇小說《子夜》。此後我大概還是繼續寫小說，很希望我能夠寫成更像樣些的作品，如果神經衰弱和胃病不至於逐漸加深。」〔註165〕

與張恨水不同，茅盾從《子夜》完成後主要是位文學活動家，這從他的生平和文學活動大事記中看得分明。茅盾於一九八一年三月十四日病逝於北京，追悼會的規格高，據他生前要求，被追認為共產黨員，黨齡從一九二一年算起。茅盾立下遺囑，將個人二十五萬元稿費設立長篇小說獎金，他的名字至今是一個頻現媒體中有意思的符號，茅盾在《反映社會主義躍進的時代，推動社會主義時代的躍進！》一文中，這樣定義時代的精神：

> 什麼是我們的時代精神？這就是鬥志昂揚、意氣風發，多快好
> 省地建設社會主義的和平勞動的快樂的創造精神；這就是高瞻遠
> 矚、向著共產主義和革命英雄主義的浪漫精神；這就是滲透在我們

〔註164〕轉引自袁進《小說奇才張恨水》，上海書店出版社1999年版，第152頁。

〔註165〕《中國現代文學史資料彙編·茅盾研究資料》上卷，中國社會科學出版社1982年版，第45頁。

生活各方面的千千萬萬先進工作者的敢想敢說敢做，個人利益服從集體利益，和一切不合理的事物作不調和鬥爭的共產主義的崇高品質。這樣的時代精神，反映在我們的文藝作品中，就是時代風格，一切的個人風格中都不能不滲透著這光芒四射的時代風格。

雄辯的語言，檄文的風格，高歌猛進，昂揚向前。那個時代過來的人回顧往事，誰也無法忘記，思想和精神上的嚴厲控制，物質上的極端貧困，以及個人尊嚴的嚴重缺失，還有，數量巨大的人口非正常死亡。這些事實，不會從上面的引文中透露出來，粉飾太平的文字史不絕書，白話文走到這一步，在此種功能上，也堪比文言了。

薄一波在他的回憶錄中坦言：「我國人民所經歷的一九五九至一九六一年『三年困難時期』，主要是『大躍進』、人民公社化運動和『反右傾』鬥爭造成的。在『三年困難時期』，全國廣大人民因食物缺乏、營養不良，相當普遍地發生浮腫病，不少農村因饑饉死亡增加，據統計，一九六〇年全國總人口減少一千多萬。在和平建設時期發生這種事情，我們作為共產黨人實在是愧對百姓，應該永誌不忘這沉痛的教訓！」〔註166〕不忘的前提，應是先弄清楚事實。一九五九年一九六一年的非自然死亡人數是多少，他們是怎麼死去的，直至今日，官方的史書內，對於如此重大之事卻依然含糊過去。

七

麗尼是三十年代有名的散文家和翻譯家，今天的知名度不高，乃因其作品已經不流行了。

麗尼原名郭安仁，一九〇九年生於湖北孝感，有巴金為其編選的《白夜》和《鷹之歌》兩本散文集存世。新中國成立後，麗尼歷任武漢大學中文系教授，武漢中南人民出版社編輯部副主任、副社長兼總編輯，廣州暨南大學中文系教授，並為《譯文》（後改名《世界文學》）編委；「文革」中受到迫害，一九六八年歿於廣州。

《鷹之歌》是他一篇有影響的散文。

〔註166〕薄一波《若干重大決策與事件的回顧》下卷，中共中央黨校出版社 1993 年版，第873 頁。

　　鷹是我所愛的。它有著兩個強健的翅膀。

　　鷹的歌聲是嘹唳而清脆的，如同一個巨人底口在遠天吹出了口哨。而當這口哨一響著的時候，我就忘卻我底憂愁而感覺興奮了。

　　我有過一個憂愁的故事。每一個年輕的人都會有一個憂愁的故事。

　　南方是有著太陽和熱和火焰的地方。而且，那時，我比現在年輕。

　　那些年頭！啊，那是熱情的年頭！我們之中，像我們這樣大的年紀的人，在那樣的年代，誰不曾有過熱情的如同火焰一般的生活！誰不曾願意把生命當作一把柴薪，來加強這正在燃燒的火焰！有一團火焰給人們點燃了，那麼美麗地發著光輝，吸引著我們，使我們拋棄了一切其他的希望與幻想，而專一地投身到這火焰中來。〔註167〕

麗尼的造句，喜歡採用一種歐化的風格，林語堂三十年代主編《論語》時，曾經明確不登麗尼的文章。像這樣「鷹是我所愛的」，「南方是有著太陽和熱和火焰的地方」的句子，口語裏誰也說不出，因為它不合乎漢語的習慣，但在書面語裏有人喜歡，他的只有三百多字的散文《春的心》，至今也還被許多人奉為經典。

八

　　一九五一年六月六日《人民日報》發表社論《正確地使用祖國的語言，為語言的純潔健康而鬥爭！》：

　　　我們的語言經歷過多少千年的演變和考驗，一般地說來，是豐富的、精練的。我國歷史上的文化和思想界的領導人物一貫地重視語言的選擇和使用，並且產生過許多善於使用語言的巨匠如散文家孟子、莊子、荀子、司馬遷、韓愈等。詩人屈原、李白、杜甫、白居易、關漢卿、王實甫等，小說家《水滸傳》的作者施耐庵、《三國演義》作者羅貫中、《西遊記》作者吳承恩、《儒林外史》作者吳敬梓、《紅樓夢》作者曹雪芹等。他們的著作是保存我國歷代語言（嚴

〔註167〕《麗尼散文選集》，上海文藝出版社1982年版，第52頁。

格地說，是漢語）的寶庫，特別是白話小說，現在仍舊在人民群眾中保持著深刻的影響。我國現代語言保存了我國語言固有的優點，又從國外吸收了必要的語彙成分和語法成分。因此我國現代語言是比古代語言更爲嚴密，更富於表現力了。毛澤東同志和魯迅先生，是使用這種活潑、豐富、優美的語言的模範。在他們的著作中，表現了我國現代語言的最熟練最精確的用法，並給了我們在語言方面許多重要的指示。我們應當努力學習毛澤東同志和魯迅先生，繼續發揚我國語言的光輝傳統。

應當指出，正確地運用語言來表達思想，在今天，在共產黨所領導的各項工作中具有重大的政治意義。在國民黨及其以前的時代，那些官僚政客們使用文字的範圍和作用有限，所以他們文理不通，作出又長又臭的文章來，對於國計民生的影響也有限。而在共產黨領導下的中國就完全不同了。黨的組織和政府機關的每一個文件，每一個報告，每一種報紙，每一種出版物，都是爲了向群眾宣傳眞理、指示任務和方法而存在的。它們在群眾中影響極大，因此必須使任何文件、報告、報紙和出版物都能用正確的語言來表現思想，使思想爲群眾所正確地掌握，才能產生正確的物質力量。

這篇社論由胡喬木起草，毛澤東改定。其中所舉名著，顯然具有整合文言與白話以及新舊白話的意圖。同期，魯迅、毛澤東的著作被明確規定爲語言的典範，新白話從此被定爲一尊。魯迅與毛澤東的漢語書寫來源深廣，修辭豐富，絕非一句白話文即可涵蓋，但新白話的高度政治正確，因毛魯的典範而告確立——一九二〇年國民政府頒發推行白話文的行政命令，至五十年代，白話文第二次獲得國家政令的確認，與上一次不同的是，白話文之外的語言勢力已被成功肅清，與兩千多年前的書同文政策相比，這一重大舉措可以被稱之爲「統一文腔」。

毛澤東的語言之所以無可挑戰，因爲他的話語是至高無上的權力，而權力在他，無不體現爲語言。薄一波回憶道，「記得我的一位老領導和老戰友曾不只一次告戒我：毛主席講的話，如你覺得不對，千萬不要講，你回去想想，慢慢就會知道毛主席是正確的。長期以來，在我們的腦筋裏，的確形成了一個思想框框：毛主席說對，就對；說錯，就錯，人人都以毛主席的是非爲是

非」。〔註168〕

中國的是非觀念和公私概念，建立在上尊下卑的等級制的宗法倫理體系中，永遠以上爲是，下爲非，以尊爲公，卑爲私。「其誕生之初，就帶有鮮明的身份稱謂與價值判斷同生共體的特徵。這種特徵肯定了前者對後者的決定及控制作用，即個人身份尊卑可以決定道德價值判斷的褒貶，水平的高低。身份有高低、貴賤、尊卑、上下，前者對後者有絕對的控制權。」〔註169〕

九

一九二〇年教育部訓令全國各國民學校將一二年級國文改爲語體文，稱「國語」。今天的人，對於課改之前的小學語文教學實際到底怎樣，似乎沒有關心過，只說改了便是進步，頗爲想當然。胡適在斷言「這道命令把中國教育的革新至少提早了二十年」之時，也並沒有進行調查研究，小學生眞的不適合學習文言嗎？

魏建功回顧自己在二十世紀的頭幾年小學時的語文教育，提到了一九〇六年《南洋官報》登載的《私塾改良會勸告教員應盡義務十七條》，其中有「教作句法，教聯字法」，具體來說，「出題必須擇淺近而寬廣者，教員可略加指導，務使學生多作幾句，或多聯數字。學生交卷後既一律批改，教員即選其佳者，並自作數句，寫於黑板上，令各生另用簿抄出，以資觀摩；集眾人之心思，聚數人之佳作，漸積漸多，腹笥不至空虛矣。」這種方法的行之有效一眼就可以看出來。還有所謂「俗語譯文言」，《十七條》說，「此法最易使學生通文理。教員任擇某書一段或自作一段，說俗語令學生作文言。」

這就是課改之前流行的一種教學方法。魏建功回憶說，「那時語文教育傳統是以改良的方式發揮了它的作用。上面敘述的聯句和作文，在老師的引導下我們是深感興趣的。老師們教法上是有一定程度的革新了，雖然語文規律、口語文言的關係等都沒有明白說明。回憶起來，作爲語文訓練，由構詞造句到完成篇章結構得到具體分析的傳習，學生們是有很大收穫。老師究竟是繼

〔註168〕薄一波《若干重大決策與事件的回顧》下卷，中共中央黨校出版社 1993 年版，第881 頁。

〔註169〕劉暢《三不朽：回到先秦語境的思想梳理》，《文學遺產》2004 年第 5 期，第 24 頁。

承了舊的傳統，著重在技能的訓練，這是可以肯定的。」五十多年之後，他還深情地說，「追源根柢，我不由地懷念教我念『天地日月山水土木』的老師，懷念教我作文講解題意的老師，懷念教我聯句的老師。」這位語言學家認為，「『俗語譯文言』的語文教育，是我走向專業學習的根苗。」〔註170〕

〔註170〕魏建功《五十四年前語文學習的回憶》，《語文學習》1959 年第 4 期，第 3～5 頁。